人民共和國文化與文學叢書

十 編

李 怡 主編

第 16 冊

《星星》詩刊（1957～1960）研究
（第五冊）

王 學 東 著

花木蘭文化事業有限公司

國家圖書館出版品預行編目資料

《星星》詩刊（1957～1960）研究（第五冊）／王學東 著 --
初版 -- 新北市：花木蘭文化事業有限公司，2022〔民111〕
目 8+232 面；19×26 公分
（人民共和國文化與文學叢書 十編；第 16 冊）
ISBN 978-986-518-956-3（精裝）
1.CST：中國當代文學史 2.CST：當代詩歌 3.CST：詩評
820.8 111009793

ISBN-978-986-518-956-3

9 789865 189563

人民共和國文化與文學叢書
十 編 第十六冊 ISBN：978-986-518-956-3

《星星》詩刊（1957～1960）研究（第五冊）

作 者 王學東
主 編 李 怡
企 劃 四川大學中國詩歌研究院
總 編 輯 杜潔祥
副總編輯 楊嘉樂
編輯主任 許郁翎
編 輯 張雅淋、潘玟靜、劉子瑄 美術編輯 陳逸婷
出 版 花木蘭文化事業有限公司
發 行 人 高小娟
聯絡地址 235 新北市中和區中安街七二號十三樓
電話：02-2923-1455／傳真：02-2923-1452
網 址 http://www.huamulan.tw 信箱 service@huamulans.com
印 刷 普羅文化出版廣告事業
初 版 2022 年 9 月
定 價 十編 17 冊（精裝）新台幣 43,000 元 版權所有‧請勿翻印

《星星》詩刊（1957～1960）研究

（第五冊）

王學東 著

目

次

第七章 安旗時期的《星星》詩刊

　　1957 年反右後，《星星》詩刊改組之後，由李累帶班了一段時期。顯而易見李累是《星星》改組後這一過渡時期的負責人，儘管沒有正式任命。既然李累只是《星星》詩刊這樣一個過渡時期的負責人，那麼四川省文聯必須尋找《星星》詩刊合適的負責人，或者說主編。而接李累班的人是安旗，由此《星星》詩刊進入到了「安旗時期」。

第一節 《星星》詩刊的安旗時期

一、《星星》詩刊的安旗主編

　　1959 年，安旗正式成為了《星星》詩刊的主編，並組建起了新的編輯部，這有相當多的文獻依據。在四川文聯的工作名單中，記載了這一具體歷史。在《省文聯工作人員名冊 1959.2.》中，就明確注明了安旗的身份「星星編輯部主編」，而且附上了整個星星編輯部的名單：安旗（星星編輯部主編）、傅仇（星星執行編輯）、賃常彬（星星編輯）、唐大同（星星編輯）（注：在檔案中，這一職務被人用筆改為「人事科幹事」）、趙秋葦（星星見習編輯）、溫舒文（星星幹事）、藍萬倫（星星見習編輯）〔註1〕。在這份名單中，作為省文聯領導的名單，沙汀（主席）、段可情（副主席）、常蘇民（副主席）、李友欣（草編編輯部主任），身份都沒有變。李累注明的身份也是創作輔導部部長，

〔註 1〕《四川文聯工作人員名單（1958 年）》，《四川省文聯（1952～1965）》，建川127～18，四川省檔案館。

還依然保持著他原來的職務。我們看到，這裡最大的變化就是，安旗成為星星編輯部的主編。可以說，從 1959 年 2 月開始，李累退出了帶班《星星》詩刊的歷史，安旗正式成為了《星星》詩刊的主編。當然，並不是說因為這份報表是在 1959 年 2 月填寫的，就認為安旗就是從 1959 年 2 月開始擔任《星星》詩刊的主編。在《四川省縣級以上幹部職務名冊 1960.1.12 填表》中，在安旗的履歷裏也有紀錄，「星星編輯部主編，任職年月：1959 年 2 月」〔註2〕。因此，我們可以肯定地說，以 1959 年 2 月為界，《星星》詩刊從「李累時期」進入到了「安旗時期」。

　　雖然安旗正式任職時間為 1959 年 2 月，但實際上她應該早於這個時間就已經開始接手《星星》詩刊的編輯事務了。一方面，安旗寫作有一個習慣，喜歡在文末注明寫作時間、地點。在《星星》詩刊 1958 年 10 月號上，安旗發表的《新詩必須在新民歌的基礎上發展》，落款信息為「1958.8.20 於西安」。而在 1959 年 1 月號發表的《愛生活上更下一層樓，在思想上更上一層樓》一文，則注明為「1958.10.31 日於成都」，這表明最晚在 1958 年 10 月 31 日，安旗就已經來到了成都，或者說就已經開始介入到了《星星》詩刊的相關工作之中。另一方面，1959 年的《星星》詩刊，從形式和內容上就都已經發生了變化，這也表明《星星》詩刊應該換帥。首先是《星星》詩刊的刊型變了，此前的《星星》詩刊一般 50 頁左右，但 1959 年第 1 期就變為了特大號，達 72 頁之多。其次，同時在封面上設計上，從 1958 年第 12 期開始，《星星》詩刊每期封面都有一首民歌。如《星星》詩刊 1958 年 12 期的封面為有民歌，「紅苕大，紅苕多／一個紅苕裝滿鍋／你們兩個慢點來／謹防壓破我的鍋」。1959 年第 1 期封面上有民歌：「採茶姑娘滿山坡，／滿籃茶葉滿籃歌，／歌聲笑聲響過河，採完東山轉西坡。」1959 年第 2 期封面的也有民歌：「荒山穿起花衣裳，／變成一個美姑娘，／白雲看見不想走，／整天盤繞在身旁」等等。第三是，在相關評論文章的選取上，此時的《星星》詩刊也更加鮮明地提出了「革命的現實主義與革命的浪漫主義相結合」的創作方法。在《星星》詩刊 1959 年第 1 期的封二上，專門刊登了「中共四川省委關於收集民歌民謠的通知」〔註3〕。此外，從 1959 年 1 月號起，《星星》詩刊開闢「筆談新詩的道路」專

〔註2〕《四川省縣級以上幹部職務名冊 1960.1.12 填表》，《四川省文聯（1952～1965）》，建川 127～18，四川省檔案館。
〔註3〕《星星》，1959 年，第 1 期，封二。

欄，就中國新詩的發展方向展開討論，這應該都與安旗任《星星》詩刊主編有著重要的關係。對此，1960 年《星星》詩刊遭到停刊的命運，其中就提到，「現在擔負著刊物的重要任務的，總體來說，在刊物編輯工作中，能夠基本上貫徹黨的文藝方針、政策，但受到修正主義文藝思想的影響，嗅覺不敏銳，讓一些有錯誤觀點和傾向的文章或作品發表了出來，在他們自己的某些文章和作品中也表現出了某些錯誤的觀點。比如安旗，學習毛主席文藝思想是認真的，運用毛主席文藝思想作指導也寫出了一些較好的理論文章。其負責主編的『星星』也基本上貫徹了黨的文藝方針政策，方向是正確的，成績是主要的。但由於思想改造得不徹底，受到修正主義文藝思潮的影響，以致一些有錯誤觀點文章經過她的同意得到了刊發。」〔註 4〕當然，這也正明確地表明，安旗不僅是此時《星星》詩刊的主編，而且一直任職到《星星》停刊。由此，從 1959 年後，《星星》詩刊進入到了安旗時期，直到 1960 年 10 月《星星》停刊。

在安旗負責的這一階段，《星星》詩刊編輯部人員的也是變化的。首先在《四川文聯工作人員名單（1958 年）》〔註 5〕這份工作人員名單中，我們看到了安旗時期《星星》詩刊所組建的新的「七人編輯部」。此時，傅仇明確為執行編輯（相當於編輯部主任），賃常彬為編輯，趙秋葦為見習編輯。所以，儘管李累沒有負責星星的編輯事務，但更換主編後《星星》詩刊原有的編輯部成員，沒有變化。值得注意的是，《星星》詩刊在原有「四人編輯部」的基礎上，增加了編輯部成員，一度達到了 7 人，成為了「七人編輯部」。

而且，在這一階段，星星編輯部在分工上更加明確。其中星星主編 1 人，星星執行編輯 1 人，星星編輯 2 人，星星見習編輯 2 人，星星幹事 1 人。

　　主編：安旗

　　執行編輯：傅仇

　　編輯：賃常彬、唐大同

　　見習編輯：趙秋葦、藍萬倫

　　幹事：溫舒文

〔註 4〕《文聯「四川文學」、「星星」、「園林好」編輯部幹部情況、文藝思想情況、目前政治動向及三個刊物編輯發行、洩密失密情況初步檢查報告》，《四川省文聯（1952～1965）》，建川 127～88，四川省檔案館。

〔註 5〕《四川文聯工作人員名單（1958 年）》，《四川省文聯（1952～1965）》，建川 127～18，四川省檔案館。

　　當然，從這裡可以看出，實際上，現有的「七人編輯部」中，最主要的還是安旗、傅仇、賫常彬、唐大同「四人編輯」。而在名單中唐大同的「星星編輯」身份，在檔案中被認用筆改為「人事科幹事」，這表明他並沒有一直在星星做編輯，或者說此時他有雙重的身份。改組後來到星星編輯部的傅仇、賫常彬，此時成為了這一時期星星編輯部的主力。而作為見習編輯的趙秋葦、藍萬倫，以及幹事的溫舒文，應該說在這個時期的編務工作中起著輔助作用。最後在這份工作人員名單中，《星星》詩刊的創辦人之一，《草木篇》批判的中心人物流沙河，依然待在文聯，但沒有安排任何的職務，僅備註為「右派分子」〔註6〕。由此可以看出，1959 年 2 月，整個文聯人事有了一定的變動，也正是在這樣一個時期，重新確立了《星星》詩刊的編輯部成員。

　　此後，星星編輯部的成員又發生了一些變化。在《文、音、民、群眾幹部名冊 1960.元》中，因為是群眾幹部名單，所以我們沒有看到沙汀、李累、李友欣等領導的名字，當然也沒有看到安旗的名字。1960 年初，在職務中表明了《星星》編輯人員有：傅仇（星星執行編輯）、賫常彬（星星編輯）、趙秋葦（星星編輯）〔註7〕。我們看到，到了 1960 年初星星詩刊編輯部似乎又回到了「四人編輯部」。在這一名單中，原來標注為「人事科幹事」的唐大同，此時就完全離開了星星編輯部，「見習編輯」藍萬倫也退出了編輯部，「星星幹事」溫舒文也不在星星編輯部。當然，由於沒有更為詳細的資料，所以我們無法精確地瞭解到這一時期的星星編輯部，到底有哪些成員。「中國《星星》五十年詩選」的《編輯部工作人員名單》，在「一九五八年改刊時期」中，還有王德成（1958～1959 年編輯）。

　　不過在筆者手上，一份經藍疆（即藍萬倫）校對的《編輯部工作人員名單》裏，星星編輯部的成員又是不同的。藍疆認為將王德成「放入協助工作一欄較合適」。同時藍疆補充了幾個人：溫舒文（1958～1960 年編輯）、唐大同（1958～1959 年編輯）、趙秋葦（1958～1960 年編輯）、黃明海（1958～1959 年編輯）、鄒絳（1958～1960 年編輯）、劉忠鳳（1958～1960 年編輯）、牟康華（1958～1960 年美術編輯）。這其中，溫舒文是《星星》改組後的幹事，具

〔註6〕《四川文聯工作人員名單（1958 年）》，《四川省文聯（1952～1965）》（建川127～18），四川省檔案館。
〔註7〕《文、音、民、群眾幹部名冊 1960.元》，《四川省文聯（1952～1965）》（建川127～18），四川省檔案館。

體來說是負責《星星》詩刊的收發，雖然在 1960 年的名單中沒有她的名字，但她一直留在星星的可能性很大。按名冊，唐大同在 1960 年初離開《星星》詩刊編輯部的。對於黃明海，我們不瞭解他的具體情況，在《省文聯工作人員名冊 1959.2.》中明確為「草地幹事」，1960 年後也沒有在星星編輯部。至於鄒絳，在蔣登科 1996 年整理的《鄒絳簡歷》，以及熊輝的《鄒絳及學術簡歷》中也都專門提到了，「1959 年～1963 年 9 月，重慶作家協會遷至成都，改為中國作協四川分會，鄒絳先生隨之遷到成都，擔任《四川文學》、《星星》詩刊的編輯。期間翻譯出版了《葡萄園和風》（1959 年）、《蘇赫‧巴托爾之歌》（1962 年）等詩集。」〔註8〕但在《文、音、民、群眾幹部名冊 1960.元》中，鄒絳與袁珂、野谷、豐中鐵、曾參明、劉星火、洪鐘、王余、孫靜軒、游藜、李南力的身份，均為創作員，並沒有注明為星星編輯部編輯。藍疆提到的劉忠鳳，具體情況不清楚。而牟康華，按照《省文聯工作人員名冊 1959.2.》中記載，他與毛均光、胡子淵為美工室工作人員，注明為草地美術編輯。所以牟康華作為《星星》詩刊的專職美術編輯是不太可能的，但他應該參與到《星星》的美術編輯中。由此，我們可以列出 1960 年星星編輯部成員最多時候的名單：安旗（星星主編）、高纓（星星副主編）、傅仇（星星執行編輯）、貲常彬（星星編輯）、趙秋華（星星編輯）、溫舒文（星星幹事）、鄒絳（星星編輯）、劉忠鳳（星星編輯）、牟康華（星星美術編輯）。在 1960 年的星星詩刊中，曾有過一位副主編高纓，他也是五六十年代《星星》詩刊歷史中唯一的副主編。在《中國〈星星〉五十年》的《編輯部工作人員名單》中，就提到了高纓一度擔任副主編，且任職年限為 1958～1959 年。陳朝紅提到，「1959 年秋，重慶作協與四川省文聯合併，遷往成都，更名為中國作協四川分會，高纓隨後也於 1960 年初調任四川省作協主辦的《星星》詩刊副主編。但高纓並未參與《星星》詩刊的工作，他仍然從事自己的專業創作。」〔註9〕據筆者對高纓的訪談，他確實在《星星》詩刊擔任過副主編，時間在 1959 年。但他任副主編的時間僅僅 3 個月，編過 3 期《星星》後，就下鄉體驗生活了，所以，作為副主編的高纓實際上對《星星》詩刊並沒有直接影響。

到了 1960 年，隨著《星星》停刊，安旗所帶領的星星編輯部也隨之解散，換句話說，《星星》詩刊的安旗時期也就結束了。星星編輯部相關人員有的轉

〔註8〕蔣登科整理：《鄒絳簡歷》，《中外詩歌研究》，1996 年，第 1～2 合期。
〔註9〕陳朝紅：《高纓評傳》，成都：四川文藝出版社，2002 年，第 55 頁。

入了文聯其他單位，有些進入了《四川文學》編輯部。對於 1961～1963 年間的人事安排，我們不得而知。但在 1964 年左右的一份名單中，我們看到原星星詩刊編輯部成員，特別是原《星星》詩刊的三大主編均有了新的身份。該名單沒有具體的時間，但根據安旗的資料中「出生年月 1925 年，現為 39 歲」的提示，我們可以得出這份名單的統計時間為 1964 年。他們的具體身份為：李累（四川文學副主編）、安旗（四川文學副主編）、雁翼（專業創作）、高纓（專業創作）、傅仇（專業創作）、溫舒文（文學組組員）、唐大同（編輯部副主任）、藍萬倫（編輯）、白航（編輯）〔註10〕。此時我們看到，在 1964 年《星星》詩刊的「三任主編」齊聚《四川文學》的奇特現象。作為《星星》詩刊第三任主編的安旗，在《星星》停刊後成為《四川文學》的副主編。第二任《星星》詩刊的帶班主編李累，也在此時成為了《四川文學》的副主編，沒有了四川省文聯創作輔導部部長的職務。《星星》詩刊的第一任主編白航，此時已調入了《四川文學》，成為了一名普通的編輯。由於我們沒有具體的資料，我們也難以推測 1960 年 10 月《星星》詩刊停刊後，《星星》詩刊的「三任主編」齊聚到《四川文學》雜誌的具體情況。但從 1961 年 10 到 1964 年這三年時間裏，《星星》的「三大主編」都在《四川文學》任職，但他們已經不可能在整體上重新延續《星星》詩刊的歷史使命。隨著《星星》詩刊的停刊，《星星》詩刊第一階段的歷史就已經結束。

在 1965 年的《機關工作人員名單 1965.6.》中，我們看到隨著整個政治形勢的變化，原屬星星編輯部成員，職務上又一次發生了變化。原《星星》詩刊的三大主編中，安旗成為了專業作家，李累已經沒有了任何職務，只有白航在 62 年 10 月摘了帽後，還繼續在《四川文學》中任詩歌組的編輯。〔註11〕僅僅作為編輯的白航，而且經歷過反右鬥爭的白航，也不可能再在《四川文學》中釋放出一點「星星之火」了。

二、安旗生平

那麼，在李累帶班《星星》詩刊後，四川文聯為什麼要選擇安旗任《星星》詩刊的主編呢？安旗有著怎樣的生平？她與《星星》詩刊之間有著怎樣

〔註10〕《四川省文聯（1952～1965）》，建川 127～18，四川省檔案館。
〔註11〕《機關工作人員名單 1965.6.》，《四川省文聯（1952～1965）》，建川 127～18，四川省檔案館。

的關係呢？

1. 安旗生平經歷

　　對於安旗生平較早的記錄是《中國文學家辭典》，比較全面地記錄了安旗的生平及其創作：「安旗，女評論家。原名安琦。滿族人。祖籍東北，1925 年10 月 24 日生於四川成都。少年時代在成都讀書，因家貧無力升學，十七歲入電話局作接線生，十八歲到郵局作郵務員，二十歲入四川大學半工半讀。在這期間參加了中共地下黨的外圍組織，積極投身於反蔣反帝的民主運動。1946年由地下黨介紹，從成都去重慶八路軍辦事處，轉赴延安。1946 年秋在延安中學任語文教員。1947 年春，胡宗南匪軍進攻延安，調第一野戰軍後勤部第四野戰醫院擔任秘書，隨軍轉戰陝北各地。1948 年加入中國共產黨。1949 年春調野戰軍後勤部幹部學校任政治指導員等職；同年秋隨軍進軍蘭州。1951年後調西北文聯、西北局宣傳部工作。1955 年調陝西省委宣傳部文藝處任副處長，開始寫評論文章。1957 年調作家協會西安分會工作，任《延河》月刊副主編。1959 年加入中國作家協會，調四川省文聯，從事專業寫作。」〔註12〕在這份介紹中，就比較詳細地記載了安旗的出生、求學、工作、職務以及其著作的基本情況。特別是重點介紹了參加的民主運動，在延安的工作情況，以及她在詩歌評論方面的貢獻。對於我們的研究來說，值得注意的是，安旗建國後的兩段經歷。第一是在西安經歷。在建國初，安旗首先進入了在西北文聯、西北局宣傳部工作。撤銷大區後，他又進入陝西省宣傳部工作。在 1956年「雙百方針」提出後，安旗在陝西作協工作，並參與創辦的《延河》雜誌，還一度擔任《延河》月刊副主編。與此同時，安旗的丈夫戈壁舟建國後任西北文聯創作室主任，中國作協西安分會秘書長，正在擔任《延河》月刊主編。從這裡我們可以看出，安旗在西安的發展是非常順利的。第二，就是她的「四川經歷」。這份介紹中說安旗，「1959 年加入中國作家協會，調四川省文聯，從事專業寫作。」從這裡可以看出，她是在加入了中國作家協會後，才調入四川省文聯的。但這裡只提到從事專業創作，完全沒有提到在《星星》詩刊任職的事情，當然也完全沒有透露她在四川省文聯具體工作的情況。總之，該書是對現代文學家的介紹，這份介紹中就重點介紹了安旗的文學評論成績，特別五六十年代她詩歌理論方面的重要貢獻，為我們呈現了一個重要的詩歌

〔註12〕中國文學家辭典編委會，《中國文學家辭典（現代第一分冊）》，成都：四川人民出版社，1979 年，第 139 頁。

理論評論家的安旗。

安旗寫於 1980 年的《安旗（自傳）》，與《中國文學家辭典》的介紹相比較而言，要豐富、完整得多。在這個《自傳》中，雖然安旗對每個時期的經歷都有介紹，但她的重點卻有了不同。第一，重點介紹她的早期經歷，特別是自己的革命經歷，「一九四五年，我考入四川大學半工半讀。但我在當時的大學裏無法安心讀書，大部分時間用來參加了反帝反蔣的民主運動。……我就是在這一時期的民主運動中，接受了中國共產黨的影響，並參加了地下黨的外圍組織。這一來我就上了國民黨反動派的黑名單，成了國民黨特務的眼中釘。為了追求光明，為了逃出國民黨反動派的魔掌，我丟下靠我供養的父母和弟妹，經成都地下黨介紹，到了重慶紅岩八路軍辦事處，於一九四六年五月，到了延安。」第二，安旗著力介紹了她自己的文學評論工作，「我從事文學評論工作是從一九五五年開始的。起初是由於工作需要，偶而寫了幾篇。後來我讀到毛澤東同志的《在全國宣傳工作會議上的講話》，其中讀到：無產階級需要有自己的文學家、藝術家、理淪家、科學家……這一段話給我很大的啟發和鼓舞，從此使我以文學作為自己的終身事業。一九五九年，我請調四川，開始從事專業寫作。」第三，補充了她自己後期的一些經歷，「我成了所謂的『黑線人物』，『反革命修正主義分子』，我的文章成了所謂的『毒草』。於是，批鬥、抄家、通緝、監禁直至毒打，林彪、『四人幫』奪去了我一生中最可寶貴的十年的生命！」〔註 13〕總之，從這份《自傳》來看，安旗並沒有談到他在四川省文聯的具體工作情況，而將她在四川文聯的工作定義為「從事專業寫作」，只凸顯出了她作為一位詩歌評論家的身份。

此後對安旗的介紹，基本建立在這個《安旗（自傳）》的基礎上。如祁和暉的《安旗》一文，便是在安旗《自傳》基礎上的進一步發揮。此前的相關介紹，更多的是對安旗生平的記錄，而祁和暉的這篇文章更加呈現了安旗的內心世界和個性性格，為我們還原了一個完整而真實的安旗。「她，瘦小精悍，爽直剛強。她生於 1925 年，已經花甲一度了。她的容貌屬于勁健樸素的中年學者型，女性通常難免的脂粉氣與她幾乎絕緣。然而，這並不是說她為人生硬——不，她對後輩尤其是對年輕人十分慈愛親切。……她的老伴、老作家

〔註 13〕安旗：《安旗（自傳）》，《中國少數民族現代作家傳略》，吳重陽、陶立璠編，西寧：青海人民出版社，1980 年，第 77～80 頁。

戈壁舟送了一個『黑旋風』的雅號給她。」〔註14〕當然，這是一篇讚譽安旗的文章，從性格、生平、研究三個方面，來展現了安旗不平凡的一生。特別是為我們呈現了一個「勁健樸素的中年學者」，一個滿身才氣、俠氣和豪爽氣的「黑旋風」。同樣，在這篇介紹中，對於建國初的安旗，也絲毫沒有涉及她在四川文聯的工作。只對於安旗新時期的李白研究，給予了更多的關注。由此，此後對安旗的一般介紹中，就主要是在這些資料的基礎上的。如在《中國新詩大辭典》中的介紹〔註15〕，也是源於《中國文學家辭典》以及《安旗（自傳）》。所以，這些介紹並沒有為我們提供瞭解安旗建國初工作，特別是在四川省文聯工作的新資料。

總之，我們看到在眾多安旗的介紹中，不僅沒有凸顯她作為《星星》詩刊主編的經歷，也較少提到她作為《延河》副主編的經歷。而作為當代詩歌評論一個重要研究者，特別是作為古典文學尤其是作為李白研究的專家的安旗，得到了更多的關注。仰之在安旗生平之外，就重點介紹了安旗在李白研究中的突出貢獻。「『文革』期間，安先生飽受磨難。『文革』後期，她選定唐代最傑出的詩人李白為對象，開始潛心鑽研。1979年，安先生調入我校，一邊授課、指導研究生，一邊夜以繼日地寫作。到1991年，她先後出版了《李白縱橫探》、《李白詩新箋》、《李白年語》（與薛天緯合作）、《李白傳》、《李詩咀華》（與薛天緯、閻琦合作）、《李白研究》、《李白全集編年注釋》（薛天緯、閻琦、房日晰參加編寫）等七部著作，近三百萬字。其中，由她主編的《李白全集編年注釋》耗時最長，用力最著，最能代表她研究李白所取得的突破性貢獻。在學術研究領域內，安旗先生把後半生的主要精力投入到時李白的研究上，並取得了巨大成功。」〔註16〕正是這樣，此後安旗在研究領域的貢獻，特別是作為李白研究專家，得到了更多的關注。如在《李白大辭典》中就有對安旗的專門介紹。〔註17〕可以說，作為李白研究專家的安旗，而不是作為文聯幹部的安旗，也不是作為詩歌評論家的安旗，甚至不是作為編輯的安旗，

〔註14〕祁和暉：《安旗》，《滿族現代文學家藝術家傳略》，關紀新主編，瀋陽：遼寧人民出版社，1987年，第276～279頁。

〔註15〕黃邦君、鄒建軍編著：《安旗》，《中國新詩大辭典》，長春：時代文藝出版社，1988年，第276頁。

〔註16〕仰之：《西大學人譜‧文藝評論家和李白研究專家——安旗教授》，《西北大學學報》，1992年，第1期。

〔註17〕郁賢皓主編：《李白大辭典》，南寧：廣西教育出版社，1995年，第346頁。

得到了更多的關注。綜合這些經歷，我們首先看到了安旗在多方面的能力和貢獻，她不僅是一位重要的新詩批評家，而且更是一位古典文學李白研究專家；她既是一位作家、編輯，也是一位學者；她不僅有過人的才華，也有著其他女性所少有的豪俠之氣。

2. 安旗與四川文聯

那麼，從安旗的《自傳》開始，為什麼要淡化他在「四川省文聯」的這一段經歷呢？回顧安旗的人生經歷，我們發現了一些很有意思的問題。安旗一生經歷，可以歸納如下：

> 1925 年～1945 年 在成都出生、成長、求學；
>
> 1945 年 來到重慶；
>
> 1946 年～1949 年 在延安教書、參軍；
>
> 1949 年～1950 年 隨軍到西安、蘭州；
>
> 1950 年～1959 年 轉業到西安；
>
> 1959 年～1979 年 在成都調入四川文聯；
>
> 1979 年後 調入西北大學，最後定居西安

我們看到，在所有關於安旗的介紹中，都是一個典型的「兩頭大，中間小」的介紹方式。也就是說，從 1925 年到 1959 年 30 多年的早年經歷詳細，1979 年到西北大學做李白研究的經歷也豐富。但從 1959 年即安旗 34 歲來到四川省文聯至 1979 年安旗 54 歲離開這 20 年的經歷的介紹很少。即使安旗自己在四川具體的工作情況，也只重點介紹了自己的文學評論工作，如專門提到了她六十萬字的評論文字、五個評論集，甚至還提到了與戈壁舟合寫的詩和散文，但卻完全沒有提到她自己的四川的任職情況。

雖然在《自傳》中，安旗不重點介紹在四川省文聯工作的這段經歷，但她 1959 年到了四川，正如她自己所提到的是「請調四川」。這表明「到四川」，完全是安旗自己的主動行為。而「迴避四川」和「請調四川」之間確實有著矛盾在其中。如果我們把安旗在 1980 年「迴避四川文聯」與「1959 年請調四川文聯」這兩個問題分開，我們發現不同時期她對四川文聯的態度不同，是完全可以理解的。首先，1980 年以後安旗在《自傳》中不願提起這段「四川經歷」而「迴避四川文聯」，這是因為她的「四川經歷」涉及到整個 1959～1979 年的各種大事，而且這也是中國歷史非常複雜的一段時間，很多人都捲入到非正常的歷史之中。她說，「我成了所謂的『黑線人物』，『反革命修正主義分

子』，我的文章成了所謂的『毒草』。於是，批鬥、抄家、通緝、監禁直至毒打，林彪、『四人幫』奪去了我一生中最可寶貴的十年的生命！粉碎『四人幫』，我僥倖從他們的魔爪下活出了半條命。」〔註18〕雖然在戈壁舟與安旗的回憶中並沒有涉及到這段歷史，但是相關的回憶，都提到了相關的事實。如在艾蕪自己的回憶中也就提到，「天真的頭頭們即使在《五・一六通知》發出以後，即使面對幹部群眾的凌厲攻勢，仍未明白形勢的要求，還以為是火力猛烈的學術、文教思想批判運動，而非全社會火山地震般的大動盪。繼春天拋出詩人戈壁舟、評論家安旗夫婦作替罪羊後，李亞群、張黎群、馬識途等在省文聯受到猛烈批判。」〔註19〕因此在《艾蕪傳：流浪文豪》中也提到，「浩劫以一大批單純善良的人們所預想不到的方式降臨。……這之前，四川文藝界首先拋出安旗、戈壁舟夫婦，緊接著沙汀、馬識途也遭到批判。」〔註20〕同樣，在另外一本傳記《流浪文豪 艾蕪傳記》中，也說，「文藝界首當其衝。艾蕪樓上的戈壁舟和安旗夫婦，首先被拋出來批判。」〔註21〕另外，安琳也回憶了這一事實，「1967 年，因不堪忍受本單位造反派的人身迫害，我和譚學楷逃到成都。大姐安旗，姐夫戈壁舟正被造反派指為周揚黑線修正主義分子而被揪鬥，兄弟又被指為走資派，我二人無處可投奔，彷徨於街頭。」〔註22〕進而，四川省文聯文化革命小組就還編印有《安旗部分作品彙編》〔註23〕，收錄了安旗大部分重要的理論作品，包括《關於文學藝術特徵的一些意見》、《論詩的典型化方法的多樣性》、《第一等襟抱，第一等真詩》、《再論抒人民之情》、《在思想上更上一層樓，在生活上更下一層樓》，以及《附：中國歷代詩歌評論選錄（52 則）》等理論，用於對安旗的批判。因此以理論家自居的安旗，四川文藝界展開對她的批判，這是她無法接受的，而這也成為她在回憶中刻意迴避四川文聯的一個重要原因。特別是 1967 年 1 月 4 日，安旗與戈壁舟夫婦

〔註18〕 安旗：《安旗（自傳）》，《中國少數民族現代作家傳略》，吳重陽、陶立璠編，西寧：青海人民出版社，1980 年，第 77～80 頁。
〔註19〕 艾蕪：《病中隨想錄》，上海：上海書店，1996 年，第 83 頁。
〔註20〕 張效民：《艾蕪傳：流浪文豪之謎》，成都：四川民族出版社，1997 年，第 266 頁。
〔註21〕 廉正祥：《流浪文豪 艾蕪傳記》，成都：四川文藝出版社，1988 年，第 406 頁。
〔註22〕 安琳：《「文革」武鬥憶傷殘》，《世紀新聊齋》，重慶通俗文藝研究會編，重慶：重慶出版社，2010 年，第 356 頁。
〔註23〕 《安旗部分作品彙編（二）》，四川省文聯文化革命小組印，一九六六年九月。

被四川省文聯作為反革命修正主義分子而遭到通緝。《通緝》的內容為：

通緝

　　四川省文聯反革命修正主義分子戈壁舟（原文聯黨組副書記）、安旗（原文聯黨組成員）夫婦，攜一子一女，於一月二日，畏罪潛逃。希各地革命群眾、紅衛兵及公安部門協助緝拿歸案。

四川省文聯
忠於毛主席戰鬥隊
長纓戰鬥隊
向太陽戰鬥組
一九六七年元月四日

　　附：反革命修正主義分子戈壁舟、安旗照片及特徵

　　戈壁舟（原名廖難耐）男，漢族，52歲，四川成都人。成都口音，中等身材，平頭，面孔瘦削，顴骨突出，吸煙。

　　安旗（原名傅英）女，滿族，46歲，四川成都人。成都口音，身材矮小，瘦弱，短髮，面帶病容。

　　其女廖□，15歲，初中學生。其子廖小安，12歲，小學生。眼近視，常帶眼晴。均操成都口音。〔註24〕

　　總之，雖然我們不能還原這段具體的歷史，但是在特殊時期，安旗在四川文聯受到了較多的非人對待。所以，她在《自傳》不願提起這段歷史，而「迴避四川文聯」應該是可以理解的。

　　我們再回過頭來看另一方面，在 1959 年左右安旗主動「請調四川」，其實有著她當時的現實考慮，也是合理的。這就是因為，她與丈夫戈壁舟都是成都人，他們對成都有著特殊的感情。我們看到，在安旗的生平記錄中，她一直不斷地記錄著她在成都的生活、成長、求學、參加革命等事件，她有著割捨不斷的「故鄉情」。更為重要的是，戈壁舟也是成都人。根據《戈壁舟文學自傳》，雖然他在 1939 年就已經離開了四川，也有著濃厚的故鄉情結。而且，他們夫妻之間的伉儷情深和共同志趣，「余與戈壁舟結縭凡四十年，平居無他好，唯嗜金石書畫。幸逢盛世，溫飽無皮，秦中蜀中又多故物，因得從事搜集與收藏。翰墨諸事中於碑版拓本購求尤力，不逮十年而盈箱溢篋矣。是

〔註24〕《通緝》，四川省文聯忠於毛主席戰鬥隊、長纓隊、向太陽戰鬥組，一九六七年元月四日。

以鳥跡蟲書，常在几案，軒轅以來，頗得而窺焉。憶昔風晨雨夕，筆耕既倦，余夫婦即相對展玩。諸碑鬼斧神工之跡，崢嶸山差峨之勢，天真爛漫之態，不可思議之境，輒為之嗟訝久之。每有會意，又欣喜若狂，不知人間之樂有甚於此者。」〔註25〕所以，「請調四川」，不僅是安旗，也是戈壁舟共同的心願。

　　另外一個問題是，在安旗的《自傳》中，為什麼她沒有記載《星星》詩刊的主編這一職務？在四川省文聯的檔案中明確記載了安旗任職《星星》詩刊主編，但在《安旗（自傳）》中，她完全沒有提到過，只是說自己「從事專業創作」。對於建國後的經歷，安旗曾一一介紹了她在西北文聯、西北局宣傳部、陝西省委宣傳部的工作。同樣值得關注的是，安旗不僅沒有介紹在四川省作協的經歷，她也絲毫沒有介紹她的陝西作協中的工作經歷，甚至也沒有介紹她在《延河》任副主編的這一事件。但是，安旗卻重點介紹了她自己從事文學評論工作的原因，細數了自己五六十萬字的文學評論，以及所發表的五本書集。這表明，在對於建國後自己的歷史，安旗對於自己的身份認同，她更看重自己的評論家身份。所以，在《自傳》中，安旗不僅沒有記載自己的《延河》副主編身份，也沒有記載自己《四川文學》副主編這一身份，當然她也就更不會重視短短一年多的《星星》詩刊主編的這一身份。

　　安旗「迴避《星星》詩刊」，也是和迴避「四川文聯」一樣，更多的是迴避了她「四川經歷」中政治問題。換句話說，從 1959 到 1979 年這樣一個特殊時代的 20 年的「四川經歷」中，整個中國的時代氛圍，以及四川省文聯內部複雜的人與人之間的鬥爭，都一言難盡。因此，在她對這正當盛年的「四川經歷」的 20 年的介紹中，她就只能說「從事專業創作」，而不再提其他的任何事情。不過，在戈壁舟的回憶中，並沒有迴避這段「四川經歷」，也就從側面補充了安旗在四川一些情況。「建國後任西北文聯創作室主任、《延河》主編、四川省文聯黨組副書記兼秘書長、西安市文聯名譽主席。……一九五八年春調四川文聯工作。當年即到灌縣農村，先後擔任新城鄉支部副書記，幸福公社黨委副書記。除寫了一些短詩編為《宣誓集》外，還寫了詩劇《山歌傳》。這一年，為了向國慶十週年獻禮，將歷年詩作編選為《我迎著陽光》。一九五九年到一九六二年，在四川文聯擔任黨組副書記。跑了很多地方，寫了一大批歌頌祖國大好河山的詩，編為《登臨集》。這是我最喜歡的一個詩集，

〔註25〕安旗：《〈書法奇觀〉後記》，《西北大學學報》，1991 年，第 3 期。

也是文化大革命中批得最凶的一個詩集。文化大革命期間，我的筆只准用來寫交代和檢討。」〔註26〕當然，在這個自傳中，我們看到了戈壁舟的「四川經歷」中，有較多的「下鄉體驗生活」。也正是由於有了這樣的經歷，戈壁舟就避開了「四川省文聯」在特殊時代的人際之間的鬥爭，因此他的回憶就不用迴避「四川省文聯」。而且從這裡可以看到，戈壁舟是 1958 年到四川省文聯的。按照前面對安旗寫作的落款時間來看，就可以肯定他們在 1958 年一同來到四川省文聯的。戈壁舟在「一九五九年到一九六二年，在四川文聯擔任黨組副書記。」安旗也是在 1959 年 2 月正式任《星星》詩刊主編，這也應該是他們考慮到四川來的另一個原因。

還有一個問題是，那為什麼四川文聯會選擇安旗做《星星》詩刊的主編呢？在 1957 年的反右鬥爭後，《星星》詩刊一直是由李累帶班，所以四川省文聯一直在尋找合適的主編人選。恰好此時，安旗與戈壁舟都是成都人，又都願意回到成都工作，所有就有了這樣的契機。更為重要的是，在編輯能力方面，安旗不僅任過《延河》副主編，而且早在 40 年代還就《揮戈文藝》的主要成員，並參與到了《華西文藝》的編輯中，有著較為豐富的編輯經驗。我們知道，安旗早年是揮戈文藝社、拓荒文藝社的主要成員，很早就有了一定編輯、辦刊經驗。如相關記載提到，「1940 年 7 月 1 日，成都市幾位年輕的灌縣籍文學青年，借用陳道謨寄居成都的家——仁厚街 49 號，成立了揮戈文藝社，又稱揮戈社。以『揮戈』命名，是根據我國古代神話『魯陽揮戈退日』的傳說，寄寓揮戈退日的志願。成員有：陳道謨（蕪鳴）、徐季華（許伽）、安安（安旗）、賁常彬（賁桌天）、敖學棋、謝宇衡（陳汀）、胡文熹、陳敬等。在不到兩年的時間裏，揮戈文藝社參加了由劉振美主持的成都市文藝團體聯誼會的活動，為貧病作家張天翼捐獻過稿費。在詩人鐵軍家裏開過魯迅紀念會，邀請過劇作家熊佛西談文藝創作和在編輯和創作活動方面，出版了 16 開本的《揮戈文藝》月刊，每期約 40 頁，雙色套版封面。還出版過 32 開本的《揮戈》副刊（單行本）；在《成都晚報》上，不定期地編刊了《詩與散文》專欄；也曾出版過創作詩集《誠實的歌唱》。1942 年，揮戈文藝社終止了活動。」〔註27〕當然，由於揮戈文藝社主要負責人是陳道謨和許伽，所以不清

〔註26〕戈壁舟：《戈壁舟文學自傳》，《新文學史料》，1987 年，第 1 期。
〔註27〕「揮戈文藝社」，《中國現代文學社團流派辭典》，范泉主編，上海：上海書店出版社，1993 年，第 415～416 頁。

楚安旗在這份刊物中是怎樣的一個角色。但是，按照成員名單來看，安旗（安安）是排在陳道謨（蕪鳴）、徐季華（許伽）這兩大《揮戈》負責人之後，所以她也應該是這個社團中重要的負責人之一。除了參與《揮戈文藝》之外，安旗還曾出版過《拓荒文藝》，「1942 年與安旗、路今（哲飛）獨立出版《拓荒文藝》」。〔註28〕因此在 1942 年《揮戈》停刊之後，安旗在文學上的事業轉移到《拓荒文學》了，「從 1939 年春開始，成都南薰高中女學生徐季華（禾草）先後結識了樹德高中女生安琦（安安）和郵政局女職工盧經鈺（盧戈）。三位不滿 20 歲的女青年都愛好文藝，成為至友。他們常常相互傳遞新書報，談論人生、社會和文藝。他們也都曾參加過文藝社團，但感到女性作者在這些社團中處於陪襯地位，於是決定自辦社團，出版刊物。1941 年冬，開始籌備，於 1942 年 3 月成立了拓荒文藝社，社員就是她們 3 人，也沒有固定的社址。這時，安琦也考人郵政局工作。她們從微薄的收人中節省支出，拼湊起來，作為辦刊物的資金。社刊《拓荒文藝》於 3 月創刊，每期印 500 份，一半交微微書店經售，一半由朋友代銷。由於經費困難，她們有時還向親友募捐，徐季華有次甚至賣掉被子以補足印刷費用。刊物的稿件，除他們自己寫作外，主要向老師和朋友組稿，如田野、無以、蔡月牧、寒笳、黃樺、趙隆勤等都在《拓荒文藝》上發表過文章。《拓荒文藝》主要發表詩歌和散文，也發表少數雜文和譯作。1942 年 6 月出了第 2 期後，由於物價飛漲，經費越來越困難，而且又難以取得『圖書雜誌審查證』，堅持下去非常困難，遂於 1942 年 11 月出了第 3、4 期合刊後停刊，拓荒文藝社的活動也告結束。」〔註29〕從這裡，我們可以簡單地看到，安旗早年對於文學創作的熱情。她關注女性作者，為辦刊積極籌備資金等，這些都可以看到她早期對於編輯刊物的努力和嘗試。不過，這雖然是一個短暫的辦刊經歷，但對於安旗來說，卻是一段非常重要的經歷。此後她成為《延河》副主編，以及《星星》詩刊主編，也與這段經歷有一定聯繫。

　　當然，安旗從西安來到四川，具體是誰聯繫？以及她到《星星》詩刊任職的具體歷史細節，我們也就難以考證了。

〔註28〕「許伽」，《中國文學家辭典 現代第五分冊》，閻純德主編，成都：四川文藝出版社，1992 年，第 232 頁。

〔註29〕「拓荒文藝社」，《中國現代文學社團流派辭典》，范泉主編，上海：上海書店出版社，1993 年，第 332 頁。

三、作為批評家的安旗

選擇安旗任《星星》詩刊的主編，還有一個重要的原因，她是一位重要的詩歌理論家。特別是由於「反右鬥爭」後，《星星》詩刊非常需要一位有著正確政治思想，有政治理論高度的主編，所以以「無產階級詩歌批評家」面貌出現的安旗，就更是《星星》詩刊主編的一時之選了。

安旗不僅立志做一個「無產階級詩歌批評家」，而且也成為了一個重要的無產階級詩歌批評家。從我們前面對安旗《自傳》的介紹來看，安旗對自己的定位，就是一個詩歌批評家。她說，「我讀到毛澤東同志的《在全國宣傳工作會議上的講話》，其中讀到：無產階級需要有自己的文學家、藝術家、理論家、科學家……這一段話給我很大的啟發和鼓舞，從此我使以文學作為自己的終身事業。」〔註30〕因此，在進入到《星星》詩刊作主編之前，安旗就已經出版寫出了大量的詩歌評論，而且是非常有「批判性」、「戰鬥性」的作品。1958年新文藝出版社的《論抒人民之情——抒情詩論集》是安旗的第一本文學批評集，也是奠定安旗作為無產階級詩歌批評家的重要著作，比較集中代表了安旗的文藝思想。在《後記》中，安旗說，「我只不過是一個普通的詩歌愛好者。但當我看盡胡風分子們的反動的詩歌理論和詩作把我們的詩壇弄得烏煙瘴氣的時候，我不能不拿起筆來；當我看盡右派分子們在我們的詩壇上種植鴉片而冒充鮮花的時候，我不能不拿起筆來。還有，當我發現我國古典詩歌的驚人的寶藏還沒有被我們今天的詩人充分注意，還沒有充分汲取其中有用的東西來提高社會主義的詩歌藝術時，我也不能不拿起筆來。拿起筆來為社會主義文學事業貢獻出我一點微薄的力量。假如我能有初步識別香花和毒草，正確和謬誤，精華和糟粕，這首先要歸功於黨的教育，馬克思列寧主義的教育。沒有這種教育，我什麼也看不出來，什麼也寫不出來。」〔註31〕我們看到，安旗進行詩歌批評的目標非常明顯，就是與「胡風分子們的反動詩歌理論和詩作」以及「右派分子在詩壇上種植的鴉片」作鬥爭。而且她文學評論的目的，就是為「社會主義文學事業貢獻自己的力量」。換而言之，這本文學評論集，已經將安旗作為「無產階級詩歌批評家」的特徵體現出來。

〔註30〕安旗：《安旗（自傳）》，《中國少數民族現代作家傳略》，吳重陽、陶立璠編，西寧：青海人民出版社，1980年，第77～80頁。

〔註31〕安旗：《後記》，《論抒人民之情——抒情詩論集》，上海：新文藝出版社，1958年，第146頁。

這本《論抒人民之情——抒情詩論集》文學評論集，也充分體現出了安旗文藝批評的個人特色。該文集分為兩輯，第一輯為專為批判性文章，包括《「安魂曲」——反革命的毒箭》、《論抒人民之情——兼評邱爾康「抒情詩雜談」及其他》、《再論抒人民之情——兼斥右派分子平平的修正主義和人性論》、《這是一股什麼「風」——評張賢亮的「大風歌」》、《虛偽的歌——評張賢亮「在傍晚唱的歌」等詩》、《略論詩歌的題材——兼斥流沙河關於題材問題的謬論》等 6 篇論文。第二輯為純詩學理論，包括有《論詩的典型化方法的多樣性》、《論詩的概括》、《論詩的構思》、《論詩的誇張》等文章，這一部分體現了安旗對詩歌本體問題的關注。而在這些論文中，我們可以看到，安旗批評的幾個向度。第一，有著對整個國際國內文學形勢的關注。這主要體現在對阿赫瑪托娃詩歌《安魂曲》的批判上。由於安旗曾在四川大學就讀外國文學，所以她一直比較關注外國文學，對於外國文學閱讀和批評，可以說是她文學評論的起點。批判阿赫瑪托娃的《安魂曲》便是這樣一種體現。第二，是對陝西本地文學現象的關注。張賢亮的《大風歌》發表於 1957 年 7 月的《延河》，隨即受到《人民日報》等刊物的批判。因此，作為《延河》副主編的安旗，正好有了施展自己詩學批評的用武之地。因此，在安旗第一本文學批評集中，便收錄了她的兩篇批判張賢亮詩歌的論文。第三，是對四川文學界的關注，特別是對《草木篇》事件，或者說對《星星》詩刊的關注。論文集中的兩篇論文，《論抒人民之情——兼評邱爾康「抒情詩雜談」及其他》和《略論詩歌的題材——兼斥流沙河關於題材問題的謬論》，正是對《星星》詩刊辦刊方針，以及《草木篇》問題的批判。而且安旗還以批判《星星》詩刊中邱爾康「抒情詩雜談」理論的文章《論抒人民之情》為整個論文集的書名，體現出了她對《星星》辦刊方針的特別關注。同樣安旗的論文《清除詩歌創作中的個人主義》，就多次以《星星》詩刊上的作品為例展開論證，如：易允武的《星》（《星星》1957 年 5 月號）、白峽《偏愛》（《星星》1957 年 6 月號）、孫靜軒的《社會主義進行曲》（《星星》1957 年 9 月號）、山君《致燕子》（1957年第 2 期）、田奇《等你》（《星星》1957 年第 4 期）等。所以，從另外一個方面來看，安旗在主編《星星》詩刊之前，就對《星星》詩刊有著重點關注，就已經與《星星》詩刊有了不解的淵源。

安旗的相關評論，也得到了全國文藝界的肯定。1958 年文藝報編輯部編輯的《論革命的現實主義和革命的浪漫主義相結合》，在收錄了周揚、郭沫若、

茅盾、邵荃麟、張光年、賀敬之、馮至、郭小川、袁水拍等人的論文之外，就
收錄安旗兩篇論文《從現實出發而又高於現實》、《略論新民歌思想藝術上的
主要特點》〔註32〕，安旗是唯一一位收錄了兩篇文章的評論家。1959 年，安
旗的詩學評論《論詩與民歌》由作家出版社出版，更加鮮明凸顯出了安旗在
「無產階級詩歌評論」、「社會主義文學事業」、「兩結合方針」中文學評論家
的重要位置。《論詩與民歌》包括了 11 篇論文〔註33〕，集中展示了安旗在毛
澤東詩詞賞析、「兩結合方針」等方面的理論功底。另外，在五六十年代，安
旗還出版了《論敘事詩》、《新詩民族化群眾化問題初探》、《毛澤東詩詞十首
淺釋》等論著。由此，安旗可以說是這個時期的批評家的重要代表。古遠清
多次給了安旗極高的評價，「當安旗的抒情詩論集《論抒人民之情》（1958 年，
新文藝出版社）出現在五十年代的文壇時，我們欣喜地看到了詩歌領域內終
於有了專門評詩的理論家。特別是當我們知道這位評論家是少數民族且又是
女性時，我們對她寄予了更大的期望。」〔註34〕進而，他還認為，「安旗是『文
革』前少有的高產的職業性詩評家。她的批評文字大都反映著詩壇的風雲變
幻，許多流行的思潮都很快沉澱在她的詩評中，是『十七年』左傾詩評的代
表。」〔註35〕從這裡我們看到，作為「專門評詩的理論家」，特別是作為「職
業性的批評家」，安旗在五六十年代的詩壇上，是有著重要影響的詩歌理論家
之一。

　　安旗的詩歌理論，從她的幾本著作來看，「抒人民之情」、「民歌」、「敘事」、
「兩結合」、「民族化群眾化」問題，是她詩學理論的幾個核心點，也剛好契
合了時代的需要。安旗所說的「抒人民之情」，特指無產階級的思想感情。她
在談到新民歌的詩歌，說到，「這種嶄新的內容總的來說就是社會主義和共產
主義的精神。」〔註36〕她認為，詩人最重要的是，要站在人類的歷史進程中，
抒發出表達人類發展的大眾的、積極的、健康的大情感。因此，在安旗的詩

〔註32〕 文藝報編輯部：《論革命的現實主義和革命的浪漫主義相結合》，北京：作家
　　　　出版社，1958 年。
〔註33〕 安旗：《論詩與民歌》，北京：作家出版社，1959 年。
〔註34〕 古遠清：《安旗的詩論──〈當代詩論五十家〉之一》，《黃石教師進修校學報》，
　　　　1986 年，第 1 期。
〔註35〕 古遠清：《受權力意志支配的安旗》，《中國當代文學理論批評史（1949～1989
　　　　大陸部分）》，濟南：山東文藝出版社，2005 年，第 229 頁。
〔註36〕 安旗：《略論新民歌思想藝術上的主要特點》，《論詩與民歌》，北京：作家出
　　　　版社，1959 年，第 55 頁。

學觀念中，第一重要的問題就是題材問題。在《略論詩歌的題材——兼斥流沙河關於題材問題的謬論》一文中，集中體現了安旗的「題材觀」：「在題材問題上，我們提倡描寫工農兵生活和鬥爭的題材；這並不排斥題材的多樣化，今天的作家、詩人對題材的選擇有充分的個人自由，但目的也是為了更好地為工農兵服務，為勞動人民服務」〔註37〕在這裡，安旗通過流沙河這一反例論證，來明確正確的題材取向。在安旗看來，之前胡風有「題材主義」、「題材差別論」的觀點，之後流沙河還進一步反對「題材至上主義」。流沙河曾說：「反對題材至上主義，解開束縛，為題材打開廣闊而自由的天地」〔註38〕胡風的理論，以及流沙河的觀點，是安旗不能認同的。所以，安旗認為題材與題材之間是有優劣之分的，只有取材於重大題材，才能使得詩歌不止有詩人個人的感情，而是通過詩人的描寫表現出時代的精神面貌，最終揭示出生活的真理。所以她在評論中提出，「『感』社會主義之『志』，『詠』共產黨之『志』，從現實生活的反映中給人以共產主義的人生觀和世界觀」〔註39〕。同樣，安旗在詩歌中反對個人主義。她在《清除詩歌創作中的個人主義》一文中，對與集體主義相對立，與民族化、群眾化相違背的個人主義進行了猛烈的抨擊。她認為胡風和右派分子，都是極端的個人主義者，都是社會主義建設中的「毒花」。特別是個人主義竭力宣揚孤獨與孤傲，偏愛一些渺小的題材，使得讀者偏離了偉大的現實，離開了廣大的人民，其最大的危害就是對社會主義的偉大事業起一種離心力的作用。

而要完成詩歌的「共產主義的人生觀和世界觀」的歷史使命，就必須有相應的指導思想和創作方法，於是學習毛澤東詩詞以及毛澤東文藝思想，就成為了安旗詩學理論中「抒人民之情」的重要基礎。安旗在《第一等襟抱，第一等真詩——毛主席詞讀後記》中說，「從毛主席的詞裏，我們可以學到很多東西，但對於我們當代的詩人們來說，毛主席詞中所顯示出來的作者的品格對於詩創作的巨大作用，更是具有頭等重要的教育意義。」〔註40〕此後，她

〔註37〕 安旗：《略論詩歌的題材》，《論述人民之情》，上海：上海文藝出版社，1959年，第67頁。

〔註38〕 安旗：《略論詩歌的題材》，《論述人民之情》，上海：上海文藝出版社，1959年，第67頁。

〔註39〕 安旗：《論詩與民歌》，北京：作家出版社，1959年，第43～53頁。

〔註40〕 安旗：《第一等襟抱，第一等真詩——毛主席詩詞讀後記》，《論詩與民歌》，北京：作家出版社，1959年，第15頁。

還專門出版了《毛主席詩詞十首淺釋》，都在從毛主席詩詞中為當代詩歌的發展尋找新的源泉。延安文藝座談會上，毛澤東提出了「為工農兵服務」的方針，以及具有中國作風、中國氣派、為民眾所喜聞樂見的民族新形式，實現新詩民族化和群眾化。由此，在安旗的詩學觀念中，也積極提倡「詩歌下放」。她說，「『詩歌下放』問題實質上是詩歌和勞動人民結合的問題，也就是在詩歌領域中貫徹為工農兵服務方針的問題。……『詩歌下放』首先應該是詩人下放，下放到工農兵群眾中去，在思想感情上進行徹底的改造，同時向民歌學習，在詩風上進行徹底的改革，這樣才能創造出為廣大群眾喜聞樂見的具有社會主義內容和民族形式的詩歌。」所以，安旗提出「在思想上更上一層樓，在生活上更下一層樓」〔註41〕的觀點，進而對作家提出了兩點要求：一是作家在思想上，要反對保守主義，用正確的思想做先導；二是作家在生活上，要堅持向群眾學習，要深入到群眾的生活中去，瞭解群眾的所思所想、所需所盼。「我覺得，為了深入生活，確實需要下去的次數多一些，時間長一些，而且盡可能擔任工作。但次數多、時周長、擔任工作，恐怕還不能算就是已經深入生活的可靠標誌。真正的深入生活，應該還是毛主席所說的，在生活上和思想感情上同工農兵群眾打成一片。」〔註42〕由此，安旗在積極論述新民歌的「兩結合」方針的同時，更多的不是在談「浪漫」、「現實」，而且是更為明確地指向「人民」，指向「勞動」，「勞動人民對今天的新社會充滿了熱愛，對自己的勞動充滿了自豪，對共產黨毛主席充滿了感激，對前途充滿了信心，因此他們不能不歌唱。他們的歌唱是衷心的，感情是飽滿的，精神是昂揚的——這就是他們的革命現實主義和革命浪漫主義的內容和基礎。」〔註43〕由此可以說，安旗的詩學理論，對五六十年代「政治抒情詩」的發展，奠定了重要的理論基礎。

　　雖然安旗的詩學理論有著濃厚的時代特色和政治意識，但是她在《論抒人民之情》中的，如《論詩的典型化方法的多樣新》、《論詩的概括》、《論詩的構思》、《論詩的誇張》，以及發表在《詩刊》的《關於詩歌的含蓄》〔註44〕等

〔註41〕安旗：《在思想上更上一層樓，在生活上更下一層樓》，《論詩與民歌》，北京：作家出版社，1959年，第31頁。
〔註42〕安旗：《關於詩歌創作問題的一封信》，《四川日報》，1963年2月21日。
〔註43〕安旗：《在思想上更上一層樓，在生活上更下一層樓——再論革命現實主義和革命浪漫主義相結合》，《論詩與民歌》，北京：作家出版社，1959年，第39頁。
〔註44〕安旗：《關於詩的含蓄》，《詩刊》，1957年第12期。

文章，又讓看到一個極具「藝術性」的安旗。雖然這不是安旗批評文章的重頭戲，不過這已經讓我們看到了另外一個更值得關注的詩歌理論家安旗。如在評價傅仇時，安旗說，「我們知道，詩的思想性和戰鬥性是體現在形象之中的。『藝術家既然把它們勾勒出來以後，他就滿足自己的工作，走到一旁去了，他不再添加什麼。……添加是沒有什麼用處的，他這樣想，假如形象本身不能告訴你們的心靈什麼東西，那還有什麼話可以對你們說呢？』（杜勃羅留波夫）。然而你詩中的思想性和戰鬥性卻常常是附加在形象之外的。詩的思想性和戰鬥性是包含在創造性的構思之中的。詩固然要以社會主義和共產主義思想教育人民，但一般的社會主義和共產主義概念卻不是詩。只有當社會主義和共產主義思想通過生動的形象，以獨特的方式表現出來，才能成為詩。詩的構思是詩人對於生活的獨特感受，是詩人對於生活的真知灼見。」〔註45〕我們看到了，安旗在政治與藝術之間，也有著掙扎。但正如古遠清所說，「安旗是『文革』前少有的高產的職業性詩評家。她的批評文字大都反映著詩壇的風雲變幻，許多流行的思想都很快沉澱在她的詩評中，是『十七年』左傾詩評的代表。」〔註46〕

四、安旗的編輯理念

　　對於安旗在《延河》時期任副主編的具體情況，我們不得而知。一方面，由於《延河》是戈壁舟在主編，整個《延河》的編輯方針是應該主要是由戈壁舟負責的。另一方面，對於安旗自身來說，她自己也更為看重自己的無產階級理論家的、新民歌評論家的身份，因此在《延河》時期，安旗或許並沒有形成一套完整的編輯理念。但是到了四川文聯後，安旗執掌《星星》詩刊，成為《星星》詩刊的主編，那麼此時，安旗就必須思考整個刊物的編輯方針，和未來的發展方向了。

　　在四川省文聯的檔案中，保存了一份《「星星」1959 年計劃（草案）》，雖然這份《「星星」1959 年計劃（草案）》並沒有具體時間，也沒有備註參與人等信息，但應該說這是安旗到《星星》後參與並指導制定的。我們知道，在 1958 年《星星》的負責人是「帶班」的李累，但安旗在 1958 年 10 月左右就

〔註45〕安旗：《關於詩歌創作問題的一封信》，《四川日報》，1963 年 2 月 21 日。
〔註46〕古遠清：《中國當代文學理論批評史（1949～1989 大陸部分）》，濟南：山東文藝出版社，2005 年，第 229 頁。

已經到了四川省文聯。雖然她的正式任職在 1959 年 2 月，但此前她應該就已經介入到了《星星》詩刊相關的工作中。更重要的是，在整個《草案》中，出現了與《五年規劃（草案）》中相比而言的較多的新的思路和想法，也特別提到「最近趁改版機會」的變化，這表明此刻《星星》詩刊已經發生變化。正如前面所說，1959 年的《星星》，從形式和內容上就都已經發生了變化，《星星》詩刊的這些變化，原因就在於《星星》詩刊的主編已經更換。所以，1959 年所制定的《「星星」1959 年計劃（草案）》，與新上任的主編安旗，肯定有著重要關係。

「星星」1959 年計劃（草案）

甲、關於刊物

創作部分

1. 每期發表一定數量的民歌。除以新民歌和革命歌謠為主外，也適當發表一些優秀的舊民歌。注意精選，保證質量。

2. 大力鼓勵在民歌和古典詩歌基礎上發展起來的新詩創作。

3. 在大力提倡民歌和新詩風的前提下，貫徹百花齊放方針，在風格形式上力求多樣化。

4. 大力組織優秀創作，向國慶節獻禮，爭取每一個季度至少有 1～2 個獻禮作品。長篇短篇並舉，專業群眾並重。

5. 組織發表一定數量的優秀歌詞。

6. 組織發表一定數量的優秀的曲藝作品。

7. 在創作內容上，以共產主義思想為綱，注意多方面反映現實生活而以下列各項為重點：

（一）歌唱人民公社。

（二）歌唱 1959 年新的躍進。

（三）歌唱國慶十週年和十年來的偉大建設。

（四）歌唱黨和毛主席的英明領導。

評論部分

1. 大力組織下列內容的評論文章。

（一）民歌。

（二）在民歌和古典詩歌基礎上發展起來的優秀創作。

（三）獻禮作品以及本刊發表的其他優秀作品。

（四）革命現實主義和革命浪漫主義相結合的問題。

2. 每期發表 1～2 篇較有份量的評論文章外，再開闢「群眾詩話」一欄，發表群眾對詩歌的點滴意見。

3. 繼續搞好「與初學寫作者談詩」一欄，除每期連載沙鷗同志的「怎樣寫詩」外，本刊編輯部的同志爭取每期寫 1～2 篇短文，談來稿中存在的問題。

4. 繼續組織「筆談新詩的道路」。根據百家爭鳴，推陳出新的精神，在最近連續召開幾次座談會，在座談基礎上組織稿件。

5. 開闢「歷代詩話、詩評選錄」欄，目的在介紹和繼承我國古代詩歌理論遺產。

6. 開闢「勞動人民論詩」欄（不定期）整理民歌中論詩的作品，介紹勞動人民中的詩歌理論。

7. 爭取從下半年起，開闢「革命詩歌運動史話」一欄，約請詩人和有關同志撰寫各個革命時期詩歌運動的回憶錄。目的在繼承和發揚革命詩歌運動的優良傳統，促進今後詩歌的發展。

乙、關於詩歌運動

在辦好刊物之外，適當抽出部分力量，開展群眾性的詩歌活動，促進群眾詩歌創作的發展和提高，並為本刊開闢稿源。

1. 詩傳單：在「五一」、「十一」等節日各出一次。

2. 賽詩會：在端陽、中秋等節日各舉行一次。

3. 其他。

這些工作都需要和民間文學研究會、「草地」、輔導部等單位的協作。

丙、關於團結詩人、評論家和青年作者

1. 刊物應當團結一批詩人、評論家和青年作者在自己的周圍，作為刊物經常撰稿人。最近趁改版機會，給省內外的詩人、作者發出一封信，徵求意見，約稿並擴大影響。

2. 刊物還應該選擇一些條件較好的基層文藝組織，（如工廠、農村、學校中的創作小組各一處）和他們建立聯繫，在他們那裡搞試點工作，並從他們那裡經常搜集對刊物的反映。

3. 在年內建立一支 20 人左右的詩歌評論隊伍。在最近省委宣

傳部召開文藝評論工作者會議以後，就物色對象，進行聯繫，定期
印發刊物組織要點，向他們定貨。〔註47〕

　　總的來看，這份計劃三大部分，包括關於刊物（創作部分、評論部分）、
關於詩歌運動、關於團結詩人、評論家和青年作者這樣四大板塊。從這整個
設計來看，在安旗的辦刊方針中，重點加強了《星星》詩刊的評論板塊和對
外聯繫這樣兩大內容。

　　首先我們來看加強《星星》詩刊評論部分的方針。毫無疑問，加強《星
星》詩刊的評論力量，我們看到，這肯定與安旗自身的評論身份有關。所以，
在 1959 年的《星星》中加大評論的版面，正是作為新任主編安旗帶來的最大
的變化。當然，此前李累「帶班」時期的《星星》詩刊也有一定份量的評論文
章。而安旗對評論的加強，不僅在量上有增加，而且在內容上有很大的變化。
除了繼續發表此前已經展開的「民歌問題」、「與初學寫作者談詩」、「筆談新
詩的道路」等問題的評論之外，還增加了「獻禮作品」、「革命現實主義和革
命浪漫主義相結合問題」的討論。不僅如此，此時的《星星》詩刊還開闢了幾
個新的評論欄目，如《群眾詩話》、《編輯部談詩》、《歷代詩話詩評選錄》、《勞
動人民談詩》、《革命詩歌運動史話》等。這樣大規模的擴大評論欄目，足見
此時《星星》主編對於詩歌評論的重視。同樣，從作者、讀者、編輯、勞動人
民、傳統、革命等眾多視野來展開詩歌評論，也足見此時《星星》詩刊在詩學
理論方面的視野是較為寬廣的。《星星》詩刊在評論方面的加強，還有一點值
得注意的，就是要在年內建立一支 20 人左右的詩歌評論隊伍，培養更多的評
論人才。所以，從這一切對詩歌評論的重視程度來看，《「星星」1959 年計劃
（草案）》肯定是具有詩歌理論家、詩歌批評家身份的安旗的辦刊思路，也肯
定是在她的指導下起草的。可以說，增加詩歌評論的份量，擴寬當代詩歌評
論的視野，為當代詩歌培養評論人才，這是安旗主編《星星》詩刊的重要編
輯方針之一。

　　其次，我們來看加強《星星》詩刊對外聯繫的相關策略。《「星星」1959
年計劃（草案）》三大部分，其實也就是《星星》詩刊發展的三大方向。在以
「刊物」為中心之外，安旗還重點關注了另外的兩個方向，即「詩歌活動」和
「團結詩人、評論家、青年作者」，我把這兩者統一為「對外聯繫」策略。而

〔註47〕《「星星」1959 年計劃（草案）》，《四川省文聯（1952～1965）》，建川 127～
　　　　 208，四川省檔案館。

且在《草案》中明確表述，《星星》詩刊要適當抽出編輯部的部分力量，來開展群眾性的詩歌活動。雖然開展詩歌活動，與整個中國社會的大躍進，提倡「詩歌下放」等有一定的關係，但這也讓我們看到了新任主編對於《星星》詩刊發展的新思路。更為重要的，《星星》詩刊在對外聯繫方面還有著較為具體的措施：如「一封信」的努力，即給省內外的詩人、作者發出一封信，徵求意見，加強聯繫和團結；以及「試點基層文藝組織」，與工廠、農村、學校中的創作小組各一處建立聯繫，搜集意見，擴大影響。這些舉措和努力，讓我們看到了《星星》詩刊在向工農兵「開放」、向基層「開放」的辦刊和編輯方針。所以，加強對外聯繫的「開放辦刊」，是安旗主編《星星》詩刊另一重要特點。

最後，我們來看刊物所堅持「以共產主義思想為綱」的這樣核心原則。從《草案》中我們看到，在對《星星》詩刊來稿作品的要求中，有著鮮明的政治方向性。在《草案》中，著重強調：以新民歌和革命歌謠為主，大力鼓勵在民歌和古典詩歌基礎上發展起來的新詩創作，大力提倡民歌和新詩風、大力組織獻禮作品。換言之，民歌、革命歌謠、獻禮作品這才是《星星》詩刊「大力」鼓勵、提倡、組織的作品。而且《草案》的最後還明確強調，在創作內容上，以共產主義思想為綱，注意多方面反映現實生活而以下列各項為重點：歌唱人民公社、歌唱 1959 年新的躍進、歌唱國慶十週年和十年來的偉大建設、歌唱黨和毛主席的英明領導。雖然《星星》詩刊也貫徹「百花齊放」的方針，在風格形式上力求多樣化，但這並不是《星星》辦刊的重點。儘管《草案》中有「每期發表一定數量的民歌、也適當發表一些優秀的舊民歌、發表一定數量的優秀歌詞、發表一定數量的優秀的曲藝作品等表述」……這些表述，但實際上這些作品僅僅是《星星》詩刊的一些補充。當然，如果回到安旗的詩學理論，我們就發現，「以共產主義思想為綱」的辦刊方針，是與安旗的「抒人民之情」、「民族化群眾化」的詩學理論完全一致的。由此可以說，「以共產主義思想為綱」，正是安旗主編《星星》詩刊的核心思想。

由於這只是一份「草案」，這表明《「星星」1959 年計劃（草案）》還沒有通過省文聯的正式討論，僅僅還是星星編輯部的一種思考。當然，也正是由於還沒有通過最後的討論、修改，這在一定程度上還原了星星編輯部的最初的思考，也在一定程度上體現了安旗到《星星》詩刊後，她最真實的辦刊方針和編輯理念。

第二節　從「新詩道路」到「詩歌戰線」

　　安旗上任後，《星星》詩刊的一個重要舉措就是將李累所開展的「詩歌下放」討論，轉向為「新詩道路」討論。但是，「新詩道路」雖然與「詩歌下放」討論有一定的關聯，但這兩次討論實際上並不是一致的。然而，這次「新詩道路」討論在《星星》詩刊上也並沒有持續多久，就迅速轉向了帶有批判性質的「評論」，走向「詩歌戰線」。

一、「新詩道路」討論

　　在《新詩歌的發展問題》第一輯中提到，「《詩刊》曾提出『開一代詩風』的問題，緊接著《星星》展開了『詩歌下放』的討論，《處女地》開展了『新詩發展問題』的討論，《詩刊》也開闢了『新民歌筆談』。」〔註48〕面對新民歌的大躍進，批評界展開了較為集中的討論和研究。

　　在對這場「全民性的詩歌創作高潮」的研究探討中，我們將《星星》詩刊「詩歌下放」的討論，與《處女地》開展的「新詩發展問題」混在一起。當代學者就有人認為：「一個爭論是 1958 年 6 月到 11 月成都《星星》詩刊上的爭論。這個爭論由雁翼的《對詩歌下放的一點看法》一文（《星星》1958 年 6 月號）引起。爭論圍繞對過去新詩的評價『對詩歌形式問題的看法』、『對民歌、自由詩的看法』等問題展開。李亞群在《星星》詩刊 1958 年 11 月號發表《我對詩歌道路問題的意見》後，爭論基本結束。另一個爭論是從 1958 年 7 月開始，後來擴大到《詩刊》、《萌芽》等許多報刊的爭論，爭論由何其芳的《關於新詩的百花齊放問題》、卞之琳的《對「新詩發展問題」的幾點看法》（兩文皆刊瀋陽《處女地》1958 年 7 月號）兩文而起，爭論圍繞民歌體是否有限制、未來新詩的主要形式應該是新格律詩、新格律詩的形式是什麼、怎樣看待古典詩歌傳統、民歌傳統與新詩傳統等問題展開。其爭論焦點為民歌體是否有限制。未來的新格律詩是否應該是新民歌體。」〔註49〕實際上，在《星星》詩刊，「詩歌下放」和「新詩道路」，是兩次並不完全相同的討論。在「詩歌下放」問題的討論之後，《星星》詩刊才開展「筆談新詩的道路」專欄

〔註48〕《編輯說明》，《新詩歌的發展問題》，第一輯，《詩刊》編輯部編，北京：作家出版社，1959 年，第 1 頁。

〔註49〕劉濤：《百年漢詩形式理論的探求：20 世紀現代格律詩學研究》，北京：人民出版社，2013 年，第 254 頁。

（我們簡稱「新詩道路」討論）。在「新詩道路」的討論中，《星星》詩刊明確
在《編者按》中提到，「經過『詩歌下放』問題的討論，絕大多數同志都比較
深入地領會了黨對中國詩的出路的指示。但是，究竟新詩該怎樣在民歌和古
典詩歌的基礎上發展？以及革命的現實主義和革命的浪漫主義相結合等等問
題，無論在理論上和詩歌創作實踐上，都很有意義，值得大家來討論。所以，
我們特闢『筆談新詩的道路』專欄，請大家發表意見。」〔註50〕由此，我們
看到，在《星星》詩刊的「詩歌下放」討論中，解決當代詩歌發展方向的問
題，而「詩歌道路」問題的探討，則是如何實現這個方向的問題，這是性質不
同的兩次討論。當然，《星星》詩刊的「新詩道路」與此前「詩歌下放」的討
論，又並非沒有關聯。一方面，在「詩歌下放」中，通過對雁翼、紅百靈的批
判，正式確立了詩歌發展的方向。所以「新詩道路」的討論，就成為對「詩
歌下放」討論的持續深入。另一方面，由於在「詩歌下放」中出現了不同的、
乃至是反對「詩歌下放」的聲音，「詩歌下放」的討論必須轉變方向才能進一
步拓展。所以，展開「新詩道路」討論，又是對「詩歌下放」討論的反駁以及
推進。

　　「新詩道路」討論，也是 1959 年當代詩歌發展的一個重要問題。1 月 16
日《人民日報》召開詩歌問題的第二次座談會，1 月 29 日《人民日報》編發
這次「關於詩歌問題的討論」，刊出張光年《在新事物面前——就新民歌和新
詩問題和何其芳同志、卞之琳同志商榷》等文章。另外，在《紅旗》、《文藝
報》、《人民日報》都在不同程度地展開「新詩道路」的討論，所以《星星》詩
刊也就相應地展開了「新詩道路」的討論。雖然在統一的「新詩道路」話語之
中，但如果我們回到《星星》詩刊自身的發展歷史，我們看由於《星星》詩刊
主編的個人經歷，《星星》詩刊的這次「新詩道路」討論，還是有其獨特性的。
作為一位主編，同時又作為一名詩歌評論家的安旗，在「新詩道路」討論中，
完全有著自己的詩學考慮。所以，在安旗成為《星星》詩刊主編後，由於她對
詩歌理論建構的興趣，超越了對詩歌文本的興趣，通過構建當代詩歌理論來
推動當代詩歌的發展，就成為安旗主編《星星》的一個重要事件了。當然，也
正是安旗構建詩歌理論的努力，「新詩道路」的討論就有著一定的新突破，成
為《星星》詩刊發展中的一個重要事件。

　　從 1959 年開始，在《星星》第 1 期的《向祖國獻禮》（相當於新年獻詞

〔註50〕《筆談新詩的道路·編者按》，《星星》，1959 年，第 1 期。

和編後記）中，明確提出了「筆談新詩的道路」這一思路，「新詩的道路問題，是值得深入討論的問題；從本期起，闢了『筆談新詩的道路』一欄，請詩人、作者、文藝批評工作者、讀者都熱烈地參加筆談，希望通過討論，有助於詩歌創作的繁榮和發展。」〔註51〕在這一期《星星》詩刊中，就有兩篇「筆談新詩的道路」文章，一篇是繆鉞《新詩怎樣在民歌和古典詩詞歌曲上發展》，另外一篇是劉開揚《關於新詩創作問題》。我們知道，此時繆鉞與劉開揚都是大學教授，是研究古代文學的專家，也是研究民歌的重要學者，所以《星星》詩刊請他們來參與討論，目的就是為「新詩的道路」奠定紮實的理論基礎。而且通過標題我們看到，所謂「筆談新詩的道路」，就是在肯定「詩歌下放」基礎上，談「詩歌如何下放」、「新詩怎樣下放」的問題。對此，繆鉞首先說，「十月中，中共四川省委宣傳部副部長李亞群同志發表了『我對詩歌道路問題的意見』，對於有關的幾個重要問題加入深透的闡發，批判了有些人提出的集中錯誤意見，指明今後詩歌發展的正確道路，使大家的認識更清楚了。」然後，他才具體談「新詩的道路」，「至於新詩怎樣在民歌與古典詩詞歌曲的基礎上發展，換句話說，就是新詩作者應當向民歌與古典詩詞歌曲學習些什麼，關於這一問題，我一時還提不出全面的意見，僅就所想到的，拉雜寫出，與大家商討。」〔註52〕在繆鉞的這篇文章中，一方面就非常鮮明地體現了《星星》詩刊從「詩歌下放」到「詩歌怎樣下放」的「新詩道路」問題的轉變過程。另一方面，從他的文章可以看出，《星星》詩刊的「新詩道路」討論，更帶有「四川性」特點，主要是針對四川文藝界的觀點而展開。所以在他的文章中，首先就強調了省委收集民歌的指示，以及李亞群的發言為今後詩歌發展的正確道路，認為「詩歌下放」在「新詩道路」討論中成為了一個不爭的事實，也是「新詩道路」討論的前提和基礎。在「詩歌怎樣下放」問題上，繆鉞態度也非常明確，那就是：內容上政治第一，以反映社會主義、共產主義為健康的思想感情。在形式上，也繆鉞非常認同：以五言、七言為主，並且講求押韻、口語等具體的方法。從這裡可以看出，繆鉞的文章，儘管在關於「詩歌形式怎樣下放」的問題上也引起了爭議，但這是一篇帶有「新詩道路」討論的綱領性的文章，為後來的討論確定了一個基本標準。

在這第一次「筆談新詩的道路」討論中，劉開揚的文章則更多的從「新

〔註51〕編者：《向祖國獻禮》，《星星》，1959 年，第 1 期。
〔註52〕繆鉞：《新詩怎樣在民歌和古典詩詞歌曲上發展》，《星星》，1959 年，第 1 期。

詩傳統」來討論「新詩道路」問題。正因為此，也就引發了不同的意見。他說，「中國新詩已有四十年的歷史，產生過不少傑出的詩人和詩篇，對民主革命和社會主義革命作出了一定的貢獻，這是應該肯定的。但是也還存在比較嚴重的缺點。如果不把某些重要問題加以解決，新詩的發展就不能符合我們向共產主義躍進的新形勢的要求，這是任何一個新詩作者所不能迴避的。除了極少數詩篇（如殷夫、田間、李季等人的詩）比較廣為工農群眾樂於接受而外，我們過去的新詩絕大多數是沒有得到廣大勞動人民的喜愛和傳誦的，即使是某些寫得較好的詩，也不過在知識分子當中留下了深刻的影響。……。新詩必須下放，詩人自然得先下放。這一指示的精神是和毛主席、魯迅先生的教導一致的，是針對對著當前新詩面臨的問題所提出的唯一正確的解決方法。過去李季等人向民歌學習有了成績，說明今天向民歌學習必然會獲得更大的豐收。」〔註53〕在劉開揚的文章中，他的主要內容是通過比較臧克家編選《中國新詩選（1919～1949）》與聞一多編選的《現代詩抄》，進而肯定了「少數的革命詩篇」，以及肯定了「詩歌下放」這一新詩的唯一出路。但由於劉開揚所提到的「極少數的革命詩篇」並不全面，以及「新詩道路」提法的與黨的不符，也就引起了後來的論爭。

　　很快，在《星星》詩刊的第二次「新詩道路」討論中，就開始了出現了對第一次討論的「批判」和反對。1959 年《星星》詩刊第 2 期中的《筆談新詩的道路》欄目，也是兩篇文章，愚公的《對「新詩的道路問題」一文的幾點淺見》和韓郁《把新詩交給勞動人民》，他們分別質疑了沙鷗和繆鉞的觀點。首先，愚公對發表於 1958 年 12 月 31 日《人民日報》上沙鷗的《新詩的道路問題》提出不同意見，「歷史證明，向民歌學習，在民歌基礎上發展新詩，不是『把新詩發展的寬廣道路弄得狹窄了』，而是把新詩從羊腸鳥道中引向海闊天空的新天地。」〔註54〕其實，愚公的質疑，並不是對沙鷗所有觀點的質疑。而是質疑沙鷗觀點中對於「民歌」不明確的、游離的這一觀點。也就是說，在愚公看來，在「新詩道路」討論中，必須為「民歌」正名：民歌是主流、民歌有廣闊的空間、民歌就是詩歌的百花齊放。換而言之，「民歌」本身就是不容置疑的詩歌發展的出路。當然，如何界定「民歌」，又如何在「民歌」基礎上發展，本身是一個難以一言以蔽之的問題。同時，這期《星星》詩刊發表的

〔註53〕劉開揚：《關於新詩創作問題》，《星星》，1959 年，第 1 期。
〔註54〕愚公：《對「新詩的道路問題」一文的幾點淺見》，《星星》，1959 年，第 2 期。

韓郁的文章，對繆鉞展開批評，認為「新詩與民歌和古典詩詞，就其形式而言，畢竟是不同的。新詩有新詩的特點和風格，民歌有民歌的特點和風格，二者不能混為一談。詩人學習民歌，新詩在民歌基礎上發展，並不等於被民歌同化，合二為一。如果新詩也是五、七言，那就不是新詩，而是民歌了。這種給新詩的發展預先套上一個框子的做法，顯然是不對的。」〔註55〕進而，面對「新詩怎樣發展」，韓郁也並不同意繆鉞的觀點，而且提出了更為尖銳的問題：第一，他既認可新詩發展的道路是「民歌加古典詩詞」，但是他又認為新詩與民歌和古典詩詞，在形式上的不同。第二，他也認可詩人學習民歌，新詩在民歌基礎上發展，但又提出新詩發展並不等於被民歌同化；第三，認為知識分子也可以改造民歌，以戈壁舟的《山歌傳》為例，提出知識分子要向民歌學習。關於愚公與韓郁這兩位反駁者，都是筆名，他們僅在評論界出現過一兩次。實際上，他們的觀點，如果從詩學建構來說都是可以成立的，其探討也毫無疑問都是言之成理的。

　　但是，由於在「新詩道路」的討論中出現了不同的聲音，所以星星編輯部要以筆名展開批判，進而《星星》詩刊還立即組織了「討論會」。這次會議，成為了《星星》第三次「筆談新詩的道路」的主要內容。本來看似簡單的「新詩道路」問題，也就是「新詩如何下放」的問題，沒有想到在筆談中卻引出了一系列的新問題。在政治極度緊縮的時期，由於「筆談」引發了一些問題，那麼展開更大規模的討論和回應，也就成為四川文聯以及《星星》詩刊下一步的安排。在2月6日四川文聯就發出了這樣一個關於「新詩道路」座談會的《通知》，並附有《參考文章》：

　　　　××同志：

　　　　　　為了促進詩歌創作的繁榮和發展，關於新詩的道路問題，已經在全國展開了討論。「星星」詩刊繼去年「詩歌下放」問題的討論，在今年一月號開闢了「筆談新詩的道路」一欄。為使這一問題得到更充分的，更深入的探討，我們決定召開座談會。熱情地請你來參加，並請你準備一下，希望你能在會上發言。

　　　　　　討論題目：新詩的道路

　　　　　　座談會時間：二月十四日下午一時半

　　　　　　地點：省文聯會議室

〔註55〕韓郁：《把新詩交給勞動人民》，《星星》，1959年，第2期。

四川省文聯

2月6日

參考文章：

周揚：新民歌開拓了詩歌的道路（「紅旗」創刊號）

李亞群：我對詩歌下放問題的意見（「星星」詩刊1958年11月號）

沙鷗：新詩的道路問題（「人民日報1958年12月31日）

臧克家：民歌與新詩（「人民日報」1959年1月13日）

田間：民歌為新詩開闢了道路（「人民日報」1959年1月13日）

宋壘：新民歌是主流，詩歌的發展應當以民歌體為主要（「人民日報」1959年1月21日）

張光年：在新事物面前（「人民日報」1959年1月29日）

郭沫若：就當前詩歌中的主要問題答本社問（「詩刊」1959年1月號）

繆鉞，劉開揚、愚公、韓郁：筆談新詩的道路（「星星」詩刊1959年1、2月號）〔註56〕

　　我們看到，這一《通知》，並沒有透露《星星》詩刊召開這次會議的主要原因。《通知》先提到了全國的「新詩道路」討論，然後回到《星星》詩刊的「新詩道路」討論。在討論的目的上，僅僅說是為了是「更充分的、更深入的討論」。在《參考文章》中的前面7篇文章是《紅旗》、《人民日報》、《詩刊》上文章，另外5篇是《星星》詩刊上發表的文章。這5篇文章中，第一篇李亞群的文章，是帶有指導性的、綱領性的文章，後面4篇是「新詩道路」爭論中最近刊登的文章。從《通知》上這些「參考文章」的排列順序，我們還是能看到召開這次座談會的一些特殊背景。也就是說，這表面上是一次普通的「新詩道路」座談會，但實際上是對《星星》詩刊「筆談新詩的道路」的幾篇文章的一次集中反思或者說批判。正如我們前面看到，雖然《星星》詩刊的「筆談新詩的道路」才開展2期，但就出現了諸多不同的意見，所以展開討論或者說進行總結，便成為了《星星》詩刊的一種必然選擇。

　　關於這次會議，1959年第3期《星星》的「筆談新詩的道路」，以《新詩

_____

〔註56〕見《四川省文聯（1952～1965）》，建川127～208，四川省檔案館。

道路問題座談會　發言摘要》﹝註57﹞為題，詳細記錄了 1959 年 2 月 14 日在四川省文聯會議室召開的會議的基本情況。參加會議的人有繆絨、愚公、皮永恕、李藝、周生高、曾省華、尹在勤、侯爵良、劉選太、高碻、王石泉、王潮清、常蘇民、段可情、戈壁舟、安旗，參會的單位有《星星》詩刊編輯部、《草地》文藝月刊編輯部、四川省民間文藝研究會。2 月 6 日發出了「新詩道路」座談會的通知，2 月 14 日座談會如期舉行。在這次座談會的參會人員中，「筆談新詩的道路」的四位作者，繆鉞與愚公參加了座談會，而劉開揚、韓郁並沒有參會。另外幾位參會者中，尹在勤代表了高校研究者，王德成代表了軍人，李藝、皮永恕、周生高代表工人，其他參會人員也以工農兵為主。所以在這次座談會上，雖然《星星》詩刊主編安旗希望能更充分、更深入地探討「新詩道路」的問題，但批判卻成為了這次會議的主基調，「今天開這個座談會，座談詩歌的道路問題。自新民歌大量湧現以後，這個問題就顯得更加迫切了。……詩歌道路問題，實質上是新詩如何和勞動人民徹底結合的問題，是建設共產主義文學這個重大問題的一部分。這個問題不僅是個理論問題，而且是個實踐問題，因此不能簡單從事，必須展開充分的自由討論，來一個百家爭鳴，在百家爭鳴中推陳出新。只有經過充分的討論，大家的意見逐步趨於一致時，才能在理論上和實踐上得到真正的解決。省文聯領導上認為展開這樣的討論是必要的。因此，除了在刊物上開闢專欄外，決定連續開幾次座談會。今天只是個開始，今後還將繼續召開這樣的會，希望同志們各抒己見。」﹝註58﹞

在這次座談會上，尹在勤的首先發言，一上來集中批判了劉開揚的《關於新詩創作問題》對「新詩估價」、「革命詩歌主流」等觀點。他說，「劉開揚同志對於 1942 年毛主席在延安文藝座談會上的講話以後，一直到開國以來的新詩的評價，我以為還是不公平的。他認為，毛主席講話以後，除了田間、李季少數詩人而外，國統區解放區大多數詩人的立場問題，仍沒有解決。我不知道這樣說的根據何在？」由此，在尹在勤的發言後，李藝和周生高，也分別批判了臧克家、沙鷗等關於「詩歌主流」的觀點。如成都量具刀具廠工人李藝說，「他在文章中再三喊叫民歌是主流，要學習民歌，但又過多地說新詩如何如何。實際上他們的心裏還不是怎樣重視新民歌的。」成都木材廠周生高也說，「看來沙鷗、臧克家等同志的文章，他們雖然說了很多話，但到底是

﹝註57﹞《新詩道路問題座談會　發言摘要》，《星星》，1959 年，第 3 期。
﹝註58﹞《新詩道路問題座談會　發言摘要》，《星星》，1959 年，第 3 期。

否肯定了民歌是主流這個問題沒有？沒有。我認為有些詩人是不大服氣的。……所謂民歌的限制性問題，我同意郭沫若同志的意見，問題不在於民歌的限制性，而是在於你有沒有本事。這個本事就是無產階級的思想感情。有了本事，就沒有限制了。」同時，何為「主流」，是這次會議討論的另外一個重點。王德成提出，「目前正在爭論的誰是主流問題，我的看法及部隊裏廣大戰士認為，凡是被群眾所認為好的詩歌，受群眾歡迎的詩歌，就是主流。」成都量具刀具廠工人皮永恕說，「我認為只要是喜歡的人多，對社會主義建設作用大的詩，就是詩歌的主流。」但是如何更充分、更深入地探討「新詩如何向民歌學習」呢？也是一個討論焦點，侯爵良說，「1. 對五四以來新詩的看法：從五四到現在只有四十年，比之古詩，新詩還很年輕，因此在評價時應予愛惜。……我們既不要誇大新詩的成績，也不要誇大新詩的缺點。2. 詩歌發展的基礎：詩歌要發展，應有穩固的基礎，即應該以新民歌及古典詩詞為其發展基礎。3. 關於藝術風格的百花齊放問題：新詩與民歌有合流的趨勢，因為社會的發展促使人們的愛好會逐漸趨於一致。因此新民歌與新詩之間是不會存在著不可逾越的鴻溝的。但在藝術風格應該是百花齊放，不能拘於一種形式，應該大膽地探討多種藝術風格。我覺得應該有民族風格、地方風格和個人風格。」〔註 59〕總之，儘管有較多的批判觀點，但實際上如何才能讓工農兵群眾更喜歡，這本身就是一個複雜的詩學問題，這樣一次座談會是無法解決的，也難以提出更多有益於「新詩道路」的理論和觀點了。

　　在座談會之後，也就是在 1959 年第 3 期這期的《筆談新詩的道路》上，除了這樣一次集中的「新詩道路」的討論之外，還發表甘棠惠的一篇特別的文章《關於一個問題提法的商榷》。《編者按》說，「甘棠惠同志的意見，我們認為是應該引起注意的。中共四川省委關於收集民歌民謠的通知中說：『中國詩的出路，第一是民歌，第二是古典詩詞歌曲，在這個基礎上產生出來的新詩，可能更為人民群眾所歡迎』，劉開揚同志的文章中提到：『黨及時指示新詩要向民歌學習，在民歌的基礎上去提高，才是新詩的唯一出路』。這樣的提法，和上述通知的精神是有出入的。它只是劉開揚同志的個人意見，和上述的通知應該有區別。至於甘棠惠同志所提到的『不好的現象』，我們認為有些同志因為領會的片面，或因引用黨的文件的不夠嚴肅而造成的，與有意『增

─────────────
〔註 59〕《新詩道路問題座談會　發言摘要》，《星星》，1959 年，第 3 期。

強個人的正確性』的那種錯誤性質，也應有適當的區別才好。」〔註60〕與尹在勤從內容上批判劉開揚不同的是，甘棠惠是從「片面」上批判劉開揚。「在民歌和古典詩歌的基礎上發展新詩。這裡，『民歌』和『古典詩歌』二者並提，是新詩賴以發展的一個基礎的兩個因素。而劉開揚只提到『民歌』這個因素。這已片面了，還加上一句，說這是『唯一出路』，這樣一來，好像民歌是新詩的未來（『出路』）了。」〔註61〕此時的甘棠惠，供職於《文藝報》，所以他的批評對四川文藝界「新詩道路」的討論，是具有重要指導意義的。

在第四次「筆談新詩的道路」的討論中，由於「新詩如何向民歌學習」問題本身是一個不好深入展開的問題，也難以形成可操作的具體理論，因此在1959年第4期中的《筆談新詩的道路》討論中《星星》詩刊就是轉換了話題，避開民歌與新詩之間難以釐清的複雜糾纏，而直接回到「如何評價新詩傳統」這一問題上開展討論。實際也是這樣，在「新詩道路」的討論中，對「新詩如何向民歌學習」的探討，還是不如「新詩傳統」更能引起討論者的興趣。金戈的《要正確估價「五四」以來的新詩》和谷甌的《自由詩和外國詩及其他》，就提出了「新詩傳統為何」的問題，「對『五四』以來的新詩不作具體分析，籠而統之的作過高或者過低的估價，都是錯誤的。……新詩中還有第三類，像『新月派』、『象徵派』、『現代派』的詩人，……在評價『五四』以來的新詩時，決不可把以上三類詩混為一談，也絕不允許用局部來概括全部。」〔註62〕金戈在回答「五四」以來的新詩傳統時，將其進行了細分，認為「五四」以來的新詩至少可以分為革命的詩，小資產階級的詩和買辦官僚階層的詩。金戈認為，在沒有區分的情況對「五四」以來的詩進行讚揚和批評，都是不正確的。雖然金戈的觀點是站在革命的立場上展開的，但無意中又將「五四」以來的新詩看作了「三足鼎立」發展，又在一定形式上否定了革命詩的主流，這也是有問題的。而在谷甌的文章，甚至還提出了與「民歌」與「古典詩詞」看似針鋒相對的「自由詩」、「外國詩」，認為這才是新詩發展的另外一條路：「現在一提起自由詩（也就是一般人所指的『五四』一來的新詩，其實二者並不等同），就有人嗤之以鼻，深惡痛絕，大有不一棍子打死就不能消去

〔註60〕《編者按》，《星星》，1959年，第3期。
〔註61〕甘棠惠：《關於一個問題提法的商榷》，《星星》，1959年，第3期。
〔註62〕金戈：《要正確估價「五四」以來的新詩——與愚公等三位同志商榷》，《星星》，1959年，第4期。

心頭之恨的樣子。……我國的詩歌要發展的話，就應在民歌和古典詩歌的基礎上發展，但這並不是絕對的。民歌體要寫，格律詩要寫，自由詩也要寫，民歌要學，古典詩歌要學，外國詩歌也要學。」〔註63〕對於谷甌本人我們瞭解的不多。僅在1957年的《處女地》上，有他與若松合譯的《阿富汗民間情詩選譯》〔註64〕。從金甌這次翻譯所選取的對象來看，恰好包含了「外國」、「民間」這兩個關鍵詞，由此他文章中他明確地為「自由詩」、「外國詩」正名，也就理所當然。雖然金甌在討論自由詩、外國詩的時候做了具體限定，但他的「外國視野」這一思考，在整個「新詩道路」的討論中就顯得相當獨特，也是比較刺眼的。金甌還是提出，自由詩並不是壞東西，而外國詩也有值得我們學習的地方。特別是在談到外國詩的時候，他以馬雅柯夫斯基為例，進一步談到了向外國詩學習的重要性和必要性。由此，我們看到，谷甌在這篇文章中提出的「向自由詩學習」、「向外國詩學習」是新詩發展另一條路，就可以說完全偏離了「向古典詩詞學習」、「向民歌學習」的詩歌道路。由此，金甌的觀點，也就必然會引起先相關的批評。

　　值得注意的是，在此期間，4月8日四川大學中文系也舉行了一次「詩歌發展道路」問題的學術討論會。這次討論一方面是對應《紅旗》、《人民日報》中的「新詩道路」討論，另一方面也是對《星星》詩刊1959年第4期「新詩道路」討論中相關觀點的回應。「四月八日，四川大學中文系就『詩歌發展道路』問題舉行了第一次學術討論會，出席者除全係師生外，還邀請有省文聯、『星星』詩刊等單位及外系的同志參加，共約四百餘人。大會由文藝理論教研室主任林如稷同志和系主任陳志憲同志相繼致詞後，馬上展開了激烈的辯論。討論中，同志們暢所欲言，各抒己見，紛紛對目前詩歌發展道路問題討論中的各種主張，提出了不同的意見和看法。」雖然這次會議是由四川大學中文學主持召開，也並沒有說明會議與《星星》詩刊有多大的關聯，但從涉及的內容來看，就是直接針對《星星》詩刊1959年第4期「新詩道路」中提出的「詩歌發展的另一條路徑」而起的。所以，這次會議的召開，至少也是省文聯、《星星》詩刊參與了的一次會議。這次會議以衛元理名義發表了通訊《川大中文系討論詩歌發展道路問題》，刊發在《星星》詩刊第5期上，也表明這

〔註63〕谷甌：《自由詩和外國詩及其他──漫談發展詩歌的另一條路徑》，《星星》，1959年，第4期。

〔註64〕谷甌、若松：《阿富汗民間情詩選譯》，《處女地》，1957年，第7期。

完全是《星星》詩刊至少是認可了的又一次討論總結會。我們看到，在《星星》詩刊「新詩道路」討論的第二次總結會上，涉及到 4 個方面問題的討論：第一，「什麼是新詩的基礎」問題，第二「誰是主流？」的問題。第三，關於現代格律問題，第四，是對「五四」以來新詩的評價問題。〔註65〕總體上，這些觀點四平八穩，這裡也就不再詳述。另外，在這次會議的通訊中還提到，「紅百靈同志在會上對過去某些同志對自己的批評，提出了反駁。」不過，關於紅百靈的問題並沒有在綜述中具體展開。那為什麼這次總結會沒有在省文聯召開，或者說由星星編輯部來組織呢？這應該與 1958 年「詩歌下放」討論中出現的分歧有關。特別在爭論過程中，雁翼、紅百靈等將「詩歌下放」討論中分歧歸結為星星編輯部的「刪改」，這肯定會成為《星星》詩刊編輯注意的一個重點。所以，為了不引起更大的爭端，《星星》詩刊將這次總結會的召開地點，選在了四川大學。

　　儘管這樣，相關討論的焦點還集中在《星星》詩刊的文章上。特別是金戈提出的「新詩的三足鼎立」，以及谷甌提出的「新詩的另一條道路」的問題，就需要有明確的回應，而這也就成為了 1959 年第 5 期《筆談新詩的道路》的主要內容。譚洛非、譚興國的文章就是從正面談，「什麼是新詩傳統」以及「如何向民歌學習」的問題，以此來反駁金戈的提法。他們認為，「新民歌運動的出現，開始了新詩運動發展的新階段。也就是詩人進一步和勞動人民結合的開始。對待新民歌的態度——是學習它、幫助它發展呢，或者是貶低它、阻礙它的發展呢？這是考驗一個文藝工作者是否真心為人民服務的試金石。」〔註66〕在論述中，他們巧妙地回應了金戈將新詩細分後得出的「三足鼎立」觀點。他們不提「革命詩」，而是以「真正的革命詩」展開論證。這樣，用「真正的革命詩」這一概念，譚洛非、譚興國就完全可以對五四以來的「新詩」展開凌厲的批判。並最後重新劃分新詩發展的歷史，認為 1942 年才是新詩發展的真正轉折點，新民歌的出現才成為一個新階段，由此形成了一個革命新詩的傳統。但陳志憲的文章，卻跳出了「新詩傳統之爭」這一問題，從「新體格律詩」這一條道路上展開探討新民歌在形式上「怎樣向民歌學習」的問題，

〔註65〕衛元理：《通訊 川大中文系討論詩歌發展道路問題》，《星星》，1959 年，第 5 期。

〔註66〕譚洛非、譚興國：《發揚革命新詩運動的戰鬥傳統和革新精神——為紀念「五四」四十週年而作》，《星星》，1959 年，第 5 期。

實際上提出了「如何向古典詩歌學習」的問題。他說，「優秀的社會主義內容的詩歌，它應該是不能與民族形式分裂的。只有通過民族風格民族氣派的特定手法和式樣，才能很好地表現出社會主義的時代精神和生活面貌，才能是符合中國語言特質而為人民喜愛的好作品。」〔註67〕第三篇文章黎本初《談「自由詩和外國詩及其他」》則針對谷甌《自由詩和外國詩及其他──漫談發展詩歌的另一條路徑》中的「向自由詩學習」、「向外國詩學習」的理論而展開。黎本初提出，「我認為谷甌同志的第一個錯誤，也是主要的錯誤，在於否認我國詩歌發展的基礎是民歌和古典詩詞歌曲。……其次，谷甌同志在強調向外國詩學習，這是對的，即使強調得過分，也沒有多大的錯誤。錯誤在於谷甌同志又提出一個籠統的論斷：『優秀的藝術是沒有國界的。』……再次，谷甌同志在強調自由詩的優點時，有些醜化古典詩歌和民歌。」〔註68〕雖然黎本初首先肯定了學習外國詩歌的必要性，但是他再次強調了新詩發展的基礎是民歌和古典詩歌。他認為：谷甌的討論，就超過了這個底線，特別是谷甌醜化民歌的觀點他更不能認同，所以在文章最後，黎本初又再次重申，必須向民歌、向古典詩歌學習的問題。進而，針對谷甌的「向外國詩學習」的具體觀點，他認為這種觀點並沒有錯誤，錯誤在於籠統地強調了優秀的藝術沒有國界。在「向自由詩學習」的觀點中，谷甌誇大了自由詩。我們看到，儘管這裡討論有著不同的侷限，但卻都不同程度地提出了一些非常使得深入探討的詩學問題。這些論爭所涉及到的詩學問題，有些又是無法進一步探討的，所以這一討論才開始，就立即結束，並沒有得到進一步的深入。由此，從1959年第1期到第5期，《星星》詩刊的「筆談新詩的道路」的討論，僅開展了5期就結束了。

回頭來看，1958年的「詩歌下放」問題討論到了最後，出現了「懷疑詩歌下放」，乃至「反對詩歌下放」，所以在李亞群的總結後，「詩歌下放」不容置疑，那麼《星星》詩刊「詩歌下放」討論也就隨之而結束。但在肯定「詩歌下放」的基礎上，「詩歌如何下放」、「詩歌怎樣下放」又成為了新問題，所以開始「新詩道路」的討論，便成為了《星星》辦刊的一個重要選擇。但是，隨著安旗所期待的更充分、更深入地討論的開展，「新詩道路」的討論，也出現了越來越多的偏離「詩歌下放」方向的文章，不再探討「如何向民歌學習」、

〔註67〕陳志憲：《我對新詩發展道路問題的一些看法》，《星星》，1959年，第5期。
〔註68〕黎本初：《談「自由詩和外國詩及其他」》，《星星》，1959年，第5期。

「如何向古典詩歌學習」，而是出現了劉開揚「否定民歌為新詩主流」的觀點，韓郁「否定民歌形式、否定古典詩詞形式」的觀點，谷甌甚至還提出了「向自由詩學習」、「向外國詩歌學習」等系列「發展詩歌的另一條路徑」尖銳觀點，使「新詩道路」變得越來越棘手。最終，《星星》詩刊停辦「筆談新詩的道路」欄目，中止了「新詩道路」的討論，就與這些「發展詩歌的另一條路徑」尖銳觀點有關係。在短短的 5 個月內，《星星》詩刊編輯部，首先與省文聯一起召開了以一次「新詩道路」座談會，然後又與四川大學中文系一起聯合召開了第二次座談會。這一方面體現了《星星》詩刊對「新詩道路」討論的重視，另一方面也讓我們看到了這討論背後問題的嚴重性。就在二次總結會之後，《星星》便停止了「新詩道路」的討論。

　　《星星》詩刊停辦了《筆談新詩的道路》欄目，並不表明四川文藝界關於「新詩道路」的討論就此結束。在與《星星》詩刊聯合舉辦了一次「新詩道路」的座談之後，四川大學、南充師範學院等高校，也持續開展了「新詩道路」問題的探討。雖然《星星》詩刊停止了「詩歌道路」的道路，但整個社會對「新詩的道路」問題探討，卻還在發酵。6 月 2 日的《四川日報》的報導《開展自由爭辯　活躍學術思想　本省一些高等學校相繼舉行各種學術討論會》，就報導了四川大學與南充師院對「新詩發展問題」的討論。在以《新詩發展問題一場激辯　主流與評價是爭論中心》為題的四川大學的討論中，「大多數人認為上面這些論調『是對待新詩的虛無主義態度，是只抓住個別的例子、個別的壞詩來否定近年來新詩的成績』。」同樣，在《南充師院討論詩歌創作　探討怎樣才能寫出好詩》這篇報導中，也記載了南充師範學院的討論，「討論的主要問題是：怎樣才能創作出好的詩歌來？一種意見認為：『每件事物、每個活動都有種種不同的側面，同一側面還有種種不同的特別地方，只要詩人深入下去觀察到某一特點，那就是發現，用詩句寫出來，那就是創造，就會打動人的心弦。』但另一些人則不同意這種看法。他們認為這樣強調觀察『每件事物』、『每個活動』、『種種不同的側面』，就是『把時代的主流和支流等同了起來』。第三種意見則認為當前該院學生詩歌創作中的缺點，主要是對詩歌創作的態度上還不夠嚴肅認真，詩中沒有貫進詩人真實的感情；對詩的特點還沒有認識和沒有生活，對生活沒有深刻的認識。」〔註69〕其實，由

〔註69〕《開展自由爭辯　活躍學術思想　本省一些高等學校相繼舉行各種學術討論會》，《四川日報》，1959 年 6 月 2 日。

於新詩發展，按照相關的思路，就已經設定了一個「民歌加古典詩詞」的基本框架。所以，在這樣一個框架之下，相關問題是難以得到更好的展開。因此，這次討論，也就沒有在「新詩道路」問題上提出更多有價值的觀點。這些「新詩道路」的討論，沒有提出新的觀點，只能進一步肯定「古典詩詞與民歌」是詩歌發展的唯一路徑。

儘管《星星》詩刊在「新詩道路」探討中，出現了諸多的質疑的聲音，《星星》詩刊還是更多、更集中地刊登「新詩歌」作品。汪峻認為《星星》編輯部二月號把省群眾文藝創作展覽會中的作品編集成「詩選」與大家見面，這是一件極有意義的工作。「這輯『詩選』真是五光十色、目不暇接、美不勝收；精讀數遍，使人依依難捨、有餘味不盡之感，這就是工農詩歌的巨大魅力。」〔註70〕不過，我們也看到，這個時期，《星星》詩刊還在摸索「新詩道路」問題的討論方式。如發表的工人希平《我的一點看法》，一方面堅決反對「純歐化形式」，另一方面又提倡「中洋結合」，「我們工業上實行了『土洋』結合的方針，獲得了空前未有的良果。今後新詩的發展，是否可以也來一個『中洋』結合，既要有民族風格，又要吸收西洋詩的優點。但得注意：一定要以前者為主，後者為從，決不能讓後者再度為主。那我看今後的新詩，一定會受到工農群眾的歡迎。」〔註71〕可以看到，「詩歌道路」的探討，即使是「中洋結合」的觀點，也是危險的。

二、「詩歌戰線」

從 1959 年 6 期開始，《星星》詩刊終止了《筆談新詩的道路》欄目，取而代之的是《群眾詩話》欄目。首期《群眾詩話》中，有彭久松《川江沸騰了起來——〈川江大合唱〉讀後》、西南民族學院彝族語文教研組《〈阿支嶺扎〉讀後》、吳琪拉達的《阿支嶺扎》、蕭崇素《祖國文化的珍寶——彝族民歌》、汪峻《略談群眾創作的詩歌》、工人希平《我的一點看法》5 篇論文。另外，《初學寫詩者談詩》欄目，則僅有吳引祺《目前兒歌創作中的幾個問題》1 篇文章。從這幾篇文章來看，此時《星星》詩刊，不再僅僅專注於「新詩道路」的理論建構，更重要是試圖從對具體的「新民歌」作品的分析來建設「新詩歌」。更為重要的是，當《星星》詩刊在從「詩歌下放」向「新詩道路」的討

〔註70〕汪峻：《略談群眾創作的詩歌》，《星星》，1959 年，第 6 期。
〔註71〕工人希平：《我的一點看法》，《星星》，1959 年，第 6 期。

論轉變後，由於在討論中出現了反對和質疑的聲音，使得「新詩道路」討論中止，進而轉向介紹「新民歌」作品。但在建構「新民歌」經典的同時，卻又出現了一些新的創作動向和新的詩歌理論，於是又開設了「詩歌戰線」欄目。「詩歌戰線」，是六十年代《星星》詩刊的一個重要欄目，也鮮明地體現了這一時期《星星》詩刊在詩歌理論上的探索。同樣，對這些新的創作動向和理論展開批判，成為了《星星》詩刊另外一個欄目《評論》欄目的重要使命。總的來看，此時《星星》詩刊在詩歌理論方面探索，也就時時處在「批判」這一「詩歌戰線」上。

　　第一，對碎石的批判。《星星》詩刊 1959 年 12 期上，發表的舒文《我對〈蟬翼集〉的意見》，批判碎石的《蟬翼集》，這可以說是《星星》詩刊《評論》欄目走向「詩歌戰線」一個重要標誌。此後，《星星》詩刊上繼續發表了 2 篇批判碎石的文章，此時《星星》詩刊在《評論》欄目展開批判，完全大於了建構經典的努力。碎石被批判，實際上是非常偶然的。詩人碎石的詩集《蟬翼集》出版於 1957 年 12 月，關於這本詩集及其創作，作者在《寫在後面》中有清晰的表述，「生活在永遠是春天的時代，生活在永遠是春天的國家，我們是幸福的。永遠是春天，姹紫嫣紅，百花長開；永遠是春天，麗日和風，百鳥齊鳴。我歌唱得不好，但我要盡情歌唱，生活是這樣的激動人；我沒有生花妙筆，但我要盡情描畫，生活是這樣的激動人！感謝黨的培育，我將在鬥爭中加強鍛鍊，希望能在今後寫出一些稍微像詩的詩來。」〔註 72〕從這些表述來看，《蟬翼集》的主題，是非常符合主旋律的。而且從碎石發表的作品和評論文章，如曲藝作品《小三毛智駁川軍（車燈）》，詩歌《碧血映山紅（4 首）》，唱詞《送禮》，評論《四川出現雙太陽——讀〈四川民歌選〉》、《讓詩歌活在群眾的口頭上》、《不要對民歌百般挑剔》、《學習民歌劄記》，以及紅色故事《朱德同志的傳說故事（朱總司令嘗百草、理髮）》〔註 73〕等來看，他可以說也是非常主流的。另外，詩人碎石與《星星》詩刊的關係並不密切，與《草木篇》

〔註 72〕碎石：《寫在後面》，《蟬翼集》，成都：四川人民出版社，1957 年，第 66 頁。

〔註 73〕碎石：《小三毛智駁川軍（車燈）》，《曲藝》，1959 年，第 6 期；碎石：《碧血映山紅（4 首）》，《星星》，1959 年，第 7 期；碎石：《送禮（唱詞）》，《草地》，1957 年，第 11 期；碎石：《四川出現雙太陽——讀〈四川民歌選〉》，《讀書雜誌》，1958 年，第 11 期；碎石：《讓詩歌活在群眾的口頭上》，《星星》，1958 年，第 4 期；碎石：《不要對民歌百般挑剔》，《星星》，1958 年，第 10 期；碎石：《學習民歌箚記》，《草地》，1958 年，第 7 期；碎石：《朱德同志的傳說故事（朱總司令嘗百草、理髮）》，《民間文學》，1959 年，第 9 期。

也沒有牽連。據介紹碎石原名張小谷，曾在西南人民出版社、四川人民出版社等工作，並曾任四川人民出版社《龍門陣》雜誌執行主編〔註74〕。而且我們還看到，1956 年發表碎石在《草地》上的長詩《歌仙》，也獲得了好評。1957年 12 月在四川人民出版社出版了碎石的第一本詩集《蟬翼集》，而在 1959 年展開了對他的批判，這背後的原因是耐人尋味的。

　　第一篇批判碎石的，是舒文的《我對〈蟬翼集〉的意見》。他說，「這本詩集，反映現實生活的少，寫自然風景、懷古及個人身邊瑣事的詩多。這些詩寫於我們國家經歷重大變化的 1956 年和 1957 年，但時代的聲音卻是那麼微弱。……問題在於作者思想落後，感情陳腐，寫出來的詩，自然缺乏時代氣息，與新社會格格不入，像『塞外即景』之一。最突出的詩『油珠』這首詩。這是一株毒草！它出現在 1957 年 2 月，不是偶然的。那時，資產階級右派錯估了形勢，猖狂地向黨、向人民、向社會主義發動了進攻，就在那一個不平凡的春天，中國天空黑雲亂翻！就是在這個時候，碎石寫出了『油珠』：漂浮水上油珠，渾身通明伶俐；四面八方俱跑，樣兒十分神氣。為問油珠一聲，幾時鑽得下去？……顯然，『油珠』是在攻擊黨的積極分子，不是在幫助同志；是在分裂黨和群眾的關係，不是在加強黨和群眾的血肉關係。這是毒草，必須剷除。在這裡我們要向碎石同志大呼一聲，你的思想感情與工人階級的思想感情距離很遠。你的文藝思想也與黨的文藝方針相違背。」〔註75〕在舒文的這篇批判文章中，著重談到了碎石《蟬翼集》中詩歌的兩個問題：第一，是時代聲音那麼微弱，由此呈現出來是作者思想的落後，與新社會格格不入。第二，也更為重要的是，碎石所寫的「諷刺詩」的問題。這讓經歷了流沙河諷刺詩《草木篇》的四川省文藝界，對「諷刺詩」寫作有著特別的關注。所以，或許就是因為「諷刺詩」問題，舒文就直接將碎石的《油珠》定性為「毒草」。關於舒文為何要對碎石展開批判，我們不得而知。但可以說，由於舒文的批判，進而也引起了《星星》詩刊的關注。接著，在《星星》詩刊 1960 年第 1期繼續發表了兩篇批判文章。春虹認為，「總起來看，整個詩集給人的突出的印象是：思想內容貧乏，形象蒼白無力。《蟬翼集》最明顯的缺陷是內容空虛，思想性薄弱。集子裏的詩多半是些即興的詩，由於作者只是在車船中觀察生

〔註74〕見《中國文藝家傳集》，第一部，蔣往、虞純雙主編，重慶：西南師範大學出
　　　　版社，1993 年，第 198 頁。
〔註75〕舒文：《我對〈蟬翼集〉的意見》，《星星》，1959 年，第 12 期。

活，在個人的屋子裏閉門創作，即使玩空心思，也是能浮光掠影，比較概念地反映生活，而不能描繪出現實生活的豐富多彩，生氣勃勃的面貌，也不能通過生活的激流和波瀾，把握時代脈搏的跳動及時代發展的趨勢。」〔註76〕從春虹的評論中，我們看到，他並沒有著力評論碎石詩歌中的「諷刺詩」，而重點批判了碎石詩歌缺乏現實生活的氣息，沒有把握住時代的脈搏等問題。最後得出的結論是，詩人碎石的政治熱情不足。與春虹不同觀點是，吳野則認為碎石缺乏健康的思想感情。他說「這些詩所抒發的，卻不是勞動人民或革命知識分子應有的思想情感，他們的情調、意境，也跟我們時代的精神相去甚遠。不僅在描寫風景的詩歌中，即使在描寫建設成就，歌唱人民的勞動和生活的詩歌中，我們也覺得碎石同志缺乏新鮮的健康的感情。他的詩缺少生氣，更缺乏熱氣。」〔註77〕同樣，在吳野的批判中，也沒有終點談碎石的「諷刺詩」問題，而也是在談碎石的「思想問題」。在這整個過程中，我們沒有看到這次批判的起因，以及碎石對相關批判的回應。而在《星星》詩刊上一下子就集中了3篇批判文章，這表明對碎石的問題，是比較嚴重的。不過在這3篇批判文章之後，對碎石《蟬翼集》的批判也就結束了。在我看來，這應該是對碎石的批判，並沒有進一步「挖掘」的可能，導致了批判的迅速結束。所以，對碎石的批判，僅僅是整個「新民歌」建構過程中「詩歌戰線」的一次實踐而已。從1960年第1期開始，《星星》詩刊雖然恢復了《群眾詩話》和《與初學寫詩者談詩》欄目，但從整個內容來看，實際上都是以批判為主了，完全可以合併為一個欄目。換句話說，此時的《評論》、《群眾詩話》、《與初學寫詩者談詩》欄目，實際上已經沒有了多大的差別。

　　第二，對吳雁的批判。在對碎石的《蟬翼集》批判之後，《星星》編輯部馬上參與到全國「創作規律」、「創作才能」的討論。可以說停止對碎石的批判，與《星星》詩刊對有全國性影響的「吳雁」問題展開批判的需要有關。所謂「創作才能」的討論，即是對《新港》1959年第8期上發表的雜文《創作，需要才能》的相關討論。該文作者「吳雁」，是時任天津《新港》文學副主編的王昌定的筆名，此後該文收入《中國新文學大系一九四九年至一九七六年雜文卷》。在文中，作者提出，「創作，需要才能，並非人人都能成為作家。這

〔註76〕春虹：《關於〈蟬翼集〉及其批評》，《星星》，1960年，第1期。
〔註77〕吳野：《要有勞動人民的思想感情——也談〈蟬翼集〉》，《星星》，1960年，
　　　　第1期。

道理似很淺顯，卻也並非人人都能懂得的。」〔註78〕從這篇文章可以看出，
王昌定的這篇文章，是對於轟轟烈烈文藝大躍進的「冷思考」。但吳雁對於創
作特殊性、創作規律的強調，不僅沒能得到文藝界的支持，反而成為了否定
新民歌，否定群眾創作的「天才論」。所以他的這篇文章一經發表，就引起了
爭議。《河北日報》首先展開批判〔註79〕，接著10月28日至31日河北省文
聯召開詩歌座談會，吳雁問題的進一步凸顯，「一致認為吳雁的『才能論』，
是嚇唬群眾，是對群眾寫作運動的歪曲、嘲笑和否定，企圖挫傷工農兵創作，
向群眾大潑冷水。」〔註80〕由此，《文藝報》、《人民日報》、《人民文學》等重
要報刊，也都刊登了相關的批判文章。如鄒荻帆在《文藝報》上發文，在高度
肯定了《紅旗歌謠》的巨大成就的同時，專門批判了王昌定的觀點〔註81〕。
華夫也認為，「吳雁同志的這篇文章，卻是集中地反映了他的思想感情的陰
暗面，他靈魂深處的東西，他的看問題的極端片面性，其影響是惡劣的。」
〔註82〕在《人民日報》上，以群也提出，「對於吳雁的這類資產階級文藝思想，
我們必須給以反擊。」〔註83〕茅盾也在《人民文學》上發表了批評文章《從
創作和才能的關係說起》，他認為吳雁的文章「表現了極不應該有的輕浮態度，
他對於他所認為並無才能而從事創作的青年冷嘲熱諷，對於群眾文藝活動的
高漲現象不但潑冷水，而且用了尖酸刻薄、油腔滑調的話語進行攻訐」〔註84〕
進而，《新港》雜誌內部也展開了對吳雁的系列批判：11月號發表袁靜、邢汝
振、李晶岩、肖雨、馬丁的《關於〈創作，需要才能〉的討論》；12月號刊登
的關於討論《創作，需要才能》的系列文章，包括張學新的《一場大是大非的
論》〔註85〕、陳鳴樹的《〈創作，需要才能〉的根本錯誤何在》〔註86〕、艾文
會的《資產階級才能觀的反動實質》〔註87〕。到了1960年，這種批判吳雁的

〔註78〕吳雁：《創作，需要才能》，《新港》，1959年，第8期。
〔註79〕志非：《熱誠地對待群眾創作——也談「創作，需要才能」》，《河北日報》，1959
　　　　年10月11日。
〔註80〕《反右傾、鼓幹勁，境界詩歌寫作運動新高潮》，《蜜蜂》，1959年，第11期。
〔註81〕鄒荻帆：《大躍進的號角，新詩歌的紅旗——讀〈紅旗歌謠〉》，《文藝報》，1959
　　　　年10月26日。
〔註82〕華夫：《〈創作，需要才能〉辯》，《文藝報》，1959年11月11日，第21期。
〔註83〕以群：《才能、群眾創作、潑冷水》，《人民日報》，1959年12月3日。
〔註84〕茅盾：《從創作和才能的關係說起》，《人民文學》，1959年，第12期。
〔註85〕張學新：《一場大是大非的論》，《新港》，1959年，第12期。
〔註86〕陳鳴樹：《〈創作，需要才能〉的根本錯誤何在》，《新港》，1959年，第12期。
〔註87〕艾文會：《資產階級才能觀的反動實質》，《新港》，1959年，第12期。

趨勢並沒有停下腳步，呈現出升溫的趨勢，《文藝紅旗》、《安徽文學》、《牡丹》、《峨眉》、《綠洲》、《天山》、《蜜蜂》、《俱樂部》、《新晚報》、《河北日報》等報刊，均有對吳雁的相關批判文章。直到1972年，天津人民出版社出版的「工農兵文藝學習叢書」，都還有批判王昌定的《徹底批判〈創作需要才能〉》。

在全國的批判形勢之下，《星星》詩刊也展開了對吳雁《創作，需要才能》的批判。在1960年第1期《星星》的本刊評論員《群眾創作萬歲！新民歌萬歲！——關於〈創作，需要才能〉談論的評述》中，首先指出了王昌定文章的問題：「它的主要內容是把創作的『才能』和『規律』強調到神秘化的程度，從而向群眾創作大潑冷水，把群眾作者一概污為貪圖『名利』，譏笑他們『文學尚欠通順』，對群眾創作鄙夷之至，說什麼『一天寫出三百首七個字一句的東西就叫做『詩』，而且以異常驕橫的態度說道：我寧可站在夏日炎炎的窗前，聽一聽樹上知了的叫聲，而不願被人請去作這類『詩篇』的評論家。」然後，這篇社論不僅批判了吳雁對新民歌「欣然」、「潑冷水」的貴族老爺式的驕橫態度，也再次提到紅百靈的對新民歌百般挑剔思想，「這是一場原則性的辯論，是無產階級的文藝觀點和資產階級文藝觀點在根本分歧上誰勝誰負的鬥爭。吳雁對新民歌『欣然』、『潑冷水』的貴族老爺式的驕橫態度，對我們說來，並不陌生。在一九五八年，當我們進行『關於詩歌下放問題的爭論』的時候，紅百靈同志就曾對新民歌，百般挑剔，說什麼新民歌是『牧童、農叟的竹笛單響』，『思想境界的面積有限』、『不合漢語語言的規範化』，甚至狂妄叫囂要『改造民歌』！對紅百靈的錯誤觀點的鬥爭，曾經進行了歷時九個月的討論，但還不到一年的短暫時間裏，吳雁同志卻更變本加厲地向群眾創作、向新民歌進行惡毒的污蔑和攻擊！這充分證明了：一小部分知識分子表現在文藝觀點方面的資產階級思想，是多麼地頑強和劇烈。」〔註88〕所以，《星星》詩刊對吳雁的批判，是一舉兩得的事情，這不僅參與到了整個文學界對吳雁的批判，也再次批判了紅百靈發表在《星星》詩刊上的觀點，由此表明了《星星》詩刊對於「新民歌」的積極態度。但是，由於吳雁與四川文藝界的關聯不大，所以《星星》詩刊對他的批判也僅僅是曇花一現。

第三，對王亞平的批判。正如前面所說，對於吳雁的「創作需要才能」批判是全國性的，所以《星星》詩刊介入到了其中。但也正是由於這是一場

〔註88〕本刊評論員：《群眾創作萬歲！新民歌萬歲！——關於〈創作，需要才能〉談論的評述》，《星星》，1960年，第1期。

全國性的批判，所以也就沒有成為《星星》詩刊持續關注的問題。在《星星》詩刊刊登社論《群眾創作萬歲！新民歌萬歲！——關於〈創作，需要才能〉談論的評述》的同時，這一期的《與初學寫詩者談詩》欄目上，另外刊登了王亞平的《那不是詩歌創作的堅實道路》，也引起了關注。在這篇文章中，王亞平以一位青年詩人的創作為例，提出了他對青年詩人創作的要求：「每個詩人都要走創作的堅實道路，像大樹的根兒，要扎得深深的！……寫政治抒情詩，要富有熱情，卻又不單靠熱情，還得有馬列主義的理論素養，又有通過具體事物對政策的深刻感受，抒發出來的詩情，才是真正的動人心弦。沒有這些，就是虛偽的感情，不真實的詩！同時，我覺得一個初學寫詩的同志，政治思想素養差，歷史知識不夠，不應該搶著寫毫無把握的政治抒情詩。」〔註89〕在王亞平的觀點中，雖然在文章的結尾，他強調「誰也不能自恃才華」，反對了吳雁的「創作需要才能」的觀點，而且也認為加強思想改造，提高表現技巧，披肝瀝膽地為社會主義歌唱，才是堅實的創作道路。但是在這篇文章中，王亞平核心是，回到創作規律本身，來討論題材問題和政治抒情詩問題的。如關於「題材問題」，王亞平就認為：第一，寫作要符合「創作規律」，必須寫自己熟悉的題材；第二，指出刊物、雜誌辦刊的「主題決定論」，在發表作品時，以是否符合政治主題來決定；第三，反對寫作的「主題先行論」，特別反對沒有現實生活，而強行寫作「莊嚴的主題」的創作動機。在關於「政治抒情詩」這一方面，王亞平也著重強調，要有生活的底子，特別是不能「搶著寫毫無把握的政治抒情詩」。但正是由於王亞平從創作規律來談「政治抒情詩」，本來是對政治抒情詩創作的提升，但卻有犯了否定政治抒情詩的危險。

據此，《詩刊》1960年第2期便發表了尹一之的文章，對王亞平的觀點提出了質疑，「王亞平同志用這種理由來告誡青年作者不要寫『政治抒情詩』，我認為是不恰當的而且有害的。它會給正在發展中的群眾創作潑冷水，它會打擊青年作者在詩歌創作中的政治熱情，從而引導他們脫離政治。」〔註90〕在尹一之的觀點中，他強調：寫政治詩，就是引導青年的政治熱情；發表政治詩，也就是刊物由黨所領導的具體表現，以及文學為政治服務的具體表現。所以王亞平反對青年寫不熟悉的政治詩，也就否定了青年的真實人情；王亞

〔註89〕王亞平：《那不是詩歌創作的堅實基礎》，《星星》，1960年，第1期。

〔註90〕尹一之：《王亞平反對的是什麼？——關於詩歌創作的道路問題的商榷》，《詩刊》，1960年第2期。

平反對刊物文章的「政治主題決定論」，也就否認了黨對文藝刊物的領導。當然，作為《詩刊》編輯的尹一之對王亞平展開評論，我認為與王亞平的北京身份有關，他正擔任過北京市文聯秘書長、北京市大眾文藝創作研究會副主席。正是因為《詩刊》上有了對王亞平的批判，《星星》詩刊也得進一步跟進批判。因此在《星星》詩刊 1960 年第 4 期的《群眾詩話》中，就發表了移山的文章，批判王亞平的觀點，「我認為王亞平同志對選擇具有積極政治意義的主題的重要性是缺乏足夠認識的。」〔註91〕在移山的觀點中，是從「文學的黨性原則」立論，然後展開對王亞平的批判。1960 年第 4 期《星星》刊登的石榕文章，也提到了王亞平，「類似這樣缺乏無產階級思想，缺乏馬克思主義階級分析觀點的理論，也出現在王亞平同志的《那不是詩歌創作的堅實道路》一文中。」〔註92〕此後，尹在勤還在《奔騰》雜誌第 4 期上發表了《透視王亞平的「創作規律」》一文，繼續批判王亞平的觀點。〔註93〕

有意思的是，如果我們回到詩人王亞平自身經歷，我們看到，其實王亞平本身就是文藝大眾化、民族化的積極支持者和鼓吹者。在解放前王亞平不僅他參加過中國詩歌會，而且還編輯過《新詩歌》、《現代詩歌》等多種詩刊，與戈茅合作出版了《詩歌新論》，以及有創作自述《永遠結不成的果實》。另外，王亞平還在《從舊藝術到新藝術》中，曾提到他在建國初參與到地方戲的審查，以及加強職業劇團政治領導等工作。在《大眾詩歌的寫作問題》中他提出了明確的思想，「服從政治需要，讓工農大眾文藝佔領文藝」，〔註94〕這也成為他後來與沙鷗一起創辦詩刊《大眾詩歌》的指導思想。而且，大眾立場、無產階級立場，也是王亞平文藝理論的立足點。他在《詩人的立場問題》中，就對專門批評任鈞詩歌是沒有站在人民大眾的立場上的寫作，提出「不許有歪曲現實，不健康，有政治毒素的詩歌產生」。〔註95〕此後，他在《中國四十年代詩選·序》中，也還在不斷強調四十年代的詩歌「使中國詩歌出現了幾大驚撼歷史的特點：那就是它的革命性、民族性、群眾性。」〔註96〕所以，

〔註91〕移山：《對〈那不是詩歌創作的堅實道路〉的異議》，《星星》，1960 年，第 4 期。

〔註92〕石榕：《讀〈學詩斷想〉及其他──給〈星星〉編輯部的一封信》，《星星》，1960 年，第 4 期。

〔註93〕尹在勤：《透視王亞平的「創作規律」》，《奔騰》，1960 年，第 4 期。

〔註94〕王亞平：《大眾詩歌的寫作問題》，《大眾文藝通訊》，1950 年，第 2 期。

〔註95〕王亞平：《詩人的立場問題》，《文藝報》，1950 年，第 1 卷，第 12 期。

〔註96〕王亞平：《中國四十年代詩選·序》，《人民日報》，1983 年 4 月 26 日。

王亞平的文章，其實完全不是在反對「文學的黨性原則」，以及「文學的大眾化運動」，他只是對這種過度的「新民歌」大躍進運動一點反思。當然，王亞平受到批判更為重要原因，我認為是與 1955 年胡風集團案中被捕有關，「一九五五年一場政治風暴，一夜間把王亞平從浪尖拋到了深谷，在草嵐子監獄審查關押了一年多，其間經允許他研讀了《莎士比亞全集》。五七年一月出獄後安排在中國曲藝研究會工作，五八年秋更以莫須有的罪名受到錯誤而又嚴厲的處理，『文化大革命』初更受到令人難以忍受的侮辱和迫害，直到一九八一年一月二十一日才平反，重新回到黨的行列。」〔註97〕雖然我們不瞭解對王亞平批判的具體歷史背景，在特殊的環境中儘管王亞平的詩論只有一點點的反思，但也是對「文學黨性原則」的挑戰，更何況他還有著嚴重的政治問題。所以，《星星》詩刊對王亞平的批判，對王亞平來說，並非一件大事。

第四，對丁力等人的批判。在 60 年代初，由於政治形勢的多變，所以《星星》詩刊在不斷地變換辦刊欄目。進而，在評論或者說批判領域中，也難以對某一個人、某一個問題展開持續地討論。此時，《星星》詩刊上又出現了對丁力、沙鷗的批判文章。

丁力在《星星》詩刊 1960 年第 1 期的《群眾詩話》中，發表了《學詩斷想》。在第 2 期，丁力針對這篇《學詩斷想》，作了《補充》：本刊一月號丁力同志的《學詩斷想》一文中提出了修改意見：(1)「詩歌是人民的聲音」應改為「我們的詩歌是人民的聲音，社會主義的聲音。」(2)「連知識分子都看不懂的詩，絕不是好詩。」應刪去。(3)「詩要有血，」應該為「社會主義詩歌要有血，」(4)「詩要美」應該為「也要美」(5)末句的「句號」應改為「逗號」，並加上「時代之音。」〔註98〕我們將這篇文章中有修改的地方羅列於下：

原　版	修改後的第二版
詩歌是人民的聲音，或者代表人民的聲音	我們的詩歌是人民的聲音，社會主義的聲音。
連知識分子都看不懂的詩，絕不是好詩。	【注：此處刪除】
詩要有血，有肉，有靈魂，還要有骨頭。	社會主義詩歌要有血，有肉，有靈魂，還要有骨頭。

〔註97〕王渭：《王亞平傳略》，《新文學史料》，1989 年，第 1 期。
〔註98〕《補充》，《星星》，1960 年，第 2 期。

詩要美，要新，要自然。	詩也要美，要新，要自然。
詩是抒情的，就是敘事詩，也要抒情。當然，要抒的情是人民之情。	當然，要抒的情是人民之情，時代之音。〔註99〕

　　通過兩個版本，我們看到，丁力修改後的《學詩斷想》，主要是在「人民」主題的基礎上，增加了「社會主義」和「時代」這兩大主題。這樣，就使得原有的文字更加具有現實指向，也更強調了「為社會主義服務的宗旨」。但是，這一修改，也反映出了丁力此前文章中，對「社會主義」的忽視。正是這種忽視，丁力的《學詩斷想》就被石榕抓住了把柄，「這篇文章的許多論斷，不是從社會主義詩歌創作的角度、也不是從社會主義現實主義詩歌理論的角度出發的，而是從過去的舊的詩歌理論的許多抽象概念出發（甚至，我還覺得，它從內容到形式，和艾青的《詩論》很類似！）」〔註100〕石榕對丁力的批判，就是針對丁力忽視「社會主義」主題而展開的。他認為，雖然丁力在《補正》中有所修改，但文章依然缺乏無產階級思想，缺乏馬克思主義的分析方法。其實，石榕對丁力的批判也是一種誤解，實際上從丁力的經歷來看，丁力也是熱心於無產階級文學、熱衷於社會主義文藝的。據記載，丁力原名丁明哲，又名丁覺先，也使用筆名白丁、洪湖。1950年到中央文學研究所學習，後留任該所助教。之後1955年底調任《文藝學習》編輯部評論組長。他給《星星》詩刊這篇《學詩斷想》時的1957年至1964年期間，他在《詩刊》社工作，歷任編輯組長、編輯部主任、黨的核心小組成員。所以，如果從丁力自身的經歷來看，說他缺乏無產階級思想是不成立的。對此，丁慨然就曾提出，「詩人丁力，在中國作協只做到《詩刊》社的主任，是一個中層幹部，雖然兩派拉鋸，到了1967年11月24日才被揪出批鬥，扣的是『歷史反革命』（因他在抗戰時的恩施參加過國民黨，至1947年接觸南京中共地下黨，1949年2月才加入中共地下黨。歷次審幹整黨都有了『一般歷史問題』的結論）當作『牛鬼蛇神』的黑七類被造反派實行『群眾專政』。對他的鬥爭是步步升級，1968年6月，達到站在折椅上，彎腰90度，兩手下垂，（不許撐膝頭），打晃，挨巴掌而摔倒。每次鬥走資派，即文聯作協的領導，如劉白羽等人，丁力等黑幫都要拉去陪鬥，正如丁力在《黑窩賦》開頭記載的：『作家被打倒，豈真是

〔註99〕丁力：《學詩斷想》，《星星》，1960年，第1期。
〔註100〕石榕：《讀〈學詩斷想〉及其他——給〈星星〉編輯部的一封信》，《星星》，1960年，第4期。

黑幫？同行數十人，揪得精打光！」1968 年國慶期間，這些『黑幫』，被關在文聯大樓地下室，不准回家。」〔註 101〕而對於批評者石榕，我們也瞭解不多，他在 1961 年第 10 期《文藝紅旗》發表了《對抒情詩中「我」的幾點理解》，文章也相對溫和。由此可以說，對《詩刊》編輯丁力的批判，主要是源於丁力自身的「歷史反革命」問題，以及尖銳政治鬥爭的需要。

此後，四川文藝界還展開了對詩人余音《星空》的批判。該詩發表於 1958 年《紅岩》第 1 期〔註 102〕，兩年後《星星》詩刊才展開了對此詩的批判。1960 年第 6 期《星星》詩刊發表了藍疆整理《對〈星空〉的意見》一文，文章提出，「《星空》是一篇歌頌蘇聯人造衛星上天的抒情詩。但，結果並沒有寫出人造衛星的偉大意義。人造衛星的偉大意義，首先是表現了蘇聯的尖端科學遠遠超過了英美帝國主義，這正是蘇聯的強大和社會主義制度優越性的一個重要證明；第二，人造衛星對和平事業是一個重大的貢獻，對全世界人民是一個巨大的鼓舞；第三，是對美帝國主義的實力政策和戰爭陰謀的沉重打擊。但這篇作品，沒有把蘇聯發射人造衛星的應有的偉大意義表現出來。……總之，這篇詩，作者表現出來的亂七八糟的資產階級的東西，是相當多的，相當嚴重的。」〔註 103〕我們看到，這裡對余音《星空》的批判，並不是《星星》詩刊展開的，而首先是從《詩刊》開始的。此時《星星》詩刊在轉向「詩歌戰線」，緊密關注整個形勢的動向，於是也開始了對《星空》的批判。在批判的具體內容上，《星星》詩刊仍然是討論「走資產階級文學之路還是走無產階級文學之路」的問題。此前在批判碎石《蟬翼集》的時候，更多的批判他的諷刺詩，此時在批判余音《星空》的時候，則是批判他詩歌中的「個人主義」思想。但實際上，我認為對余音《星空》的批判，與中國作協對郭小川的《望星空》一詩的批判有關。我們知道，郭小川的詩歌《望星空》在 1959 年第 11 期的《人民文學》發表後，便引起了批判。因為很快華夫就在《文藝報》上發文說，「這首詩裏的主導的東西，是個人主義、虛無主義的東西，它腐蝕了詩人自己的頭腦，又在讀者中間散發除了腐蝕性的影響。」〔註 104〕蕭三也在《談〈望星空〉》一文中說，認為郭小川詩中「將自我凌駕於階級、集體之上」，宣

〔註 101〕丁概然：《荊公詩評》，北京：中國國際廣播出版社，2009 年，第 464～465 頁。

〔註 102〕余音：《星空（長詩）》，《紅岩》，1958 年，第 1 期。

〔註 103〕藍疆 整理：《對〈星空〉的意見》，《星星》，1960 年，第 6 期。

〔註 104〕華夫：《評郭小川的〈望星空〉》，《文藝報》，1959 年，第 11 期。

揚了『人生渺小，宇宙永恆』的意思，這完全不是馬克思主義的宇宙觀，而是一種資產階級、小資產階級的虛無主義」〔註105〕。中國作家協會還提到，《望星空》「這首詩流露了這一時期郭小川同志對黨、對革命的一種極端虛無主義的情緒。」〔註106〕所以，對余音展開批判，與他詩歌的標題《星空》同於郭小川的詩歌《望星空》有關。然而，頗有意味的是，在《草木篇》批判的時候，余音就提出過「抒情詩如何抒發個人情感」的問題，「抒情詩同樣肩負著社會教育的任務，在這一點上，它和其他文學形式在本質上是一致的，抒情詩是通過詩人的個人感受來反映現實。但是，抒情詩人所以能夠以他的詩篇深刻地反映現實，主要是由於他深入了生活，接受了時代的先進思想，以及他在藝術上的努力，那種把感情因素看成第一位，或者單純地認為詩人的主觀在客觀上就能反映現實的說法，都是片面的。」〔註107〕而且，余音不僅有對流沙河的批判，也對呂劍、王余、黃賢峻、高纓、孫靜軒等人展開了批判〔註108〕，可以說在批判中是非常積極的。沒有想到，在「抒情詩」一問題上，他自己也成為了批判對象，這也許是余音始料未及的吧。回過頭來看，在《星星》詩刊批判碎石和余音的過程中，在批判他們「沒有堅持社會主義文學原則」這點上，兩次批判是一致的。

《星星》詩刊對沙鷗的批判也是曇花一現，並沒持續。肖翔針對沙鷗的詩集《故鄉》而展開的，他說，「1958 年他在作家出版社出版的詩集《故鄉》，便比較充分地暴露了他的資產階級詩歌觀點。這個詩集總的傾向是錯誤的，畫面晦澀朦朧，感情乾癟冷淡，嚴重地歪曲了光輝燦爛的社會主義現實面貌。」〔註109〕肖翔對沙鷗的批判，也是從無產階級世界觀出發來展開的。在文章，肖翔還特別強調，為藝術而藝術，為技巧而藝術，是資產階級的文藝思想。由此認為沙鷗的詩集《故鄉》，也是有嚴重問題的。實際上，在 1957 年沙鷗，

〔註105〕 蕭三：《談〈望星空〉》，《人民文學》，1960 年，第 1 期。
〔註106〕 郭曉惠等編：《檢討書：詩人郭小川在政治運動中的另類文字》，北京：中國工人出版社，2001 年，第 42～43 頁。
〔註107〕 余音：《試談抒情詩的感情》，《紅岩》，1957 年，第 4 期。
〔註108〕 余音：《紅岩一九五七年詩創作中的兩株毒草》，《紅岩》，1958 年第 2 期；余音：《清除黑幫分子黃賢峻的毒害》，《紅岩，1958 年，第 5 期；余音：《同志，你走錯了路（評論）——評高纓的詩》，《紅岩》，1958 年，第 9 期；余音：《批判孫靜軒的詩》，《詩刊》，1958 年，第 12 期。
〔註109〕 肖翔：《用什麼思想教育人民——沙鷗詩集〈故鄉〉批判》，《星星》，1960 年，第 7 期。

是沒有相關問題的，「因他一直兼任黨支部書記，經常站在黨的立場說話、做人、寫詩、寫文章，在他的言論及詩文中，很那發現問題。在反右派鬥爭中，他是《詩刊》鬥爭的主持人，加上他的『政治嗅覺』較為敏感，當然不會出問題。」但是在 1959 年，沙鷗由於與一位有夫之婦發生了戀情，有了「生活作風問題」，由此被作協黨組織開除黨籍，下放農村勞動。〔註 110〕所以，此時《星星》詩刊也才積極跟進對沙鷗的批判文章。但對沙鷗的批判，表面上看批判他的資產階級文藝思想，實際上更多的是生活作風問題。

　　第五，對巴人的批判。在《星星》詩刊即將停刊前，還積極參與到了當時文學界對修正主義文藝思想的批判之中。從 1960 年第 6 期開始，《星星》詩刊每期都有批判修正主義文藝思想的文章，並且都將批判的重點指向了巴人。當然，此時對修正主義的展開批判，不僅僅是《星星》詩刊的事情，而是整個中國思想界的大事。1960 年文藝界開始大規模批判修正主義文藝思想，這與中國思想界的反修正主義思想是密切相關的。在 50 年代初期，修正主義主要針對的是背叛了共產主義運動的南斯拉夫總統鐵托。但斯大林去世後不久，蘇聯領導人赫魯曉夫 1956 年在蘇聯共產黨第二十次代表大會上，提出「和平過渡、和平共處、和平競賽」的「三和路線」，由此赫魯曉夫也被認為是背叛了馬克思列寧主義的修正主義者。因此，1960 年開始，隨著中國與蘇聯的矛盾日益尖銳，批判修正主義成為中國思想界的重要事件。而文藝界對修正主義的批判，也是六十年代中國修正主義批判中最重要的組成部分，批判最為猛烈，時間也最為持久。1960 年 7 月召開了中國文學藝術工作者第三次全國代表大會，周揚的講話中，「駁資產階級人性論」批判修正主義文藝思想，成為其中一個重要主題，並且還直接點名批判了胡風、馮雪峰、巴人。〔註 111〕而對文藝界的修正主義的批判，就集中在對人性論、人道主義、和平主義等觀點的批判，這些觀點也成為了修正主義文藝思想的核心。到了 1964 年，修正主義批判掀起高潮，更多的文藝作品被戴上了修正主義文藝的帽子，如電影《北國江南》、《早春二月》、《林家鋪子》、《不夜城》、《兵臨城下》、《抓壯丁》等，小說《三家巷》、《苦鬥》、《廣陵散》、《杜子美還家》等，戲劇《李慧娘》、《謝瑤環》等。1957 年巴人發表了《論人情》一文，文章提出，「文學

〔註 110〕晏明：《飄飄何所似　天地一沙鷗（中）——記老詩人、詩評家、編輯家沙鷗》，《新文學史料》，2001 年，第 3 期。

〔註 111〕周揚：《我國社會主義文學藝術的道路》，《人民日報》，1960 年 9 月 4 日。

史上最偉大的作品，總是具有最充分的人道主義的作品。……也許有人以為這樣的說法，是十足的文藝上的『人性論』。我以為不是。文藝必須為階級鬥爭服務，但其終極目的則為解放全人類，解放人類本性。」〔註112〕1959年12月，人民文學出版社反右傾學習辦公室編印了《王任叔同志的反黨文章選輯》，其中便有巴人的《論人情》。姚文元最早對巴人的《論人情》展開系統的批判。他說，「他的文章中，資產階級人性論表現得相當完整，又帶有時代特點，可以說是社會主義革命和建設時期在文藝上的資產階級人性論的一個代表。」〔註113〕之後，對巴人的批判從《論人情》進一步擴展，1960年4月中國人民大學文學研究班輯錄的《巴人〈文學論稿〉〈遵命集〉及其他文章中的錯誤觀點》，從文藝與政治、人性論、寫真實、世界觀與創作方法幾方面，輯錄了巴人文藝論著中的錯誤觀點，再次重點提到了巴人「階級社會給予『人性』以階級的烙印，共產主義社會就是要把人去掉階級的烙印，而恢復真正的人性」的修正主義觀點。雖然周揚在第三次文代會上的發言，也提到了胡風、馮雪峰，但在此之前的文藝界已經對胡風、馮雪峰有了全面的批判，所以在批判修正主義文藝思想的運動中，巴人成為了最凸出的批判對象。

巴人，也成為《星星》詩刊批判修正主義的主要對象。在《星星詩刊 革新版面 豐富內容 擴大徵求第三季度訂戶》中介紹中，就確定了「展開對資產階級文藝思想和修正主義的鬥爭」的辦刊方針。〔註114〕因此，很快《星星》詩刊就發表了批判修正主義的文章，「文藝思想上的修正主義，正是整個修正主義思想的反映和一部分。因此，以毛澤東文藝思想為武器，徹底粉碎修正主義文藝思想，就成立我們當前和今後相當長一段時間內，最重要的一項任務。」〔註115〕通過譚洛非的文章，我們看到，《星星》詩刊在批判修正主義文藝思想的時候，主要是在整體上介紹修正主義文藝思想特點。其中提到的《文學文稿》，也是巴人重要的文學理論著作。該著作是巴人1940年在上海珠林書店出版的《文學讀本》，後兩次修改充實分別更名為《文學初步》（海燕出版社，1950年）、《文學論稿（上下冊）》（新文藝出版社，1954年）。巴人稱

〔註112〕巴人：《論人情》，《新港》，1957年第1期。

〔註113〕姚文元：《批判巴人的「人性論」》，《文藝報》，1960年，第2期。

〔註114〕《星星詩刊 革新版面 豐富內容 擴大徵求第三季度訂戶》，《星星》，1960年，第6期，封底。

〔註115〕譚洛非：《認真學習毛澤東文藝思想，徹底批判修正主義——紀念〈在延安文藝座談會上的講話〉發表十八週年》，《星星》，1960年，第6期。

該書是以「馬克思列寧主義文藝理論」向「文藝學徒們」解答文藝上諸問題。但理論著作由於提倡超時代、超階級、超政治，以及提倡人性論和寫真實，被認為是一株修正主義毒草。譚洛非在文中提到，修正主義文藝思想有兩個主要特點：第一，為藝術而藝術，這以李何林為代表；第二，提倡人性論，正是以巴人的《文學論稿》為代表。所以，譚洛非認為巴人的《文學論稿》及其他著作，代表了修正主義文藝思想。緊接著，1960 年第 7 期的《星星》，發表了西南師範學院中文系文學評論社的文章，從巴人的詩論出發，來批判他的修正主義文藝思想，「巴人主張的『人性』文藝，就是一種十足的資產階級的文藝。……一切現代修正主義者確實充當了『帝國主義的代理人』，成為『各國無產階級和勞動人民的敵人』。這就是我們必須和文藝上的修正主義者進行徹底鬥爭的巨大意義。」〔註 116〕在批判巴人的時候，選取是他的《遵命集》，這其實也遵循著 1960 年中國人民大學文學研究班輯錄的《巴人〈文學論稿〉〈遵命集〉及其他文章中的錯誤觀點》的批判路徑。巴人的《遵命集》，1957 年 11 月由北京出版社出版，收了巴人從 1956 年到 1957 年間創作的 27 篇雜文。這本文集命名為《遵命集》，是因為收錄的文章大多是因受命所寫，而《遵命集》是巴人解放後唯一的一本雜文集。西南師範學院中文系文學評論社抓住其中的《熱情與狂熱》和《論詩兩句》這兩篇文章，來展開對巴人的「人性論」的批判。所以，此時《星星》詩刊對巴人的批判，是與全國性的相關批判是一脈相承的。當然，巴人的《遵命集》在 1980 年 10 月由北京出版社再版重印，也表現了文學界對巴人文學理論的重新認定。隨著對巴人修正主義文藝思想批判的展開，《星星》詩刊逐步挖掘出了巴人其他論文的一些新問題，「巴人在文學書籍評論叢刊第一輯《革命的里程碑》（1958 年 10 月出版）裏，發表了一篇文章《讀〈紅纓〉和〈白蘭花〉書後》，這篇文中通過對這兩部長詩的評介與推薦，向讀者散佈了修正主義的毒素。」〔註 117〕此時，陳朝紅的這篇批判文章，不再重談《論人情》，以及《文學論稿》、《遵命集》中的問題，而是從巴人的一篇新文章《讀〈紅纓〉和〈白蘭花〉書後》開始，來展開對他的批判的，進一步呈現了巴人文學思想中濃厚小資產階級情調，和「人性論」觀點。同時，在此基礎上，還得出了巴人「貶低新民歌」，「否定新詩向民歌學

〔註 116〕西南師範學院中文系文學評論社：《清除巴人在詩歌上的修正主義觀點》，《星星》，1960 年，第 7 期。
〔註 117〕陳朝紅：《巴人在推薦什麼》，《星星》，1960 年，第 8 期。

習」的問題。由此，這些批判不僅將巴人綁定在「人性論」的修正主義文藝思想柱子上，還挖掘出了巴人「否定新民歌」的思想。另外，侯爵良還反駁了巴人「發展人的本質，是詩的唯一任務」的觀點，並提出，「我們認為詩的任務，與其他文學樣式（如小說、戲劇等）相同：都是為一定的政治服務，與其不同，只不過它反映現實是以詩的形式。」〔註 118〕當然，《星星》詩刊此時儘管對巴人的批判，但由於巴人與四川文藝界的關聯不大，所以相關批判也就沒有進一步展開。

　　總之，我們看到，《星星》詩刊在「詩歌下放」之後，轉向了「新詩道路」的討論，但還是出現了諸多不同的聲音，所以《星星》詩刊開設了《評論》欄目，著力對一些不同的觀點展開批判，走向了「詩歌戰線」。所以，在停刊前的一段時間，《星星》詩刊一直忙於「詩歌戰線」的批判。在 1960 年第 7 期《星星》詩刊的《詩歌戰線》欄目中，發表了本刊評論組《批判詩歌中的錯誤傾向》一文，我們可以清楚地看到這一段時間《星星》詩刊的關注點。「在詩歌創作道路上，也還有很少數一些詩人和詩作者，存在一些資產階級傾向，因而寫出了一些壞作品，受到了批判。這裡說的，是從去年八月期對吳雁的《創作，需要才能》的批判以後的情況。首先要談的，是對郭小川同志的《望星空》（見《人民文學》1959 年 11 月號）和《白雪的讚歌》（見《詩刊》1957 年 12 月號）的批評。這是兩篇具有『虛無主義』和『悲觀主義』的作品。《文藝報》、《人民文學》、《詩刊》、《文學知識》等都發表文章，批評了這種錯誤。……還要向你介紹的情況是，今年《解放軍文藝》二月號發表了李紀眾同志的《丁芒的詩在宣揚些什麼》，《詩刊》三月號發表了王澍、易莎同志的《庸俗的情感，陰暗的心靈》等文章，對丁芒同志詩中的反動內容、資產階級思想進行了揭露和批判。1957 年丁芒同志出版了一本詩集《歡樂的陽光》，其中大部分都是不健康的東西，有的甚至是攻擊、歪曲、醜化黨和社會主義的毒草。……對蔡其矯同志在創作傾向上的批判，也需要向你介紹一下。蔡其矯同志在解放後共出了三個詩集：《回聲集》、《濤聲集》、《濤聲續集》。在整個詩歌創作上都存在著資產階級傾向，而且一個詩集比一個詩集嚴重。作者寫了不少海員生活的詩，但都是一些抒發資產階級思想感情，歪曲現實、歪曲人物形象的詩。……此外，關於王亞平同志在《那不是詩歌創作的堅實道路》一文中，

〔註 118〕侯爵良：《「詩的唯一任務，就在於發展人的本質」嗎？——駁巴人的一個論點》，《星星》1960 年，第 9 期。

對青年詩歌作者的冷漠態度，對群眾創作的政治熱情的打擊；關於沙鷗同志創作上的資產階級傾向，巴人同志在詩歌理論上的修正主義觀點，我刊今年四月號、七月號都先後發表了批判文章；李何林的『政治即藝術』的修正主義觀點，我們今年六月號也發表了批判文章，這裡就不再重複了。以後有了新情況，再寫信告訴你。」〔註119〕在這篇文章中，首先是介紹國內從吳雁到郭小川、從丁芒到蔡其矯的各種批判，然後也專門介紹了《星星》詩刊所展開的對王亞平、沙鷗、巴人、李何林等人的批判。因此我們看到，在整個編輯方針上，《星星》詩刊是積極與全國的文藝批判保持著高度的一致。但另一方面，《星星》詩刊也在不斷地發現新問題，試圖對現有的批判有一定的突破。由此，在五六十年代《星星》詩刊的最後一個時期裏，始終處於一種「詩歌戰線」的狀態中，既不斷地跟隨文藝界批判的大形勢，也在不斷地尋找新的批判目標。

第三節　高舉毛澤東文藝思想紅旗

在「新詩道路」討論的同時，此時《星星》詩刊的另外一個重要舉措，就是「更高地舉起毛澤東這面旗幟」。當然，在「詩歌下放」討論之後，更高地舉起毛澤東這面旗幟也是《星星》詩刊發展的必然。正如於可訓在他的《當代詩學》中探討《星星》詩刊「筆談新詩的道路」欄目時所說，「《星星》的這則編者按明白無誤地指出，關於新詩的發展道路問題的討論，實質上是一個如何深人領會和貫徹執行『黨對中國詩的出路的指示』的問題，亦即是如何深入地領會和貫徹執行毛澤東在成都會議上關於詩歌問題的講話精神的問題。既然如此，有關這個『指示』和講話精神本身，也就是一個毋庸置疑的前提；只有在承認和肯定個前提的條件下，才有可能（也才能允許）對這個問題發表討論意見。因為受這個帶有極強的政治性的前提的限定，所以，此後有關這個問題的各種討論，也就不能不成為一種『注經式』的討論，即討論的目的旨在證明一種先在的論斷的正確性和合理性，而這個論斷本身則是一個不可動搖的也無法動搖的正確結論。」〔註120〕也就是說，《星星》詩刊「詩歌下放」討論，本來就是在一個確定了基本論點論點和立場的討論，並不需

〔註119〕本刊評論組：《批判詩歌中的錯誤傾向》，《星星》，1960年，第7期。
〔註120〕於可訓：《當代詩學》，長沙：湖南人民出版社，2000年，第113頁。

要提出了新問題，而只是對現有理論的確證。所以，如何確證「詩歌下放」，才是這次討論的核心點。

　　經過了「詩歌下放」「詩歌道路」討論，《星星》詩刊便更高地舉起了毛澤東文藝思想這面旗幟。在 1960 年的《星星詩刊 革新版面 豐富內容 擴大徵求第三季度訂戶》中，就明確提出了「進一步宣傳毛主席文藝思想」的辦刊思路。〔註 121〕當然，這並不是說《星星》詩刊是從 1960 年 6 月才開始宣傳毛主席文藝思想的，而且《星星》詩刊臨近停刊，仍不遺餘力地以「宣傳毛主席文藝思想」為辦刊理念。我們知道，《詩刊》創刊時就首先高舉起了毛澤東詩詞這面旗幟。他們先是「取得毛主席的支持」，然後「把毛澤東列入作者隊伍」，這讓《詩刊》一創刊就獲得了巨大的聲譽。《詩刊》創刊前，編輯部就聯名給毛澤東寫信，爭取他的支持。正是有了這封通信，《詩刊》的創辦過程，確實獲得了毛澤東的巨大支持。徐慶全在《臧克家與〈詩刊〉初創》中，在《把毛澤東列入作者隊伍》的一節中，詳細介紹了《詩刊》創刊時爭取到毛澤東這位「超級作者」所帶來的實質意義，「在為《詩刊》組稿過程中，徐遲將自己從各處搜集到的私下流傳的毛澤東詩詞 8 首謄抄整齊，找到主編臧克家，建議將這些詩送給毛澤東審閱，並能征得其同意，在《詩刊》創刊號上發表。臧克家和《詩刊》的編委都認為是個好主意。於是，起草了一封信，由主編、副主編及全體編委簽名，送給了毛澤東。1957 年 1 月 12 日，毛澤東給《詩刊》回覆了這樣一封信：……在寫下這封信兩天後，毛澤東主動邀請袁水拍和臧克家兩位詩人面談。關於這次談話，臧克家在後來有過幾次回憶。……談到《詩刊》的創刊，臧克家談到讓《詩刊》苦惱的印數問題。他對毛說：『現在紙張困難，經我們一再要求，文化部負責人只答應印 1 萬份；同樣是作家協會的刊物，《人民文學》印 20 萬，《詩刊》僅印 1 萬份，太不合理了。』毛問：『你說印多少？』臧回答說：『公公道道，5 萬份。』毛想了想說：『好，5 萬份。』」〔註 122〕我們看到，正是在毛澤東的關心之下，《詩刊》才解決了紙張供應的具體問題，從印 1 萬份，到增加到 5 萬份。更為重要的是，在《詩刊》創刊上號，不僅影印發表了毛澤東給《詩刊》的回信，也同時發表了毛澤東的 18 首詩詞，這對於《詩刊》的影響是可想而知的。《詩刊》副主

〔註 121〕　《星星詩刊 革新版面 豐富內容 擴大徵求第三季度訂戶》，《星星》，1960
　　　　　年，第 6 期，封底。
〔註 122〕　徐慶全：《臧克家與〈詩刊〉初創》，《中華讀書報》，2005 年 5 月 27 日。

編徐遲在《慶祝〈詩刊〉二十五週年》中就生動地說：「新華社發消息；《人民日報》和全國各報都轉載《詩刊》上的詩詞；王府井大街上的雜誌門市部有史以來第一次為買一本刊物而排起了這樣長的長隊，編輯部收到的來信堆如山積，都是各地買不到刊物的讀者寫來的信和匯來的款。」〔註123〕可以說，這種購買《詩刊》的盛況，與發表了毛澤東的詩歌是直接相關的。此後，《詩刊》也一直在「爭取把毛澤東列入作者隊伍」，多次發表毛澤東詩詞。而「取得毛主席的支持」、「把毛澤東列入作者隊伍」，也就成為了《詩刊》辦刊的一個重要方針。《詩刊》積極爭取到毛澤東的支持，並由此產生了巨大的社會效應，這無疑對《星星》詩刊有著重要的影響。

一、歌唱毛澤東

　　地處成都的《星星》詩刊並沒有天時地利之便，也無法直接取得毛澤東的支持。另外，由於毛澤東的詩詞，大部分經《詩刊》整理發表，所以《星星》也無法如《詩刊》一樣「把毛澤東列入作者隊伍」。但《星星》詩刊卻從「宣傳毛澤東文藝思想」這一條路上，高舉起了毛澤東這面旗幟，在這一點上超過了《詩刊》，也由此形成了自己的辦刊特色。

　　《星星》詩刊高舉毛澤東這面旗幟的第一個表現是，在詩歌作品中刊發了大量的「歌唱毛澤東」的詩歌作品。在 1958 年第 5 期《星星》詩刊就刊登了《毛主席在灌縣蓮花一社察看麥子生長情況》的照片，以及《和毛主席歡笑在一起》、《毛主席來了》等「歌唱毛澤東」的詩歌。當然，此時《星星》詩刊對毛澤東的歌唱，還不是有意為之，也沒有全面展開。因為《星星》詩刊這次對毛澤東的歌唱，還與政治形勢，也就是「成都會議」的召開有直接的關係。所以，在這一時期，只零星的發表了「歌唱毛澤東」的詩歌，數量也並不太多。如 1958 年第 7 期有《歌唱毛主席　歌唱共產黨（四川各民族民歌 19 首）》，1958 年第 8 期有《毛主席來了》、《江上望見了毛主席》等。所以，在這一階段，發表「歌唱毛澤東」的詩歌，雖然還不是《星星》詩刊辦刊的主要舉措，但已經在《星星》詩刊上初步成型了。

　　到了 1959 年，「歌唱毛澤東」的詩歌作品就經常出現在《星星》詩刊上，而且每期都成為了重要板塊。此時，《星星》詩刊在發表作品時，就有意凸顯「歌唱毛澤東」這一時代主題和辦刊特點。1959 年第 1 期《星星》詩刊發表

〔註123〕徐遲：《慶祝〈詩刊〉二十五週年》，《詩刊》，1982 年，第 1 期。

的「歌唱毛澤東」的民歌《心中有毛澤東（民歌 4 首）》,「天上有太陽,／世界有東風,／中國有總路線,／心中有毛澤東（合江馬街公社）」。另外,這一期也還是有少數民族詩人吳琪拉達的《山歌唱給毛主席》,包括《奴隸靠的毛主席》、《歡呼毛主席萬歲》、《彝家祝福毛主席》、《彝家跟著毛主席》等,共計有 8 首之多。「歌唱毛澤東」的詩歌,從這個時候,開始佔據了《星星》詩刊的重要比例。在 1959 年第 2 期《星星》的《向祖國獻禮》欄目中,直接以毛澤東為題的詩歌就有《毛主席比群山高大》、《毛澤東象太陽和月亮》、《毛主席來啦》、《太陽就是毛主席》等 4 首。1959 年第 3 期《星星》詩刊,還特意在首頁刊發了《毛主席游泳詞親筆原稿》,這也體現了《星星》詩刊在不斷爭取毛澤東的支持。1959 年第 4 期刊登了詩人傅仇的詩歌《毛主席在都江堰（2 首）》。1959 年第 5 期,《星星》詩刊不再滿足於在詩歌作品中發表「歌唱毛澤東」的作品,而是將之提到了封二,以更加凸顯「歌唱毛澤東」這一主題。如這一期封二是歌頌毛澤東的《萬歲毛主席,萬歲共產黨》詩,並配有四川省民族出版社供稿的畫,「儘管我沒有張翅膀,／卻時刻縈繞在毛主席身旁。／儘管我不是雀鳥,／卻把幸福的歌兒歌唱。／儘管我沒有讀過什麼書,／卻會寫『萬歲毛主席,萬歲共產黨!』」此後 1959 年第 7 期有《毛主席向我們走來》、《獻給敬愛的毛主席》;1959 年第 8 期有《聲聲感謝毛主席,句句歌唱解放軍》,1959 年的第 10 期特大號也有《羌族翻身全靠恩人毛主席》、《毛主席在四川》。總之,1959 年可說是《星星》詩刊有意識地在詩歌作品中呈現「歌唱毛澤東」這一主題。

而 1960 年後,《星星》詩刊不僅多次在封頁中刊登「歌唱毛澤東」的詩歌,而且還配上相關的插圖,進一步彰顯「歌唱毛澤東」的辦刊意圖。「詩畫」結合,成為了《星星》詩刊這一時期「歌唱毛澤東」特色。如在 1960 年第 1 期封二,刊登了《歌唱毛澤東》,並配有馮星平的畫。該詩寫道,「毛澤東,毛澤東／春天的雨,／夏天的風,／天上的太陽,／船上的艄翁。／六億人民大躍進,／緊緊跟著毛澤東。（射洪縣）」〔註 124〕1960 年第 7 期《星星》封二上刊登了四川民歌《毛主席像紅太陽》,「毛主席像紅太陽,／明明亮亮照四方。／／春天有你百花香,／小麥青青油菜黃;／／夏天有你秧苗長,／農民心裏樂無疆;／／秋天有你收成好,／金黃穀粒堆滿倉;／／冬天有你冰雪化,／農民身上暖洋洋。／／敬愛領袖毛主席,／你的恩情永不忘。」這首詩歌,就

〔註 124〕《歌唱毛澤東》,《星星》,1960 年,第 1 期,封二。

配上了徐匡的畫。〔註125〕《星星》詩刊在 1960 年多次運用這種「詩陪畫」的形式歌唱毛澤東，也更能直觀鮮明地宣傳毛澤東思想。在 1960 年第 9 期欄目《更高地舉起毛澤東文藝思想紅旗　沿著社會主義文藝道路前進》中，還專門設置了《在毛主席身邊（全國第三次文代大會代表詩選）》欄目，包括工人李志龍《我站在毛主席身旁》、彝族額盧拉哈《幸福的日子》、藏族錢明清《紅光照亮我的心》、均吾《赴第三次全國文代會組詞四首》、高縷《在太陽身旁》、陳書舫《感謝敬愛的毛主席》等詩歌作品。可見，在《星星》詩刊上，不僅有工人詩人，也有少數民族詩人，還有其他已經成名的詩人，一同來參與到「歌唱毛澤東」的時代主題之中。

在 1960 年第 10 期，也就是五六十年代的最後一期《星星》詩刊上，還在封二上刊登了四川美術學院的雕塑《毛主席在四川農村》〔註126〕。可見，直到停刊之時，《星星》詩刊都是以極大的激情，歌唱毛澤東、宣傳毛澤東思想，高高地舉起毛澤東這面旗幟。

二、從「注毛澤東詩詞」到「讀毛澤東詩詞」

《星星》詩刊在宣傳毛澤東思想方面，另外一個特點是「注毛澤東詩詞」，體現自己的辦刊特色。

我們知道，《詩刊》不是毛澤東詩詞的首發之處，毛澤東的《沁園春·雪》就以《毛詞·沁園春》為題在 1945 年 11 月 14 日的重慶《新民報晚刊》上第一次發表。1951 年 1 月 23 日的《文匯報》也發表過毛澤東的《浣溪沙·和柳亞子先生》（顏燭齊王名命前），標題為《毛主席新詞》。1957 年《詩刊》創刊號上是集中發表的毛澤東的 18 首舊體詩詞，而且這些詩詞都經過了毛澤東的親自校訂。毛澤東詩詞的一經發表，便引發了「注毛澤東詩詞」的熱潮。不完全統計，在 1957 年到 1958 年，就有大量的「注毛澤東詩詞」文章，並在 1958 年達到形成了一個高潮〔註127〕。而最早集中注毛澤東詩詞的，也是《詩刊》

〔註125〕《毛澤東像紅太陽》，《星星》，1960 年，第 7 期，封二。

〔註126〕《毛主席在四川農村（雕塑）》，《星星》，1960 年，第 10 期，封二。

〔註127〕張國光：《偉大的詩人　光輝的詩篇──讀毛主席的詩詞》，《長江日報》，1957 年 2 月 17 日；臧克家：《讀毛主席的四首詞》，《文藝學習》，1957 年，第 3 期；臧克家：《毛主席的兩首詞〈長沙〉〈游泳〉》，《中國青年》，1957 年，第 4 期；鄧敘萍：《讀毛主席的四首詞》，《長江文藝》，1957 年，第 6 期；鄧敘萍：《讀毛主席詩詞的一點感受》，《解放軍文藝》，1957 年，第 7 期；少亭等：《毛主席詩詞六首解釋》，《語文學習》，1957 年，第 8 期；振甫：《毛主

社。1957 年 10 月中國青年出版社出版了由臧克家講解、周振甫注釋《毛主席
詩詞十八首講解》，在書前的《內容提要》中介紹說：「毛主席在『詩刊』創刊
號上發表了詩詞十八首。臧克家同志在『中國青年』等刊物上對其中大部分
詩詞作了講解。現在請臧克家同志把沒有作過講解的也作了講解，連同已發
表的合在一起。另外再加上注釋，附在毛主席的詩詞後面，幫助閱讀。」〔註
128〕當然，注毛澤東詩詞的出現，是更多的讀者「向毛澤東學習」的結果。正
如羅鬊漁《「毛主席詩詞十八首講解」評介》中說，「自從毛主席在『詩刊』創
刊號上發表了十八首舊體詩詞以後，一時國內外讀者，在捧讀欣賞之餘，都
希望能更進一步地瞭解這些詩詞的主題思想和題材內客，都希望知道這位偉
大的詩人是怎樣地在創作活動中以鮮明的形象和傳統的形式來表達這種革命
精神的，他們都熱切地希望有人能及時作出講解。這要求，在大量的讀者來
信中廣泛地反映著。現在我們很高興地看到這個願望已被實現了。」〔註 129〕

席詩詞的注釋》，《文匯報》，1958 年 1 月 6 日；臧克家：《喜讀毛主席新詞
〈蝶戀花〉》，《北京日報》，1958 年 1 月 10 日；振甫《毛主席〈蝶戀花〉詞
的再理解》，《語文學習》，1958 年，第 2 期；程履夷：《毛主席詩詞四首試
譯》，《文學知識》，1958 年，第 3 期；唐棣華：《學習毛主席詩詞寫詩要學毛
主席》，《文學知識》，1958 年，第 3 期；蔡儀：《讀毛主席〈元旦〉一詞的體
會》，《文學知識》，1958 年，第 3 期；北京師範大學中文系三年級（二）班
科學研究小組：《讀毛主席〈沁園春·雪〉》，《文學知識》，1958 年，第 3 期；
劉綏松：《崇高的理想，豪邁的詞篇——讀毛主席〈崑崙〉》，《文學知識》，
1958 年，第 3 期；程履夷：《毛主席詩詞四首試譯》，《文學知識》，1958 年，
第 3 期；唐棣華：《學習毛主席詩詞寫詩要學毛主席》，《文學知識》，1958
年，第 3 期；蔡儀：《讀毛主席〈元旦〉一詞的體會》，《文學知識》，1958 年
第 3 期；路坎：《毛主席詩詞中「動」的描寫》，《文學知識》，1958 年，第 3
期；安旗：《第一等襟抱第一等真詩——毛主席詞讀後記》，《文藝月報》，1958
年，第 5 期；馮振：《讀毛主席的新詩〈送瘟神二首〉》，《廣西日報》，1958
年 10 月 9 日；周天：《試說「紅雨」「青山」兩句——兼談〈送瘟神〉二首
的主題就正於唐弢同志》，《文匯報》，1958 年 10 月 29 日；唐弢：《更正和
補述——關於〈送瘟神二首試釋〉》，《文匯報》，1958 年 10 月 30 日；宛敏
灝：《讀毛主席詞五首——〈十六字令三首〉、〈清平樂·六盤山〉、〈念奴嬌·
崑崙〉》，《語文教學》，1958 年第 10 期；郭沫若：《「一唱雄雞天下白」》，《文
藝報》，1958 年，第 11 期；臧克家：《關於〈蝶戀花〉詞的解釋》，《文藝報》，
1958 年，第 11 期；謝思傑：《學習〈蝶戀花〉》，《文藝報》，1958 年，第 11
期。
〔註 128〕臧克家講解、周振甫注釋：《毛主席詩詞十八首講解》，北京：中國青年出版
社，1957 年。
〔註 129〕羅鬊漁：《「毛主席詩詞十八首講解」評介》，《詩刊》，1958 年，第 2 期。

《毛主席詩詞十八首講解》，由郭沫若題寫的書名。該著作中第一篇文章是毛澤東給《詩刊》的《關於詩的一封信》，這不僅是最早注毛澤東詩詞的著作，也是最有影響的著作。

在這樣的背景之下，1958 年的《星星》詩刊就有了集中「注毛澤東詩詞」的努力和實踐。《星星》詩刊「注毛澤東詩詞」這一舉措，應該是由安旗提議的。安旗在 1958 年第 5 期的《文藝月報》發表了第一篇評論毛澤東詩詞的文章，她說「讀了毛主席的詞，胸中久久地充滿一種磅礴之氣，人好像突然變得高大起來，眼界空前開闊，精神也分外爽朗，在思想感情上不知不覺又向共產主義的境界邁進了一步。這是真正的詩的力量！這是偉大的詩的力量！」〔註 130〕進而，在 1958 年第 10 期欄目中，安旗便專門設置了「討論《清平樂》」一個專門的欄目。在這次「討論毛澤東詩詞」中，共有六篇文章，讓我們看到了《星星》詩刊或者說安旗「注毛澤東詩詞」的主要構想。六篇文章如下：毛澤東《清平樂（會昌）》、郭沫若《郭沫若同志給本刊編輯部的信》、臧克家《臧克家同志關於〈清平樂〉（會昌）一詞的解釋》（摘自《毛主席詩詞十八首講解》）、羊路由《我對〈清平樂〉（會昌）一詞的解釋》、劉開揚《讀毛主席的詞〈清平樂〉（會昌）》、農林、饒凡子《我們對毛主席〈清平樂〉（會昌）一詞的看法》。這六篇文章分為兩個部分，一部分是毛澤東詩詞，以及郭沫若、臧克家的經典注解。另一部分，才是《星星》詩刊的「我注」。可以說，《星星》詩刊的「注毛澤東詩詞」努力，是宣傳毛澤東思想的一種極好的選擇。但我也看到，雖然《星星》詩刊選擇了一個很好的宣傳毛澤東思想的點，但「注毛澤東詩詞」也是難以很好把握其中的分寸。為了能使注釋更有權威性，在這第一次「注毛澤東詩詞」的過程中，《星星》詩刊首先將郭沫若、臧克家對毛主席詩詞《清平樂·會昌》一詞的理解置於欄目前。而郭沫若關於《清平樂·會昌》也是頗有意味的，他說：「對於詩詞，讀者在合理範圍內是有解釋的自由的。讀者在詩詞中可以創造新的意境，所謂『仁者見之謂之仁，智者見之謂之智』，各人的解釋可以不必相同，甚至可以和作者的願意不一定完全若合符契。我覺得《清平樂》還可以解釋得更開闊一些。……上一闋是虛寫，下一闋是實寫。虛實相照應，真有天高海闊的氣度。」〔註 131〕我們不知道《星

〔註 130〕安旗：《第一等襟抱　第一等真詩——毛主席詞讀後記》，《文藝月報》，1958年，第 5 期。

〔註 131〕郭沫若：《郭沫若同志給本刊編輯部的信》，《星星》，1958 年，第 10 期。

星》詩刊給郭沫若約稿談《清平樂·會昌》是怎樣的一個過程。但通過郭沫若的評論，我們看到，他首先不僅強調「讀者在合理的範圍內是可以有解釋的自由的」，而且「讀者在詩詞中可以創造新的意境」，以及「甚至可以和作者的原意不一定完全若合符契」。當然，這只是郭沫若在解釋毛澤東詩詞時的一種託辭。他之所以這樣說，正是為了使後面進一步開展對《清平樂·會昌》的「我注」更為合理。更為重要的是，郭沫若的這種自由的、創造性，乃至與作者願意完全不同的注解理論，更為《星星》詩刊提供了「注毛澤東詩詞」的理論依據！所以，《星星》詩刊的這個欄目，不是「注毛澤東詩詞」，而是「討論毛澤東詩詞」。雖然有了郭沫若的注解理論，為了確保方向的正確，《星星》詩刊還是將《毛主席詩詞十八首講解》中〈臧克家同志關於〈清平樂〉（會昌）一詞的解釋〉也放附在了前面。有了這樣的前提和基礎之後，《星星》詩刊就刊發了較多的對「毛澤東詩詞」的「我注」文章。羊路由的《我對〈清平樂〉（會昌）一詞的解釋》，是談他在作曲過程中對毛主席這首詞的理解。劉開揚對這首詞如此分析，「這首詞的新境界，是過去一切的詞所不能企及的。這裡面表現了作者的無產階級的世界觀和社會主義現實主義的創作方法，真實高度的思想性和藝術性完全統一的典範之作，我們應該認真學習。」〔註132〕總的看來，這幾篇文章，其實也並沒有如郭沫若說提倡的，有自由的、創造性的乃至不同於作者原意的新解釋。所以，雖然《星星》詩刊作了諸多的努力，但要提供更有價值的注解，也是比較難的。

　　儘管《星星》在第一次「討論毛澤東詩詞」過程中，並沒有收穫豐富的成果。但有一點值得注意是，《星星》詩刊是有意識地，對毛澤東詩詞一首一首的展開注釋的，甚至試圖展開一定的「討論」。在 1958 年第 10 期集中分析了毛澤東的《清平樂·會昌》之後，在 11 期的《星星》詩刊又集中展開了對毛澤東《送瘟神二首》的注釋。1958 年第 10 期《詩刊》剛發表毛澤東的《送瘟神二首》，《星星》詩刊就在第 11 期首頁轉載了這首詩歌，並附陳志憲的《〈送瘟神〉二首試解》。我們不知道陳志憲的《〈送瘟神〉二首試解》是《星星》詩刊的命題文章，還是處於陳志憲自己主動「注毛澤東詩詞」。但從《送瘟神二首》發表的時間 1958 年 10 月 25 日來看，陳志憲要在 5 天之內完成閱讀毛澤東詩詞，寫一篇注解文章，然後投稿，並最後成功刊登在 1958 年 11 月

〔註132〕劉開揚：《讀毛主席的詞〈清平樂〉（會昌）》，《星星》，1958 年，第 10 期。

1 日的《星星》詩刊上，這應該是不可能的。由此，說陳志憲主動寫《〈送瘟神〉二首試解》，主動注「毛澤東詩詞」，應該是不可能的。所以，這一次「注毛澤東詩詞」，是《星星》詩刊的刻意安排。更為重要的《星星》詩刊這次選擇了毛澤東最新發表的詩歌，這表明由於有了第一次「注毛澤東詩詞」的嘗試，《星星》詩刊試圖依照郭沫若的注解理論，試圖超越之前「注毛澤東詩詞」的框架，重新闡釋對毛澤東詩歌的理解。總之，此時，《星星》詩刊對於「注毛澤東詩詞」的這一舉措，是相當積極性的。

　　但從毛澤東來說，他似乎並不太認同這些「注解」，當然也就包括《星星》詩刊的「討論」。1958 年 9 月，文物出版社刻印的大字本線裝書《毛主席詩詞十九首》，收集了 1957 年《詩刊》1 月號發表的毛澤東詩詞十八首詩詞，另加入了湖南師範學院院刊《湖南師院》在 1958 年 1 月 1 日發表《蝶戀花‧答李淑一》，共 19 首詩詞，故稱《毛主席詩詞十九首》。1958 年 12 月 21 日毛澤東在此書上，就他的詩詞注解問題做了一些批註。他說，「我的幾首歪詞，發表以後，注家蜂起，全是好心。一部分說對了，一部分說得不對，我有說明的責任。一九五八年十二月，在廣州，見文物出版社一九五八年九月刊本，天頭甚寬，因而寫了下面的一些字，謝注家，兼謝讀者。」〔註133〕毛澤東在詩歌裏的具體批註，就有 11 條。在這裡，毛澤東首先說，「注家蜂起，全是好心」，但「一部分說對了，一部分說得不對，我有說明的責任。」並且，還在具體的詩歌中，提出了個人的見解，這表明毛澤東是不太贊同相關的注解的。更值得注意的是，毛澤東還多次提到，他其實根本就不贊成對他的作品作注解。正如陳晉的《獨領風騷：毛澤東心路解讀》中所提到，「1966 年，在胡喬木主持下，一些人編了一本《毛主席詩詞》的注釋本，送到毛澤東那裡，依然被否定了。毛澤東的理由是：『詩不宜注，古來注杜詩的很多，少有注得好的，不要注了。』」同時還提到，「1973 年 7 月，在中南海游泳池那間臥室兼書房裏，毛澤東和來訪的諾貝爾獎獲得者楊振寧，有過一次別有深意的對話——楊振寧：『我讀到主席的《長征》那首詩，很受鼓舞。』毛澤東：『長征是我們同蔣介石作鬥爭，那首詩是我們長征快結束的時候寫的。』楊振寧：『毛主席的詩我都念了，起頭不懂，看到注釋後，懂得多一點。』毛澤東：『有些注釋不大

〔註133〕毛澤東：《在〈毛主席詩詞十九首〉的批註》，《毛澤東文藝論集》，中共中央文獻研究室編，北京：中央文獻出版社，2002 年，第 193 頁。

對頭。就像《詩經》，是兩千多年以前的詩歌，後來做注釋，時代已經變了，意義也不一樣。百把年以後，對我們的這些詩都不懂了。』」〔註134〕不管什麼原因，毛澤東不贊同對自己詩歌的注解，以及反對給自己的詩歌作注解，《星星》詩刊應該也瞭解到了。所以在此後《星星》詩刊就不好繼續深入開展的「注毛澤東詩詞」欄目，更不再設置「討論毛澤東詩詞」欄目。停辦「討論毛澤東詩詞」的欄目，也就成為了《星星》詩刊辦刊的趨勢。在停辦「討論毛澤東詩詞」欄目後，《星星》詩刊本身，也不得不在此前「討論毛澤東」詩詞的問題上，進行自我反思。如袁珂在《〈送瘟神二首〉試解商榷》中提出，「我對這兩首詩的一個主要看法，是前一首寫的完全是幾千來在封建統治的重壓下、科學落後、文化落後、拿著血吸蟲病毫無辦法的舊社會；後一首才是寫解放了以後的新社會，六億人民在黨的領導下，以主人公的姿態參加了祖國的建設工作，人人是英雄，個個幹勁衝天，用集體的力量建設了祖國，也消滅了幾千年來危害人民身體健康的血吸蟲，送走了受歡迎的『瘟神』。前後兩詩寫的詩兩個時代，兩種社會，兩樣光景，自然形成鮮明對比，使我們對舊社會的可憎和新社會的可愛更有深刻的認識。可是在陳先生的解釋中沒這種鮮明的對比消失了，因為詩的高度的思想性也說明不了了。」〔註135〕袁珂的文章內容並沒有新意，內容也並不重要。雖然是與陳志憲的文章商榷，但實際上，《星星》詩刊發表這篇文章，並不是針對陳志憲個人，也不在意於文章內容，應該是對此前「討論毛澤東詩詞」欄目的一種反思。

從「注毛澤東詩詞」到「讀毛澤東詩詞」，是《星星》詩刊的必然走向。1959年第10期的《星星》詩刊發表的陳志憲「注毛澤東詩詞」的文章，就發出了這樣一個信號。在這篇文章說，「毛主席這首詞，是古今詠雪絕唱，其胸襟的胸圍浩闊，真是『橫絕六合，掃空萬古』而有餘。這裡我們通過毛主席的沁園春詠雪一詞，體會到主席的詠物是繼承了詞的優秀傳統，同時更因其有獨特的偉大創造，又是發展了傳統，把詞的藝術更為提高。因而，我們可以從主席的一處創造中，體會到中國長短句歌詞在詠物藝術傳統上的美學特點——從客觀生活感受中創作出來的即物即人、似而不似的形象特色，可使人

〔註134〕陳晉撰稿：《詩人毛澤東——大型電視文獻藝術片〈獨領風騷——詩人毛澤東〉解說詞》，中共江蘇省委黨史工作辦公室編，北京：當代中國出版社，2006年，第209～210頁。

〔註135〕袁珂：《〈送瘟神二首〉試解商榷》，《星星》，1959年，第1期。

從其中領會到某種更深遠的東西，而引起對生活的怡樂和感發，獲得向上的美的感受。」﹝註136﹞值得注意的是，這篇文章是陳志憲第二篇「注毛澤東詩詞」的文章。從內容上來看，此時陳志憲的文章有了重要的轉變，他不在是「注毛澤東詩詞」，而重點是在「讀毛澤東詩詞」，或者說是在「學習毛澤東詩詞」。回過頭來看，此前陳志憲發寫《〈送瘟神〉二首試解》是《星星》詩刊的約稿，那麼這一篇《讀毛主席的沁園春詠雪》，也應該是《星星》詩刊給陳志憲的另外一個任務。總之，從「討論毛澤東詩詞」，到「注解毛澤東詩詞」，再到「學習毛澤東詩詞」，雖然《星星》詩刊多次轉變，但由於面對的是毛澤東，而且毛澤東本人也反對給他的詩詞「作注」，所以《星星》詩刊此後也就不再開設「注毛澤東詩詞」的欄目了。

但這也並沒有影響《星星》詩刊對毛澤東詩詞的熱切關注，也沒有影響《星星》詩刊高舉毛澤東這面旗幟的辦刊方向。《星星》詩刊主編安旗，也絲毫沒有放棄自己的對毛澤東詩詞的熱愛。1963 年 12 月，人民文學出版社和文物出版社同時出版了毛澤東自己編定的《毛主席詩詞》和《毛主席詩詞三十七首》，都收入了他的三十七首詩詞。這兩本詩集在內容上是完全一樣的，在兩本詩集前的扉頁，也都作了同樣的說明：「本書收入毛主席詩詞三十七首。以前發表過的二十七首，這次出版時經作者作了校訂。另外十首是沒有發表過的。」﹝註 137﹞其中首次公開發表的十首詩詞是：《七律・人民解放軍佔領南京》、《七律・到韶山》、《七律・登廬山》、《七絕・為女民兵題照》、《七律・答友人》、《七絕・為李進同志題所攝廬山仙人洞照》、《七律・和郭沫若同志》、《卜算子・詠梅》、《七律・冬雲》、《滿江紅・和郭沫若同志》。不同的是人民文學出版社出版發行的普通排印本，而文物出版社出版發行的是宋版字體的集字本。1964 年安旗出版了《毛澤東詩詞十首淺釋》，正好是對這十首新發表的詩詞的解釋。不過，在整個寫作內容上，安旗不是在「注解毛澤東詩詞」，而是在「學習毛澤東詩詞」，「毛主席詩詞是偉大的革命詩篇。學習毛主席詩詞，可以受到深刻的教育，可以得到巨大的鼓舞，可以從中找到正確地認識世界和改造世界的武器和力量。毛主席詩詞中今年春節發表的十首，對於我們更具有迫切的現實意義。這些詩詞幫助我們正確認識當代的階級鬥爭的形

﹝註 136﹞ 陳志憲：《讀毛主席的沁園春詠雪》，《星星》，1959 年，第 10 期。
﹝註 137﹞ 《毛澤東詩詞》，北京：人民文學出版社，1963 年；《毛澤東詩詞三十七首》，北京：文物出版社，1963 年。

勢，幫助我們看清鬥爭的前途，鼓舞我們高舉革命的大旗，將無產階級革命事業進行到底。毛主席詩詞在形式上雖然是古典詩詞，但在思想內容上確是煥然一新，反映的是現實生活，表現的是革命精神，這些詩詞的內容和思想感情，對於廣大的人民群眾，不但是可以理解的，而且是異常親切的，只要稍加解釋，就可以普及到廣大群眾中去。正如馬克思《資本論》的真理，對於工人群眾並不難懂一樣。因此，學習毛主席詩詞就並不只是少數專家學者的事情，應該讓這些偉大的革命詩篇成為廣大人民的精神財富。我個人就是本著這樣的認識和願望，試探著給毛主席詩詞作一些解釋，希望為學習毛主席詩詞的廣大讀者服一些務。」〔註138〕安旗不僅將「毛澤東詩詞」上升為「正確地認識世界和改造世界的武器和力量」，而且還在著作結尾處，表達了對「毛澤東詩詞」的膜拜之情，「毛主席詩詞在思想內容上博大精深，如江似海；在藝術上雲蒸霞蔚，氣象萬千。越讀越覺得豐富無比，其味無窮，真是『仰之彌高，鑽之彌堅』，夠我們學習一輩子。」〔註139〕在此時，雖然《星星》詩刊已經停刊三年，安旗還單獨出版了自己的《毛澤東詩詞十首淺釋》的研究，也應該是對她主編《星星》詩刊期刊期間，《星星》詩刊沒能持續辦「注毛澤東詩詞」欄目的一種補償吧。

三、宣傳毛澤東「兩結合」創作方法

宣傳「革命的浪漫主義與革命的現實主義相結合」的方針，是《星星》詩刊「高舉毛澤文藝思想紅旗」的又一個重要表現。

「革命的浪漫主義與革命的現實主義相結合」的方針是毛澤東在「成都會議」上提出來的一種創作方法。當時毛澤東對中國新詩發展的道路發表了意見，「中國詩的出路，第一條是民歌，第二條是古典，在這個基礎上產生出新詩來。」接著就說到，「形式是民歌，內容應是現實主義和浪漫主義對立的統一。太現實了就不能寫詩了。」到了1958年的5月8日的中國共產黨「八大」二次會議上，毛澤東進一步提出了「無產階級的文學藝術應採用革命的現實主義與革命的浪漫主義相結合的創作方法。」在毛澤東提出了「兩結合」

〔註138〕 安旗：《毛澤東詩詞十首淺釋》，成都：四川人民出版社，1964年，第1～2頁。

〔註139〕 安旗：《毛澤東詩詞十首淺釋》，成都：四川人民出版社，1964年，第59～60頁。

創作方法後，郭沫若和周揚是重要的闡釋者。1958 年第 7 期《文藝報》上，郭沫若在關於《蝶戀花》答該刊編者問的信時，首次稱毛澤東的這首詞是「革命的浪漫主義與革命的現實主義的典型的結合」。1958 年《紅旗》創刊號上周揚的《新民歌開拓了詩歌的新道路》，第一次正式闡釋了「兩結合」創作方法，「毛澤東同志提倡我們的文學應當是革命的現實主義和革命的浪漫主義的結合，這是對全部文學歷史的經驗的科學概括，是根據當前時代的特點和需要而提出的一項十分正確的主張，應當成為我們全體文藝作者共同奮鬥方向。」〔註 140〕1958 年第 3 期《紅旗》上郭沫若的《浪漫主義和現實主義》，進一步闡釋了「兩結合」創作方針，提出文藝上的浪漫主義和現實主義，在精神實質上有時是很難分別的。並認為，所有作家、作品即文藝創作本來就無不是現實主義和浪漫主義的結合，或者說「兩者的辯證的統一」。郭沫若最後提到，「我的看法是：不管是浪漫主義或者是現實主義，只要是革命的就是好的。革命的浪漫主義，那是以浪漫主義為基調，和現實主義結合了，詩歌可能更多地發揮這種風格。革命的現實主義，那是以現實主義為基調，和浪漫主義結合了，小說可能更多地發揮這種風格。」〔註 141〕此後，《處女地》〔註 142〕、《人民音樂》〔註 143〕、《長江文藝》〔註 144〕等刊物，都分別展開了「兩結合」創作方針的討論。當然，在這些刊物中，最重要的是《文藝報》對「兩結合」的討論以及總結。如 1958 年第 9 期《文藝報》，就首創了「革命的現實主義和革命的浪漫主義相結合」欄目，發表了袁水拍的《詩歌中的現實主義和浪漫主義的結合》，賀敬之的《漫談詩的革命浪漫主義》。然後在 1958 年底，《文藝報》還對此前的「兩結合」討論作了一個總結〔註 145〕，並且開設「討論革命的現實主義和革命的浪漫主義相結合」欄目，每期持續刊登討論「兩結合」

〔註 140〕周揚：《新民歌開拓了詩歌的新道路》，《紅旗》，1958 年，第 1 期。
〔註 141〕郭沫若：《浪漫主義和現實主義》，《紅旗》，1958 年，第 3 期。
〔註 142〕文菲等：《革命的現實主義和革命的浪漫主義相結合問題座談記錄》，《處女地》，1958 年，第 8 期。
〔註 143〕見《大膽創作更新更美的音樂作品──關於革命現實主義與革命浪漫主義結合問題的討論》，《人民音樂》，1958 年，第 11 期。汪毓和等：《關於革命現實主義和革命浪漫主義結合問題的討論》，《人民音樂》，1958 年，第 12 期。
〔註 144〕布穀鳥編輯部記錄整理：《工農作者談「革命現實主義和革命浪漫主義的結合」的創作方法》，《長江文藝》，1958 年，第 11～12 期。
〔註 145〕《各報刊關於革命的現實主義和革命的浪漫主義相結合問題的討論》，《文藝報》，1958 年，第 21 期。

的文章。到了 1959 年初，《文藝報》的《本刊舉行關於革命的現實主義和革命的浪漫主義相結合問題座談會討論要點的報導》中，第二次總結了「兩結合」討論的成果，並將「討論革命的現實主義和革命的浪漫主義相結合」作為 1959 年辦報的重要的內容〔註 146〕。在第一期就發表了老舍《我的幾點體會》、陳亞丁《滿懷期望話「結合」》、陳白塵《舞臺上的理想人物及其他》等討論革命的現實主義和革命的浪漫主義相結合的文章。

作為評論家的安旗，也於 1958 年 6 月 18 日寫有談「兩結合」的文章《從現實出發而又高於現實——試論革命現實主義和革命浪漫主義相結合》〔註 147〕，較早地參與到了「兩結合」創作方法的討論。由此 1958 年《文藝報》對「兩結合」所展開的討論以及總結，安旗應該是非常熟悉的。之後，安旗又在《詩刊》上發表了《略論新民歌思想藝術上的主要特點》〔註 148〕，文章的寫作時間更早，是 1958 年 5 月 15 日。在 1958 年文藝報編輯部編的《論革命的現實主義和革命的浪漫主義相結合》中，安旗這兩篇談「兩結合」的文章均入選，而且她還是唯一入選了兩篇論文的研究者。〔註 149〕這不僅承認了安旗「兩結合」研究方面的觀點，也極大的鼓舞了安旗投入到「兩結合」闡釋和研究的熱情。所以在 1959 年第 1 期，安旗身體力行，在《星星》詩刊的《與初學寫詩者談詩》欄目上發表了她第三篇談「兩結合」的文章《在生活上更下一層樓，在思想上更上一層樓——再談革命現實主義與革命浪漫主義的結合》，主要闡釋邵荃麟在西安文藝工作者座談會上發言中的一段講話中的「生活上更下一層樓，在思想上更上一層樓」觀點，並回應「兩結合」創作方法，「今年春天以來，我讀了很多新民歌，其中有很多是革命現實主義和革命浪漫主義相結合的優秀詩篇。他們的高瞻遠矚的眼光，他們敢想、敢說、敢幹的革命精神，他們的無敵不克、堅無不摧的英雄氣概，詩人不能不被它們深深吸引，深深感動。」〔註 150〕安旗在這裡主要回答「如何兩結合」的問題。

〔註 146〕 《本刊舉行關於革命的現實主義和革命的浪漫主義相結合問題座談會討論要點的報導》，《文藝報》，1959 年，第 1 期。

〔註 147〕 《從現實出發而又高於現實——試論革命現實主義和革命浪漫主義相結合》，《文藝報》，1958 年，第 13 期。

〔註 148〕 《略論新民歌思想藝術上的主要特點》，《詩刊》，1958 年，第 8 期。

〔註 149〕 《論革命的現實主義和革命的浪漫主義相結合》，文藝報編輯部編，北京：作家出版社，1958 年。

〔註 150〕 安旗：《在生活上更下一層樓，在思想上更上一層樓——再談革命現實主義與革命浪漫主義的結合》，《星星》，1959 年，第 1 期。

在她看來「革命現實主義」，就是深入到勞動人民的勞動和生活中去；而「革命浪漫主義」則是用共產主義眼光來觀察生活。該文寫作的時間是 1958 年 10 月 31 日的成都，所以安旗將之發表在她主編的《星星》詩刊上，也試圖在《星星》詩刊上展開進一步的討論。但我們看到，可能由於四川文藝界沒有感受到「討論革命的現實主義和革命的浪漫主義相結合」的重要性，所以儘管有安旗的文章領頭，但《星星》詩刊還是難以組織起相關的理論家，一起來展開「兩結合」的討論。

　　直到 1959 年第 5 期，《星星》詩刊才發表了一位工人作者戴龍雲的談「兩結合」的文章。該文章是他到四川大學中文系談「當前文藝問題」的講稿。戴龍雲從他自己的如何開始寫作說起，談到「沸騰的生活促使他不能不提筆寫」。然後，他分別從理論和實踐上這兩個方面談到了「兩結合」問題。具體到「革命的浪漫主義與革命的現實主義需要結合」時，他說「我認為，革命現實主義和革命浪漫主義是互相滲透著的。好的革命浪漫主義作品，首先必須描繪出社會主義和共產主義理想。使人一看就產生一種強烈的、向上的和鼓舞讀者積極起來為創造幸福、理想的新生活而鬥爭；好的作品，它生動的表現了人民群眾移山倒海、氣吞山河的英雄氣概，表現了人民群眾對共產主義的美妙理想。」而在「我是怎樣在創作中，主要革命現實主義與革命浪漫主義的結合」中，戴龍雲寫到，「我寫作還有一個深刻的體會，這就是要愛憎分明，對人民要盡情的歌唱；對敵人要無情的打擊。最後談一談我們寫作的目的。我覺得自己是一個工人，在生產上不僅要努力勞動，在文化大革命當中，也要以主人翁的姿態打先鋒。能夠及時地把同志們當中的好人、好事寫出來向黨彙報，就是自己最大的幸福。一切想通過寫作達到其他目的的想法都是錯誤的，沒有樹立正確的態度的人，是寫不出好的東西的。」〔註151〕在戴龍雲的文章中，他將如何在創作中實踐「革命浪漫主義和革命現實主義」的兩結合作為當前文藝的重要問題，這是非常值得注意。作為工人的戴龍雲都在積極主動地談「兩結合」，這表明「兩結合」方針已經是有廣泛影響的一個觀點了。但是，在安旗之後，戴龍雲雖然提出了這樣一個「當前文藝問題」，卻也並沒有引起批評界的關注。

　　到 1960 年第 3 期的《星星》詩刊，才正式開設「革命現實主義和革命浪

〔註151〕工人戴龍雲：《談革命現實主義與革命浪漫主義的結合──四川大學中文系「當前文藝問題」講稿》，《星星》，1959 年，第 5 期。

漫主義相結合」討論專欄。欄目前有《編者按》，介紹了創辦這一欄目的背景，「毛主席提出的『革命現實主義和革命浪漫主義相結合』的創作原則，已經引起了普遍重視和熱烈討論。我們認為《試談〈紅雲岩〉的浪漫主義表現手法》中的一些論點，可以討論。本刊準備開闢『關於革命現實主義和革命浪漫主義相結合問題的討論』專欄，希望大家通過具體作品，各抒己見，踴躍惠稿。」〔註152〕此時，對於全國對於「兩結合」創作方針的討論成果，已經非常豐富了。《星星》詩刊在開設「兩結合」討論的時候，便選擇了另外一條路，就是結合具體作品，特別四川的一些詩歌來談「兩結合」的問題。傅吳、凌佐義的這一篇文章，就充分肯定了這首長篇敘事詩在「兩結合」方面的成功，「我們認為《紅雲岩》是一部革命的現實主義和革命的浪漫主義相結合的作品。長詩的成功的一點是浪漫主義表現手法的成功運用，浪漫主義和現實主義的巧妙結合。」〔註153〕進而論述了長詩《紅雲岩》最成功的一點，就是浪漫主義表現手法的成功運用。所以，文章從主人公高遠的革命理想、故事性神奇性、鮮明的色彩以及豐富的想像這幾個方面，來展現了《紅雲岩》在「兩結合」的成功。不過，傅吳、凌佐義關於「兩結合」的肯定論述，並沒有得到認同，反而引出相關的批判文章。1960年第5期的「關於革命現實主義和革命浪漫主義結合問題的討論」中，便出現了李宗濤、愚公的批判傅吳、凌佐義論點的文章。「從這顯然可以看出傅吳、凌佐義二同志至少是低估了大躍進以來文學創作的偉大成就。我認為在《星星》詩刊舉行關於革命現實主義和革命浪漫主義相結合問題的討論之初，首先應把傅吳、凌佐義二同志這些錯誤論點澄清，是很必要的，因為這是關係到我國社會主義文學的估價問題，否則將會在讀者中造成不良的影響。」〔註154〕另外，李宗濤的文章《不要低估了成績》，繼續批判了傅吳、凌佐義的問題，認為他們在評價大躍進以來文學成就時，低估了這個時期文學的創作成就。而愚公也批判傅吳、凌佐義文中對「革命浪漫主義和革命現實主義」的錯誤理解，「神奇與誇張本身，並不能成為革命浪漫主義，它必須在現實主義的基礎上，與藝術的真實性和革命的理想性結合起來，然後，才能形成革命浪漫主義，那些雖然看起來生

〔註152〕《編者按·革命現實主義和革命浪漫主義相結合》，《星星》，1960年，第3期。

〔註153〕傅吳、凌佐義：《試談〈紅雲岩〉的浪漫主義表現手法》，《星星》，1960年，第3期。

〔註154〕李宗濤：《不要低估了成績》，《星星》，1960年，第5期。

動有趣、離奇曲折，但並不符合生活本身的邏輯的情節和細節，是與革命浪漫主義絕緣的。」〔註155〕愚公認為，傅吳、凌佐義錯誤理解了「革命浪漫主義」的含義，特別是遠離了現實生活，失掉了為現實服務的根基。所以這並不是真正的革命浪漫主義。

到了1960年第8期，《星星》詩刊在目錄中並沒有設《關於革命現實主義與革命浪漫主義結合問題的討論》欄目，但在正文中出現了這一欄目名稱，內容也是在談《紅雲岩》的問題。但此前的2篇文章，主要是批判傅吳、凌佐義的觀點。而松筆的《談〈紅雲岩〉中饒小三及其他》這一篇文章，則回到梁上泉的《紅雲岩》詩歌本身，批判梁上泉詩歌本身的問題，「長詩在學習民間文藝創作上，在某些方面，卻還存在著較嚴重的缺點。在讀《紅雲岩》的時候，尤其是看依長詩改編的歌劇的時候，我總是感覺到有一點沉悶、壓抑，不像民間傳說（請參看四川民間文學研究會編的《大巴山紅軍傳說》）那樣揚眉吐氣，心情舒暢，也很難感到民間傳說那種高昂的戰鬥氣息。在作者用來貫串全篇的主人公羅大綱身上，我們感覺到了一種和革命英雄格格不入的悲劇的、陰沉的氣氛。從悲劇到悲劇，最後還是悲劇。」同時認為，「作者對小三的批判，以及通過批判小三要達到的目的，卻完全被讀者對小三的同情所代替了。……總的來說，我感到在《紅雲岩》中，對叛徒處理不當，這是一個嚴重缺點。」〔註156〕松筆談到了梁上泉《紅雲岩》中的兩個人物，一個人物是貫串全篇的主人公羅大綱，但從他的身上，他只感覺到了一種和革命英雄格格不入的悲劇的、陰沉的氣氛，並沒有體現高昂的戰鬥精神；另外一個人物是叛徒繞小三，通過作者人物心理刻畫，不但沒有起到批判的作用，反而讓讀者同情了他。所以，《星星》詩刊由討論「兩結合」而引發對梁上泉《紅雲岩》的批判，實際上卻並沒有回答「如何兩結合」問題。

但是，此時的《星星》詩刊已經沒有更多的時間來思考「如何兩結合」，他們需要為社會主義文學更大的躍進而奮鬥，需要更高地舉起毛澤東文藝紅旗。

四、高舉「毛澤東文藝思想」的紅旗

在1960年，《星星》詩刊高舉毛澤東這面旗幟，呈現為著力闡釋和宣傳

〔註155〕愚公：《神奇‧真實‧浪漫》，《星星》，1960年，第5期。
〔註156〕松筆：《談〈紅雲岩〉中饒小三及其他》，《星星》，1960年，第8期。

「毛澤東文藝思想」。當然，毛澤東文藝思想，特別是《在延安文藝座談會上的講話》，已經成為當代文學的指導思想。對於毛澤東文藝思想的學習，特別是對於毛澤東《在延安文藝座談會上的講話》，已經是全國文藝界學習的重點。

但《星星》詩刊在 1960 年第 2 期，開設「高舉毛澤東文藝思想的紅旗高歌猛進」欄目，進一步高舉了毛澤東文藝思想，也推進了對毛澤東文藝思想的闡釋和宣傳。在《星星》詩刊首次的《高舉毛澤東文藝思想的紅旗高歌猛進》欄目中，主要目的是喊出「高舉毛澤東文藝思想的紅旗」這個口號。這一期的欄目，發表了工人戴龍雲《學習毛主席的文藝思想》、工人張樂山《建立真正的無產階級世界觀》，以及繆鉞《學習毛澤東文藝思想，做好中國古典文學研究工作》、鄒絳《讓詩歌真正為無產階級服務》等 4 篇文章。這其中，一類是「工人作者」發表的文章。如工人戴龍雲提出，「一個真正的馬克思主義的文藝工作者，特別是剛跨進文學藝術大門的業務文藝學習者，更應該紮紮實實地學習毛主席的文藝思想，高舉毛澤東思想的大旗奮勇前進，才能寫出更多更好有利於、有利於人民的作品來。」〔註 157〕工人張樂山也提到，「但歸根結底，更重要的還在於自己的思想水平不高，也就是說未建立真正的無產階級世界觀。」〔註 158〕另外一類是知識分子代表繆鉞、鄒絳的文章。繆鉞將學習毛澤東文藝思想與研究古典文學結合起來談學習毛澤東文藝思想的重要性，「就我個人來說，我在中國文學史的教學與研究中，講述古典詩人及其作品時，或是舊思想作怪，仍然偏重於藝術性而忽視思想性；或者是雖然著重闡發了作品中的思想性，但是不能很好將它的藝術性結合起來；或對於某些詩人，在運用政治標準去衡量時，感到困難，沒有把握（如李商隱），因此不敢作出全面的評價。以上諸種情況，都說明我雖然學習了毛主席的文藝理論，但是不深不透，因此不能很好的運用去研治中國古典文學。今後應當繼續學習。」〔註 159〕鄒絳則從創作上來談，認為必須學習毛澤東文藝思想，「只要我們真正聽黨的話，加緊學習毛澤東文藝思想，建立無產階級世界觀，不斷地加強和勞動人民的結合。除此之外，我認為是沒有其他的捷徑，也沒有什麼其他的竅門的」。〔註 160〕但實際上，他們都在談的是同一個問題，也就

〔註157〕工人戴龍雲：《學習毛主席的文藝思想》，《星星》，1960 年，第 2 期。
〔註158〕工人張樂山：《建立真正的無產階級世界觀》，《星星》，1960 年，第 2 期。
〔註159〕繆鉞：《學習毛澤東文藝思想，做好中國古典文學研究工作》，《星星》，1960 年，第 2 期。
〔註160〕鄒絳：《讓詩歌真正為無產階級服務》，《星星》，1960 年，第 2 期。

是所有的創作問題、研究問題，首先是學習毛澤東文藝思想的問題。同樣，在另外一個欄目《與初學寫詩者談詩》中，丁工也是給在初學寫詩者談「好好學習毛澤東文藝思想」，「這首民歌雖然描繪的是個別的具體形象，卻充分代表了大練鋼鐵當中全民大躍進的精神狀態：鬥志昂揚、意氣風發，也充分表現了人們敢想敢說敢做的共產主義風格，而且具有這種風格的新英雄人物，完全由可能實現他們的理想：征服自然！」〔註161〕所以，這第一期《高舉毛澤東文藝思想的紅旗高歌猛進》與其說是在探討毛澤東文藝思想，不如說是喊出了「學習毛澤東文藝思想」的口號。

此時《星星》詩刊專設「高舉毛澤東文藝思想的紅旗高歌猛進」欄目，從刊物自身來說，是與此前的「注毛澤東詩詞」欄目是相承接的，用以更鮮明地彰顯《星星》詩刊在高舉毛澤東旗幟。但從另外一方面來說，「高舉毛澤東文藝思想」，也不僅僅是《星星》詩刊的單獨行動，而是整個文藝界的發展方向，「最近以來，我省越來越多的黨員、幹部和群眾正在積極地認真地學習毛主席的思想和著作，一個以毛澤東思想為指導方向，以毛澤東著作為綱的群眾性的理論學習運動，正在迅速形成。文藝界的同志，對於毛澤東文藝思想的學習自然會更加注意。『峨眉』、『星星』、『奔騰』等文藝刊物都發表了有關學習毛澤東文藝思想的文章，不少的文藝單位和個人，已經訂出了學習毛主席的著作的計劃。……我們的時代是一個偉大的時代，用毛澤東思想把我們的頭腦進一步武裝起來，為爭取文藝的更大豐收而奮鬥，這是我們每一個文藝工作者義不容辭的光榮任務。」〔註162〕此後的《四川日報》，也多次發表「高舉毛澤東文藝思想紅旗」的文章。如林采提出「毛主席是當代最傑出的馬克思主義者。」「認真地學習和貫徹毛澤東思想，是多快好省地發展和繁榮社會主義的文化藝術的根本保證。」「毛澤東思想是戰勝一切資產階級思想的最犀利的武器。」「毛主席提出的百花齊放、百家爭鳴的方針和革命的現實主義與革命的浪漫主義相結合的原則，是社會主義和共產主義的文化藝術發展的規律。」「讓我們在黨的領導下，在毛澤東思想和總路線的鼓舞和指引下，樹雄心，立大志，鼓足更大幹勁，為實現文化藝術工作更大更好的躍進，為

〔註161〕丁工：《好好學習毛澤東文藝思想——答讀者問之四》，《星星》，1960 年，第2 期。

〔註162〕本報評論員：《更加認真地學習毛澤東文藝思想》，《四川日報》，1960 年 2 月5 日。

創造出無愧於我們這個偉大時代的偉大的社會主義的文化藝術而奮勇前進吧！」〔註163〕群眾文藝報編輯部的文章也說：「在毛主席著作學習運動中，我們回顧百期以來的工作，更深深體會到，只要高舉毛澤東文藝思想紅旗，沿著工農兵方向奮勇前進，我們的工作就一定能取得不斷的勝利。」〔註164〕換言之，此時《星星》詩刊，在「高舉毛澤東文藝思想」方面，並不突出。

同樣，學習毛澤東文藝思想，不僅是這個時代文藝的特徵，也是每一個文藝工作者的義務。儘管在這樣的時代共同聲音之下，《星星》詩刊在「高舉毛澤東文藝思想的紅旗高歌猛進」的基礎上，也探索如何學習毛澤東思想的問題。1957年第3期《星星》詩刊上的兩篇文章，都更加專注於「如何學習毛澤東思想」的「如何學習問題」。文章提出，「在長時期以來，對藝術與政治的關係上，觀念上也確信文學藝術應當服從於革命，服從於政治，但一遇到具體問題，比如對作品的鑒別和取捨，資產階級文藝所強調的抽象的『藝術魅力』也還是不知不覺地在起作用，使我有時離開政治標準第一的原則，因為不能及時明確地認識有些作品思想上的缺點和錯誤，有時甚至是嚴重的錯誤。在文藝理論學習上站穩立場的問題，我覺得首先是毫無保留地堅持我們的文藝事業是黨的革命事業的一部分，雖然很重要，但也還是一部分。局部必須服從整體，因此文藝必須服從政治。」〔註165〕當然，與此同時，整個文學界也在規劃「如何認真學習毛澤東思想」的問題。3月10日至19日四川省文聯召開了一次文藝創作座談會，《四川日報》報導了這次會議的內容，《星星》詩刊1960年第4期也全文刊登了這篇報導。在這次會議上，「會議討論得最熱烈的，是文藝工作者更好地學習馬克思列寧主義、學習毛澤東著作，與工農群眾的鬥爭和生活長期結合，徹底改造思想，建立無產階級世界觀的問題。大家認為，建立共產主義世界觀是一個根本的、首要的問題。」〔註166〕這次會議「以社會主義建設總路線和毛澤東思想為綱」，重點是探討「如何」的問題，具體而言，也就是「如何學習毛澤東思想」、「如何歌頌三面紅旗」、

〔註163〕林采：《紀念「在延安文化座談會上的講話」發表十八週年在毛澤東文藝思想的旗幟下更大更好地躍進》，《四川日報》，1960年5月19日。

〔註164〕群眾文藝報編輯部：《高舉毛澤東文藝思想紅旗 沿著工農兵方向奮勇前進》，《四川日報》，1960年6月11日。

〔註165〕鄧均吾：《讓我們從新學起》，《星星》，1960年，第3期。

〔註166〕《高舉毛澤東文藝思想的紅旗 歌頌和反映我們的英雄時代 四川省文聯舉行文藝創作座談會》，《四川日報》，1960年3月26日；文藝通訊：《四川省文聯舉行文藝創作座談會》，《星星》，1960年，第4期。

「如何提高文藝創作質量」、「如何培養新生力量」等問題。所以，在 1960 年第 3 期《星星》詩刊設置的欄目「如何學習毛澤東文藝思想」，也正是這次大會精神的反映。進而，《星星》詩刊就有了「高舉毛澤東文藝思想」的具體思路：第一，是批判修正主義。正如譚洛非所說，「文藝思想上的修正主義，正是整個修正主義思想的反映和一部分。因此，以毛澤東文藝思想為武器，徹底粉碎修正主義文藝思想，就成為我們當前和今後相當長一段時間內，最重要的一項任務。」〔註 167〕從這裡可以看到，批判修正主義，也就是學習毛澤東文藝思想的重要表現。所以，批判以巴人為代表的修正主義文藝觀點，成為了《星星》詩刊高舉毛澤東文藝思想的一個表現。第二，是改造思想。要學習毛澤東文藝思想，就必須要改造思想，這是安旗所提出的論點，「毛主席文藝思想的中心是為工農兵服務，而實現文藝為工農兵服務的關鍵又是思想改造。……讓我們永遠記住毛主席關於思想改造的指示，在思想改造上做一個不斷革命論者，努力使自己成為一個具有共產主義思想覺悟和道德品質的人，只有這樣，我們才能真正領會和掌握毛主席文藝思想中的一系列重大原則問題，才能真正貫徹文藝為工農兵服務的方針。」〔註 168〕當然，這一觀點要如何落實，其實也並非那麼簡單的。

面對大躍進的形勢，《星星》詩刊只能不斷調整自己辦刊思路。在 9 月 23 日《星星》詩刊召開的一次詩歌座談會，一方面學習全國第三次文代會的文件和精神，另外一方面從《星星》詩刊自身來說，也是在尋找更為合適的辦刊方向。「《星星》詩刊編輯部於九月二十二日召開了一次詩歌座談會，邀請了在成都市的部分專業和業餘詩歌作者參加。目前，大家正在學習陸定一同志代表中共中央和國務院在全國第三次代表大會上的祝詞，和周揚同志《我國社會主義文學藝術的道路》等文件。在座談會上，大家以文件精神聯繫詩歌創作中的實際問題，展開了熱烈的討論。在座談中，大家一致認識到陸定一同志的祝詞，是社會主義文學藝術的戰鬥綱領，我們必須以最大的努力加以貫徹執行。周揚同志的報告，使我們更加明確了我國文學藝術工作今後的任務。大家決心遵循黨所指引的道路，努力學習馬克思列寧主義和毛主席的

〔註 167〕譚洛非：《認真學習毛澤東文藝思想，徹底批判修正主義——紀念〈在延安文藝座談會上的講話〉發表十八週年》，《星星》，1960 年，第 6 期。

〔註 168〕安旗：《思想改造——為工農兵服務的關鍵問題：紀念〈在延安文藝座談會上的講話〉發表十八週年》，《星星》，1960 年，第 7 期。

著作，深入生活，做到工農化，以更大的幹勁，努力創作，為社會主義文學的
更大躍進而奮鬥。參加座談會的有：戈壁舟、山莓、王盛明、方赫、劉濱、早
霞、李剛夫、周可風、唐大同、陳犀、野谷、張量、移山、曹禧、廖代謙、鍾
樹梁、高纓、傅仇、賃常彬等二十餘人。」這次會議的主要內容有，第一，提
出「作共產主義戰士，當工農化詩人」。「戈壁舟、部隊工作的廖代謙、工廠工
作的張量、傅仇、工人劉濱、高纓……在討論中，許多同志談到，要努力學習
馬克思列寧主義和毛主席著作，不斷地進行勞動鍛鍊和思想改造，使自己做
一個共產主義戰士，工農化的詩人。」第二，討論「學習 生活 提高」的問
題，「戈壁舟、唐大同、陳犀、方赫、山莓、工人早霞、傅仇等，一方面肯定
成績，一方面又感到詩歌創作仍不能達到黨和人民要求，迫切需要將創作水
平提高一步。如何提高，成為討論中大家最關心的問題。」第三，如何「塑造
英雄時代的英雄人物」的問題，認為「詩歌應該歌頌偉大的時代，也應該塑
造我們時代的英雄人物」。第四，提出「鼓足幹勁 攀登高峰」，「攀登社會主
義文學藝術高峰，是黨對我們提出的光榮任務，是黨給我們極大的鼓舞，大
家十分興奮，決心立雄心大志，埋頭苦幹，攀登高峰。出席座談會的極為工
人同志，首先表示要千倍百倍地鼓幹勁，讓詩歌創作繼續躍進。」第五，提出
「在為工農兵服務的前提下努力學習，深入生活」，「在座談會上，沙汀同志
根據大家討論中的問題，作了發言。……他強調說：『一方面是學習馬克思列
寧主義和毛主席著作；一方面是深入生活，做到知識分子工農化。如果認為
提高的問題只是學習業務，就不能解決問題。上面兩點解決了，世界觀問題
才能解決，學習業務才會有幫助，創作才能提高。』」〔註169〕這是《星星》詩
刊編輯部召開的一次會，但也是非常重要的一次會議，是五六十年代《星星》
詩刊召開的最後一次座談會。但從內容來看，與《星星》詩刊停刊毫無關係。
但奇怪的是，這麼重要的一次座談會，《星星》詩刊主編安旗卻沒有出席會議。
在會議中，也是此前經常提到的「工農問題」、「提高問題」、「生活問題」等，
卻完全沒有提到「詩歌道路」、「兩結合」等等問題。當然，從會議的記錄來
看，這次會議也僅僅是在傳達全國第三代文代會精神，但對於《星星》詩刊
來說，似乎並沒有在這次會議上找到更適合的、更有效的辦刊方向。

〔註169〕本刊記者：《高舉毛澤東文藝思想紅旗，為社會主義建設高歌！──詩歌座
談會紀要》，《星星》，1960 年，第 10 期。

第四節　「民歌加古典」

　　安旗時期的《星星》詩刊，還有一個特點就是在「民歌＋古典」上大做文章。在《星星》1959 年第 1 期封二上，就摘錄了《中共四川省委關於搜集民歌民謠的通知》，「中國詩的出路，第一是民歌，第二是古典詩詞歌曲，在這個基礎上產生出來的新詩，可能更為人民群眾所歡迎。這種新詩應該是革命的現實主義和革命的浪漫主義相結合，形式是民族的。——摘自中共四川省委關於搜集民歌民謠的通知」〔註170〕。1959 年，又剛好是建國十週年這樣一個重大日子，《星星》詩刊的辦刊也必須圍繞著這個重要的歷史背景。這一年第 1 期《星星》詩刊的《向祖國獻禮》也提出相應的計劃：「1959 年，是建國十週年大典，我們從本期起，開始『向祖國獻禮』！這一期，我們刊出了詩劇『山歌傳』。以後每一期，我們將選出優秀的詩放在『向祖國獻禮』臺上。工農兵歌手們，詩人們，讓我們滿懷熱情地勞動，放聲歌唱祖國，寫出我們偉大的社會主義時代的光輝史詩！」〔註171〕巧合的是，1959 年正式安旗擔任《星星》詩刊主編。所以，在時代氛圍、主編更替等情況之下，《星星》詩刊呈現出了一種新的辦刊面貌。由此，1959 年安旗主編《星星》詩刊之後，在辦刊方向上，更加突出「民歌加古典」的辦刊方向。此時的《星星》詩刊，一方面是大量刊登民歌作品和相關理論，另外一方面是設置「古典詩論」欄目，全面開展古典詩歌理論的探討。

一、「第一條是民歌」

　　《中共四川省委關於搜集民歌民謠的通知》中說，「中國詩的出路，第一是民歌」。在毛澤東「第一條是民歌」這一思想的指引之下，突出民歌、推薦民歌，便成為了《星星》詩刊的一項重要任務。

1.「封面民歌」和「專輯」

　　在刊物封面上刊登民歌的「封面民歌」，是這一階段《星星》詩刊「突出民歌」辦刊理念的重要表現。從 1958 年 12 月開始，《星星》詩刊在封面上開始刊登「民歌」。這期「封面民歌」，是工人田豐楷的民歌《大紅苕》：「紅苕大，紅苕多，／一個紅苕裝滿鍋。／你們兩個慢點來，／謹防壓破我的鍋」，並配上了相關的插畫。此後，從 1959 年第 1 期到第 10 期，每期封面上都刊

〔註170〕見《星星》，1959 年，第 1 期，封二。
〔註171〕編者：《向祖國獻禮》，《星星》，1959 年，第 1 期，封三。

登民歌，並配上插畫，成為了這一時期《星星》詩刊的一個重要標誌。甚至在1959 年的第 4 期、第 5 期，《星星》詩刊不僅封面有民歌，在封三、封底上也有民歌，出現了一個刊發民歌的「小高潮」。但到了 1959 年第 11 期以後，《星星》歌詩刊封面和封底均不再刊登民歌，將民歌轉到了封二或封三上，而且也不是每期封面都刊登民歌。另外，此時《星星》詩刊的「封面民歌」主題出現了轉變，特別是到了 1960 年第 4 期以後，《星星》詩刊封二、封三間斷有些民歌及插畫，但主題都集中在了「歌唱毛澤東」。儘管有這樣變化，但民歌始終是這一時期的重要內容

　　在《星星》詩刊的這些「封面民歌」中，最重要的主題是反映工農及其生活的民歌。如 1959 年第 1 期的《星星》，封面民歌是曾國澄的《採茶姑娘滿山坡》：「採茶姑娘滿山坡，／滿籃茶葉滿籃歌。／歌聲笑聲響過河，／採完東山轉西坡。」詩歌以姑娘們採茶的歌聲，反映了採茶時的喜悅場面。1959 年第 3 期的封面民歌，為戈壁舟詩《春天》，並配有康文清的剪紙：「水田裏頭落蘭天，／大水牛犁在白雲間，／草兒未綠捨秧先綠，／咱們跑在春天前。」第 3 期封底是民歌一首會理民歌《你挑黃土我挑沙》，陪牟康華的畫：「你挑黃土我挑沙，／熱熱鬧鬧像搬家，／搬開大山種秧苗，／搬來天河潤莊家。」這些民歌都是在書寫積極參加勞動，歌唱幹勁衝天的勞動。1959 年第 5 期的封面民歌，是李莎夫收集的《腳踏石頭手扒沙》，也配有牟康華的畫：「腳踏石頭手扒沙，／木川實現拖帶化，／支持鋼鐵把船拉，／礦山一夜全搬家。」以及 1959 年第 9 期所發表的封面民歌，由吳凡作畫，鍾煉作詩《採樹種》。「樹種採滿筐，／一筐種萬行，／行行成棟樑，／平地築天堂。」這首民歌展現了以勞動改變世界、建構天堂的夢想。這些「封面民歌」既反映了工農的勞動生活，也熱情讚美了勞動。如 1959 年第 2 期的封面民歌《白雲看見不想走》，由付若芸作畫：「荒山穿起花衣裳，／變成一個美姑娘。／白雲看見不想走，／整天盤繞在身旁。」該詩將改造後的荒山比喻為美姑娘，來讚美勞動。1959 年 4 期封面民歌，是鍾煉的詩《做雙新布鞋》：「穿起新布鞋，／邁步上擂臺，／名列英雄榜，／我也有光彩。」從側面表現了，勞動的關榮，是屬於每一個參加勞動的人。第四期的封底民歌，戈壁舟的詩，並配有康文清的剪紙：「花園裏的花兒，／要數那個牡丹花；／鄉壩頭的花兒，／要數那個胖豬娃。／哪裏有了萬隻豬，／哪裏就有好莊家。／生活的花朵開的繁，／牽頭萬頭胖豬娃，／千朵萬朵牡丹花。」這讓我們看到了，勞動成果才是最美的花。

　　另外《星星》詩刊積極發表了與現實形勢緊密結合的「封面民歌」。如在六月，就在封面民刊上刊登兒歌。1959 年第 6 期封面民歌就是一首兒歌。「小姑娘，／鼓小嘴，／吹呀吹；／燈籠花，／花種兒，／飛呀飛。／明年子，／春天回，／又添多少花兒，／教春光更美。」不僅僅封面民歌是兒童，刊物還專門刊登了一組兒歌，集結為《兒歌一束》。當然，這並不表明《星星》詩刊對文學本身的返回。因為在《初學寫詩者談詩》，還刊登了吳引祺探討兒歌創作的論文《目前兒歌創作中的幾個問題》。在文中，雖然提到了兒歌創作中主題狹窄、種類單調、形式不多樣、有成人化傾向、公式化、嚴重存在著說教式，以及適合中班和小班兒童用的兒歌少等等問題，但也認為：「應該採用政治主題，及時地、真實地、簡明易懂地和小讀者談這個大世界，配合時事，把國內外的大事用兒歌的形式迅速地反映出來。」〔註 172〕1959 年第 7 期封面民歌為「慶黨生日」的《青松萬古春》：「東方騰紅日，／青松萬古春；／歡呼共產黨，／春風頌和平。」同為了配合「慶祝黨的生日」這一主題，這一期《星星》就設置了《各族人民歌頌共產黨》、《革命烈士詩抄》等欄目。其中的《革命烈士詩抄》就編輯了蔡夢慰的《革命烈士詩抄·黑牢詩篇》，前有《編者按》：「1949 年 11 月 27 日，國民黨反動派從重慶渣滓洞押出三批革命戰士，殺害在松林坡，蔡夢慰烈士（共產黨員）就是其中的一個。《黑牢詩篇》這首尚未寫完的長詩，是蔡烈士走向刑場途中，悄悄丟在路上的。這裡刊載的僅是長詩的一部分。」〔註 173〕這樣，有了刊物正文內容的補充，《星星》詩刊的封面詩歌與時代形勢緊密地結合起來了。還有象八月的建軍節，1959 年第 8 期《星星》的封面詩歌就是錢鈴作《哨兵》，這樣一首歌頌軍人的民歌，「伸手摘下星星，／槍頂刺破藍天；／腳踩茫茫雲海，／萬山映入眼簾。」當然，在建國十週年的時候，一個封面民歌是不能完全承擔這樣的歷史大事件的，所以 1959 年第 10 期為《慶祝建國十週年》特大號，共 100 頁，以此來歌頌祖國，歌唱人民公社萬歲。

　　當然，有了「封面民歌」，就不等於《星星》詩刊將全部版面貢獻給了這些民歌，而在詩刊正文中也發表了大量時代形勢相適應的民歌。封面詩歌與詩刊正文內的詩歌，一起來建構「第一是民歌」的新詩發展道路。如在 1959 年第 1 期，有《共產主義的青春（全國青年社會主義建設積極分子詩選）》。

〔註 172〕吳引祺：《目前兒歌創作中的幾個問題》，《星星》，1959 年，第 6 期。
〔註 173〕蔡夢慰：《革命烈士詩抄·黑牢詩篇》，《星星》，1959 年，第 7 期。

所以，在 1959、1960 年的《星星》詩刊中，除了封面民歌之外，在正文中，也刊發了大量的，反映時代建設、時代精神的詩歌。如第 2 期有《向祖國獻禮 四川省群眾文化積極分子代表 群眾文藝創作展覽、會演大會詩選》、以及大巴山大戰鋼鐵的欄目《鐵水長流大巴山》等詩歌。第 3 期有《春暖花開歌聲飛（18 首）》、《大巴上上唱紅軍（川北革命根據地歌謠 10 首）》。第 4 期有「鋼鐵主題」的詩歌。詩歌前還引用了李季《為石油和探採石油的人們而歌（詩集〈石油詩〉編後記）》中話，「為元帥添翼，為躍進加油，為迅速拿下我國腹地最大的油田，石油工業史上過空前的『淮海戰役』——川中油區大會戰，在一九五八年十一月十八日上午十時，響起了戰鬥的序曲。」〔註 174〕在 1959 年第 12 期，不僅有涼山彝族民族《人間的天鵝》、四川省林業廳「森林報」社供稿的《森林之歌》，以及《都江堰之歌》、《聲聲歌唱公社好》，還有專門的《築路歌》：「四川省革命殘廢軍人教養院的革命榮軍，在今年十月參加修築新繁至郫縣的公路。『築路歌』以火熱的激情給我們畫出了一幅幅最壯麗的英雄形象，這是一組滲透了英雄心血的詩篇。」〔註 175〕但由於這些民歌，雖然重點以四川的歷史現實為主題，但還是與全國的新民歌書寫有著在內容和形式上都有著極大的相似，也可以說是「封面民歌」的擴展，所以，我們就不再一一展開。直到《星星》詩刊的最後一期，即在 1960 年第 10 期《星星》的封底，仍然是一首民歌。由樊際昌詞、夏樂曲歌曲《十月紅旗處處飄》，是這一期《星星》詩刊的「封底歌曲」，這成為了《星星》詩刊「封面民歌」形式的最後一次表現。

在「封面民歌」消失之後，《星星》詩刊以更為集中的「特輯」形式，來推進「新民歌」的發展。正如在《星星》1960 年第 4 期的《一條心、一股勁、一個樣（樂至縣大躍進特輯）》欄目的「編者按」中所說：「樂至是一個丘陵地區，土地貧瘠，素有『石骨骨』之稱。但是樂至人民在黨的領導下，實幹，苦幹，加巧幹，做到了全黨全民一條心，上下滿盤一股勁，生產規格質量一個樣，實現了大躍進和特大躍進，使全縣生產面貌大為改觀，人民生活水平也隨之提高；更可貴的是樂至縣的黨政領導始終保持著樸實謙遜的作風，並以這種精神經常教育各級幹部和人民群眾，決心在已經獲得的成績上持續躍進。現在，樂至縣已成為我省的一面鮮紅的旗幟，『一條心，一股勁，一個樣』已

〔註 174〕採集工劉九如：《油海戰歌》，《星星》，1959 年，第 4 期。
〔註 175〕《築路歌‧編者按》，《星星》，1959 年，第 12 期。

經成為全省人民實現 1960 年大躍進的口號。為了反映樂至縣的這種面貌和精神，本刊編輯部在縣委宣傳部的支持和指導之下編成了這個特輯。我們還希望更多的先進的地區編更多的特輯，讓先進的人物和詩歌傳播到廣大人民中去，及其更大的幹勁，掀起更高的熱潮。」〔註 176〕「一條心，一股勁，一個樣」已經成為全省人民實現 1960 年大躍進的口號，那麼在刊物編輯上就要圍繞這個「核心」了。所以，《星星》詩刊在刊登詩歌內容方面，也就只能「一條心，一股勁，一個樣」了。此後，《星星》詩刊在欄目中，便有了更多的「專輯」：1960 年第五期的《紀念列寧誕辰九十週年》、《獻給紅五月》、《武勝縣大躍進特輯》、《城市公社鮮花開》；第 6 期的《怒火集》：《堅決支持蘇聯反對美國侵略和挑釁》、《支持南朝鮮、土耳其、日本人民反美愛國鬥爭》；第 7 期的《支持亞洲各國人民反對埃森豪威爾強盜旅行的鬥爭（詩　歌曲十六首）》、《城市人民公社萬歲》，以及《詩傳單·支持亞洲各國人民反對埃森豪威爾強盜旅行的正義鬥爭（詩　歌曲十六首）》；第 8 期的《紀念「八一」建軍節》、《十二個老礦工》；1960 年 9 期《更高地舉起毛澤東文藝思想紅旗　沿著社會主義文藝道路前進》、《踏遍青山人未老　白手興家風格高》、《增產節約戰鼓響千軍萬馬奪糧鋼》等等。

　　如在 1960 年刊登的《十二個老礦工》，就是一組及時反映時事的詩歌「專輯」。「重慶市南桐煤礦十二個老礦工的英雄事蹟，是又一支愛國主義的凱歌。黨委了照顧他們的身體健康，在今年春天，讓他們退休，歡度幸福的晚年。十二個老礦工向黨說：『我們雖然年紀大了，只要還能夠動得走得，就一定要為國家出力，多產煤，多煉鋼，使共產主義的幸福日在早日到來。』他們赤手空拳，沒有向國家要一文錢，一件設備，一寸材料，僅僅用了八天時間，就建成兩個小煤窯。一個月來，他們已經為國家生產了八百多噸原煤。在十二個老英雄身上，閃射著工廠主義光輝。讓我們搞個這樣的英雄人物吧。」〔註 177〕此外，松勳在《戰士詩歌戰士愛——喜讀〈兵的歌〉》中對「專輯」《兵的歌》的評價：「《兵的歌》由 9325 部隊政治部編的，這個部隊從 1958 年以來，就根據各個時期的中心任務，不斷開展群眾性的詩歌運動，全部隊官兵，從政委到炊事員，沒有一個不寫詩的，他們之中，雖然有很多是剛剛摘掉文盲的

〔註 176〕《一條心、一股勁、一個樣（樂至縣大躍進特輯）》，《星星》，1960 年，第 4期。
〔註 177〕《十二個老礦工·編者按》，《星星》，1960 年，第 8 期。

帽子，但他們敢於破除迷信，用實踐證明了：寫詩並不神秘，人民的戰士完全可以成為文化的主人。兩年來，這個部隊寫出的詩歌數以百萬計，每個連隊俱樂部都闢有『詩歌園地』，經常舉行『賽詩會』，絕大多數連隊都有自己鉛印、油印或手抄的『詩傳單』、『詩歌集』；無論是在練兵廠商，或在水庫工地，戰士們隨時用詩歌來進行宣傳鼓動，互相激勵，因為詩歌成為了部隊政治思想教育工作的有力武器。收入 77 首短詩。……首先，它具有鮮明的政治性和思想性，緊密地配合連隊的各項任務；他一方面反映了全國人民不斷高漲的建設社會主義的熱情，一方面也反映了作為既是社會主義保衛者又是社會主義建設者的額人民解放軍所特有的思想感情。在形式上除了少數自由體詩外，大都是七言或五言的民歌體，具有部隊傳統的槍桿詩的特點：短小精悍、聰明活潑；由此可以看出，它實際上就是社會主義新民歌在軍隊中的一種表現形式。……從這裡，從 9325 部隊編輯的這一本雖然是薄薄的短詩集裏，我們看到毛主席的文藝思想閃耀著何等燦爛的光輝。」〔註178〕可以說「專輯」，成為了《星星》詩刊中「新民歌」重要園地。

2. 推薦民歌

　　《星星》詩刊，一方面以「封面民歌」「專輯」等形式大量刊登新民歌作品，突出民歌在這個時代的特殊價值。另一方面，《星星》詩刊還在《評論》欄目中，重點推薦優秀的新民歌作品，試圖為「新詩歌」建構起出新的經典。如彭久松《川江沸騰了起來——〈川江大合唱〉讀後》，就是以路由的《川江大合唱》，來探討「新民歌如何發展」，這就比「新詩道路」空洞的理論探討更加有效。他說，「路由同志的《川江大合唱》，就是以雄偉的生動的場面和深刻的詩化的感情吸引住了我。我覺得它有以下這些優點：第一、作者以高度的熱情和極大的喜悅，歌頌了大躍進給川江帶來的巨大變化；而通過川江的巨大變化，又細膩地深刻地描寫了船工們對新社會的熱愛和對共產黨的感激。第二、作者比較成功地運用了革命的現實主義和革命的浪漫主義相結合的創作方法。第三、歌詞很鮮明的接受了新民歌的影響。第四、在標下技巧上，由於作者掌握了大合唱這種歌詞形式，充分地利用了它的優點，因而引起了讀者的共鳴，使讀者感到詩的已經和歌的旋律交織在一起。」〔註179〕由此，大

〔註178〕松勳：《戰士詩歌戰士愛——喜讀〈兵的歌〉》，《星星》，1960 年，第 8 期。
〔註179〕彭久松：《川江沸騰了起來——〈川江大合唱〉讀後》，《星星》，1959 年，第 6 期。

量推薦優秀新民歌，成為《星星》詩刊建設新民歌的一項重要方案。

從 1959 年第 7 期起，《星星》詩刊不僅不再設《筆談新詩道路》欄目，也換掉了《群眾詩話》和《與初學寫詩者談詩》欄目。而增開設了《評論》、《詩歌欣賞》欄目，這兩個欄目，一直延續到 1960 年《星星》詩刊停刊。雖然《星星》詩刊的「筆談新詩的道路」欄目停止了，但新開設的《評論》、《詩歌欣賞》，也是「新詩道路」討論，特別是對如何建設「新民歌」這一主題的延續。推薦當代詩人的優秀之作，便是《星星》詩刊與「封面民歌」一同建設「第一是民歌」的又一重要努力。

《星星》詩刊最先推出來的當代民歌作品，是戈壁舟的《山歌傳》。《山歌傳》發表於《星星》詩刊 1959 年第 1 期，放在《向祖國獻禮》欄目中的 17 頁至 47 頁。以近 30 頁的篇幅來發表該詩，也看到了《星星》詩刊對於這首民歌的重視，也看到了他們對新民歌的極大熱情。該詩附有《後記》：「聽說從前在四川西充地區，有一種揭露封建統治的山歌，叫『鳴山歌』。有一次一群老百姓正在鳴山歌，縣令適來，下令禁止，卻如用油潑火，山歌更雄壯。縣令怒，下令鞭打。群眾散在四面山頭，昂首迎風高唱。聲勢之大，似洪水滔天。縣令亦莫可如何。目前躍進歌聲，遍於全國，翻天覆地，震驚世界。俯今思昔，交感頗甚。『山歌傳』即本此來寫。『山歌傳』是詩是劇，能詠能演。可惜我是戲劇生手，演出時請大量採用朗誦，改削時，請能協商。不僅是尊重，而是為觀眾負責。最後希望讀者和專家給予斧正。」〔註 180〕《星星》詩刊上的第一篇推薦文章是陳朝紅的文章，對於《山歌傳》，他提出，「它為我們提供了一個在民歌和古典詩詞基礎上創造新詩的比較成功的例子。」〔註 181〕此後，《星星》詩刊也還在持續介紹和推薦戈壁舟的《山歌傳》。雖然也出現了對他詩歌的一些質疑，如認為「它損傷了翠竹這個優秀的勞動婦女形象的藝術真實性和完整性，並且給她的形象蒙上一層小資產階級溫情的面紗，使得這個為作者竭力讚美的光輝的英雄人物不能在作品裏堅實地站起來，給讀者以深刻的感染。」「對李書記的實際描寫，卻不能令人滿意。一個區委書記，從部隊轉業到工作組，在當時農村那種錯綜複雜的階級鬥爭環境裏，卻那樣狂熱的去談戀愛，在群眾中形成不好的影響，這是不對的。」「長詩對於抗美

〔註 180〕《山歌傳・後記》，《星星》，1959 年，第 1 期。
〔註 181〕陳朝紅：《一部具有民族風格的新詩──談歌劇〈山歌傳〉的創作特色》，《星星》，1959 年，第 7 期。

援朝運動中廣大農民群眾熱愛志願軍、踴躍支持前線的沸騰的愛國熱情，表現得還不夠。」但總的還是認為，「激動人心的《山歌傳》的出現，標誌著詩人在創作上已邁出了新的一步，我們祝賀詩人的成功。」〔註182〕

《星星》詩刊第8期重點介紹了另外一詩人郭小川。但是《星星》詩刊卻沒有發表郭小川的詩歌，只是通過徐遲的《談郭小川的幾首詩》評論，來展現新民歌的重要意義，「郭小川是一個思想性強，或者說有思想性的詩人。他用形象化的語言寫出了青年人應有的崇高思想，指導青年人，教育青年人，說服他們，感染他們，促使他們投入火熱的鬥爭，以創造更美好的未來。思想，革命的思想，先進的思想內容，閃耀在這一組詩中。」〔註183〕在建設新民歌的過程中，《星星》詩刊還通過當代詩人創作的對比，展現他們轉變，從而呈現當代新民歌的巨大成就。1960年第4期《星星》，就以高纓的創作為例，再現當代詩人「向勞動人民學習」、「向民歌學習」的成功轉型。「《丁佑君》是一個失敗的作品。我們認為《丁佑君》之所以失敗，主要是由於不熟悉無產階級革命者的思想感情和內心世界，某些資產階級思想和唯美主義的美學觀還在腦子中占著相當的地盤的結果。……我們之所以說《三峽燈火》比較好，還不僅僅是因為它以生動活潑的語言塑造了崇高的英雄形象感染著我們、激勵著我們，而同時也因為它以平易近人、深入淺出地文字為我們上了一堂生動的政治課。」〔註184〕另外，《星星》1960年第8期還發表了董善堂、王子章、董群標的文章，專門介紹《尼龍谷的春天》改編為歌劇後的感受，「從彝區的實際情況出發，反映和歌頌了英雄的彝族人民在黨的堅強正確領導下，發揮了人民公社的強大威力，打破了幾千年來的封建迷信，第一次在高山冰冷的尼龍谷刪去，成功地種植水稻。……總之，我們認為：由於作者、導演和演員能遵循著毛主席的文藝思想，本著文藝為工農兵服務、文藝為無產階級政治服務的方向，深入生活，聯繫實際，虛心學習，敢於創造，所以才能寫出《尼龍谷的春天》這樣一個好歌劇。」〔註185〕從《星星》詩刊建設新民歌這一點來看，這篇文章的出現，正是為了證明，新民歌獨特的生命力和

〔註182〕陳朝紅：《愛情、真實、思想——漫談〈青松翠竹〉》，《星星》，1959年，第9期。
〔註183〕徐遲：《談郭小川的幾首詩》，《星星》，1959年，第8期。
〔註184〕汪峻：《讀高纓的新作〈三峽燈火〉》，《星星》，1960年，第4期。
〔註185〕董善堂、王子章、董群標：《更高地舉起人民公社的旗幟勝利挺進——歌劇〈尼龍谷的春天〉觀後感》，《星星》，1960年，第8期。

重要價值。

在《星星》詩刊第 10 期，還重點介紹了田間以少數民族為題材的詩歌創作《馬頭琴歌集》。「1956 年田間同志去內蒙所寫的《馬頭琴歌集》中，有一首《哎拉瑪朝》，我特別喜歡。我認為是開國十年來的優秀短詩之一。」「哎拉瑪朝，是內蒙那達慕大會上的賽馬的能手，是一位年僅十七歲的少女騎士。詩人參加了這次大會，以滿腔的熱情歌頌了她的騎術，並通過她，歌頌了蒙古民族的勇敢和善良。」〔註 186〕同樣，介紹新詩歌創作的成功例子時，《星星》詩刊也注重關注了少數民族的自身的詩歌創作，在 1959 年第 9 期的《星星》詩刊上介紹了彝族敘事詩《阿支嶺扎》。王映川在《奴隸解放的戰歌——讀敘事詩〈阿支嶺扎〉》中介紹說，「這首詩不但有著獨特的民族風格，並且還具備著飽滿的政治熱情，能夠站在一定的水平上來分析概括當前的現實鬥爭，創作出阿支這樣一個有共產主義覺悟的新人物，為彝族新時代的現實主義文學作了初步的貢獻。」〔註 187〕到了 1960 年，《星星》詩刊繼續推出了少數民族詩歌，在第 2 期推出了彝族民間長詩《媽媽的女兒》：「當太陽照遍了大涼山的今天，黨彝族人民唱著歡樂的新民歌的今天，回頭看看《媽媽的女兒》就會更特愛今天，更熱愛社會主義，更熱愛共產黨。只有黨所領導的社會主義革命和社會主義建設，才能使婦女得到徹底解放。」〔註 188〕文中認為，《媽媽的女兒》是彝族婦女的哀歌，是彝族婦女的生活史，也是對舊時代的控訴和批判。在第 4 期推薦了《西藏歌謠》，「在舊制度下面，歌手們唱一曲哀婉的怨歌，並非徘徊失望軟弱無力的表現；恰好相反，這是覺醒，是控訴，是反抗。……十年來，在黨的關懷下，西藏和祖國內地的親密交往得到了加強，人民的物質文化水平得到提高，他們深深體會到大家庭的溫暖和社會主義的優越性，唱出了民族團結之歌，唱出了大躍進之歌。」〔註 189〕當然，這也是一個少數民族文學突飛猛進的發展時期，正如《民間文學事業獲得大發展》中的介紹：少數民族聚居的地區，已有二十多個民族進行了民間文學的調查採錄工作，並編出了十三個民族的文學史和文學概況（主要是民間文學），有的已經出版。雲南搜集了數十萬件作品，其中包括六十多部有價值的民間

〔註 186〕丁力：《不平凡的哎拉瑪朝〉》，《星星》1959 年，第 10 期。
〔註 187〕王映川：《奴隸解放的戰歌——讀敘事詩〈阿支嶺扎〉》，《星星》，1959 年，第 9 期。
〔註 188〕傅英：《讀彝族民間長詩〈媽媽的女兒〉》，《星星》，1960 年，第 2 期。
〔註 189〕小木：《讀〈西藏歌謠〉》，《星星》，1960 年，第 4 期。

長篇詩歌，現已出版了「阿詩瑪」（修訂本）、「阿細的先基」、「召樹屯」、「娥並與桑洛」。新疆搜集了大型民間古典樂曲「十二木卡姆」，出版了史詩「艾里甫賽乃姆」、「阿勒卡姆」等。青海搜集了著名史詩「格薩爾王傳」的資料四百多萬字。貴州已編印出「民間文學資料」二十八本，其中歌謠二十七萬行，故事一百多萬字。〔註190〕所以，介紹和推薦這些少數民族詩歌，也是《星星》詩刊的一個歷史任務。

但由於當代民歌中，具有經典型的作品並不多，《星星》詩刊在這方面的推進力度，就顯得極為尷尬。由此，重提「五四以來的新詩」，是此時《星星》詩刊建設新民歌的一種嘗試。在推薦詩歌作品的時候，《星星》詩刊1959年第7期開設了《詩歌欣賞》：分為「古典詩歌欣賞」、「民歌欣賞」和「五四以來新詩欣賞」三個小欄目。除了前兩個重要欄目之外，《星星》詩刊也試圖從「五四以來的新詩」為新民歌建設提供資源。所以，在這一期「五四以來新詩欣賞」刊登了竹紅《談談〈女神〉》文章，「《女神》的價值，還在於它開創了我國的詩風，為新詩的創作和革新樹立了光輝的榜樣。那種不受任何約束、自由而和諧的新形式，徹底摧毀了舊詩的鐐銬，為我國詩歌開拓了嶄新的道路。」雖然在文中，也重點提到《女神》一定程度的侷限性〔註191〕，但重提「五四以來的新詩」，就已經是超越「新民歌」發展道路的範疇了。所以，《星星》詩刊《詩歌欣賞》中的「五四以來的新詩」欄目，僅有一期就結束了。

3. 凸顯「四川歌謠」

在《星星》詩刊的「民歌」建設中，還重點突出了對《四川歌謠》的介紹。1959年9月由郭沫若和周揚主編的《紅旗歌謠》出版後，便成為新民歌發展史上的重要事件。對《紅旗歌謠》的介紹，也成為「新詩道路」討論中的重要問題。10月26日《文藝報》第19～20期，就發表了袁水拍《成長發展中的社會主義的民族新詩歌》、鄒荻帆《大躍進的號角，新詩歌的紅旗——讀〈紅旗歌謠〉》的相關文章。袁水拍說，「最近郭沫若、周揚同志所驚變的《紅旗歌謠》出版了。這是社會主義時代的三百篇，是中國革命詩歌的瑰寶，中國革命文學的驕傲。」〔註192〕於是在11月1日《星星》詩刊第11期，也發

〔註190〕《民間文學事業獲得大發展》，《四川日報》，1960年8月12日。
〔註191〕竹紅：《談談〈女神〉》，《星星》，1959年，第7期。
〔註192〕袁水拍：《成長發展中的社會主義的民族新詩歌》，《文藝報》，1959年10月26日。

表了移山的文章，「這不是一本普通的書，這是我們時代的最強音，是我們社
會主義新時代的『新國風』。……我們的時代是一個詩的時代，願我們的作家、
詩人都來很好地學習它，以便從中吸取營養，創作無愧於我們偉大時代的作
品把我們的文藝引向新的高峰。」〔註 193〕由於地處四川，《星星》詩刊在介
紹當前新民歌的時候，把更多的目光投向了《四川歌謠》，積極參與到《四川
歌謠》的評論與推薦中。

　　1958 年 3 月，四川省市文藝界五百人在省文聯聚會，舉行文藝大躍進誓
師大會，杜心源、李亞群到會講話。4 月 20 日《四川日報》發表《中共四川
省委關於收集民歌民謠的通知》，較早地開始了新民歌的搜集工作。「毛澤東
在『成都會議』上提出要重視新民歌的搜集整理工作後，亞群同志親自指導
搜集工作，並自己動手挑選和修改，出版了一本《四川新民歌選集》，其質量
與藝術性，受到中央及全國的重視，對新詩的健康發展是起來很好的影響的。」
〔註 194〕1959 年大型叢書《中國各地歌謠集》（共 16 冊），開始在人民文學出
版社出版。而李友欣這裡所說的李亞群主編的《四川新民歌選集》，實際上是
《四川歌謠》。該書最初定名為《新蜀風》，中共四川省委宣傳部編。1959 年
10 月由四川人民出版社出版時，定名為《四川歌謠》，入選民歌 185 首，並配
有插圖 21 張。之後的《中國各地歌謠集　四川歌謠》、《四川歌謠（普及本）》
均是以這個為底本刊印的。該集共有一百八十五首新民歌，包括《萬朵紅花
一根藤（10 首）》、《從此又上一重天（11 首）》、《太陽臉上有煤煙（9 首）》、
《下凡同慶十週年（9 首）》、《山水石頭都聽話（57 首）》、《一雙辮子捧秋轤
（47 首）》、《祖國就在咱心中（5 首）》、《沖過巫山十二峰（9 首）》、《要唱山
歌自己編（8 首）》、《太陽出來紅似火（3 首）》、《巨龍乘東風（3 首）》、《月亮
光光（14 首）》。詩集出版後，在《四川日報》上就發表了系列評論文章。張
遜在《最新最美的文字——介紹「四川歌謠」》中對這本書作了非常具體的介
紹：中共四川省委宣傳部編的「四川歌謠」（原名「新蜀風」）昨天出版了。這
是一本十分出色的新民歌選集，包括一百八十五首新民歌。這些民歌，是從
我國大躍進以來，在四川人民數以億計的歌謠中精選出來的。這本民歌，按
歌謠的內容，分為十二組。第一組「萬朵紅花一根藤」是歌頌黨，歌頌領袖，

〔註 193〕移山：《唱絕前人啟後人——讀〈紅旗歌謠〉》，《星星》，1959 年，第 11 期。
〔註 194〕李友欣：《回顧與祝願》，《四川文聯四十年》，四川省文學藝術界聯合會編，
　　　　　1993 年，第 27 頁。

歌頌總路線的十首民歌。第二組「從此又上一重天」包括十一首歌頌人民公社的民歌。第三組「太陽臉上有煤煙」包括九首歌頌全民大煉鋼鐵的民歌。第四組「下凡同慶十週年」包括九首民歌，是歌頌農業生產大豐收的。第五組「山水石頭都聽話」包括五十七首民歌，歌頌勞動人民與大自然作鬥爭。第六組「一雙辮子捧秋韆」包括歌頌農業生產大躍進的民歌四十七首。這些民歌中，描寫了大躍進中的英雄模範人物。第七組「祖國就在咱心中」，包括五首歌頌解放軍的民歌。第八組「沖過巫山十二峰」包括九首反映工業大躍進的民歌。第九組「要唱山歌自己編」包括八首反映農民學文化、歌頌文化革命的民歌。第十組是三首情歌。第十一組是三首歌頌社會主義陣營力量的民歌。第十二組是十四首兒歌。〔註195〕吳野則重點探討了其特色和意義，認為，「『四川歌謠』不僅是革命的內容和完美的藝術形式相結合的典範，而且是革命的現實主義和革命的浪漫主義相結合的典範。」〔註196〕。

我們知道，《四川歌謠》原名「新蜀風」，《星星》詩刊就非常積極地開展了對「新蜀風」的推薦。《星星》詩刊上對此展開評論，主要有 1959 年第 10 期上刊登的山莓《喜讀〈新蜀風〉》和第 11 期鍾樹梁《學習新民歌，反對右傾思想——讀〈新蜀風〉的筆記》這 2 篇文章。因為《四川歌謠》在 10 月份才正式出版，此時還定名為《新蜀風》，所以山莓、鍾樹梁文章中提到的都是《新蜀風》，而不是《四川歌謠》。山莓說，「這些新民歌，歌唱了共產黨，歌唱了總路線，歌唱了大躍進時代勞動人民的偉大力量，歌唱了人民公社。充分反映了我們時代的精神面貌。……它們強烈的反映了人民的意志和願望；它們帶有更濃厚的革命的浪漫主義色彩，和異常鮮明的共產主義風格。」〔註197〕山莓突出強調了四川新民歌的集體主義思想和共產主義風格。而鍾樹梁認為，「尤其是今天正在學習黨的八屆八中全會的文件的時候來讀《新蜀風》，我們更體會到突破所謂『正常』的舊秩序，建立革命新秩序的精神，是新民歌的中重要特徵之一。新民歌是與右傾機會主義思想水火不容的。新民歌是與右傾機會主義者作鬥爭的有力武器，也是醫治右傾保守思想的良藥。

〔註195〕張遜：《最新最美的文字——介紹「四川歌謠」》，《四川日報》，1959 年 11 月 22 日。

〔註196〕吳野：《一面晶瑩皎潔的鏡子——讀「四川歌謠」》，《四川日報》，1959 年 11 月 26 日。

〔註197〕山莓：《喜讀〈新蜀風〉》，《星星》，1959 年，第 10 期。

新民歌是堅決反對右傾思想的，這正是新民歌戰鬥性很強的地方。」〔註198〕
他更關注這批四川新民歌在反右鬥爭中的戰鬥性。當然，《星星》詩刊對《四
川歌謠》的介紹和推薦，也與省委宣傳部有一定關係。否則，由省委宣傳部
編輯的《四川歌謠》，還沒有正式出版，山莓、鍾樹梁怎麼能夠展開評論呢？

　　另外，轉載《四川歌謠〉序言》，也體現了《星星》詩刊對「新民歌」的
宣傳和支持。1959 年 11 月 22 日《四川日報》刊登了《〈四川歌謠〉序言》
後，《星星》詩刊 1959 年第 12 期也馬上予以轉載〔註199〕。此後，到了 1960
年以後，《星星》詩刊都還繼續刊登了專門研究《四川歌謠》的 3 篇文章。如
冬昕在《〈四川歌謠〉讀後小記》中說，「這些新民歌，是革命的現實主義的，
又是革命的浪漫主義的，或者說，是革命的現實主義和革命的浪漫主義相結
合的。說他們是革命的現實主義的，因為他們反映了社會主義新時代的現實
鬥爭生活，特別是 1958 年在黨的建設社會主義的總路線指導下的大躍進和人
民公社會化運動。說它們是革命的浪漫主義，因為他們洋溢著黨領導的革命
群眾的振奮的精神，昂揚的鬥志，風發的意氣，它們充滿了革命群眾的雄心、
幹勁、自豪感、集體主義、英雄主義和樂觀主義的情操，對社會主義事業的
熱愛和忠誠；它們表達了革命群眾的偉大的抱負，美麗的幻想，對未來的嚮
往，對於前途的追求；他們宣揚了革命群眾是社會主義的主人，歷史的主人，
也是自然界的主人。」〔註200〕譚興國的《從一首新民歌談起》，則以《四川歌
謠》為例批判紅百靈。更為重要的是，這篇文章也正面介紹了新民歌的特點
和價值，「它是人民群眾在實際生產鬥爭（階級鬥爭）中創作出來的。它是從
舊民歌傳統的基礎上發展起來的。新民歌是集體智慧的結晶。實際的鬥爭生
活；優秀的民間文學傳統；集體的智慧，這就是千百萬首最優秀的新民歌所
賴以產生的最根本的原因，也就是產生那些來自農村的數不盡的『天才』的
肥沃土壤。」〔註201〕老彭的《談四川新民歌的幽默風格》就專門談新民歌的
特點了，「我覺得幽默、詼諧、風趣而真摯的風格，是四川新民歌最突出的特
點。」〔註202〕由此，我們看到，在這一階段，在《星星》詩刊在推薦四川新

〔註198〕鍾樹梁：《學習新民歌，反對右傾思想——讀〈新蜀風〉的筆記》，《星星》，
　　　　　1959 年，第 11 期。
〔註199〕《〈四川歌謠〉序言》，《星星》，1959 年，第 12 期。
〔註200〕冬昕：《〈四川歌謠〉讀後小記》，《星星》，1960 年，第 1 期。
〔註201〕譚興國：《從一首新民歌談起》，《星星》，1960 年，第 2 期。
〔註202〕老彭：《談四川新民歌的幽默風格》，《星星》，1960 年，第 5 期。

民歌方面，是非常積極的。

4. 民歌欣賞

在突出「民歌」的辦刊方向中，《星星》詩刊還專門設置了《民歌欣賞》欄目。1959 年第 7 期《星星》詩刊開始設置的《詩歌欣賞》，原初設定了三個小欄目：「古典詩歌欣賞」、「民歌欣賞」、「五四以來新詩欣賞」，但實際上，其中「五四以來新詩欣賞」只辦了 1 期，「古典詩歌欣賞」辦了 2 期，只有「民歌欣賞」辦得稍微久一點，共有 3 期。儘管只有三期，但也可以看出，「民歌欣賞」是《星星》詩刊建設「新民歌」的一種嘗試。

《星星》詩刊 1959 年第 7 期的第一次設置了「民歌欣賞」欄目，發表了丁工對民歌《犀牛山》的鑒賞文章。《犀牛山》選自《四川民歌選》第 1 輯中，丁工認為，「從《犀牛山》以及其他許多新民歌看來，可以得出一點啟示：問題的關鍵，不在民歌有無限制，而在怎樣克服限制，怎樣做到如歌德所說的『在限制中才能顯出能手，只有法則能給我們自由。』寫詩，也是一個克服矛盾的（限制）的複雜過程。《犀牛山》是這樣的『顯出能手』：它用短短的八行詩所反映的歷史變革，不是像寫歷史那樣，無所不包、就事論事，而是以高瞻遠矚的共產主義理想，通過獨特的鮮活的藝術形象，用人民群眾所喜聞樂見的民族形式，反映了社會生活的本質，反映了一定時代的特徵。秘密就在這裡。」〔註203〕到了 1959 年第 8 期《詩歌欣賞》欄目中，「民歌欣賞」刊發了移山論文《最新最美的詩，最新最美的畫——談新民歌中的風景詩》。在這第 2 次民歌欣賞中，《星星》詩刊不再只關注《四川歌謠》，而是放眼全國。另外，在欣賞的時候，也不再是具體欣賞一首詩，而是擴大到對新民歌的一類題材，即對「新民歌風景詩」分析，「一、強烈地跳動著時代的脈搏，充分地顯示出時代的風貌。二、以主人翁的心情，欣賞那顯示自己無窮創造力的大自然。三、從勞動中體現自然美，借自然美而美化自然。四、從變化中體現大自然的日益煥發，熱情地讚美大自然的現在，三倍地讚美它的將來。五、革命現實主義和革命浪漫主義相結合的表現手法。」〔註204〕這一類推薦文章，重在賞析，這是《星星》詩刊這一欄目的初衷。但從第二次「民歌欣賞」來看，《星星》詩刊上賞析文章中，「欣賞」的成分就已經很少了。1959 年第 9

〔註203〕丁工：《〈犀牛山〉》，《星星》，1959 年，第 7 期。
〔註204〕移山：《最新最美的詩，最新最美的畫——談新民歌中的風景詩》，《星星》，1959 年，第 8 期。

期《星星》詩刊的欄目《詩歌欣賞》是最後一期，其中也只剩下「新民歌欣賞」這一個專欄。箭鳴的《略談大躍進中的情歌》，著重於對民歌中的「情詩」的評論，「大躍進中的情歌，是我國情歌發展道路上的新的轉折點。這個轉折點指出了我國情歌發展的新方向，從而使我們窺見共產主義的苗頭。」〔註205〕從「新民歌風景詩」到「新米格情詩」，表面是研究對象的拓展和深化，但實際上也讓我們看到了困境，因為談「情詩」本身也是比較危險的。

　　總之，從《星星》詩刊這三次「民歌欣賞」來看，有著「從四川民歌到全國民歌」、「從一首民歌到一類民歌」、「從欣賞到評論」傾向和趨勢。正是由於有著這樣的一種趨勢，《星星》詩刊上「民歌欣賞」欄目中的「欣賞」缺少了，所以「民歌欣賞」欄目也就與一般的「評論」沒有多大的區別了。這樣，《民歌欣賞》欄目，也就無法繼續。另外，由於《詩歌欣賞》中的「古典詩歌欣賞」、「五四以來新詩欣賞」相繼停辦，《詩歌欣賞》欄目也就未能繼續辦下去了。但「民歌欣賞」，對於《星星》詩刊建設新民歌來說，還是有著非常重要的意義的。那就是《星星》詩刊試圖從對新民歌空洞的評論，回到了具體的文本分析來彰顯新民歌的價值。

二、「第二條是古典」

　　在《中共四川省委關於搜集民歌民謠的通知》說，「中國詩的出路，第一是民歌，第二是古典詩詞歌曲」。所以，圍繞毛澤東的「第二條是古典」，探索「古典」對於新民歌的意義，也是《星星》詩刊思考的一個問題。由此，探討「古典」的建設，就成了此時《星星》詩刊的一個重要辦刊方向。

1.《中國歷代詩歌評論選錄》欄目

　　從1959年第4期開始，《星星》詩刊開始設置《中國歷代詩歌評論選錄》欄目。表面上看，《星星》詩刊開設《中國歷代詩歌評論選錄》，就是在回應《中共四川省委關於搜集民歌民謠的通知》中「中國詩的出路，第一是民歌，第二是古典詩詞歌曲」的要求。但為何從1959年4月才開始，並沒有從1958年開始呢？這就與1959年安旗任《星星》的主編有關。在1958年，帶班主編李累還在忙於「詩歌下放」的討論，沒有時間和精力來思考「古典詩詞歌曲」的問題。

　　那麼，安旗設置《中國歷代詩歌評論選錄》這一欄目，又有著怎樣的具

〔註205〕箭鳴：《略談大躍進中的情歌》，《星星》，1959年，第9期。

體緣由呢？以及，她在編選過程中，有著怎樣的原則和期待呢？具體的選錄，又是由誰來操作的呢？這些，我們不得而知。但在 1959 年第 4 期《星星》的《中國歷代詩歌評論選錄》「編者按」，我們可以瞭解到相關的情況：「我國古代詩歌理論遺產雖然專集很少，但散見於經史子集和歷代詩話等著作中的相當豐富；其中有很多見解精闢，總結了前人詩歌創作中的甘苦和經驗，在今天看來，仍有很大的意義。為了便於學習和繼承詩歌理論遺產，我們選擇了一些詩論、評論、詩話在本刊連續刊登，希望讀者本著古為今用的精神，加以批判、發揚和創造。」〔註 206〕在這裡，《星星》詩刊根本沒有提到「新民歌」的發展道路問題，僅從「古典詩歌理論遺產」出發，來說明編選的原因。而選錄的其主要目的是「前人詩歌創作中的甘苦和經驗」對今天的意義。從這樣一個原則出發，《星星》詩刊選錄古典詩歌理論，其目的並不是為了「第二是古典詩詞歌曲」這樣一個現實需要，而僅僅是為了「創作本身」。實際上，也正是由於這些古典詩歌理論遠離了現實政治，這一欄目也更能回到詩藝本身來探討詩歌，也更能探討詩歌創作的具體問題。因此，安旗設置《中國歷代詩歌評論選錄》這一欄目，既是現實層面的繼承古典詩歌遺產的需要，同時，也是從側面迂迴談詩歌創作本身的藝術需要。

從 1959 年 4 月，到 1959 年 12 月，編選「中國歷代詩歌評論選錄」共六次，共計 52 則詩論，持續時間較長，內容較多，可以說是《星星》詩刊辦刊中的一件大事。具體選錄情況列表如下：

期 數	次 數	內 容	數 量
1959 年第 4 期	第 1 次	《詩序》論詩的起原； 劉勰論感物詠志； 鍾嶸論詩歌首要在善於抒發情感； 白居易論詩貴興發與此而義歸於彼； 蘇東坡論藝術不在形似； 梅聖俞論意在言外； 唐人論煉意煉格； 范德機論就景中寫意； 戴復古論改詩； 方孝孺論詩的創造。〔註 207〕	共 10 則

〔註 206〕 《中國歷代詩歌評論選錄・編者按》，《星星》，1959 年，第 4 期。
〔註 207〕 本刊編輯部：《中國歷代詩歌評論選錄（共 10 則）》，《星星》，1959 年，第 4 期。

1959 年 第 5 期	第 2 次	「論詩的作用」《論語》； 「論對詩的理解」《孟子》； 「論詩貴抒情而不宜用典」《詩品》； 「論詩有六至」《詩式》； 「論取景」《詩式》； 「論概括」《杜少陵詩詳注》； 「論含蓄」《白石道人詩說》； 「論剪裁」《藝圃擷餘》； 「論作詩須反覆修改」《唐子西語錄》； 「諷刺抄襲」《全唐詩話》。〔註 208〕	共 10 則
1959 年 第 7 期	第 3 次	論好詩難以句摘（《滄浪詩話》）； 論詩貴新意（《修辭鑒衡》）； 論詩貴自然（《韻語陽秋》）； 論語不在多貴在傳神（《歲寒堂詩話》）； 論作詩要避免一般化（《白石道人詩說》）； 論絕句（《詩法家數》）； 論歌行（《胡應麟》）； 論「婉約」與「豪放」（《詞苑叢談》）； 論「清空」與「質實」（《詞苑叢談》）； 論詠物（同上）。〔註 209〕	共 10 則
1959 年 第 9 期	第 4 次	論民歌（《隨園詩話》）； 評歌謠《刺勒川》（元好問）； 論苦吟（《韻語陽秋》）； 嚴羽評李白杜甫詩（《滄浪詩話》）； 唐宣宗評白居易（《全唐詩話》）； 評杜詩（楊士奇）； 唐順之論詩歌的本色之美 論詩以意為主（《珊瑚鉤詩話》）； 白居易論詩絕句（《韻語陽秋》）。〔註 210〕	共 9 則
1959 年 第 10 期	第 5 次	論初學作詩（《呂氏童蒙訓》）； 皮日休論鍊字鍊句；	共 9 則

〔註 208〕 本刊編輯部：《中國歷代詩歌評論選錄（續 10 則）》，《星星》，1959 年，第 5 期。

〔註 209〕 本刊編輯部：《中國歷代詩歌評論選錄（續 10 期）》，《星星》，1959 年，第 7 期。

〔註 210〕 本刊編輯部：《中國歷代詩歌評論選錄（九則）》，《星星》，1959 年，第 9 期。

		寫詩切忌人云亦云（《詩眼》）； 元好問論寫詩不宜太柔媚； 元好問論寫詩要處於自然（《論詩絕句》）； 袁枚論詩（《隨園詩話》）； 寫詩要心精獨運、自出新裁（《隨園詩話》）；姜夔論詩要有餘味、余意（《白石說詩》）；梁啟超論詩要厚今薄古（《飲冰室詩話》）。〔註 211〕	
1959 年 第 12 期	第 6 次	李夢陽論真詩在民間（《詩集》「自序」）； 徐增論詩如其人（《而庵詩話》）； 陸游論寫詩要體驗生活（《九月一日夜讀詩稿有感走筆作歌》）； 楊萬里論詩人要開闢新路（《誠齋集》卷二十六《跋徐恭仲省幹近詩》）。〔註 212〕	共 4 則

這其中，在《星星》1959 年第 11 期上，還刊發了金戈對這幾次選錄評價的文章。他對《星星》詩刊的這一舉措給予了高度評價，較為清晰地梳理了「中國歷代詩論選錄」的內容和意義，「我國歷代的詩歌理論遺產很少專著，多散見於經史子集和歷代詩話中。這對讀者不能不說是一件憾事。《星星》詩刊編輯部能對這些詩歌理論遺產加以重視，做些收集、整理工作，把它們介紹給讀者，這是非常有意義的事情。《星星》詩刊從今年四月號至九月號已陸續刊登了『中國歷代詩歌評論選錄』，共三十九則。當然，這三十九則『詩歌評論』，比起我國無比豐富的詩歌理論遺產來說，只能算是滄海之一粟。雖然是滄海之一粟，但我覺得通過這少許的『詩歌評論』的學習，對於我們將來進一步研究古典詩歌理論是有幫助的。讀了這幾十則『詩歌評論』，首先感到的就是：他們內容是豐富的，接觸面是廣闊的，可以說幾乎詩歌領域內的每一個方面都涉及到了。在這些評論中，有論述詩歌的基本原理的，如論詩的起源、詩歌藝術的特徵和詩歌的作用等等；有論及詩歌技巧的，如詩的含蓄、論詩的概括、論詩的剪裁和其他等等，有對於詩人的論述，也有對於詩歌題材和風格的論述等等。……在《星星》詩刊選錄的詩歌評論中，有很大部分是談詩的技巧問題的。比如詩的含蓄、詩的概括、詩的剪裁、論寫景與寫意和神似與形似等等。像這類談詩的技巧的東西，在歷代詩論中為數最多。……在這些評論中，還有特別值得注意的是作者的批評態度。詩歌理論遺產作為

〔註 211〕 本刊編輯部：《中國歷代詩歌評論選錄（九則）》，《星星》，1959 年，第 10 期。
〔註 212〕 本刊編輯部：《中國歷代詩歌評論選錄（四則）》，《星星》，1959 年，第 12 期。

祖國整個文化遺產的一部分，需要我們去發掘；並且它裏面有很多珍貴的東西，如上面所述的確值得我們去學習和繼承。特別是黨指出中國詩歌的道路必須是在民歌和古典詩歌的基礎上發展後，人民對於這份遺產的學習要求更是越來越迫切了。《星星》詩刊及時地滿足了讀者群眾的需要，這是可喜的事。但從全國來看，大家對這份遺產的重視還是很不夠的。最近看了中華書局上海編輯所和其他幾個古籍出版社最近五年的出版計劃，好像其中還沒有注意到整理、出版詩歌理論遺產的事。其實，我國早就該出一部較為完整的《中國歷代詩歌評論選集》了！」〔註213〕金戈的評價，首先如《星星》詩刊在「編者按」中所說，是對「詩歌遺產的整理」，認為這是意義非常重要的。在內容上，他認為這些選錄的詩論，內容豐富，接觸面廣闊，可以說幾乎詩歌領域內的每一個方面都涉及到了。這不僅是《星星》詩刊選錄的重要價值，也讓我們看到了《星星》詩刊力圖全面反思詩歌創作問題的野心。同時，這個全面，還有在選擇對象上的全面，幾乎囊括了中國古代相關的重要詩論，也堪稱是對整個中國古典詩歌理論的一次全面檢閱。所以，《星星》詩刊的這次「歷代詩論」選錄，是一次重構詩歌理論的努力，也為詩歌創作者提供了更為豐富的詩學理論。

　　與此同時，金戈還專門談到了這批選錄中的一個重點，就是對於「詩歌技巧問題」，而這也是《星星》詩刊「選錄」的重要價值。總結和學習前人詩歌創作的經驗，本來就是這次詩論的主要目的。所以，在選錄的過程中，《星星》詩刊也重點選取了與「詩歌技巧」有關的論點。當然，這也就蘊含著對新民歌創作中「政治第一」的反思。當然，正如金戈所說，《星星》詩刊的「歷代詩論選錄」，肯定是與「新民歌」發展道路緊密相關的。也就是說，沒有這樣一個政策，《星星》詩刊肯定不會這麼重視「歷代詩論選錄」的。但問題的複雜性在於，在「選錄」的過程中，《星星》詩刊傾向於了「詩歌技巧」，這又在一定程度上偏離了「新民歌」方向。所以，1959 年第 12 期《星星》詩刊只有 4 則詩論，從 1960 年後就沒有了這個欄目，並不是因為沒有遵循「第二是古典詩詞歌曲」的民歌發展道路，而是因為他們在選錄過程中，強調「詩歌技巧」，而忽視了「政治主題」。這樣，《中國歷代詩論選錄》也就不能再繼續選錄下去了。

〔註213〕金戈：《學習和繼承詩歌理論遺產——讀〈中國歷代詩歌評論選集〉箚記》，《星星》，1959 年，第 11 期。

2. 古典詩歌欣賞

與《中國歷代詩論選錄》的努力相比，《星星》詩刊的「古典詩歌欣賞」的命運更為短暫。在《星星》詩刊的《詩歌欣賞》欄目中，僅出現了兩次，而且兩次還是談同一主題。由此，「古典詩歌欣賞」，《星星》詩刊實際上就只辦了一次。

1959 年第 7 期《星星》詩刊的「古典詩歌欣賞」，刊登了繆鉞的《辛棄疾詞淺釋》；緊接著的第 8 期「古典詩歌欣賞」是繆鉞的《辛棄疾詞淺釋（續完）》。在繆鉞對辛棄疾《摸魚兒》的欣賞中，首先強調的是他的「愛國主義」精神，「辛棄疾《摸魚兒》詞是一個思想性和藝術性高度結合的作品，它表達出憂念國勢，不滿偏安，以及有抗擊女真、恢復中原的抱負而不得施展的憤慨情緒，是強烈的愛國主義思想，而同時又能用優美的藝術（包括風格、意境、語言、音節、表現手法等等。）表現出來，所以稱為千古傳頌的名作。」〔註214〕但是，繆鉞的欣賞文章，雖然在愛國主義的前提之下來談辛棄疾的《摸魚兒》，而且也在結尾處再次強調他愛國主義思想，但他實際上是通過解釋一些難懂的辭句，以及他詩的歌藝術風格、表現手法、技巧等等來呈現。由此，繆鉞的文章，實際上也是在談「詩歌技巧」問題。所以，《古典詩歌欣賞》這個欄目，也就沒有進一步發展的空間。因此，《星星》詩刊將繆鉞的文章分兩次刊登後，也就不再設置《古典詩歌欣賞》的這一欄目了。

總之，雖然《中國歷代詩論選錄》、《古典詩歌欣賞》等欄目沒有持續辦下去，但這對於《星星》主編安旗，是有著重要影響的。安旗曾認為雁翼的成功一個重要原因就是在「古典詩歌」方面下了大工夫，「最近和雁翼淡起來，我才瞭解到，除了在古典詩歌和民歌方面下了幾年工夫外，他還有一個『秘密』——為了熟悉古典詩歌和中國語文的基本規律，在最近這幾組作品發表以前，他私下寫過不少習作。」〔註215〕所以，「古典詩詞歌曲」建設是安旗任《星星》詩刊主編後的一次重要努力和實踐。而且，即使到了文革後，安旗雖然放棄了新詩研究，但始終致力於古典詩歌特別是李白的研究，並取得了突出成績，也與她一貫以來對於「古典詩歌」重視有關。

〔註214〕繆鉞：《辛棄疾詞淺釋》，《星星》，1959 年，第 7 期。
〔註215〕安旗：《跨出新的一步——略談雁翼的近作》，《四川文學》，1962 年，第 5 期。

第五節 《星星》詩刊「停刊」

　　1960 年 10 月後《星星》詩刊消失，在當時中國的文壇上，並沒造成多大的影響。而且對於星星詩刊的編輯們來說，也只不過換了一個工作之地，並沒有較大變化。然而在《星星》自身的發展歷史中，乃至於當代詩歌發展歷史中，《星星》詩刊的消失，卻是一件非常重要的大事。但至今很多的詩歌史，包括《星星》詩刊自身，均已「精簡調整刊物」的簡單理由，來描述《星星》詩刊消失這一事實。《星星》詩刊為什麼會「消失」，是不是因為「精簡調整刊物」而停刊？如果不是，那《星星》詩刊停刊的根本原因是什麼呢？具體停刊的過程又是怎樣的呢？

一、兩種觀點

　　對於 1960 年 10 月以後的《星星》詩刊在中國詩壇的消失，相關研究提出了兩種觀點，一種是「停刊說」，另外一種是「合併說」。

　　第一，「停刊說」。這種觀點認為 1960 年 10 月後，《星星》詩刊因「精簡調整而停刊」。因為有著歷史根據，這種觀點在論述 1960 年 10 月後《星星》詩刊消失時也是最有權威性。在 1979 年《中共四川省委批轉省委宣傳部〈關於省文聯在五七年反右鬥爭中需要落實政策的幾個問題的處理情況和意見的報告〉的通知》（川委發〔1979〕83 號）中，即是這樣說，「《星星》詩刊在一九五七年的反右鬥爭中並未停刊，他是在一九六○年精簡調整刊物時停刊的。」〔註216〕這裡明確表明，《星星》詩刊是停刊了，而且因為「精簡調整刊物」而停刊的。正是因為這種觀點來源於四川省委，所以在以後《星星》詩刊歷史敘述中，1960 年《星星》詩刊消失，便是以「精簡調整刊物停刊」為主要的敘述。如在 1979 年《星星》詩刊的《復刊詞》中說，「《星星》詩刊於一九五七年一月創刊，在一九六○年精簡調整刊物時停刊。」〔註217〕以及 2007 年《星星》詩刊編輯部編的《中國〈星星〉五十年詩選·附錄》中的描述，「1960 年本刊 10 月號出版後，因刊物『精簡調整』而停刊。」〔註218〕由此，由於發布渠道的權威性，一邊是四川省委，一邊是星星詩刊社，這種「停刊說」

〔註216〕《中共四川省委批轉省委宣傳部〈關於省文聯在五七年反右鬥爭中需要落實政策的幾個問題的處理情況和意見的報告〉的通知》（川委發〔1979〕83 號），中共四川省委辦公廳，一九七九年九月十四日。
〔註217〕《復刊詞》，《星星》，1979 年，第 1 期。
〔註218〕《中國〈星星〉五十年詩選·附錄》，《星星》詩刊雜誌社，第 975 頁。

便構成了當下對《星星》詩刊 1960 年「消失事件」的一個重要理解。所以，在《20 世紀四川全紀錄（1900～2000）》中更直接地表述為：「創刊不久的《星星》詩刊，因發表流沙河的《草木篇》而遭受錯誤批判，被勒令停刊。」〔註 219〕

當然，在這一時期很多的報告中，所提到的《星星》詩刊的「停刊」，也認為 1960 年 10 月後《星星》詩刊「停刊」，只不過對於停刊的原因有不同的描述，另一種描述就認為《星星》詩刊「停刊」是因為「檢查」。1960 年 11 月 30 日四川省文學藝術工作者聯合會《文聯黨組黨組關於「四川文學」、「星星」、「園林好」停刊檢查報告》中說道，「根據省委指示，我會三個刊物——『四川文學』、『星星』、『園林好』（包括音協的會刊和不定期的『詩歌創作』），於 10 月 8 日停刊檢查，已於 11 月 12 日檢查完畢，共歷時 35 天。」〔註 220〕從這個報告中，我們得知，《星星》時間具體的停刊時間是 10 月 8 日。但《星星》詩刊停刊的原因，是因為要對刊物進行檢查。而且，之後的幾次報告，均說《星星》詩刊是「停刊檢查」。如 1960 年 12 月 5 日四川省文學藝術工作者聯合會印發的《文聯黨組關於「四川文學」復刊的請示報告》中所說，「我們根據省委的指示，從 10 月 8 日起對『四川文學』和『星星』詩刊認真進行了停刊檢查，現在已檢查結束。」〔註 221〕甚至在 1962 年 3 月 4 日四川省文聯黨組印發的《關於檢查刊物的報告》中，在此提到《星星》詩刊時說，也說《星星》詩刊是在 10 月停刊的。「根據省委宣傳部的指示，我們從 2 月 13 日起，對我會出版的『四川文學』、『星星』、『園林好』（後兩種已於 1960 年 10 月停刊）和各種演唱材料、詩傳單、內部通訊（包括文聯召開的文藝工作座談會會議簡報）等進行了檢查。〔註 222〕以及 1962 年 4 月 21 日四川省文聯黨組《關於工作檢查的報告》，也重複了《星星》詩刊「停刊檢查」的歷史事實，「根據省委宣傳部的指示，我們在二月和三月先後對我會出版的『四川文學』（1959 年 10 月前是『紅岩』、『草地』）、『星星』、『園林好』（後兩種已於 1960

〔註 219〕《20 世紀四川全紀錄（1900～2000）》，成都：四川人民出版社，2004 年，第 595 頁。

〔註 220〕四川省文學藝術工作者聯合會，《文聯黨組黨組關於「四川文學」、「星星」、「園林好」停刊檢查報告 1960 年 11 月 30 日》，《四川省文聯(1952～1965)》，建川 127～65，四川省檔案館。

〔註 221〕《文聯黨組關於「四川文學」復刊的請示報告》，《四川省文聯(1952～1965)》，建川 127～5，四川省檔案館。

〔註 222〕《關於檢查刊物的報告》，《四川省文聯（1952～1965)》，建川 127～75，四川省檔案館。

年10月停刊）和各種演唱材料、詩傳單、內部通訊、工作簡報（包括文聯歷次運動的重要記錄和文藝創作座談會會議情報）等進行了檢查。檢查的內容主要是宣傳和組織工作中的浮誇作風、違背藝術規律亂指揮、亂提口號和評論文章中的粗暴現象。」〔註223〕總之，這些報告表明，《星星》詩刊是因為要進行檢查而停刊，而且指出了要檢查的具體內容。但都沒有表明，將停刊多久？何時復刊？但具體指出了，《星星》詩刊在1960年10月後停刊，停刊的具體日期是1960年10月8日停刊。而對《星星》詩刊的「停刊」，並沒有說是「精簡調整刊物而停刊」，而是明確表明是因為要對刊物進行檢查而停刊，是「停刊檢查」。

　　對於1960年10月後《星星》詩刊的消失，第二種觀點是「合併說」。據四川省檔案館的部分資料，對1960年10月四川文聯幹部編制的精簡有非常詳細的說明，「一、文聯、作協、音協、民間文藝研究會現有工作人員117人。經研究決定：（1）將『四川文學』、『星星』、創委會、創作輔導部政治上比較好的同志，放到第一線去，貫徹全國文化會的精神，老動化、工農化。（2）對『四川文學』、『星星』編輯部政治上有問題的工作人員，調劑和補充到非機要部門。如民間文藝研究會和籌備劇協。（3）放一部分人到機關農場去勞動。（4）少數不適宜搞文藝工作的人員調離文聯。（5）一部分人下放去勞動鍛鍊。二、各部門人員調整。（1）『四川文學』『星星』編輯部合併，由原編制42人減少22人，保留20人。」〔註224〕不過，從這份檔案中，我們首先看到，這裡認為《星星》詩刊在1960年10月並沒有「停刊」，而是在1961年4月後與《四川文學》「合併」。同時，這裡也提及，《星星》詩刊被合併，其中重要的原因是因幹部編制的精簡調整而造成的合併（但筆者並沒有查到精簡人員的具體名單）。也就是說，這裡的「精簡」，並不是與「停刊說」的一樣，不是由於對刊物的精簡調整而進行的合併。與《幹部編制精簡情況1960年10月4日報》中所呈現出的「合併說」一樣的，還有就是在1961年《四川文學》復刊號上的《〈四川文學〉〈星星〉合刊啟事》中提到的，「為了集中力量，辦好刊物，《四川文學》月刊和《星星》詩刊決定自今年四月份起合併，繼續出

〔註223〕　《關於工作檢查的報告》，《四川省文聯（1952～1965）》，建川127～75，四川省檔案館。

〔註224〕　《幹部編制精簡情況 1960年10月4日報》，《四川省文聯（1952～1965）》，建川127～75，四川省檔案館。

版《四川文學》。《四川文學》每月 1 日在成都出版，定價二角，歡迎讀者踴躍投稿並向當地郵局訂閱。」〔註225〕這個啟事，只是一個簡單的表態，並沒有說怎樣合併，怎樣延續《星星》的辦刊特徵。不過，卻明確表明《星星》詩刊並沒有停刊，而是「合併」。換而言之，儘管實際上 1960 年 10 月以後的《星星》詩刊已經不存在了，但《星星》並沒有停刊，而是在與《四川文學》合併中繼續存在。然而，在 1961 年 3 月 19 日《四川日報》的《四川文學》「百花齊開放 百家來爭鳴 歌頌大躍進 服務工農兵」〔註226〕這一徵訂廣告中，並沒有提到《星星》。

從前面討論中，我們可以看到，第一，對於 1960 年 10 月後《星星》詩刊的消失，有「停刊說」，還有「合併說」兩種觀點。「停刊說」認為，1960 年 10 月《星星》出刊至 46 期後，沒有繼續出版，即在 1960 年 10 月 8 日《星星》詩刊就已經停刊。而「合刊說」主要是指《星星》詩刊並沒有在 1960 年 10 月 8 日停刊，而是在 1961 年 4 月後《星星》詩刊合併於《四川文學》，繼續存在。如果不侷限於字面意思，不管是「停刊」還是「合併」，他們都傳達出了同樣的聲音，1960 年 10 月以後《星星》詩刊已經在中國詩壇消失，即作為獨立建制的《星星》詩刊已不存在了。可以得出，1960 年 10 月 8 日，《星星》詩刊正式停刊。第二，對於《星星》詩刊的消失，總結來說，有這樣三種原因。一是「精簡調整刊物停刊」，二是「精簡幹部編制合併」，三是「停刊檢查」。歸納起來，1960 年 10 月後《星星》詩刊的消失，具體原因有兩種，一種是「精簡原因」，另外一種是「檢查原因」。那麼，《星星》詩刊為什麼會「停刊」？被「合併」？到底是因為「精簡」（或者是「精簡調整刊物」，或者「精簡幹部編制」），還是因為「檢查」而停刊的呢？

二、「精簡停刊」

我們先來看《星星》詩刊停刊的「精簡原因」。1960 年 10 月為什麼要「精簡」《星星》詩刊，又是在何種程度上精簡的呢？

正如前面所說，「精簡」，具體包括「精簡調整刊物」，或者「精簡幹部編制」。那是否是因為「精簡調整刊物」而停刊的呢？我們知道，此時「精簡刊物」最直接的原因是三年困難。在《四川省志‧出版志》中就認為，「1959 年

〔註225〕《〈四川文學〉〈星星〉合刊啟事》，《四川文學》，1961 年，第 4 期。
〔註226〕《四川文學（月刊）》，《四川日報》，1961 年 3 月 19 日。

開始三年困難時期，四川的期刊大幅度削減。公開發行的期刊由 27 種壓縮為
4 種，其餘一律停辦。中共四川省委主辦理論刊物《上游》雜誌也於 1960 年
併入《支部生活》。1966 年『文化大革命』開始後，期刊社紛紛解體和停止出
版。1968～1969 年，全國名義上保存了三種地方期刊，四川一種都沒有。」
〔註 227〕由於三年困難時期，在 1960 年中共四川省委主辦理論刊物《上游》
雜誌也要併入《支部生活》，那麼作為一般文學刊物《星星》因為「經濟困難」
被停辦，也是極有可能的。同時，在這本書中，除了認為直接的「三年困難之
外」，也還提出了另外一種解釋，那就是期刊的重新登記制度。「1960 年 10
月至翌年 1 月，對全省書報刊單位重新登記。規定公開發行的報紙期刊由中
共四川省委報請西南局和中宣部批准，內部發行的報紙期刊由省委批准。這
次有 4 家公開發行期刊重新登記，23 家或合併或停刊。」〔註 228〕在這此種種
原因下，精簡刊物、合併或者停刊，對於《星星》詩刊來說就是必然的了。

　　但如果要「精簡刊物」，那麼什麼刊物能保存下來呢？1960 年的四川省文
聯，作協並沒有單獨分離出來。當時四川文聯下的刊物，除了《星星》詩刊之
外，還有《四川文學》、《園林好》等刊物。我們知道，在當代文學的發展歷史
中，《四川文學》是貫穿了整個四川文學，乃至西南文學發展的一個重要刊物，
精簡《四川文學》的可能性不大。「對於中國『當代文學』的設計者而言，他
們所要建立的是一種新型的『人民文藝』，文學的『思想內容』，即如何容納、
表現時代謹慎，是需要首先考慮的。」〔註 229〕在建國初，文學期刊的編輯、
出版、發行等發生了很大的變化。一是國家就逐漸把圖書出版發行納入國家
計劃軌道，均由各級文聯、作協或其他文藝團體主辦，極少私人主辦的期刊。
二是期刊分級管理。當時的主要刊物分為三類，國家刊物（如全國文聯的機
關刊物《文藝報》、全國文協的機關刊物《人民文學》）；各大區刊物（如中南區
的《長江文藝》、華東區的《文藝月報》、西南區的《西南文藝》、東北區的《東
北文藝》、西北區的《西北文藝》）和各省市文聯、作協的地方刊物。〔註 230〕建

〔註 227〕　《四川省志·出版志（上冊）》，四川省地方志編纂委員會編纂，成都：四川
　　　　　人民出版社，2001 年，第 142～143 頁。

〔註 228〕　《四川省志·出版志（上冊）》，四川省地方志編纂委員會編纂，成都：四川
　　　　　人民出版社，2001 年，第 373 頁。

〔註 229〕　洪子誠、劉登瀚：《中國當代新詩史（修訂版）》，北京：北京大學出版社，
　　　　　2005 年，第 6 頁。

〔註 230〕　郭劍敏：《當代文學學科視域下的文學期刊及其史料價值》，《福建論壇》，2011
　　　　　年，第 8 期。

國後，由於全國六大區之一的西南大區設在重慶，《四川文學》的前身之一就是《西南文藝》。1956 年 7 月《西南文藝》停刊後，分別在成都創辦了《草地》和重慶在重慶創辦了《紅岩》。1959 年 10 月《草地》、《紅岩》兩刊在成都「合刊」為《峨眉》，出至 1960 年 5 月更名為《四川文學》，1960 年出至 10 月號停刊檢查。換句話說，作為省級的唯一刊物，《四川文學》是不可能被精簡掉的。因此，《四川文學》即使也被停刊，但在 1961 年 4 月還是很快復刊。

與《星星》詩刊停刊命運相同的，還有就是《園林好》，也在這個時候停刊。《園林好》原名《西南音樂》，1951 年 4 月創刊至 1956 年 12 月。1957 年 1 月更名為《園林好》，是一個「音樂月刊」。該刊由中國音樂家協會成都分會編輯委員會編，主要發表內容有歌曲、樂曲、音樂學習、音樂講座、音樂動態等欄目。也是在出至 1960 年 10 月總第 46 期後，停刊檢查。所以，可以這樣說，在 1960 年《星星》詩刊停刊的一個重要原因是因為「三年困難」。不過，與《星星》詩刊不同的是，到了 1963 年 11 月《園林好》再次更名為《四川音樂》復刊，改由中國音樂家協會四川分會主辦，出至 1964 年 10 月停刊。由此可以說，在 60 年代四川省文聯的刊物中，真正因「三年困難」而被停刊的，就只有《星星》詩刊了。

第二，《星星》詩刊是否還因為「精簡幹部編制」而停刊呢？如前所引，在 60 年代由於困難問題，精簡編制也是存在的，「『四川文學』『星星』編輯部合併，由原編制 42 人減少 22 人，保留 20 人。」〔註231〕但在這整個過程中沒有看到具體的縮減人員名單，也不知道到底是哪些人減少，所以我們也無法暸解《星星》詩刊到底縮減了多少人員編制。

不過，在文聯的歷年幹部名單中，我們還是看到了整個《星星》編輯部人員的具體情況。我們知道，《星星》1957 年 1 月 1 日創刊時，主要編輯人員只有 4 人：白航（編輯部主任）、石天河（執行編輯）、流沙河、白峽。1957 年 8 月《星星》詩刊改組後，根據《文聯及舞協歷年職工名冊》，星星的編輯部也是 4 人：傅仇、賈常彬、趙秋葦、流沙河。〔註232〕在 1959 年《省文聯工作人員名單 1959.2.》中，《星星》詩刊加上見習編輯共 6 人，實際上也是 4

〔註231〕《幹部編制精簡情況 1960 年 10 月 4 日報》，《四川省文聯（1952～1965）》，建川 127～18，四川省檔案館。

〔註232〕《四川文聯工作人員名單（1958 年）》，《四川省文聯（1952～1965）》，建川 127～18，四川省檔案館。

人。安旗（星星編輯部主編）、傅仇（星星執行編輯）、賃常彬（星星編輯）、溫舒文（星星幹事），另外 2 人趙秋葦和藍萬倫均注明為「星星見習編輯」。〔註233〕而在 1960 年《文、音、民、群眾幹部名冊 1960.元》這份檔案中，星星編輯部是 4 人，主編安旗，執行主編傅仇，編輯賃常彬、趙秋葦。〔註234〕此時，流沙河仍在文聯，沒有注明具體職務，應該與《星星》詩刊無關了。可惜，我們並沒有看到 1961 年的職工名單，並不能瞭解 1961 年的文聯人員編制的具體情況。另外，在藍疆標注的《編輯部工作人員名單》中，在「一九五八年改刊時期」一欄裏，加入了溫舒文（1958～1960 年編輯）、唐大同（1958～1959 年編輯）、趙秋葦（1958～1960 年編輯）、黃明海（1958～1959 年編輯）、鄒絳（1959～1960 年編輯）、劉忠鳳（1959～1960 年編輯）。如果按照這個名單，在 1960 年《星星》詩刊的編輯部應該是 7 人，主編安旗，執行主編傅仇，編輯賃常彬、趙秋葦、溫舒文、鄒絳、劉忠鳳。但是，在 1964 年的《名單》〔註235〕中，原來作為《星星》詩刊主編的安旗為四川文學副主編，《星星》執行主編傅仇為專業創作者，賃常彬為文學組組員，白航為編輯，藍萬倫（即藍疆）為編輯。除了趙秋葦之外（其具體情況也不詳，不知是否精簡掉），其實原來星星編輯部的成員，依然還在整個文聯的編制之內，並沒有減少。按照「『四川文學』『星星』編輯部合併，由原編制 42 人減少 22 人，保留 20 人」〔註236〕的記錄，我們看到，原星星編輯部的所有成員均予以保留。也就是說，儘管精簡幹部編制，但星星編輯部成員的編制是保留下來了的，並沒有被精簡掉。換言之，《星星》詩刊停刊，並不是因為要精簡星星編輯部編制問題。所以，說《星星》詩刊因為「精簡幹部人員編制」而停刊，是不成立的。

三、「初步檢查」

「精簡」除了有客觀現實的「三年困難」原因之外，其實質還是因為「檢

〔註233〕 《省文聯工作人員名單 1959.2.》《四川省文聯（1952～1965）》，建川 127～18，四川省檔案館。

〔註234〕 《四川文聯工作人員名單（1958 年）》，《四川省文聯（1952～1965）》，建川 127～18，四川省檔案館。

〔註235〕 《四川文聯工作人員名單（1958 年）》，《四川省文聯（1952～1965）》，建川 127～18，四川省檔案館。

〔註236〕 《幹部編制精簡情況 1960 年 10 月 4 日報》，《四川省文聯（1952～1965）》，建川 127～18，四川省檔案館。

查」。特別是《星星》詩刊，除了《草木篇》事件、反右鬥爭等的持續影響之外，《星星》詩刊此後發表的一些作品，也成為《星星》詩刊「停刊」的重要原因。在 1960 年 10 月「停刊檢查」之前，早在 8 月份，中共四川省文聯支部就已經開始了對《四川文學》、《星星》、《園林好》三個刊物的「初步檢查」，就著重談到了這一問題。

對《星星》詩刊等刊物「檢查」，或者說「初步檢查」，在 1960 年 8 月 17 日結束，最後形成了中共四川省文聯支部《文聯「四川文學」、「星星」、「園林好」編輯部幹部情況、文藝思想情況、目前政治動向及三個刊物編輯發行、洩密失密情況初步檢查報告》〔註237〕，相關情況如下：

文聯「四川文學」、「星星」、「園林好」編輯部
幹部情況、文藝思想情況、目前政治動向及
三個刊物編輯發行、洩密失密情況初步檢查報告

省委宣傳部：

奉省委宣傳部指示，文聯支部對「四川文學」、「星星」、「園林好」編輯部幹部（共 46 人）的政治情況、文藝思想情況、目前政治動向及三個刊物編輯發行、洩密失密情況進行了分類排隊和初步檢查。檢查時主要依據幹部政治歷史情況，歷次政治運動排隊，平時工作中的表現，各種會議上的反應以及會後交談自然流露，採取自上到下，由上而下，先個別瞭解，然後開會集體研討，反覆地對每一個幹部進行深入具體的分析、比較的辦法，力求滲透、具體、準確。現將檢查結果分項報告如後：

一、編輯部幹部政治情況【略】

二、編輯部幹部文藝思想情況

三個刊物編輯部的幹部經過文藝戰線上兩條道路的歷次鬥爭，文藝思想面貌隨著政治思想面貌的改變，有著很大的改變。……

1. 認真學習毛主席文藝思想，能堅決貫徹執行黨的文藝錄像、方針和政策，觀點比較正確。【筆者注：只這裡提到「四川文學」主編、副主編。】

〔註237〕《文聯「四川文學」、「星星」、「園林好」編輯部幹部情況、文藝思想情況、目前政治動向及三個刊物編輯發行、洩密失密情況初步檢查報告》，《四川省文聯（1952～1965）》，建川 127～88，四川省檔案館。

2. 認真學習毛主席文藝思想，基本上能貫徹執行黨的路線、方針、政策。但受到修正主義的影響，在個別問題上有錯誤觀點；有時對毛主席文藝思想缺乏全面的理解，聯繫實際具體運用不夠。屬於這一類的幹部，計 18 人（內「星星」、「園林好」主編各一人，「星星」執行編輯一人）約占 39.2%。這裡包括兩部分人，一部分是從事文藝工作較久，現在擔負著刊物的重要任務的，總體來說，在刊物編輯工作中，能夠基本上貫徹黨的文藝方針、政策，但受到修正主義文藝思想的影響，嗅覺不敏銳，讓一些有錯誤觀點和傾向的文章或作品發表了出來，在他們自己的某些文章和作品中也表現出來某些錯誤的觀點。比如安旗，學習毛主席文藝思想是認真的，運用毛主席文藝思想作指導也寫出了一些較好的理論文章。其負責主編的「星星」也基本上貫徹了黨的文藝方針政策，方向是正確的，成績是主要的。但由於思想改造得不徹底，受到修正主義文藝思潮的影響，以致一些有錯誤觀點文章經過她的同意得到了刊發。僅今年就有「那不是詩歌創作的堅實道路」（王亞平）和「化腐朽為神奇」（鄧敘萍）兩篇。她自己論詩歌「概括」、「構思」、「誇張」和「含蓄」的一部分文章，也存在著片面強調藝術技巧，忽視進步思想，進步世界觀的作用的傾向。對古典詩歌理解也缺乏批判地繼承的觀點（詳「論抒人民之情」第二輯及「星星」五九年 4 月號起「中國歷代詩歌評論選錄」）。

3. 對毛主席文藝思想存在著懷疑、動搖和一定程度上的牴觸，在較多問題上受到修正主義文藝思想的影響，有較多的資產階級文藝觀點。屬於這一類幹部計 16 人（內「星星」傅主編一人）約占 34.8%。這一類人常常在組織和審查稿件時中藝術輕政治、重專家輕群眾，在創作上脫離生活，關門創作，在文藝學習上厚古薄今，厚外薄中。【筆者注：文中之後還提到了肖然、何世泰、劉元恭、牟康華、豐中鐵、譚興國。當時「星星」的副主編是傅仇，這裡的「傅主編一人」指傅仇。】

4. 違背毛主席文藝思想和黨的文藝路線、方針、政策，有著比較嚴重的修正主義文藝觀點。屬於這一類的幹部計 6 人（內「四川文學」編輯部主任一人，「星星」執行編輯一人）約占 13%。這一類

人的修正主義文藝觀點一般在他們的作品和文章中或處理稿件時都有突出的表現。【筆者注：還提到王余和四川文學編輯部主任周可風（筆名余音）。】……賃常彬，對待詩歌，往往片面地強調語言的「推敲」、「錘鍊」、和「新穎」，而忽視詩歌的思想內容。他在藝術欣賞上也有嚴重的厚古薄今、厚外薄中的傾向，讀詩差不多盡讀古典詩歌，很少讀現代詩歌和民歌。今年「星星」一、五月號發表了兩篇文章「那不是詩歌創作的堅實道路」和「化腐朽為神奇」都有著嚴重的錯誤觀點，他卻非常欣賞，並向其他編輯人員推薦，認為「議論中肯」、「文章精練」。前一篇文章否認青年積極反映和歌頌三大萬歲的可貴的政治熱情，無根據地懷疑他們的寫作動機是「發表欲」，並指責他們寫作的政治抒情詩「熱情虛偽」、「語言貧乏」、「毫無詩意」。後一篇文章忽視利用舊形式改造舊形式，對作者的世界觀和作品思想內容的作用。離開了政治標準第一，藝術標準第二的原則，片面地宣傳藝術技巧的作用。他推薦這兩篇文章反映出他同樣有文章的錯誤觀點和思想。

三、編輯部幹部的政治動向。

編輯部幹部學習「列寧主義萬歲」三大文件一粒愛，對重大國內外事件的反應可以分為三種情況。擁護；基本擁護；牴觸、反對.

四、三個刊物編輯發行、洩密失密情況的初步檢查。

1. 內容。三個刊物歌頌總路線、大躍進、人民公社三大萬歲和六大運動的作品，占發表的全部作品的比例在85%以上，其他作品只占15%左右。……「星星」今年一至七期共發表了詩五二一首，反映三大萬歲的有四四六首，占86%（其中寫人民公社的有二六一首），長詩四部，歌頌人民公社和共產主義英雄人物的有三部，占75%。……以上情況說明，三個刊物夠緊密地配合政治鬥爭和社會主義建設，貫徹了為政治服務、為工農兵服務、為社會主義建設服務的方針。

2. 洩密失密作品

「四川文學」、「星星」今年一至七月號均無洩密失密作品。

3. 有錯誤的作品

「星星」也沒有發表內容錯誤的作品。但評論有兩篇有嚴重的錯誤：(1) 王亞平「那不是詩歌創作的堅實道路」（一月號）。(2)

　　鄧敘萍「化腐朽為神奇」（五月號）。

中共四川省文聯支部

1960 年 8 月 17 日

　　首先我們看到，這次檢查是「奉省委宣傳部指示」，然後是對四川省文聯的三個刊物都開展了檢查，所以並不僅僅是針對《星星》詩刊的。但從這次的「初步檢查」來看，《星星》詩刊的問題卻是比較多的刊物。在「編輯部幹部文藝思想情況」裏，三個刊物的主編方面，「認真學習毛主席文藝思想，能堅決貫徹執行黨的文藝錄像、方針和政策，觀點比較正確」只提到「四川文學」主編、副主編。另外，在檢查中，《星星》詩刊是屬於問題最多，也最嚴重的一個刊物。如在提出「認真學習毛主席文藝思想，基本上能貫徹執行黨的路線、方針、政策。但受到修正主義的影響，在個別問題上有錯誤觀點；有時對毛主席文藝思想缺乏全面的理解，聯繫實際具體御用不夠」問題時，就只提到了《星星》詩刊當時的主編安旗，以及《星星》詩刊「片面強調藝術技巧，忽視進步思想」的詩學理論：如讓一些有錯誤觀點和傾向的文章或作品發表了出來，著重提到了王亞平的《那不是詩歌創作的堅實道路》和鄧敘萍的《化腐朽為神奇》這兩篇論文；如提及他們自己的而某些文章和作品中也表現出來某些錯誤的觀點，著重提到了安旗的《論抒人民之情》第二輯和她設置的欄目《中國歷代詩歌評論選錄》。

　　更為嚴重的，在這次「初步檢查」中，《星星》詩刊還有檢查出了較為嚴重的理論問題。除了安旗「片面強調藝術技巧，忽視進步思想」之外，編輯賃常彬也「違背毛主席文藝思想和黨的文藝路線、方針、政策，有著比較嚴重的修正主義文藝觀點」。最後，在「有錯誤的作品」方面，《星星》詩刊也是問題嚴重的一個刊物。該檢查報告也專門指出了《星星》詩刊的錯誤，特別是評論方面的嚴重錯誤。「但評論有兩篇有嚴重的錯誤：（1）王亞平『那不是詩歌創作的堅實道路』（一月號）。（2）鄧敘萍『化腐朽為神奇』（五月號）。」由此可見，在省委宣傳的指示之下，8 月 17 日之前省文聯對所屬的三個刊物展開了全面的檢查，並形成了報告。但由於《星星》詩刊在「修正主義問題」上的嚴重性，所以對《星星》詩刊進一步深入的檢查勢在必行了。

四、「第一次集中檢查」

　　正是《星星》詩刊中的這樣一些問題，甚至是嚴重錯誤，從 1960 年 10 月

8 日開始了對《星星》詩刊的「集中檢查」。當然，這次檢查也並不僅僅只是針對《星星》，也是《四川文學》《星星》《園林好》這三個刊物一起檢查的。「本月八日，傳達並貫徹了省委關於檢查刊物的指示。文聯刊物檢查領導小組決定，首先集中力量檢查『星星』與『園林好』後，再檢查『四川文學』，便於有步驟地深入開展檢查。」〔註238〕從 8 月 17 日的「初步檢查」，再到 10 月 8 日的「集中檢查」，間隔了兩個月。雖然我們不知道這背後有著怎樣的過程，但就在 10 月份這一個月內，對《星星》、《園林好》、《四川文學》三個刊物總共開展了五次大的集中檢查，並形成了五份檢查報告。這些「有步驟的集中檢查」，第一到第三次是對《星星》和《園林好》的集中檢查；第四次、第五次是對《四川文學》的集中檢查。我們這裡主要談對《星星》詩刊的三次集中檢查。

在前三次的檢查中，雖然是《星星》詩刊與《園林好》雜誌一併檢查的，不過重點卻是《星星》詩刊。而且，我們還看到對《星星》詩刊的集中檢查中的專門會議記錄，與最後形成的《檢查刊物情況簡報》有一些不同，這更讓我們看到了這次檢查背後更為真實的歷史現場。而且其中相關的評論觀點，很有時代性，對於理解《星星》詩刊發的停刊也有著非常重要的意義。

對《星星》詩刊的第一次「集中檢查」，在 10 月 8 日傳達省委關於檢查刊物的指示後，於 10 月 10 日召開了星星檢查小組座談會。在這次座談會後，最後是以手寫的形式，形成了記錄《〈星星〉檢查小組座談簡況 1960.10.10.記錄》。最後在《記錄》的基礎上，增加了對《園林好》的檢查內容後，於 10 月 12 日由材料組整理形成了最終的《檢查刊物情況簡報（1）》。原手寫的記錄如下：

《星星》檢查小組座談簡況 1960.10.10.

記錄〔註239〕

一，一般情況

《星星》檢查小組 20 人參加座談，會上有 15 人發言，計 20 次。對刊物一、二期（包括三、四、七期的個別作品）中的 52 篇作

〔註238〕《檢查刊物情況簡報（1）1960 年 10 月 12 日》,《四川省文聯（1952～1965）》建川 127～68，四川省檔案館。

〔註239〕《〈星星〉檢查小組座談簡況 1960.10.10.記錄》,《四川省文聯（1952～1965）》建川 127～65，四川省檔案館。

品提出了意見，提出的問題有 82 個。問題涉及了以下幾個方面：

宣揚修正主義和資產階級觀點的 24 個；

歪曲黨的政策精神的 8 個；

對現實生活描寫得不正確的 34 個；

洩密的 3 個；

其他方面的 13 個。

二，思想方面：

大多數同志踴躍發言，情感熱烈，無甚顧忌。少數同志，如張幅、牟康華、江輪榮等沒有發言。據張幅說，沒有發言，是因為不懂詩，提不出問題。

發言的同志大多數能夠本著知無不言、言無不盡的精神暢所欲言。而賁常彬和傅仇的表現則有些特殊。

賁常彬是在不少同志對袁珂《再談向民歌學習》一文提出批評後發言的。他通過對於這篇文章處理情況的介紹，主要說明了兩點：1. 去年初讀此稿時，就提出文章不宜發表，並和李累同志研究過；2. 今年發表此文，經安旗同志看過。在他談到這兩點情況時，自然少不了加上幾句空洞的自我檢查，但總的情感是：害怕深究，推卸責任。

傅仇一直遲遲沒有發言，直到下午會議臨近結束時，才說了一些。他的發言，大談其議論部分的問題和兩幅畫稿的缺點，而對於作品部分卻隻字不提，對其他同志的意見，也沒表示態度。他作為作品部分的負責人，卻採取了這種態度，實在有點奇怪，估計他對別人的意見，有不少是不同意的，以後展開辯論時，很可能有一番激烈的論戰。

三，問題彙集

（1）關於宣揚修正主義和資產階級觀點的：

丁力的《學詩斷想》（一月號），販賣修正主義貨色，說「詩沒有永遠不變的形式」絕口不提我們要創造民族的新形式，脫離了革命內容來談形式的變化，那不是去搞世界主義？說「詩要有血、有肉、有骨頭、有靈魂」，也抽調了階級內容。（高纓）

王亞平的「那不是詩歌創作的堅實道路」（一月號），是資產階

級貴族老爺式的態度，大潑青年作者的冷水。此文大肆攻擊政治詩，反對搶時間趕寫政治詩，惡毒地諷刺寫政治抒情詩的作者，並規定了許多寫政治詩的禁條。表現出他對目前詩歌創作的現狀極為不滿。同時，他卻為下去一個月就寫出「好」詩的作者大肆吹噓，說這便是詩歌創作的堅實道路，此說與黨提出的工農化、勞動化道路相去甚遠。（高縵、席向）

春虹的《關於〈蟬翼集〉及其批評》（一月號），是為《蟬翼集》的資產階級文學傾向翻案的文章。《蟬翼集》中的不少詩，如《遊故宮》、《牧羊描寫》、《登長城》、《懷闊王》等，充滿了資產階級、封建主義的思想情感，舒文批評了，但還不充分，春虹為止翻案，打抱不平，**結論為「小資產階級的色彩」。並且在文末提出鋤草要防傷蘭，說《蟬翼集》中有的詩是蘭花，而不提這本詩集中存在的思想立場問題。（周可風、高縵）

袁珂的《再向民歌學習》（二月號）存在三個問題：1. 厚古薄今，只談向舊民歌學習，而不談向新民歌學習；2. 大談其韻律、節奏、詞句，而不談思想內容；3. 違背了毛主席關於生活是創作唯一源泉的指示，妄言向民歌學習，也是創作的一個源泉。（陳朝紅、方赫、周可風、鄒絳）

劉志一《是這樣向古典詩詞學習嗎？》（二月號），只談藝術，不談政治，沒有把批判地繼承和學習古典詩詞作為主論的前提。（任簫丁）

（2）關於歪曲黨的政策精神的和對現實生活描寫得不正確的：

沈輝春的《拖拉機在田野上奔跑》（一月號）和胡子籲的《要拖拉機遍田野》（二月號），都提到不再用木犁耕種，開始了農業機化的新時代，這不符合黨的提法。（席向、邦中鐵）

陳玉柱的《讀毛澤東著作》（四月號），把主席著作比作「聚寶盆」、「傳家寶」，是庸俗化了。（邦中鐵）

梁上泉的《爐群與羊群》（一月號）中，寫到「土高爐，長青草，洋高爐，開紅花」，抹殺了土高爐的作用。（鄒絳）

方赫的《趕豬群》（二月號），把肥豬比作輜重兵，庸俗化了，豬隻是物質財富，不能比成解放軍。（周可風）

　　　　鄒絳的「公社姑娘頌」（三月號）是脫離思想內容的文字遊戲，
竭力追求形式、章法，反覆詠歎。（馮良植）
　　　　（3）關於洩密的
　　　　李清聯的《拖拉機碾過》（一月號）和《躍進禮讚》（二月號），
暴露了洛陽第一拖拉機製造廠的廠址，也可生產坦克的性能和每八
分鐘出廠一臺的生產率。（任簫丁、邦中鐵）

　　這份記錄包含著非常豐富的信息。我們看到，在 10 月 8 日傳達省委宣傳
部的嚴查指示後，四川省文聯就迅速召開了大會。在這次大會上在傳達了檢查
指示之外，而且通過這份記錄，我們可以瞭解到相關檢查工作的布置和安
排的情況。第一，成立檢查小組。這個記錄中，我們首先看到的「《星星》檢
查小組」這一個組織。這個檢查小組應該是在這次會議上成立的，而且應該
只是其中的一個小組。由於要對三個刊物都展開檢查，所以應該還有「《園林
好》檢查小組」、「《四川文學》檢查小組」這兩個小組。另外，在這三個檢查
小組之上，在《檢查刊物情況簡報（1）》中提到一個「文聯刊物檢查領導小
組」〔註240〕，那麼當時文聯的領導，如李亞群、沙汀、常蘇民、李累、李友
欣、安旗……，他們應該是文聯刊物檢查領導小組的成員，主要負責對這次
刊物檢查任務的統籌。第二，確定檢查小組成員，從這份記錄來看，共計 20
人。具體而言，這裡直接提到了的「《星星》檢查小組」的成員有：張幅、牟
康華、江輪榮、賃常彬、傅仇、高縷、席向、周可風、陳朝紅、方赫、鄒絳、
任簫丁、邦中鐵、馮良植，計 14 人。另外還有 6 人，在這份記錄中沒有提供
具體的名單。當然，在這次檢查中，文聯刊物檢查領導小組，如李亞群、沙
汀、常蘇民、李累、李友欣、安旗……，可能也是其中的成員。儘管在這次檢
查中，完全沒有提到他們的名字，因為他們並不直接參與到對刊物的具體檢
查工作中。而且這只是一個簡單的檢查的座談會，所以也他們沒有必要參加。
第三，布置檢查內容和任務。從檢查順序來看，先檢查《星星》詩刊，然後再
檢查《園林好》和《四川文學》。對於《星星》詩刊來說，首先確定對 1960 年
第 1 到第 2 期的檢查內容。「對刊物一、二期（包括三、四、七期的個別作品）
中的 52 篇作品提出了意見，提出的問題有 82 個。」通過這次記錄，我們還
看到：「問題涉及了以下幾個方面：宣揚修正主義和資產階級觀點的 24 個；

─────────────

〔註240〕　《檢查刊物情況簡報（1）》，《四川省文聯 1952～1966》，建川 127～68，四
　　　　　川省檔案館。

歪曲黨的政策精神的 8 個；對現實生活描寫得不正確的 34 個；洩密的 3 個；其他方面的 13 個。」因此，在 10 月 8 日的這次會議上，也應該是明確了檢查主要內容的。

在《〈星星〉檢查小組座談簡況 1960.10.10.記錄》中，最重要的部分，當然是比較詳細地記錄了這次「《星星》檢查座談會」的基本情況。其中，針對《星星》詩刊的編輯部，特別點出了《星星》詩刊編輯賃常彬和執行編輯傅仇的「特殊表現」。可以看出，在檢查的第一階段，作為《星星》詩刊執行主編的傅仇，以及作為《星星》詩刊編輯的賃常彬，肯定是極不願意《星星》詩刊受到批判的。但是，他們也不得不表態，接受檢查。因為此時面臨全面的檢查，已經是《星星》詩刊甚至是四川文聯所有期刊必須面臨的命運。但值得注意的是，但他們兩人的問題，在之後正式的《檢查刊物情況簡報（1）》中，雖然也提到了，但卻沒有明確針對他們個人而提出意見。在這次記錄中另外還有一點值得注意的是，所有被檢出的問題後面，均注明了檢查者的姓名。但在此後的正式的《檢查刊物情況簡報（1）》中，也都一一刪掉了。此後兩份有關《星星》檢查的會議記錄中，就再也沒有標注出檢查者的姓名。由此，此後在《記錄》和《簡報》中，遮蔽檢查者的名字，其實也是將檢查完全變成了「群眾」的集體行為，而就不再僅僅是個人之間的理論分歧了。

《〈星星〉檢查小組座談簡況 1960.10.10.記錄》所檢查出來的問題，在 1960 年 10 月 12 日材料組的《檢查刊物情況簡報（1）》中，也得以全面呈現。因《〈星星〉檢查小組座談簡況 1960.10.10.記錄》是具體座談會的實錄，而《檢查刊物情況簡報（1）》是經過「材料組」的完善而成，所以兩者在內容上，以及在表述上有一定的差異。這裡，也將鉛印的《檢查刊物情況簡報（1）》全文抄錄如下：

檢查刊物

情況簡報（1）

本月八日，傳達並貫徹了省委關於檢查刊物的指示。文聯刊物檢查領導小組決定，首先集中力量檢查「星星」與「園林好」後，再檢查「四川文學」，便於有步驟地深入開展檢查。

動員後，群眾已發動起來，機關絕大多數同志認識正確，積極參加檢查刊物，做到了邊學習、邊檢查、邊議論。十日，進行第一次座談討論，發言普遍熱烈，一般能暢所欲言、言之成理，目前才

進行到「星星」1～3 期，「園林好」1～5 期的檢查，便對 92 篇作品提出了一件，會後並為牆報寫了 74 篇稿件。個別同志（刊物執行編輯或者主要編輯人員）尚存在顧慮，主要是怕負責任，有的同志在發言中，強調有問題的文章經過主編看過。也有個別的編輯人員不發言，怕暴露思想。這些顧慮，經過個別談話後，可以解除。

對這兩個刊物，初步提出了以下幾個主要問題，摘要於後：

（一）洩密失密：

1. 星星一月號，「浪淘沙」、「拖拉機碾過」二詩，暴露了第一拖拉機廠的廠址、規模。

星星二月號，「躍進禮讚」一詩，暴露該拖拉機廠每八分生產一臺拖拉機的生產率。

2. 星星四月號，「登魚咀水電站」暴露了岷江水電站所在地。

……

（二）修正主義與資產階級思想：

1. 星星一月號，丁力「學詩斷想」一文，販賣修正主義貨色，文中抽掉詩的政治內容而提倡「詩要有血、有肉、有骨頭、有靈魂」，抽調民族形式的前提而談「詩沒有永遠不變的形式」，並把詩的形式問題比之穿衣吃飯、可經常變化，另外，還提出「愈是歌頌爭鳴，等於反對了反面；愈是諷刺正面，等於擁護了正面」的荒謬論點。

2. 星星一月號，王亞平的「那不是詩歌創作的堅實道路」一文，反對寫及時反映重大政治主題的詩歌，以資產階級貴族老爺式的態度，對青年作者的政治熱情大潑冷水。

3. 星星一月號，春虹的「關於『蟬翼集』及其批評」為資產階級傾向辯護，文中反對批評作者的階級立場、觀點，什麼將該詩集奉為「蘭花」，加以保護。

4. 星星二月號，袁珂的「再向民歌學習」一文，不談向新民歌學習，大談要向舊民歌學習，而學習也僅限於學技巧，更錯誤的是提出民歌是創作的源泉。

5. 星星五月號，劉志一「是這樣向古典詩詞學習嗎？」一文，對向古典詩歌學習方面，只提學習藝術表現方法，不提要批判地繼承文學遺產。

6. 在創作部分，有的作品流露資產階級的思想情感：

星星一月號，寒星的「照像」一詩，流露出未改造得資產階級知識分子的感情，作者在農村照了許多像片，說只有下放後，天南地北的人「在心中天上全有同等分量」，並說分別後「誰知道還有多少年才能重新探望？」詩中有難言之隱情。

（三）對毛主席思想的歪曲與庸俗化。

1. 星星二月號繆鉞的「學習毛澤東文藝思想，做好古典文學研究工作」一文，表面上檢查了作者自己再研究工作中的藝術標準第一的錯誤，而實際上仍然強調藝術第一，在引用主席的言論上，偏偏只引用反對「標語口號式」的傾向部分；而且提出了政治標準與藝術標準「應當是結合的、不是分離的，更不是對立的」。完全忽視政治標準是前提，否認政治標準與藝術標準辯證統一的關係。實際上還是否認政治標準第一。

2. 星星一、二、七期上，丁工在「與初學寫詩者談詩」一欄中的三篇文章，均在學習毛主席文藝思想的大題下，不同程度低歪曲與庸俗解釋了主席的思想。作者說，詩歌要在民歌與古典詩歌基礎上提高，因此只要多學民歌就可得到「啟示」，學習民歌就可以「加強思想認識，激發情感」，完全拋開了世界觀的改造與深入生活。在另一篇文章中又說，某首民歌之所以寫得好，便是「浮想聯翩」，是由於作者學習了毛主席思想的結果，反把主席思想貶低了。在另一篇中又說，初學寫詩作者寫機器人不寫人，是世界觀的問題，是與修正主義有關，並說「列寧主義萬歲」三大文件中所說，現代修正主義即是利用科學技術進步反對馬列主義，講稿初學者勿掉進修正主義圈套。這完全是把反修正主義庸俗化了，對初學寫詩者會產生有害作用。

3. 星星四月號「讀毛主席著作」一組詩中，有把毛主席著比擬為「牡丹花」、「傳家寶」的，比喻很不適當，把主席著作貶低了。

（四）對各種政策的歪曲，對現實生活的錯誤描寫：

1. 星星一月號，梁上泉的「爐群與羊群」歌頌洋高爐，抹殺土高爐的作用。

2. 星星二月號，方赫的「趕豬群」把肥豬比擬為「輜重兵」、

「先鋒」、「司令」，很庸俗。

　　3. 星星二月號，李曉白「老鐵匠」一詩，說老鐵匠「揉一把斧，剪一張鐮，繡在紅旗上，金光萬里閃」，把黨旗描寫為鐵匠所創造。

　　4. 星星一月號，張子厚「蘆笙吟」把「多快好省」比之為四隻馬蹄。在另一詩中，吧敬老院生活寫得很淒涼，老人們「孤苦伶仃」、「雙目失明」、「動白髮」。

　　（五）亂提政治口號：

　　……

　　（六）關於國際題材的作品中的問題：

　　1. 四月號詩傳單上，戈壁舟「把紙老虎燒成光架架」一詩中說，朝鮮人民鬥爭如烈火，「燒掉三八線」，這提法不妥。

　　2. 星星八月號方赫的「非洲的皮鼓聲」一詩，說非洲「多少年來你像一頭馴服的羚羊，任殖民主義宰殺」貶低了非洲人民多年來的鬥爭。

材料組整理
1960 年 10 月 12 日

　　在鉛印的《檢查刊物情況簡報（1）》中，首先補充了一些背景，回顧了這次檢查省委指示，以及成立檢查領導小組和開展有步驟的檢查等基本情況。在《〈星星〉檢查小組座談簡況 1960.10.10.記錄》中只提到了「《星星》檢查小組」，而沒有提到「文聯刊物檢查領導小組」，所以這份材料的整理，就應該是通過了文聯審定，特別是文聯刊物檢查領導小組的檢查的。而《簡報》最後的落款是「材料組」，就應該是由「文聯刊物檢查領導小組」直接指導完成的。特別是在談這次檢查的具體情況時，《檢查刊物情況簡報（1）》中，完全省略掉了《〈星星〉檢查小組座談簡況 1960.10.10.記錄》中所提到的《星星》檢查小組，而是從另外一個層面來敘述這次檢查：「動員後，群眾已發動起來，機關絕大多數同志認識正確，積極參加檢查刊物，做到了邊學習、邊檢查、邊議論。十日，進行第一次座談討論，發言普遍熱烈，一般能暢所欲言、言之成理，目前才進行到『星星』1～3 期，『園林好』1～5 期的檢查，便對 92 篇作品提出了意見，會後並為牆報寫了 74 篇稿件。」〔註241〕從這裡可以看到，

〔註241〕《檢查刊物情況簡報（1）》，《四川省文聯 1952～1966》，建川 127～68，四川省檔案館。

對《星星》、《園林好》的集中檢查，通過「材料組」的整理，到這裡成為了「群眾」的積極參與，主動參加檢查刊物。進而，這份簡報，也淡化了這是一次有組織、有步驟的刊物檢查行動。另外這裡所提到的為牆報所寫的 74 篇稿件，我們無從知曉其具體情況。

關於檢查出來的問題，兩份記錄也有區別。在《〈星星〉檢查小組座談簡況 1960.10.10.記錄》中，對《星星》詩刊的 52 篇作品，從 5 個方面提出的問題有 82 個。其中宣揚修正主義和資產階級觀點的 24 個；歪曲黨的政策精神的 8 個；對現實生活描寫得不正確的 34 個；洩密的 3 個；其他方面的 13 個。實際上，在記錄中具體列出來問題 3 個方面的 13 個問題。包括：宣揚修正主義和資產階級觀點 5 個，歪曲黨的政策精神和對現實生活描寫錯誤 6 個，洩密的 2 個。而在《檢查刊物情況簡報（1）》，對《星星》刊物提出了 6 個方面的 18 個問題：洩密失密 3 個；修正主義與資產階級思想 6 個；對毛主席思想的歪曲與庸俗化 3 個；對各種政策的歪曲，對現實生活的錯誤描寫 4 個；亂提政治口號；關於國際題材的作品中的問題 2 個。從這裡可以看到，正式的《檢查刊物情況簡報（1）》要比《記錄》中對《星星》詩刊的錯誤整理得更系統，更完整。如「關於洩密失密問題」：除了《記錄》中的作品《拖拉機碾過》（一月號）、《躍進禮讚》（二月號）之外，還列舉了《浪濤山》（一月號）和《登魚咀水電站》的問題。在「關於修正主義與資產階級思想問題」上，重點都在丁力的《學詩斷想》（一月號）、王亞平的「那不是詩歌創作的堅實道路」（一月號）、春虹的《關於〈蟬翼集〉及其批評》（一月號），袁珂的《再向民歌學習》（二月號）、劉志一《是這樣向古典詩詞學習嗎？》（二月號）等論文，但《簡報》在此之外，還補充了詩歌作品《照像》（一月號）的問題。此外，在「毛澤東思想的歪曲和庸俗化方面」增加的內容較多，除了《記錄》中《讀毛澤東著作》（四月號）的問題，《簡報》重點指出了繆鉞的《學習毛澤東文藝思想，做好古典文學研究工作》（二月號）、丁工的三篇文章的問題。最後，「關於歪曲黨的政策，對現實生活描寫得不正確的」兩次差異較大，雖然共同指向了《爐群與羊群》（一月號）、《趕諸群》（二月號），但《簡報》中刪掉了《拖拉機在田野上奔跑》（一月號）、《要拖拉機遍田野》（二月號），「公社姑娘頌」（三月號）的問題，又增加了詩歌《老鐵匠》、《蘆笙吟》的問題。最後，《簡報（1）》還專門增加了詩歌「把紙老虎燒成光架架」、「非洲的皮鼓聲」的問題。

　　總之，《簡報（1）》是對《簡況》的提煉總結，內容也更加具體，結構更加清晰。經過材料組整理的《簡報》，更能體現文聯刊物檢查領導小組的意見。從這裡可以看到，在「文聯刊物檢查領導小組」的檢查內容中，對修正主義、資產階級思想，以及對歪曲黨的政策的檢查，是其中的重要組成部分。但在這裡，首先將洩密失密放在第一位，突出「洩密失密」問題的嚴重性，這是比較特別。另外，將對毛主席思想的歪曲與庸俗化單列出來，作為《星星》詩刊的另一重要錯誤。第三，還提到國際作品中的問題，這也應該與嚴峻的國際形勢有關。但是，材料組是怎樣構成的？最後形成的《刊物檢查情況簡報（1）》又是經過了哪些人之手，我們也不得而知。不過，我們從這裡，不僅瞭解到了這次檢查的主要目的，也看到了以後檢查的基本框架。

五、「第二次集中檢查」

　　10 月 10 日，「《星星》檢查小組」剛完成對《星星》詩刊的「第一次集中檢查」，第二次集中檢查便馬上開始。通過《〈星星〉檢查小組座談情況簡報1960.10.15.》可知，「從 10.11 到 10.14，《星星》檢查小組座談了三次，對 4～8 期刊物中的 115 篇作品、文章、插圖提出了問題。」〔註 242〕這次檢查時間上緊接著第一次檢查，內容上也接著上一次檢查的內容，主要針對 1960 年的《星星》詩刊第 4～8 期。為何如此急迫地展開第二次集中檢查，我們也不得而知。

　　這次檢查座談會的記錄，幾乎完全按照《刊物檢查情況簡報（1）》的框架來完成，主要包括 4 個方面：洩密失密；歪曲和貶低了革命領袖的形象和著作；宣揚資產階級思想觀點；對於現實生活的錯誤描寫（關於國際題材方面的、歪曲公社生活、誇大勞動的痛苦和殘酷、誇大個人作用、其他）。值得注意的是，在這個會議《記錄》中，已經不再出現檢查者的名字了。當然，這次檢查出來的問題中，除了與第一次檢查的有相同之外，又增加了一些新的問題。同樣，這次檢查也是先有基本的情況匯總，再形成最後的材料。我們先來看手寫的《情況簡報》：

《星星》檢查小組座談情況簡報

〔註 242〕《〈星星〉檢查小組座談情況簡報 1960.10.15.》，《四川省文聯 1952～1966》，
　　　　建川 127～65，四川省檔案館。

1960.10.15.

從 10.11 到 10.14，《星星》檢查小組座談了三次，對 4～8 期刊物中的 115 篇作品、文章、插圖提出了問題。

提出的問題，主要有以下幾個方面：

（一）洩密失密

1. 星星三月號，《石油大姐》一詩，末尾落款南充，暴露了川中油區的具體地址。

2. 星星三月號，《望魚咀水電站》，暴露了一個新建水電站的工地。

3. 星星八月號，《前沿班》、《天涯十年》非常詳盡地暴露了我軍海防前線的軍事機密。

4. 星星四月號，《太陽頌》詩中有「橡膠的海洋」之句，洩密了我軍用物質的產地。

5. 星星四月號，《山林之界》，暴露了一個林區的所在地。

6. 星星七月號，《祝毛主席萬壽無疆》，暴露了樂山磷肥廠的具體地點。

7. 星星七月號，《沙馬拉達隧道》，暴露了川滇鐵路通過涼山的具體路線。

8. 星星七月號，《慶公社》，暴露了自貢市是化工城。

9. 星星十月號，《巴山蜀水開大會》，暴露了川豫鐵路通過大巴山區的具體線路。

（二）歪曲和貶低了革命領袖的形象和著作

一、對於毛主席的

1. 星星三月號《萬寶囊》，把主席著作比為儲藏奇珍異寶的萬寶囊。

2. 星星五月號《陽光燦爛照天山》，說主席的著作像「神話」。

3. 星星五月號《學了主席著作得了寶》，有句寫到「手指點石成金」，把主席著作比作點石成金的方士之術。

4. 星星五月號《我捧著主席細讀……》一詩，說讀主席著作「像行舟在浩瀚的海洋」，「像飛行在太空裏一樣」，比喻空虛縹緲。

5. 星星五月號《讀「百花齊放，百家爭鳴」的文藝方針》，隨

意去掉百家爭鳴中的「爭」字，很不嚴肅。

6. 星星五月號《一輪紅日湧上心間》一詩，說主席著作中「有高深的哲理，淵博的學問」，提法不對。

7. 星星八月號《主席著作像太陽》有「千人讀來萬人唱」之句，「唱」主席著作，是極不嚴肅的。

8. 星星三月號《讓我們從新學起》文中，對主席《在延安文藝座談會上的講話》中的中心問題——為工農兵服務，與工農兵結合，隻字未提。

9. 星星三月號《別有歡喜與應無快活》一文，胡亂解釋毛主席《送瘟神》的寫作過程，也是「別有歡喜」、「應無快活」的。

10. 星星四月號《旭日東昇》詩中，有毛主席登上天安門，「欣然命采筆，再等新詩人」等句，亂給領袖安排行動。

11. 星星七月號《批判詩歌中的錯誤傾向》一文，說主席提出「新詩要在民歌和古典詩歌的基礎上發展」，主席這一指示，並未公開發表，引用不慎。

12. 星星七月號《光明永照萬年》一詩，說「毛主席領導吃飽飯」等，把主席領導中國革命的偉大作用貶低了。

13. 星星十月號《記住毛主席的教導》一詩，用「想追最好的姑娘，得練三年的嗓子」來比喻「毛主席的教導」，十分低級、庸俗。

14. 星星七月號的插圖，醜化了主席的形象。

二、對於列寧的

1. 星星五月號一幅列寧的木刻頭像被排在很不重要的地位，是原則性的錯誤。

2. 星星五月號《全世界歌唱列寧》一詩，有嚴重錯誤：標題「全世界歌唱列寧」缺乏階級觀點；「他挽臂高呼『革命萬歲』」等句，沒有***革命時代的特徵，全詩內容空泛，格調很低。

（三）宣揚資產階級思想觀點

1. 星星三月號《時代的特徵》一文，證明丁力《學詩斷想》的論點是對的，刊物發表此文，說明編者也同意丁力的資產階級觀點。

2. 星星三月號《試談紅雲岩的浪漫主義表現手法》一文，不談思想，只談表現手法，而且用神奇化、離奇的故事，背景氣氛的渲

染，大肆宣揚資產階級的浪漫主義表現手法。

3. 星星五月號《化腐朽為神奇》一文，要人們到故事堆中去尋找創作源泉，並極力為封建反動文人袁枚捧場。

4. 星星三月號《我的麼表妹》一詩，缺乏階級觀點和歷史觀點，詩寫得悠閒、纏綿，思想感情和藝術趣味都不健康。

5. 星星五月號《人逢喜事勁頭高》一詩，很庸俗，歌頌小市民的生活趣味和思想感情，宣傳個人幸福。

6. 星星三月號《嘉陵女兒》一詩，極力渲染婦女在解放前的悲慘生活，流露出作者憐憫、同情的小資產階級的濫情主義思想感情。

7. 星星三月號封四木刻《春天》，是一幅無思想的作品。

8. 星星七月號《街道婦女辦工廠》詩中，有「有手，就能翻天覆地；有腦，就能展翅飛翔」等句，歌頌人的自然屬性。

9. 星星七月號《談一首傣族的歌》一文，把一首民歌的風格情調說成是傣族人民的民族氣質，而以自己的觀點和趣味，極力推崇所謂纏綿悱惻，溫情脈脈等不健康的思想感情。

10. 星星五月號的《金水橋返》無思想性，是作者丁力修正主義觀點的具體實踐。

（四）對於現實生活的錯誤描寫

一、關於國際題材方面的

1. 星星五月號《時時記住列寧的話》一詩中寫道「帝國主義、戰爭是孿生兄弟，帶著我們這一代人去送葬」，具體指出了消滅帝國主義和戰爭的時間，不妥。

2. 星星六月號《風從東方吹來》有「風從東方吹來，南朝鮮人民站起來了」等句，好像是我們在輸出革命。

3. 星星八月號《非洲的皮鼓聲》一詩中，有「殖民軍官暢飲香甜的可可，黑孩子都在破罐筒裏需找肉渣」，將非洲寫成一付奴隸相。

4. 星星《詩傳單》、《兄弟，端起槍》一詩，作者號召南朝鮮人民起來鬥爭，不妥。

5. 星星四月號《旭日東昇》詩中亂提「資本主義的魍魎，消失了最後的殘夢。

6. 星星六月號《霹靂萬聲嘩啦啦》一詩，把反美鬥爭成果估計過高，說是「自由世界大破產，殖民主義進土墳。」

二、歪曲公社生活

1. 星星二月號《給游宗秀》一詩，把豬坊比作別墅、托兒所，說豬坊是公社的頭等建築。

2. 新星三月號《托兒所裏看娃娃》，「不打你來不罵你，把你當成一枝花」等句，把托兒所的意義貶低了。

3. 星星四月號《春望》，說小麥「畝產萬斤有保障」，指標太高了，不現實。

4. 星星四月號《武河灣灣過村頭》有「農業社員運過沙，三天累死一頭牛」等句，突出公社的優越性，大大貶低了農業社的作用。

5. 星星五月號《大嫂在街上跑》，把大嫂過去的生活說成是「籠中鳥」。

6. 星星五月號《人逢喜事勁頭高》過分強調老李妻子對公社食堂和托兒所的懷疑，貶低了城市公社的優越性。

7. 星星五月號《公共食堂打前站》，詩中寫道「公社糧食要加翻，公共食堂打前站」，宣傳「吃飯掛帥」。

8. 星星十月號《強姑娘》一詩，把敵人破壞公共食堂的氛圍寫得太凶，把社員擁護食堂的覺悟寫得太低。

9. 星星五月號《鋼石堡上要豐收》，把農業社員征服自然的作用貶低了，其中有「枉下種，汗白流，一年收成種不多」等句。

10. 星星五月號《老龍牽過華鎣山》有「山坡平陽年年旱，農民吃飯全靠天」等句，把公社化前的農民，寫成完全屈服於自然災害的淫威之下。

三、誇大勞動的痛苦和殘酷

1. 星星三月號《運土謠》寫道「天漆黑，兩眼明，不用打亮不用燈」，宣傳夜戰的艱苦。

2. 星星四月號《要和麥子共存亡》寫得太嚴重了。

3. 星星四月號《探陰河》一詩，把打通陰河，寫得陰風慘慘。

4. 星星三月號《烈火中的鷹》一詩，把英雄人物在火中救人後受傷的情景，描寫得十分細膩，渲染過分。

5. 星星五月號《鋼石堡上要豐收》，提出打個「三天三夜淮海戰」。

6. 星星五月號《木軌車頌》，提出「紅心當煤燒」。

7. 星星六月號《老羊倌的歌》寫七十歲的老人還在放羊。

8. 星星六月號《萬雙草鞋》寫敬老院老人打草鞋是「通宵苦戰」。

9. 星星七月號《編籮筐》寫敬老院老人閒不慣編籮筐，結尾有「這那是敬老院喲，分明是農具加工廠」等句。

10. 星星五月號《煉鋼的手》說煉鋼的手在「烈火裏穿，熱浪裏滾」。

四、誇大個人作用

1. 星星三月號《石油大姐》詩中寫道：「大姐一來空鑽機」，「祖國的東南西北，都有大姐的喜悅」、「別來大姐的喜悅，原油噴成道道渠」。

2. 星星三月號《烈火中的鷹》寫公社牛圈期貨，只有馬吉祥一人前去搶救，其他社會似乎都睡死了。

3. 星星三月號《給陳書舫》一詩，誇大了陳書舫和川戲的戰鬥作用。

4. 星星三月號《草原上留下了中蘇友誼的腳印》開頭和結尾帶有「瓦申列夫專家走在隊伍前面」，似乎是專家一人在領導我們建設。

5. 星星五月號《給一個架線工》說「架線工給大地以熱，給天空以光」。

6. 星星五月號《給一個電鍍工》說給人們「鍍上了多彩的生活」。

7. 星星六月號《天下第一田》誇大了書記種試驗田的作用。

8. 星星十月號《強姑娘》一詩誇大了姑娘在保衛人民公共食堂鬥爭中的個人作用。

9. 星星八月號《公社三虎將》誇大了三個姑娘辦化工廠、養豬、開荒中的個人作用。

五、其他

1. 星星三月號《紀念館》抹殺了封建地主的罪惡，二轉嫁給羅

二姐住過的山洞。

2. 新星四月號《旭日東昇》寫道子孫萬代永遠歌唱總路線，大躍進，人民公社三面紅旗，「永遠」二字不當。

3. 星星四月號《旭日東昇》提出「公社是龍船，乘客六億五千萬」。

4. 星星四月號《旭日東昇》中有「大洋群牽著小洋群」的字句，置「小土群」於不顧。

5. 星星五月號《四化戰歌聲聲高》，提出「肩挑背扛全甩掉」，不太實際。

6. 星星八月號《老人兩眼笑眯眯》一詩，對於**人民全家械鬥的描寫，缺乏階級觀點。

在這份手寫的《星星》詩刊檢查的記錄中，就直接交代檢查的時間、地點和內容。而且從這份記錄來看，就完全成為了《檢查刊物情況簡報（1）》的翻版。因為有了材料組的框架，所以這次檢查會上，幾乎就是按照《檢查刊物情況簡報（1）》的要求，來填充內容，只是內容更為豐富而已。這次檢查，總共包括五大方面的 77 個具體問題：洩密失密問題 9 個；「歪曲和貶低了革命領袖的形象和著作」的問題分為兩個部分，一是對於毛主席的 14 個，對於列寧的 2 個；宣揚資產階級思想觀點的 10 個；「對於現實生活的錯誤描寫」又分為幾個部分：關於國際題材方面的 6 個，歪曲公社生活的 10 個，誇大勞動的痛苦和殘酷的 10 個，誇大個人作用的 9 個；另外還有其他錯誤觀點 6 個。而且，所以，有了《檢查刊物情況簡報（1）》的版本，這次檢查出來的問題就更多了，而且記錄也不再有具體觀點的闡釋，而直接歸納出問題。

然而，這份記錄的觀點，或者說這次座談會的討論，也並沒有得到正式鉛印的《刊物檢查情況（2）》的認可。

刊物檢查情況（2）

（僅供參考，請勿遺失）

十月十二日～十四日，小組會討論三次，「星星」檢查到第八期，「園林好」、「歌詞創作」的歌詞及「歌詞創作」音協「會刊」的評論部分基本檢查完畢。

群眾情緒正常，仍然保持認真嚴肅態度，發言仍熱烈，繼續提出不少問題；但比較低看，勁頭不及開始高，發言質量也不及前好。

原因是：（一）大家一鼓作氣提出問題，尚未展開論爭，各種意見未交鋒；（二）不少問題與前次有雷同之處，尚待深入專研；（三）有些同志提出不少非原則性的瑣碎問題，分散注意力。另外，音協部分同志發言不夠積極認真，作曲部分尚未進行檢查。

檢查出的問題，摘要於後：

（一）洩密

星星四月號「太陽頌」一詩，說瀾滄江有「橡膠的海洋」

星星七月號「慶公社」一詞，暴露自貢市為化工基地，其中說自貢「高速奔向化工城。」。

星星七月號「沙馬拉達隧道」一詩，暴露川滇鐵路通過涼山。

（二）關於表現領袖形象、歌頌領袖中的問題：

1. 圖畫方面：

星星七月號與一月號所發表的毛主席像，不論形象、色彩均不莊重，有損主席光輝形象。五月號將列寧頭像刊於補白處，極不嚴肅，並且印刷粗劣。

2. 詩文方面：

星星七月號「光明永照萬萬年」一詩，其中有「毛主席領導吃飽飯……毛主席領導把書念」等，很庸俗，並貶低領袖偉大作用。十月號「記住毛主席教導」一民歌中說：「想追最好的姑娘，得練三年嗓子……想過幸福生活，得記住毛主席的教導」，比喻庸俗。五月號「我捧毛主席著作細讀」一詩，說讀毛主席著作如「飛行太空」，比喻空虛縹緲，很不當。五月號「全世界歌頌列寧」一詩，缺乏階級觀點。

另外，繼續檢查出胡亂評論毛主席作品的文章，如星星三月號「別有歡喜與應無快活」一文，說主席寫「送瘟神」一詩前有「別有歡喜」，寫作中又「應無快活」，論點庸俗低劣。

（三）有資產階級觀點的文章：

……【注：此處略去《歌詞創作》、音協「會刊」的4個問題。】

5. 星星三月號「試談紅雲岩的浪漫主義表現手法」一文，用「神奇化」、「離奇故事」、「人物神話花」等浪漫主義觀點來代替革命浪漫主義。

6. 星星五月號「化腐朽為神奇」一文，把古人李清照的詩與郭沫若的詩對比，不提世界觀之不同，時代之不同，而強調用「語言的加工組合」和「簡明手段」可「化腐朽為神奇」，論點庸俗。

7. 星星七月號「談一首傣族民歌」一文，用資產階級觀點評論新民歌，其中抽去該民歌中的勞動激情，而談「忘形境界」「顫動的心」，從而論斷「纏綿」、「溫情」是「傣族人民的旗氣質。」

（四）對政策和現實生活的歪曲和錯誤描寫：

這一方面，檢查出不少問題，大體可以分為以下幾點——

1. 在處理國際題材上，有的作品對國際形勢作了錯誤或不恰當的宣傳。如星星四月號「旭日東昇」一詩中說：「資本主義的魍魎，消失了最後的殘夢」，似乎帝國主義已經不再夢想侵略戰爭。

2. 有的作品在歌頌人民公社的同時，往往貶低公社化以前農村和城市工作的成就。如星星五月號「老龍牽過華鎣山」一詩，說農村公社化前是「山坡平陽年年旱，農民吃飯全靠天」。又如五月號「大嫂在街上跑」一詩，說婦女在公社化以前，生活在「雞籠」般的家庭裏。四月號「武河灣灣」一詩說農業社是「三年累死一頭牛。」

3. 有的作品在反映現實生活上，庸俗化。如星星三月號「給游宗秀」一詩，把豬舍比為「別墅」、「托兒所」，說它是「公社頭等建築」。如五月號「人逢喜事勁頭高」一詩，貶低城市公社的巨大意義，只寫成丈夫不怕冷了，有服務組送衣裳；娃娃聽話了，有托兒所管了等，很庸俗，是一種小市民的感情。

4. 有的作品在歌頌新人新事時，往往加以過分誇大，造成錯誤。如星星六月號「天下第一田」一詩，誇大個別黨委書記的作用，說他種的田「天下第一」。四月號一詩，把社員的決心，寫成了「要和麥子共存亡！」七月號一詩歌頌婦女，卻寫成了「有手，就能翻天覆地；有腦，就能展翅飛翔」，歌頌了人的自然屬性。又如歌頌敬老院的詩，誇大老人勞動的一面，把敬老院寫成「通宵苦戰」，七月號「編籮筐」一詩，乾脆說「這哪裏是敬老院，分明是農具加工廠。」又如星星三月號「草原上留下友誼的腳印」一詩，誇大蘇聯專家的作用，說蘇聯專家走在建設隊伍的前面。以上這些作品把誇張手法理解成誇大，反而歪曲了現實。

5. 有的作品，雖然是個別字句有問題，確實原則性錯誤。

又如星星五月號一詩把「百花齊放、百家爭鳴」的「爭」字去掉，以照顧詩句齊整。五月號一首詩把食堂作用提到領導地位，提為：「公社糧食更加番，公共食堂打前站。」四月號「旭日東昇」一詩，錯誤地說：「公社是龍船，乘客六億五千萬」把人民寫成了旁觀的乘客。

以上為問題摘要。其他許多問題正深入研究、討論中。

材料組

10 月 17 日

與《〈星星〉檢查小組座談情況簡報 1960.10.15.》中檢查座談會記錄的簡潔明瞭相比，1960 年 10 月 17 日材料組《刊物檢查情況（2）》卻並沒有簡單的歸納。首先在材料組的《刊物檢查情況（2）》中，在會議記錄的基礎上，首先補充了座談會背景，「十月十二日～十四日，小組會討論三次，『星星』檢查到第八期，『園林好』、『歌詞創作』的歌詞及『歌詞創作』音協『會刊』的評論部分基本檢查完畢。群眾情緒正常，仍然保持認真嚴肅態度，發言仍熱烈，繼續提出不少問題。」〔註243〕與「《星星》檢查小組」的內容不同的是，這裡更是放在整個刊物檢查的程序中來看的。所以，最終的材料，也談到了對《園林好》、《歌詞創作》檢查出來的少許問題。但非常有意思的是，《刊物檢查情況（2）》，卻並沒有對《〈星星〉檢查小組座談情況簡報 1960.10.15.》中提出了這麼多的問題而欣喜，反對「《星星》檢查小組」，以及音協的檢查情況，並不滿意。所以，還在這裡尖銳地指出：「但比較來看，勁頭不及開始高，發言質量也不及前好。原因是：（一）大家一鼓作氣提出問題，尚未展開論爭，各種意見未交鋒；（二）不少問題與前有雷同之處，尚待深入專研；（三）有些同志提出不少非原則性的瑣碎問題，分散注意力。另外，音協部分同志發言不夠積極認真，作曲部分尚未進行檢查。」對這次座談會，這次檢查提出了「勁頭不高，質量不好」的批評。

那如何才是質量高呢？這在《刊物檢查情況（2）》中得以回應：要有論爭，要深入專研，要發現大問題。所以，比起《〈星星〉檢查小組座談情況簡報 1960.10.15.》中座談會記錄中提出的五大方面的 77 個具體問題，《刊物檢

〔註243〕 《刊物檢查情況（2）》，《四川省文聯 1952～1966》，建川 127～68，四川省檔案館。

查情況（2）》卻少得多，僅有：洩密問題的 3 個；關於表現領袖形象、歌頌
領袖中的問題：圖畫方面 2 個，詩文方面 5 個；有資產階級觀點的文章 3 篇；
對政策和現實生活的歪曲和錯誤描寫 11 首，合計共 24 個具體問題。由於《刊
物檢查情況（2）》對於《〈星星〉檢查小組座談情況簡報 1960.10.15.》座談會
及記錄的不滿，所以對《星星》詩刊的「第三次集中檢查」座談會以及記錄，
也就不得不再次做相關的調整。

六、「第三次集中檢查」

經過 1960 年 10 月 8～10 日的第一次檢查，以及 10 月 11～14 日的第二
次檢查之後，10 月 17～19 日「《星星》檢查小組」展開了對《星星》詩刊的
第三次集中檢查。對《星星》詩刊的第一次檢查是摸索著開始的，所以提出
了較多的問題。而第二次的檢查，受到了第一次《簡報》的影響，便有了模式
化的傾向。但在第二次的《簡報》受到批評後，「《星星》檢查小組」的檢查工
作也有了新調整。這次「《星星》檢查小組」的報告，也是先有手寫的《簡報》，
具體內容如下：

《星星》檢查小組座談情況簡報

1960.10.20

從十月十七日到十月十九日，《星星》檢查小組又座談了三次，
今年出版的十期刊物已基本檢查完畢，並對林采的《風從東風吹來》
一詩和丁工的《與初學寫詩者談詩》中的單篇文章進行了討論。

一、問題彙集

（1）星星七月號《從一句寫景詞想到的》一文，以繁瑣考據，
引用革命回憶錄中一句話，來談毛主席《清平樂》一詩的寫作過程，
有庸俗化的傾向。

星星七月號「思想改造——為工農兵服務的關鍵問題」一文，
引用毛主席著作不嚴肅，有好幾處與毛主席原話有出入。

（2）星星八月號《談紅雲岩中的饒小三及其他》一文，把作者
寫饒小三這個人物的錯誤，歸結為受了西歐自然主義手法的影響，
而違反了批評政治標準第一的原則。

（3）對於現實生活的錯誤描寫：

1. 星星八月號《好啊，戰鬥的古巴》有「讓矮子臉上永露笑容，

甘蔗田不做敵機的跑道」等句，是作者亂提口號，因為古巴並非美軍軍事基地，而是美帝製糖原料供應國，美帝是不會以甘蔗田來作飛機跑道的。

2. 星星十月號《插秧歌》描寫插秧的情景是「好比蝸牛爬大樹，好比田螺上水溝，插一兜秧，叩一個頭」，把插秧勞動寫得十分沉重、痛苦。

3. 星星七月號《送貨上門》詩中有「留下了貨物（糖果糕點、生活用品），留下了最好的祝願，且看今晚的生產指標，箭也似的衝破紅線」等句，把工人的生產幹勁，僅僅歸結為物質刺激的結果。

4. 星星十月號《針線包》一詩，把針線包比為解放軍的傳家寶，誇大了針線包的意義。

5. 星星十月號《索道運材空中跑》一詩，借大青山之嘴表現我們伐木的情況是，「我的頭髮全剃掉」，這是違反國家砍伐森林的政策的。

6. 星星十月號《雨後山更青》誇大和突出了書記個人在種苕中的作用。

7. 星星九月號《八月農村萬里禾》一欄中的某些詩，把書記僅僅寫成普通勞動者，是不夠的。

　　二，關於《風從東方吹來》一詩的爭論

一種意見認為：該詩把南朝鮮人民的鬥爭，歸結為蘇聯和中國的影響，忽略了南朝鮮人民對美、李反動派的仇恨，使人感到，他們的革命是外來的結果。目前，美帝為掩飾其失敗，大肆鼓吹「共產主義的影響和威脅」，為南朝鮮、日本人民的鬥爭，要有中、蘇負責。這首詩，正會被帝國主義鑽空子。因此，這詩在客觀上，要在政治上起極壞的效果。是有嚴重政治錯誤的。

另一些意見認為，此詩寫了社會主義陣營對南朝鮮人民的鬥爭的影響和鼓舞，也寫了南朝鮮人民的鬥爭，分寸上是恰當的，並沒有表現出革命輸出。如談革命思想的輸出，也是革命輸出，是不對的。在任何情況下帝國主義總是要鑽空子的，我們毫不諱言我們要傳播馬列主義，要支持各國人民鬥爭，為了怕帝國主義給鑽空子，連「風從東方吹來」都不敢提，是不對的。

還有一種意見認為：社會主義陣營對於朝鮮人民鬥爭的而影響，我們是容易理解的，但在國際鬥爭中，易為帝國主義鑽空子。

有一種新的意見，與以上幾種論點毫無關係。他們認為：風從東方吹來，並不一定是指社會主義陣營的影響，而是談在世界的東方──南朝鮮，為我們吹來了革命的風（革命的消息）。

三，對丁工文章的批判

丁工的三篇文章《怎樣提高詩歌創作的質量》、《好好學習毛澤東文藝思想》、《從一首新民歌談起》都帶有影響性的*：在馬列主義詞句的掩蓋下，宣傳了資產階級觀點。

文章中雖有無產階級方向等字眼，但提而不詳；輕重倒置地認為詩歌創作只有在民歌和古典詩詞的基礎上去提高，以學習新民歌代替了思想改造，談新民歌則又只談藝術技巧了，而不談思想內容。

在《〈星星〉檢查小組座談情況簡報 1960.10.20》中的記錄，比起前兩次，已經有了很大變化。《記錄》首先介紹了檢查的背景：「從十月十七日到十月十九日，《星星》檢查小組又座談了三次，今年出版的十期刊物已基本檢查完畢，並對林采的《風從東風吹來》一詩和丁工的《與初學寫詩者談詩》中的單篇文章進行了討論。」〔註244〕而且在介紹的時候，也按照了《刊物檢查情況（2）》的要求，突出重點問題，突出爭論問題。

具體來說，這次檢查報告在第一部分「問題彙集」中，具體內容減少了。雖然檢查了 1960 年《星星》詩刊 9〜10 期，但突出了重點問題：如引用毛主席著作不嚴肅，有好幾處與毛主席原話有出入；違反了批評政治標準第一的原則；以及對於現實生活的錯誤描寫的問題，共 10 個具體問題。與前兩次檢查不同的是，這次會議記錄突出了新的重點，專門增加了兩個爭論和批判部分：一個是對詩歌作品的爭論「關於《風從東方吹來》一詩的爭論」，以此來討論社會主義詩歌的問題；另外一個是詩歌理論的批判「對丁工文章的批判」，由此展開資產階級思想的批判。而這次討論和記錄，最後得到了「材料組」的肯定，《刊物檢查情況簡報（3）》就完全採用了其中的內容。

刊物檢查情況簡報（3）

本月 17〜19 日，「星星」、「園林好」及「歌詞創作」已經基本

〔註244〕《〈星星〉檢查小組座談情況簡報 1960.10.20》、《四川省文聯 1952〜1966》、建川 127〜65，四川省檔案館。

檢查完畢，通過這一階段的檢查，群眾普遍提高了認識水平和辨別能力，在此基礎上，立即進行「四川文學」的檢查工作。

17～19 日，小組討論三次，除對「星星」、「園林好」繼續提出若干問題外，並對幾個具有普遍意義的問題進行了重點討論。在討論中，不同的意見尚能直率爭辯，情緒一般熱烈。

現將提出的問題與討論問題摘要於後：

新提出的問題：

（一）關於評論、分析領袖著作中的問題：

1. 星星七月號「從一句寫景詞想到的」一文，以繁瑣考據來評論主席的「清平樂、六盤山」一詞，說主席過六盤山時時風雨交加，而詞中寫得是「天高雲淡」，從此一句而說主席的詩具有革命浪漫主義精神。論點庸俗。

2. 星星七月號「思想改造——為工農兵服務的關鍵問題」一文，對發表「在延安文藝座談會上的講話」的歷史背景論述片面，文中說「座談會」是針對延安文藝界存在的嚴重情況召開的，是一次整頓文藝思想的會議，而忽略了當時國際和國內的整個形勢，忽略了「講話」在政治上更深遠的意義。文中引用毛主席言論，個別地方有引錯原文之處。

（二）評論文章中的錯誤觀點：

1. 星星八月號「談紅雲岩中的饒小三及其他」一文，認為作者錯誤地劃為了叛徒，只是由於自然主義手法的問題，而忽略作者受資產階級「人情味」影響的實質。

……

（三）反映生活方面的問題：

1. 關於處理國際題材上，又發現一些問題，如星星八月號「非洲的皮鼓聲」一詩，描寫非洲人民的痛苦生活時說，「殖民軍官暢飲香甜的可可，黑孩子卻在破罐筒裏找肉渣」，損傷了非洲人民的形象。

2. 星星八月號「萬砲怒吼逐瘟神」一詩，將我軍砲轟美蔣反動派說成了「暴風驟雨打殘花」，這是一錯誤。

3. 關於描寫公社生活：

　　星星十月號「插秧歌」歌頌公社化後使用插秧機的優越，卻歪曲了公社化前的勞動。說插秧「好比蝸牛爬大樹，好比田螺上水溝，插一兜秧，叩一個頭」。

　　星星七月號「送貨上門」，說群眾有了送貨員送來的糖果糕點，便「看今晚生產指標，箭也似的衝破。」宣揚物質刺激第一。

　　4. 前兩天查出有些文章誇大個別書記的個人作用，目前又查出貶低書記領導作用的詩文。如星星九月號「書記送茶飯」一詩，其中把黨委書記寫成僅僅給社員「送茶飯」，毫無領導作用。

　　討論問題：

　　（一）關於「風從東方吹來」：

　　這是一首支持朝鮮人民鬥爭的詩。有幾個同志提出「風從東方吹來」的提法，意味著「革命輸出」，意味著朝鮮人民的鬥爭得到了「中蘇直接幫助」，「忽視朝鮮人民自覺鬥爭」，有政策上的錯誤，會被帝國主義「鑽空子」。

　　另一些同志認為，各殖民地人民的鬥爭，離不開「東風壓倒西風」的總形式，離不開社會主義陣營的偉大影響，馬列主義的傳播是沒有國別界限的，「風從東方吹來」沒有錯誤。造謠、污蔑是帝國主義的慣技，我們不應該害怕敵人「鑽空子」。

　　另個別同志認為，該詩無原則錯誤，但仍然認為會被敵人「鑽空子」。

　　根據不同意見展開了熱烈爭論，大多數同志同意第二種意見。

　　（二）關於「試評茶花女及其演出一文」：……

　　（三）關於丁工的三篇「與初學寫詩者談詩」：

　　三篇文章是：「怎樣提高詩歌創作的質量」、「好好學習毛澤東文藝思想」、「從一首新民歌談起」。（星星一、二、七月號）

　　許多同志認為這三篇文章「生拉活扯，言不由衷」，表面上宣傳毛主席文藝思想，實際上宣傳資產階級的「技巧第一」，該文中把「向民歌學習」代替了工農兵方向，代替了改造世界觀與工農化，認為只要學了民歌（主要是民歌的表現手法）便可以解決提高問題，並且把學習毛主席文藝思想庸俗化，認為每一首民歌的成功都是學習主席思想的結果。並且嚇唬初學寫作的工人「寫機器不寫人」是

會誤入修正主義圈套「，將反修正主義的嚴肅鬥爭庸俗化，混亂了陣線。

　　有同志說，文章之所以有錯誤，並且生拉活扯，是由於作者思想改造不夠，在宣傳黨的文藝方針的掩蓋下宣揚了本身存在的資產階級文藝觀點。

　　作者賁常彬同志起初對錯誤缺乏認識，認為僅僅是「論點混亂」，有點「教條主義」，經過討論，作者基本上接受了大家的意見。

材料組
1960 男 10 月 20 日

　　這次材料組的《刊物檢查情況簡報（3）》中，還是按照慣例，介紹了這次檢查的背景：「本月 17～19 日，『星星』、『園林好』及『歌詞創作』已經基本檢查完畢，通過這一階段的檢查，群眾普遍提高了認識水平和辨別能力，在此基礎上，立即進行『四川文學』的檢查工作。17～19 日，小組討論三次，除對『星星』、『園林好』繼續提出若干問題外，並對幾個具有普遍意義的問題進行了重點討論。在討論中，不同的意見尚能直率爭辯，情緒一般熱烈。」〔註245〕由於認可了「《星星》檢查小組」的報告，這次「材料組」的《刊物檢查情況簡報（3）》，就完全使用了檢查小組座談會的記錄，一方面，突出了「關於評論、分析領袖著作中的問題」、資產階級文藝思想的問題，以及歪曲現實生活的問題。同時，重點通過對作品《風從東方吹來》和丁工的論文，來展開有關社會主義思想、修正主義思想的討論。由此看來，在對《星星》詩刊的三次檢查中，檢查關注點是「對領袖的問題」、「資產階級文藝思想或者修主義思想問題」和「如何反應現實的問題」。

　　此後，還進行了對《四川文學》的兩次大的集中檢查，形成了兩份簡報。分別是 1960 年 10 月 27 日材料組的《刊物檢查情況簡報（4）》、10 月 31 日材料組的《刊物檢查情況簡報（5）》。其中《刊物檢查情況簡報（4）》是對 20 日至 25 日檢查《四川文學》1～5 期，並形成了第四次討論的情況彙報。另外，刊物檢查情況簡報（5）》是對 25 日至 29 日針對《四川文學》6～10 期的情況彙報，但這些都與《星星》詩刊沒有直接的關聯了。

〔註245〕　《刊物檢查情況簡報（3）》，《四川省文聯 1952～1966》，建川 127～68，四川省檔案館。

七、「停刊檢查報告」

在 1960 年 10 月間，四川省文聯在「文聯刊物檢查領導小組」的安排下，對《星星》詩刊、《園林好》、《歌詞創作》、《四川文學》四種刊物，共計五次集中檢查。最後，於 1960 年 11 月 30 日印發了四川省文學藝術工作者聯合會形成了《文聯黨組黨組關於「四川文學」、「星星」、「園林好」停刊檢查報告》，對這幾次集中檢查進行了總結。該報告是，四川省文學藝術工作者聯合會（報告），總號為（60）111；主送省委宣傳部，抄送文聯黨組成員，共印 17 份。〔註246〕與《星星》相關的內容如下：

文聯黨組關於「四川文學」、「星星」、「園林好」

停刊檢查報告

根據省委指示，我會三個刊物——「四川文學」、「星星」、「園林好」（包括音協的會刊和不定期的「詩歌創作」），於 10 月 8 日停刊檢查，已於 11 月 12 日檢查完畢，共歷時 35 天。

由於黨的領導，我會三個刊物發表了大量的好作品、好文章，在以社會主義和共產主義精神教育人民方面，作出了一定的成績。但是由於編輯人員思想水平與政策水平不高，一部分人員政治上的不純和思想上的資產階級影響，以及領導幹部不同程度的官僚主義作風，在工作中發生了不少的缺點和錯誤。省委所指示的需要檢查的幾個問題（除國際關係外）在三個刊物中都不同程度的存在，有些問題還相當嚴重。這些問題的存在，首先是文聯黨組的責任。黨組對刊物還缺乏經常的檢查和嚴格的監督，以至這些問題在較長時間內沒有被察覺，現將查出來並經研究決定重要問題，彙報如下：

一、屬於洩密、失密的：

三個刊物共檢查出洩密、失密的問題共 14 件（「四川文學」2 件、「星星」8 件，「園林好」2 件，「歌詞創作」2 件）。其比較嚴重的詩是「星星」4 月號「太陽頌」一詩洩露了瀾滄江畔將建成橡膠基地；7 月號反映自貢市成立人民公社的一首唱詞中，有「高速奔向化工城」字句，洩露了化工基地；8 月號「前沿詩抄」洩露了我國海南島前沿陣地的某些情況……「四川文學」和「星星」兩個刊

〔註246〕《文聯黨組關於「四川文學」、「星星」、「園林好」停刊檢查報告》，《四川省文聯 1952～1966》，建川 127～65，四川省檔案館。

物都已在洩露洛陽拖拉機廠的廠址、生產率，甚至還暗示該廠也可以製造坦克（「加入誰敢扇起戰火，拖拉機會變成無敵的坦克」）。

二、屬於修正主義和資產階級思想的：

三個刊物檢查出有修正主義和資產階級思想的文章共 21 件（「四川文學」9 件，「星星」6 件，「園林好」3 件，「音協會刊」2 件，「歌詞創作」1 件）。其中比較嚴重的有以下幾篇：

評論方面：

「星星」1 月號「學詩斷想」一文（作者丁力，「詩刊」編輯）。雖然處處冠以「人民」字樣，實際上抽掉社會主義詩歌的無產階級內容，例如談什麼「詩要有血、有肉、有骨頭、有靈魂」，而不談什麼階級的血肉，骨頭，靈魂。

「星星」1、2、7 期上，該刊編輯賃常彬（丁工）所寫的三篇指導初學寫作者的文章都有問題。例如在談詩歌創作的提高問題時，作者雖然提到無產階級方向，但在闡述時卻把無產階級方向僅僅解釋為向民歌學習，而向民歌學習又僅僅著重談技巧，這樣一來，作者在詩歌創作提高問題上實際宣揚的是技巧第一的資產階級文藝觀點。

作品方面；……

三、屬於歪曲和違反黨的政策的：

在這方面的問題有 20 件，其中「四川文學」3 件，「星星」11 件，「園林好」3 件，「歌詞創作」3 件。比較嚴重的有幾個例子：

「星星」8 月號方赫「非洲的皮鼓聲」一詩，說非洲人民「多少年來像一隻馴服的羚羊，任人宰殺」。抹殺了非洲人民多年來的反對帝國主義的鬥爭。

「星星」1 月號上梁上泉「爐群與羊群」一詩，為了歌頌小洋群，而抹煞了小土群，說「土爐高，長青草，洋爐高，開紅花」，違反了黨在工業化土洋並舉的兩條腿走路的方針。

在歌頌人民公社時，貶低了農業合作社的歷史作用，或歪曲公社成立前人民的生活，這種例子在三個刊物中都有。而以「星星」為最甚。例如為了襯托公社改造土壤力量之大，就說農業合作社時期是：「三天累死一頭牛」，又如與公社興建水利，就說農業合作社

時期是:「山坡平陽年年旱,農民吃飯全靠天。」

四、在歌頌毛主席和宣傳毛澤東思想方面存在的問題:

我們著重檢查了在歌頌毛主席和宣傳毛主席思想這方面的問題,發現有歪曲、有貶低,有簡單化、庸俗化,有斷章取義,有比喻不倫等各種各樣的錯誤。這些錯誤有的是由於作者的資產階級立場觀點,有的詩由於不夠嚴肅認真,馬虎大意所致。這方面問題的文章共有 29 件(「四川文學」10 件,「星星」13 件,「園林好」3 件,音協會刊 3 件),舉例如下:

「星星」2 月號繆鉞的「學習毛澤東文藝思想,做好古典文學研究」一文,表面上是在檢查自己過去研究中的「藝術標準第一」的錯誤傾向,而實際上在文中片面的摘引,錯誤的解釋毛主席關於政治性和藝術性二者關係的講話,結果強調的仍然是藝術性,宣傳的仍然是藝術標準第一的觀點。

在引用毛主席的著作時,有錯引,漏引,甚至割裂原文,斷章取義等現象。例如「星星」10 月號安旗「思想改造——為工農兵服務額關鍵詞」一文,在引用毛主席「在延安文藝座談會上的講話」時,竟多出一句。

在歌頌毛主席的作品中,還存在著比喻不當的簡單化、庸俗化現象。例如星星 4 月號「讀毛主席著作」等詩中,把毛主席著作比作「牡丹花」、「聚寶盆」、「傳家寶」等等;10 月號「記住毛主席的教導」一詩中有這樣的詩句:「要追最好的顧念,得練三年嗓子,……想過幸福生活,要記住毛主席的話。」這些比喻都不倫不類。又如 7 月號「光明永照萬萬年」一詩中說,:「毛主席領導吃飽飯,馬默主席領導點點燈,……」把毛主席簡單化、庸俗化,從而貶低了領袖的偉大作用。

刊物的圖畫部分在表現領袖和革命領袖時,也存在著某些問題和錯誤。列入「星星」1 月號和 7 月號的封 2 上,刊載的毛主席畫得不像。「星星」10 月號把列寧像刊於問候補白處。

五、關於刊物和國外的關係:

三個刊物均未曾向外國約稿。

「星星」曾於去年 7 月將兩份支持亞洲人民正義鬥爭的詩傳單

送與來成都訪問的喀麥隆作家馬特甫，此事係由外賓提出，經外事處黨組批准後才送給的。此外再沒有向外賓贈送刊物的事件。

六、關於編審制度方面存在的問題：

結合刊物暴露出來的問題，檢查了編輯審稿制度。三個刊物存在以下幾個共同性的問題：

（1）在選稿審稿中缺乏集體討論、集體研究制度。有些重要稿件和重要問題往往只經過一、兩個人看看就草率決定。三個刊物都缺乏經常的檢查制度。刊物出版後，很少仔細閱讀一遍，甚至有些編輯連看也不看，就置之高閣。因此一些缺點和錯誤不能及時發現及時改正。

（2）三個刊物的主編、副主編在審稿時都存在著不同程度不同的官僚主義作風，一般稿子都是瀏覽一遍，對重複稿子和重要問題自己既未仔細考慮，也未組織大家研究，甚至有些稿件發出，主編或副主編根本未看。

（3）三個刊物的編輯部主任、執行編輯在工作上都存在著或多或少的缺點和錯誤，這些缺點和錯誤都是和他們思想作風和文藝思想上的一些問題分不開的。其中比較嚴重的是「四川文學」編輯部主任周可風（余音）同志。

七、編輯人員政治情況：

三個編輯部共有 46 人。其中：

（1）本人政治歷史、家庭和主要社會關係均無問題，或者有一般問題的已作結論，表現較好或一般者共 30 人。占編輯人員總數的 65%。

（2）本人政治歷史、家庭和主要社會關係均無問題，或有一般問題已作結論，但有極端個人主義，或道德品質惡劣者共 8 人，占編輯人員總數 17.5%。

（3）本人政治歷史無問題，家庭、主要社會關係有殺、關、管、都或臺港關係者共 5 人，占編輯人員總數的 11%。

（4）本人政治歷史有重大問題已經作結論，或有重大問題尚未結論者共 3 人，占編輯人員總數 6.5%。

（5）三個刊物的編輯部主任（或執行編輯）三人中只有一個黨

員，而這一個黨員又有嚴重的政治問題和思想問題。

以上檢查出來的問題可以看出這次停刊檢查時非常必要的。通過這次檢查發現了許多長期沒有察覺的問題，對於全體編輯人員是一次很大的教育，使大家加強了政治責任心，加強了敵情觀念，也使大家對藝術作品的甄別能力提高了一步。通過這次檢查也使我們明確地認識到在編輯部進行組織整頓的必要性，而採取堅決的措施，使刊物掌握在政治上完全可靠的同志手中。這樣就給今後的刊物工作打下了改進和提高的基礎。

以上報告是否有當，請審查批示。

這份文件《文聯黨組關於「四川文學」、「星星」、「園林好」停刊檢查報告》是以省文聯黨組的名義，抄送省委宣傳部文件。所以，這是省文聯綜合了五份「檢查報告」，呈現了這次全面檢查的過程。關於這次檢查的具體過程，前面已經提到，這裡就不再復述。只不過其中有一個問題，按照前面的五份檢查報告，對這四份刊物的檢查，時間是從 10 月 8 日至 10 月 29 日，但是在這裡為何卻說是 10 月 8 日至 11 月 12 日。由於我們現在只看到了前五份檢查，而且均包括了對文聯屬下四份刊物的全部檢查，所以應該說到 10 月 29 日，相關的檢查均已完成。那麼，從 10 月 29 日到 11 月 12 日的檢查，是在檢查什麼呢？而且文聯黨組的報告，也是在 11 月 30 日才發出的，可以說留足了專門的寫彙報材料的時間。

在這份報告中，也指出了一個重要的問題，「省委所指示的需要檢查的幾個問題（除國際關係外）在三個刊物中都不同程度的存在，有些問題還相當嚴重。」所以，這次檢查的內容和要求，完全是按照省委宣傳部所提出的「幾個問題」來展開的。因此，雖然有「《星星》檢查小組」的彙報，但最後文聯黨組（或者說材料組）一次次將之扭轉到省委宣傳所需要的而檢查內容之上。而且，通過這份報告，我們也清楚了看到省委宣傳部這次刊物檢查，明確的是以下 4 個具體問題：洩密失密問題、修正主義和資產階級思想問題、歪曲和違反黨的政策的問題、歌頌毛主席和宣傳毛澤東思想方面存在的問題。那麼在這些問題中，《星星》詩刊錯誤問題的情況怎樣呢？關於刊物和國外的關係、關於編審制度方面存在的問題、編輯人員政治情況這三個問題，是三個刊物的共同問題，但卻都不是省委宣傳部要檢查的幾個問題。而在省委宣傳

部需要檢查的幾個問題中，《星星》詩刊的問題是比較突出的。而且在問題的數量上，《星星》詩刊在文聯的四個刊物中也是問題最多的一個：如「洩密、失密的問題」共 14 件（「四川文學」2 件、「星星」8 件，「園林好」2 件，「歌詞創作」2 件）；如「有修正主義和資產階級思想的」共 21 件（「四川文學」9 件，「星星」6 件，「園林好」3 件，「音協會刊」2 件，「歌詞創作」1 件）；再有「歪曲和違反黨的政策的問題」有 20 件（「四川文學」3 件，「星星」11 件，「園林好」3 件，「歌詞創作」3 件）；另外，「在歌頌毛主席和宣傳毛澤東思想方面存在的問題」也還共有 29 件（「四川文學」10 件，「星星」13 件，「園林好」3 件，音協會刊 3 件）。相關問題，總計有 84 件，而《星星》詩刊有 38 件，《四川文學》有 24 件，《園林好》11 件，《歌詞創作》9 件，《星星》詩刊的問題最多。當然，我們知道，在這些刊物中《星星》刊發作品的數量是最多的，所以被檢查出有錯誤的作品也最多。但是，直接的數據統計就能明顯地將《星星》詩刊作為犯錯最多的刊物。而且，在這一《停刊檢查報告》中，每次提到比較嚴重的問題的時候，都會以《星星》詩刊的錯誤為例。所以，通過檢查，雖然幾個刊物都有錯誤，但只有《星星》詩刊的錯誤最多，也最重。

這次持續一個多月的全面檢查，是停刊檢查。所以從 10 月 8 日以後，文聯的《四川文學》《星星》《園林好》《歌詞創作》這四個刊物全部一起停刊，並非只有《星星》詩刊。經過一個多月的檢查，在 11 月 30 日《文聯黨組關於「四川文學」、「星星」、「園林好」停刊檢查報告》中，得出了檢查結論：「通過這次檢查也使我們明確地認識到在編輯部進行組織整頓的必要性，而採取堅決的措施，使刊物掌握在政治上完全可靠的同志手中。」所以，停刊檢查後，四個刊物便一起接受了整頓。

八、「合併式」停刊

在停刊檢查之後，文聯的這四個都停刊了的刊物，卻又有不同的命運。很快，文聯黨組也啟動了相關的復刊計劃。1960 年 12 月 5 日四川省文學藝術工作者聯合會印發的《文聯黨組關於「四川文學」復刊的請示報告》〔註 247〕。這份報告開啟了《四川文學》的復刊之路，也宣告了《星星》詩刊的「停刊」。

〔註 247〕 《文聯黨組關於「四川文學」復刊的請示報告》，《四川省文聯 1952～1966》，建川 127～5，四川省檔案館。

文聯黨組關於「四川文學」復刊的請示報告

　　我們根據省委的指示，從 10 月 8 日起對「四川文學」和「星星」詩刊認真進行了停刊檢查，現在已檢查結束。關於刊物檢查的報告，另有報告，現將復刊計劃報告於後：

　　一、為了貫徹縮短戰線，集中力量，保證重點，提高質量的精神，我們決定將「四川文學」和「星星」詩刊合併，出版「四川文學」，並準備在 1961 年 1 月 1 日開始復刊。

　　二、合併後的「四川文學」，仍為綜合性的文學刊物。它將堅定地沿著為工農兵服務、為社會主義建設事業服務的方向前進，並在這個方向下認真執行百花齊放、百家爭鳴和推陳出新的政策。它的首要任務是繁榮我省文藝創作，發揮以社會主義、共產主義思想教育人民的作品和大力宣傳馬克思列寧主義和毛澤東思想的評論，及大地提高人民的共產主義思想覺悟和道德品質。與此同時，認真加強理論批評工作，堅決反對以美國為首的帝國主義和現代修正主義及各種資產階級思想。通過刊物，加強團結新老作家，特別是大力培養工農兵出生的新生力量，使一支以工人階級文藝工作者為骨幹的文藝隊伍，在我省更好地成長、發展和壯大。

　　三、「四川文學」是黨的一個宣傳陣地，我們堅決保證黨的絕對領導，加強刊物的思想性、戰鬥性和群眾性，決定從以下各方面加強工作，把刊物辦好：

　　1. 在刊物檢查的基礎上，進行組織整頓。堅決把「四川文學」和「星星」兩個編輯部原有政治上不合條件的 12 人調出編輯部，純潔組織。刊物編輯部骨幹，一定要由立場堅定的共產黨員擔任，使刊物掌握在政治上完全可靠的人的手裏。

　　2. 加強對編輯人員的政治思想教育，幫助他們認真地、深入地學習馬克思列寧主義和毛澤東思想，在目前應集中學習三大文件和毛選四卷，不斷提高編輯人員的階級覺悟和思想水平。加強編輯人員的時事政策學習，努力做到正確宣傳和貫徹黨的各項方針政策。

　　3. 加強對編輯人員的思想觀念的教育，提高政治警惕，嚴格遵守保密制度，不洩露國家機密。

　　4. 嚴格編審制度。嚴格執行組長、編輯主任、主編的三級審稿

制度。重要稿子由黨組集體討論決定。健全每期編前會議和編後檢查制度，即使檢查和改進工作中的缺點和錯誤。

四、編輯部成員

我們的意見是：由沙汀、曾克、李友欣、安旗、劉滄浪五同志組成「四川文學」編委會。並由沙汀同志任主編，曾克、李友欣二同志任副主編。刊物最後審稿由主編、副主編負完全的政治責任。（編輯部全部人員名單附後）

五、讀者對象及出版。……

以上是否有當？請審批。

文聯黨組

首先我們看到，在 11 月 30 日《文聯黨組關於「四川文學」、「星星」、「園林好」停刊檢查報告》主送四川省委宣傳部後，還沒有等到宣傳部的反饋意見，12 月 5 日文聯的《文聯黨組關於「四川文學」復刊的請示報告》也馬上呈送給省委宣傳部。決定將《四川文學》和《星星》詩刊合併出版，這是四川省委文聯黨組的主動提出並作出的決定，並還向省委宣傳部提出申請。而《文聯黨組關於「四川文學」復刊的請示報告》，表面上是讓《星星》詩刊合併於《四川文學》，實際上也就直接宣告了《星星》詩刊的停刊。當然，提出《星星》詩刊「合併」，而不是明確說「停刊」，也許是為照顧《星星》編輯部的情感而做出的選擇。以「合併」的形式，讓曾經影響全國的《星星》，得以優雅地停刊。回過頭來，這一「合併」方案，當時是誰在黨組會議上第一個提出來的？或者說當時黨組會上就有直接讓《星星》詩刊停刊的意見？我們也都不得知。另外，既然文聯提出了是《四川文學》與《星星》詩刊合併，不過，在人事安排上，也並沒有體現出了「合併」。雖然沒有具體的檔案，不知道《四川文學》和《星星》兩個編輯部原有政治上不合條件的，被調出編輯部的 12 人中，有多少是《星星》詩刊編輯部的。不過從「合併」後的《四川文學》的編輯部成員來看，雖然原《星星》詩刊主編安旗與沙汀、曾克、李友欣、劉滄浪一起組成「四川文學」編委會。但在《四川文學》的具體辦刊中，明確了由沙汀同志任主編，曾克、李友欣二同志任副主編。也就是說，在「合併」到《四川文學》之後，就完全沒有了《星星》詩刊的影子。

那麼，為什麼此時的「復刊」計劃中，沒有《星星》詩刊呢？正如前面所說，在幾次家中「檢查」過程中，《星星》詩刊的錯誤最多，而且錯誤也相對

嚴重。而且此後，在省文聯關於刊物檢查的多次報告中，都還在不斷地提及《星星》的錯誤。比如，時隔兩年後的 1962 年 3 月 4 日，四川省文聯黨組印發的《關於檢查刊物的報告》中，再此提到《星星》詩刊。「根據省委宣傳部的指示，我們從 2 月 13 日起，對我會出版的「四川文學」、「星星」、「園林好」（後兩種已於 1960 年 10 月停刊）和各種演唱材料、詩傳單、內部通訊（包括文聯召開的文藝工作座談會會議簡報）等進行了檢查。檢查的內容主要是組織工作中的浮誇作風和有無亂提口號的現象，檢查的重點是 1960、61 兩年」，但這次檢查報告中，依然重複提到《星星》詩刊的問題：「1958、1959年，在刊物發表的作品和組織工作中，都存在著一些不切實際的亂提指標的現象，宣傳了一些錯誤的口號，助長了一些錯誤的做法。……在編輯工作中，曾出現過臨時突擊，和只偏重群眾創作等做法，如『草地』和『星星』兩個刊物在 1958 年 10 月～12 月幾乎把全部編輯人員派到自貢、威遠、南充等地去搞現場編輯，十天半月就要編好一個特輯，而專業作家、知識分子業餘作者的來稿存積不管，刊物每期都只有基層幹部和群眾的作品（『星星』只登民歌）；對有些群眾創作中的說大話、亂提指標的現象，卻當作『豪情壯志』來反映和宣傳；在一些評論文章中，對群眾創作的估價也有不切實際之處；在有些文章的文風上，就存在著空話連篇、脫離實際的毛病。」還著重提到，「1960 年存在的問題：歌劇『尼龍谷的春天』（『星星』1960 年 7 月號）把彝族地區試種水稻這件事強調到不適當的程度，一個大隊長考慮到該種水稻的很多不利條件，被批評為『右傾保守』、『不相信黨，不相信社會主義』。」〔註248〕可以說，儘管此時《星星》詩刊已經合併到了《四川文學》中了，但她的問題，卻有著深遠的影響。

　　同樣，1962 年 4 月 21 日四川省文聯黨組《關於工作檢查的報告》〔註249〕中，提及最多的，仍然是已經停刊的《星星》詩刊的「老問題」，而且比《關於檢查刊物的報告》中的還要多得多：

關於工作檢查的報告

　　根據省委宣傳部的指示，我們在二月和三月先後對我會出版的

〔註248〕　《關於檢查刊物的報告》，《四川省文聯 1952～1966》，建川 127～75，四川省檔案館。

〔註249〕　《關於工作檢查的報告》，《四川省文聯 1952～1966》，建川 127～75，四川省檔案館。

「四川文學」（1959 年 10 月前是「紅岩」、「草地」）、「星星」、「園林好」（後兩種已於 1960 年 10 月停刊）和各種演唱材料、詩傳單、內部通訊、工作簡報（包括文聯歷次運動的重要記錄和文藝創作座談會會議情報）等進行了檢查。檢查的內容主要是宣傳和組織工作中的浮誇作風、違背藝術規律亂指揮、亂提口號和評論文章中的粗暴現象。檢查的時間是從 1958 年至 1961 年底重點是 1960、61 兩年現將檢查出來的問題報告如下：

  一、關於領導和組織工作中的問題

（一）宣傳和助長了一些錯誤口號

「文藝放衛星」是中央文化部提出的，我們卻盲目的宣傳了它，例如：

  ……3.「星星」1958 年 12 月號發表了「放射又多又亮的詩歌衛星」的社論，號召工農群眾、老幹部、下放幹部等都來大放詩歌衛星，並提倡專業詩人和老幹部合作，「一定會寫出更好的詩來」，這是違反創作規律的。

  ……

（三）在編輯和組織工作中，曾出現過只偏重群眾創作而忽視專業作家、知識分子作者的作品。如「草地」、「星星」兩個刊物在 1958 年 10～12 月份幾乎把全部的編輯人員拍到自貢、威遠、南充等地去搞現場編輯，十天半月就要編一個特輯。而專業作家、知識分子業餘作者的來稿卻存積不管。刊物每期都只有編輯幹部和群眾的作品。「星星」只登民歌，1958 年 10～12 月號三期「星星」共發表詩歌 268 首，其中民歌 277 首，（占 75%）。新詩 87 首（占 23%），古詩 4 首，占 2%。如以作者來分，工農兵業餘作者的作品占 88%，專業詩人的作品占 12%。

  二、作品中存在的問題

（一）某些作品宣傳了一平二調的「共產風」如：

刊物在這方面檢查出來有問題問題的作品共 56 件（1958 年 26 件，1959 年 23 件，1960 年 7 件）

（二）浮誇方面，共檢查出來有問題的作品 116 件（其中詩歌 96 篇，散文 10 件；如以時間分，1958 年 48 件，1959 年 39 件，

1960 年 24 件，1961 年 4 件）。

其中最突出的是「星星」1958 年 10 月號的「報喜隊」，既無什麼思想內容，又缺乏詩意，全篇都是任意誇大：「……大南瓜，象只牛，詩人抬著汗直流。穀子穗，一米長，扛在肩上象斗糧。大蘋果，十斤半，好比太陽剛出山。高梁米，像葡萄，穗頭大過＊＊＊。豆子粒，雞蛋大，一升百粒裝不下。落花生，賽枕頭，皮子能做小提簍。大母雞，像鴕鳥，孩子騎著當驢跑。大肥豬，萬斤重，大象認它作堂兄。」

其他作品雖沒有象上面那樣嚴重，但有的是對生產指標和措施的宣傳上有浮誇；有的是把現實生活中一些脫離實際的浮誇風當做正面事物來反映、歌頌。如：

歌劇「尼龍谷的春天」（「星星」1960 年 7 月號）把彝族地區試種水稻這件事強調到不適當的程度，一個大隊長考慮到該種水稻的很多不利條件，被批評為「右傾保守」、「不相信黨，不相信社會主義」。

……

1961 年由浮誇現象的作品比前三年來，有顯著減少，但仍有 3 件。

（三）亂提口號或口號提得不全面者，刊物作品中共發現 24 處（1958 年 14 處，1959 年 6 處，1960 年 2 處，1961 年 3 處）如：

「思想陣地在戰鬥，人人要作紅旗手。鼓幹勁，不拔白旗誓不休」（「星星」1958 年 9 月號：人人要作紅旗手）。

「民歌才是花中王」（「星星」1959 年 3 月號）

……

三、評論中的問題

在一些評論文章中，存在的主要問題是政治問題和學術問題、思想問題界限劃分不夠清楚，往往把一些學術思想上的問題分析成為政治問題。在態度上，存在著粗暴現象。

（一）關於詩歌下放問題的討論中（「星星」1958 年下半年），有一些文章把關於詩歌形式問題和誰是主流之爭說成「有關文藝方針」、「願不願為工農兵服務」的政治問題。如：

1.「廣大人民所喜歡的東西就是個政治問題。為千百萬人民所擁護的詩歌，就是詩的主流。為工農兵服務的問題，避開了這個主流怎樣為工農兵服務呢？」（「星星」1958 年 10 月號：「不要對民歌百般挑剔」）

2.「所以這問題從表面上看來，好像是單純的文藝路線問題。其實還是有關文藝方針的問題，亦即願不願為工農兵服務的問題，也是誰跟誰走的問題」，「關於誰是主流之爭，實質上是知識分子要在詩歌戰線上爭正統、領導權的問題」（「星星」1958 年 11 月號「我對詩歌下放問題的意見」）。

3.「誰是主流之爭，實質上是部分知識分子要為評化詩爭正統爭領導權的問題。」（「星星」1959 年 2 月號「對詩歌的道路問題一文的幾點淺見」）。

（二）對「蟬翼集」的批評：在 1960 年 3 月號上對碎石的「蟬翼集」的批評，把一些思想上的問題說成政治問題，把其中一首「油珠」分析成「是在攻擊黨的積極分子……是在分裂黨和群眾的關係」，「詆毀黨的人事共走」，「是一株毒草」。並且說：「在這裡我們要向碎石同志大呼一聲，你的思想感情與工人階級的思想感情距離很遠。你的文藝思想也與黨的文藝方針相違背。」

……

四川文聯黨組
1962 年 4 月 21 日

可見，《星星》詩刊的嚴重問題，此後一直被記掛著。省文聯對《星星》詩刊的錯誤，一直耿耿於懷。那麼，在 1960 年 10 月的刊物檢查過程中，對於《星星》詩刊的這些錯誤，再加上此前的《草木篇》事件，四川文聯的領導應該也是極為震驚的。所以在 12 月 5 日的《文聯黨組關於「四川文學」復刊的請示報告》中，才有了四川省文聯壯士斷臂的決心，立即停辦《星星》詩刊。

當然，在整個建國初文壇，《星星》詩刊被檢查，被停刊，也並不是偶然現象。《星星》詩刊的停刊，也只不過是當代文學諸種停刊的刊物中的一種，所有刊物都可能隨著政治因素的變化而起落。在 1950 年 4 月 19 日中國共產黨中央委員會發布《關於在報紙上展開批評和自我批評的決定》之後，15 月

10 日《文藝報》刊出《〈文藝報〉編輯工作初步檢討》。此後在社論中就指出，
「我們認為：對於文學藝術工作，對於文學藝術的報紙和刊物，中國共產黨
中央的這一決定，它的精神和實質，也是完全適合的和必要的。」〔註 250〕這
種批評與自我批評制度，最後逐步成為一項重要的檢查工作。此後，《文藝報》
就刊出了《〈文藝報〉編輯工作初步檢討》，「為了響應中國共產黨中央委員會
的正確號召，在最近，我們將十五期的《文藝報》做了一個初步的檢討。」
〔註 251〕「而且這種檢查，變成了一項制度性的行為，自中國共產黨中央委員
會發表了《關於在報紙刊物上展開批評和自我批評的決定》，全國文聯機關刊
物《文藝報》發表社論號召『加強文學藝術工作的批評與自我批評』以後，各
地文藝刊物和副刊相繼作了工作檢討」〔註 252〕在 1960 年，由於文藝界掀起
了一次「反修」的文藝思潮，「宣揚資產階級的人道主義、人性論、人類愛等
腐朽觀點來模糊階級界限，反對階級鬥爭；以『寫真實』的幌子來否定文學
藝術的教育作用；以『藝術即政治』的詭辯來反對文藝為政治服務；以『創作
自由』的濫調來反對黨和國家對文藝事業的領導等。」〔註 253〕所以，在當時
的環境中，對刊物的檢查是勢在必行的。同樣作為「國刊」的《詩刊》，也時
時面臨被檢查的困境。「1959 年 6 月號的《詩刊》上發表了越南詩人素友的
詩，領導認為《詩刊》把他的詩壓低了，並責令把該期的《詩刊》全部收回。
素友在越南人民抗戰時代所寫的詩，對越南人民反對美帝國主義和它的走狗
吳庭豔賣國集團、謀求祖國和平統一的鬥爭，有其現實的意義，因此注重意
識形態政治效果的領導自然對《詩刊》不滿。這一事件直接導致了 1960 年 2
月 22 日，黨組對《詩刊》進行檢查，時任編委的郭小川在詩刊發言，做了自
我檢查，並提出關於《詩刊》工作的意見。」〔註 254〕正是因為有這樣一些問
題，1960 年 10 月《詩刊》還成立了以丁力為組長黨小組。但是，在激烈變動
的時代中，《詩刊》也無法阻擋停刊的命運。1964 年 11 期的《詩刊》，就刊登

〔註 250〕社論：《加強文學藝術工作的批評與自我批評》，《文藝報》，1950 年，第 2 卷
第 5 期。

〔註 251〕《〈文藝報〉編輯工作初步檢討》，《文藝報》，1950 年，第 2 卷第 4 期。

〔註 252〕吳倩：《文藝刊物自我檢討的綜合報導》，《文藝報》，1950 年，第 2 卷第 10
期。

〔註 253〕黃開發：《「小問題」中的「大問題」——對 1960 年一次文學批判的歷史回
顧》，《魯迅研究月刊》，2005 年，第 2 期。

〔註 254〕連敏：《詩刊 (1957～1964) 研究》（博士論文），北京：首都師範大學，2007
年，第 89 頁。

了「停刊通知」。《詩刊》停刊，根據有的研究者猜測：「64 年 11 月《詩刊》突然停刊。據說停刊的理由是因為編輯部要下放農村或工廠等生產現場。我們從『停刊通知』沒印在《詩刊》上而印在夾在雜誌裏的一張小紙片上這一點可以推測，《詩刊》的停刊是出於某種政治上理由的匆忙決定。」〔註 255〕

另外，「合併式」停刊，在當時《星星》詩刊也並非首例。曾經最高發行量高達三十餘萬冊《文藝學習》，也由於政治問題，被「合併」（或者說「停刊」的）。「我們就《拖拉機站站長與總農藝師》，及《組織部新來的年輕人》兩篇作品組織過讀者討論。⋯⋯可是萬沒有想到，後來刊物實際即因此而關門。雖然沒有正式宣布這個理由，沒有說這個刊物是因犯錯誤關門的。但誰心裏都知道。」〔註 256〕所以，其命運也就出現了我們所熟悉的話，「為著集中力量辦好刊物，作家協會書記處作出決定，從今年一月起，『文藝學習』和『人民文學』合併，『文藝學習』同時宣告停刊⋯⋯『文藝學習』創刊將近四年以來，在對青年進行社會主義文學教育、培養青年寫作者方面，是作出了一定成績的。現在把它和『人民文學』合併，將更有效和更廣泛地進行這方面的工作。」〔註257〕實際上，建國初文學刊物的「停刊」、「合併」，也是非常正常的事情。1950 年創辦《北京文藝》，1951 年 11 月停刊後併入《說說唱唱》。此後，《說說唱唱》於 1955 年終刊，新的《北京文藝》又在同年 5 月重新創刊。當然，如 1956 年 12 月《延河》和《陝西文藝》合併為《延河》，1957 年《哈爾濱文藝》與《北方》合併為《北方文學》，《湖北文藝》和《工人文藝》合併為《橋》，1959 年《草地》和《紅岩》合併為《峨眉》等，其合刊也不一定都是因為政治問題。

隨著《星星》詩刊被《四川文學》「合併」，或者「停刊」，《星星》詩刊也就在當代詩歌的洪流中消失。當然，隨著「合併式」停刊，《星星》詩刊的安旗時代也就結束。此後安旗也進入到了她生命的另外一個時期，而《星星》詩刊也直至 1979 年，經過多方的努力才得以復刊。

〔註 255〕岩佐昌暲：《一隻被折斷了翅膀的鳥——〈詩刊〉的 7 年》，《詩刊（1957～1964）總目錄著譯者名索引》，福岡：中國書店，1997 年，第 11 頁。

〔註 256〕韋君宜：《憶〈文藝學習〉》，《文藝學習》，1986 年，第 1 期。

〔註 257〕《編者的話》，《人民文學》，1958 年，第 1 期。

餘　論

　　作為在五十年代有著重要影響力的詩刊《星星》，在新時期的復刊是一個必然過程。同樣，經過五十年代的危機之後，《星星》詩刊也必須重新調整自己的姿態和方針，重新為自己定位，確定自己在當代詩歌史的價值和意義。1979 年 10 月《星星》詩刊復刊後，繼續保持著鮮明先鋒的精神，「詩刊《星星》已經復刊，其面目雖然與中國作協主辦的《詩刊》一樣，常常曖昧不明，但在一段時間裏，也還是表現了一定的活力（在一定程度上，這與編者想延續這份刊物當初的某種『異端』色彩有關。」〔註1〕《星星》詩刊的這種姿態，以及星星同仁們的共同努力，讓《星星》詩刊進入了一個新的階段。

一、平反與復刊

　　我們知道，就在「劃右」後不久，中央就開始了系列的摘帽與平反工作。在 1959 年，毛澤東就發出了《關於分期分批為右派分子摘帽和赦免一批罪犯的建議》。〔註2〕在毛澤東的建議下，1959 年 9 月 16 日發布了《中共中央、國務院關於確實表現改好了的右派分子的處理問題的決定》，「凡是已經改惡從善，並且在言論和行動上表現出確實是改好了的右派分子，對於這些人，今後不再當作資產階級右派分子看待，即摘掉他們的右派的帽子。」〔註3〕進

〔註 1〕洪子誠、劉登瀚：《中國當代新詩史（修訂版）》，北京：北京大學出版社，2005年，第 212 頁。

〔註 2〕毛澤東：《關於分期分批為右派分子摘帽和赦免一批罪犯的建議》，《建國以來重要文獻選編》，第 12 冊，北京：中央文獻出版社，1993 年，第 457 頁。

〔註 3〕《中共中央、國務院關於確實表現改好了的右派分子的處理問題的決定》，《建國以來重要文獻選編》，第 12 冊，北京：中央文獻出版社，1993 年，第 570 頁。

而，在 9 月 17 日的《中共中央關於摘掉確實悔改的右派分子的帽子的指示》指出，「黨中央根據毛澤東同志的建議，決定在慶祝建國十週年的時候，摘掉一批確實改好了的右派分子的帽子。」〔註 4〕由此，從 1959 年到 1964 年，全國曾經先後五批摘掉大部分右派分子的帽子。據記載，「根據上述兩個文件規定，各地進行了為右派分子摘帽子的工作，到 12 月底，全國已經摘掉右派分子帽子的有 28156 人，占右派分子總數 439305 人（當時統計的數字）的 6.4%。第一批計劃摘掉帽子的 37506 人，占右派分子總數的 8.5%。……到 1960 年一、二批摘帽 9 萬多人，1961 年第三批摘帽 129000 人，1962 年進行了第四批摘帽，1964 年又進行了第五批摘帽。五批共摘帽 30 餘萬人。」〔註 5〕

　　1978 年是另一個重要的時間節點，中央完成了對右派的全部摘帽工作。中共中央批轉《關於全部摘掉「右派」分子帽子的請示報告》指出，「在目前大好形勢下，為了更好地貫徹黨的十一大路線，團結一切可以團結的力量，調動一切積極因素，化消極因素為積極因素，為社會主義服務，我們建議全部摘掉右派分子的帽子。」在通知中，對「全部摘掉右派分子帽子的做法」、「右派分子摘帽以後的若干問題」等作了具體安排。最後還提出，「為了解決摘帽以後的許多具體問題，建議由中央組織部、中央宣傳部、中央統戰部、公安部和民政部共同召開一次中央有關部門和各省、市、自治區參加的專業工作會議，商訂具體實施方案，以便統一貫徹執行。為了解決右派分子摘掉帽子後的安置問題，建議國家計委給各地區、各有關部門調撥必要的編制名額和勞動指標。」在此通知的基礎上，經中共中央批准，中央五部還聯合成立了摘帽工作領導小組。7 月 13 日發出的《關於對被定為右傾機會主義分子的平反、改正問題的通知》決定，「在 1959 年以來的『反右傾』鬥爭中，因反映實際情況或在黨內提出不同意見，被定為右傾機會主義分子或犯右傾機會主義錯誤的人，一律予以平反改正，妥善落實政策。」8 月 25 日，中共中央轉發的《貫徹中央關於全部摘掉右派分子帽子決定的實施方案》（中發〔1978〕55 號），是一個決定性的文件。該文件由中央組織部、中央宣傳部、中央統戰部、公安部、民政部五部聯合發文，首先肯定了反右鬥爭的重大意義，

〔註 4〕毛澤東：《關於確實表現改好了的右派分子的處理問題的決定》，《建國以來重要文獻選編》，第 12 冊，北京：中央文獻出版社，1993 年，第 494～497 頁。
〔註 5〕張晉藩、海威等：《中華人民共和國國史大辭典》，哈爾濱：黑龍江人民出版社，1992 年，第 372～373 頁。

然後在《安置問題》、《若干政策問題》、《關於改正問題》部分，對相關政策作了具體的規定。進而，大部分右派分子收到了《被錯劃為右派分子人員改正通知書》和《被錯劃為右派分子改正批示表》，並得以摘帽平反。11 月 17 日的《人民日報》宣告，「遵照華主席為首的黨中央於全部摘掉右派分子帽子的而決定，全國各地黨委已經給最後一批右派分子摘掉帽子。」這表明，全國性的右派平反工作正式結束。

1.《星星》詩刊平反

四川文藝界以及《星星》詩刊相關的平反工作，與全國的摘帽平反工作一樣，也是分兩個階段開展的。第一階段是 1959～1964 年的平反工作，這在《四川省志 黨派團體志》中的「第三節 摘掉右派分子帽子和處理其遺留問題」中，比較詳細地記載了相關的平反工作。「1959 年 9 月，省和省和各地區黨委按照中央的指示，建立了摘掉右派分子帽子工作領導小組和辦公室，具體領導和擔負摘帽子工作。1961 年 8 月，根據中央關於右派分子的管理、教育改造和處理問題，今後由統戰部門主管的指示，省和各地區黨委建立了改造右派分子工作領導小組（簡稱改右領導小組）和辦公室，辦公室設在統戰部。1959～1964 年，按照中央和省委指示，全省先後分五批摘掉了 28503 名右派分子的帽子。此外，在『文革』中，根據中央和四川省革命委員會的有關文件精神，部分地區又摘掉了 1000 名左右的右派分子的帽子。全省右派分子下放農村和廠礦勞動改造的有 2 萬多人，按照中央和省委的指示，自 1959～1964 年，分別作了安置處理。」〔註6〕另據記載，「1959 年和 1960 年共摘掉右派帽子 9033 人。」〔註7〕同樣，在成都市志中也有相關記載，「1959 年到1964 年，根據中央的指示，劃為右派的多數分子摘掉了右派帽子。但在當時『左』的思想影響下，未能進行實事求是的甄別平反工作。」〔註8〕1959 年，在《四川日報》上就有介紹，「根據 1959 年 9 月 16 日中共中央、國務院關於確實表現改好了的右派分子的處理問題的決定，省級機關和重慶、成都兩地在國慶節前，摘掉了一批確有悔改的右派分子的帽子。省級機關和重慶市、

〔註6〕《四川省志 黨派團體志（上）》，四川省地方志編纂委員會編，成都：四川人民出版社，2001 年，第 377 頁。

〔註7〕《中國共產黨四川歷史（1950～1978）》，中共四川省委黨史研究室著，北京：中共黨史出版社，2010 年，第 145 頁。

〔註8〕《成都市志 總志》，成都市地方志編纂委員會編纂，成都：成都時代出版社，2009 年，第 199 頁。

成都市今年第一批被宣布摘掉右派帽子的有鮮英、張文澄、劉蘭畦、高興亞、郭造勳、張顯儀、林全九、夏正寅、龔燦光、葉麐、趙一明、易宇昌、鍾雲鶴、張默生（四川大學）、劉祖彝、漆文定、李康、舒軍、楊鳴皋、鄧克明、蘇雲等一千一百多人。〔註9〕其中，與《星星》詩刊有關的就有張默生。根據四川省檔案館《機關工作人員名單 1965.6.》中的介紹：「白航 詩歌組編輯（62年10月摘帽）」〔註10〕，白航於1962年回到成都，繼續留在了四川省文聯，在《四川文學》編輯部詩歌組任編輯。白航也是在這次平反中摘掉右派帽子的。

　　1978年以後，是四川省「平反」工作的第二階段，《星星》詩刊的平反就在這一時期。「貫徹中央指示，建立了省委摘掉右派分子工作辦公室（簡稱省委摘帽辦），各區、市、縣也成立了『摘帽辦』，負責處理反右派鬥爭遺留問題。……1978年10月24日~11月1日，省委摘帽辦召開了第二次摘帽會議。會議傳達了中央組織部等五部召開的10省、市摘帽工作座談會精神，省委書記許夢俠根據省委對四川所劃右派要作全面覆查的決定指出：凡是劃右派的單位，都必須把所劃的右派分子進行認真研究，對劃錯了的，不論本人是否申訴，或者已死亡的，都應予以改正。……全省第二、三次摘帽會議後，各級黨委做了大量工作，使改正工作進展較快。截至1979年3月底止，全省已覆查38117人，占應覆查總數的75.8%，其中已改正的34894人，占已覆查人數的91.5%。」〔註11〕「截至1987年12月底止，全省改正了錯劃右派分子50276人，占原劃右派總數50297人的99.96%；維持原右派分子結論的21人，占原劃右派分子總數的0.04%。」〔註12〕我們看到，四川文藝界的平反工作，包括《星星》詩刊的平反工作，也完全是由四川省委直接率頭完成的，當然也可以說是由當時三任四川省委書記杜心源、趙紫陽、許夢俠的直接推動而完成的。雁翼在一次發言中就提到，「雖然趙紫陽同志支持復刊，四川人民出版社伸出了支持的手，但復刊工作總是被某些人以種種理由加以阻撓和

〔註9〕《認真接受改造就有光明前途 又一批確有悔改表現的右派分子摘掉帽子》，《四川日報》，1961年9月30日。

〔註10〕《機關工作人員名單 1965.6.》，《四川省文聯（1952～1965）》，建川127～18，四川省檔案館。

〔註11〕《四川省志 黨派團體志（上）》，四川省地方志編纂委員會編，成都：四川人民出版社，2001年，第377頁。

〔註12〕《四川省志 黨派團體志（上）》，四川省地方志編纂委員會編，成都：四川人民出版社，2001年，第379頁。

抵制。雁翼說，雖然《星星》頭上的烏雲被掃除，但他前面的道路並不平坦，甚至還有重遭沉沒的可能。」〔註13〕可見，儘管《星星》平反的過程困難重重，但在為四川文藝界的平反過程中，三任省委書記都有著重要的推動作用。如在第二次全部摘掉右派分子帽子工作會議上，省委書記許夢俠就推動了平反工作，「10月24日至11月1日全省第二次全部摘掉右派分子帽子工作會議在成都召開。會議的主要內容是學習中央〔1978〕55號文件，傳達中央五部召開的摘帽工作座談會的精神，研究貫徹執行55號文件。省委書記許夢俠在會議開始和結束時講了話。他說，迄至目前，全省屬於全部摘帽範圍的12160人中（包括死亡的在內），已經宣布摘掉右派帽子的11000多人，基本上完成了摘帽工作。另外，還有幾百人的情況不明，正在調查，是屬於摘右派帽子範圍的，查清一個，宣布一個。省委要求，貫徹中央55號文件明年上半年完成，其中安置工作今冬明春完成，改正工作也爭取明年上半年結束。經過這次工作，把右派分子問題，全部處理完畢，不留尾巴。」〔註14〕在1979年1月6日至19日，中共四川省委召開常委擴大會議，其中一個重要議題就是開展平反工作。3月17日，中共四川省委發出《關於落實政策工作中應注意的幾個問題的通知》，強調「落實政策要有領導、有計劃、有步驟地進行，指出當前應抓緊解決『文化大革命』以來的冤、假、錯案，改正錯劃右派，落實農村基層幹部的政策。」6月19日，中共中央將此通知批轉全國各地參照執行。因此，正是有著從黨中央到四川省委、四川省委宣傳部的具體政策，四川文藝界右派平反的工作才能迅速開展並得以落實。

　　四川省文聯的恢復，則直接推動了對四川文藝界右派「平反工作」。當然，四川省文聯組織的恢復，也與中央的政策密不可分的。黎本初曾提到，「（1978年）5月中央決定恢復中國文聯籌備組，以林默涵為組長、黨組書記、張光年、李季為副組長、副書記的25人小組，並召開文藝工作會議，文聯工作會議。我省任白戈、艾蕪、常蘇民（三人原中國文聯委員）、李少言、黎本初出席會議。中央的態度堅決，方針明確，大大推進了我們省文聯的恢復工作。」〔註15〕當

〔註13〕《作協第三次會員代表大會繼續舉行》，《中國文學藝術工作者第四次代表大會 簡報》，1979年，第83期。

〔註14〕龔自德主編：《中共四川地方史專題紀事 社會主義時期》，中共四川省委黨史研究室組織編寫，成都：四川人民出版社，1991年，第334頁。

〔註15〕黎本初：《四川省文聯六十年發展歷程（代前言）》，《四川文聯文集（1953～2013）》，四川省文學藝術界聯合會編輯，2013年，第10頁。

然，新時期文藝組織的恢復，四川是走在了前列的，是全國第二個恢復文聯的省份。「當時省委書記杜心源、省委宣傳部部長安法孝、分管文藝的副部長馬識途同志先後和李少言、沙汀、黎本初談話，傳達了省委的決定。隨後馬識途同志召開其他同志開會，傳達省委決定，大家一致擁護省委的決定，認為這是文藝界的大事，好事，也是撥亂反正的重要措施。根據省委安排，先由省委宣傳部召開全省文藝工作會議，在會上宣布恢復省文聯的決定，再成立恢復各文藝協會的籌備組，逐步建制。」〔註16〕毫無疑問，為四川省文藝界右派的平反，也是完全建立在國家政策基礎之上的。而從省委書記杜心源、省委宣傳部部長安法孝、分管文藝的副部長馬識途，到四川省文聯的李少言、沙汀、黎本初，雖然整個過程的具體情況我們不太清楚，但是他們一起，共同開啟了四川省文藝界右派的平反工作。在為四川省文藝界右派平反的過程中，四川省文聯籌備組和黨組是具體執行者，「四川省委認為應該盡快恢復四川省文聯。經過仔細研究和準備，於 1978 年 1 月作出恢復四川省文聯的決定。任命李少言、沙汀、黎本初、李友欣、李累、雁翼、陳之光七同志組成恢復省文聯籌備組成員和黨組成員。李少言為黨組書記、組長，沙汀為黨組副書記，副組長，黎本初為黨組副書記。」〔註17〕在《沙汀年譜》中，簡要記載了這一事件，「2 月四川省委宣傳部任命沙汀等為籌備恢復四川省文聯和各協會領導小組成員。」〔註18〕1978 年 2 月 20 日～24 日舉辦了文藝座談會，成立了籌備小組，「中共四川省委宣傳部邀請成渝兩地文藝工作者舉行座談會。省委書記杜心源同志代表省委在會上講話。會上宣布成立省文聯籌備組和各協會籌備小組，恢復文聯和各協會的活動。參加座談會的有文學、戲劇、電影、美術、音樂、五道、曲藝、雜記、攝影工作者 130 餘人。」〔註19〕而且，在這次會議上正式公布了籌備小組的名單。「出席會議有各市、地、州和省直文藝界的代表 120 餘人，會議由安法孝、馬識途同志主持，李少言、黎本初同志負責會務的具體工作。杜心源同志到會講話，並宣布省委的決定和

〔註16〕黎本初：《四川省文聯六十年發展歷程（代前言）》，《四川文聯文集（1953～2013）》，四川省文學藝術界聯合會編輯，2013 年，第 9 頁。

〔註17〕黎本初：《四川省文聯六十年發展歷程（代前言）》，《四川文聯文集（1953～2013）》，四川省文學藝術界聯合會編輯，2013 年，第 9 頁。

〔註18〕李生露主編：《沙汀年譜》，成都：四川人民出版社，1997 年，第 289 頁。

〔註19〕《四川省文藝界大事記（1953～1992）》，《四川文聯文集（1953～2013）》，四川省文學藝術界聯合會編輯，2013 年，第 418 頁。

籌備組、黨組的名單。……李少言同志任省委部副部長兼任文聯黨組書記後
又增加葉石同志為文聯籌備組副組長、副書記。」〔註20〕同年3月，四川省
作出了恢復四川省作協的工作，成立了作協四川分會籌備組，李少言為黨組
書記、組長，艾蕪為黨組副書記，副組長，黎本初為黨組副書記。李友欣、黎
本初為副組長。「省文聯恢復後，先後開展以下工作，首先是進一步繼續批判
『四人幫』，聯繫實際，落實政策，把打散的隊伍重新逐步凝聚起來，並吸收
新鮮血液充實隊伍。」〔註21〕由此，「落實政策」成為了這一時期四川省文聯
工作的重心之一。作為四川省文聯黨組書記，而且也是具體負責平反工作的
李少言，就專門提到，「1979年，四川恢復了文聯和各協會的工作，但省委讓
我擔任四川省文聯的黨組書記。雖然依照我過去的經驗，認為文聯的主要任
務仍然是組織文藝家深入生活、搞創作，但是文革十年，文藝界遭受比較嚴
重的衝擊，再加上十七年的各種運動，冤假錯案較多，十一屆三中全會以後，
黨中央提出要落實政策，糾正各種冤假錯案，所以從1979年到1985年期間
我們的主要精力一是落實黨的政策，二是抓基本建設。」〔註22〕這其中，李
少言所說的「落實黨的政策」便是為四川文藝界右派集團平反。

　　直到此時，不管是四川文藝界右派集團的大問題，還是為《星星》詩刊
的摘帽和平反的具體工作，就都已經水到渠成。正如《草木篇》的主角流沙
河所說，「1978年5月在故鄉我被宣布摘帽，年底被調到縣文化館工作。……
8月，由中共四川省委下達正式文件，為1957年的《星星》詩歌月刊平反，
為包括我在內的四個編輯平反，也為《草木篇》平反。」〔註23〕另外，流沙
河在一次訪談錄中，也同樣提到，「一直到1978年，全國摘帽子，我才有幸
摘了，但是文聯這邊不要我回來，因為你是個摘帽右派，你還有三個反革命
集團問題都還沒有解決還在那個懸起的。那麼就留在縣文化館工作了一年。
到1979年底，當時的四川省委主要領導親自批示：必須把人家調回來，第二，
必須給星星詩刊平反，復刊。兩件事情，形成中共四川省委的第75號文件。

〔註20〕黎本初：《四川省文聯六十年發展歷程（代前言）》，《四川文聯文集（1953～
　　　　2013）》，四川省文學藝術界聯合會編輯，2013年，第9～10頁。
〔註21〕黎本初：《四川省文聯六十年發展歷程（代前言）》，《四川文聯文集（1953～
　　　　2013）》，四川省文學藝術界聯合會編輯，2013年，第10頁。
〔註22〕李少言：《文聯的主要任務是為作家藝術家服務——我做文聯工作的體會》，
　　　　《四川文聯四十年》，四川省文藝術界聯合會編輯，1993年，第16頁。
〔註23〕流沙河：《自傳》，《鋸齒齧痕錄》，北京：三聯書店，1988年，第24頁。

我就回來了。」〔註24〕而這裡，流沙河所提到的「第75號文件」，應該是83號文件。

2.「川委發【1979】83號」文件

在流沙河等人的多次回憶中，都提到了四川省委的文件。在《星星》詩刊平反過程，以及《星星》詩歌的歷史中，這是一個非常值得注意的文件。我們知道，《星星》詩刊平反的具體歷史，本身是一個牽涉面廣，而且程序複雜的一個過程，有多個部門和多人參與其中。由於資料有限，我們難以瞭解到《星星》詩刊平反的具體過程。所以，中共四川省委辦公廳一九七九年九月十四日印的《中共四川省委批轉省委宣傳部〈關於省文聯在五七年反右鬥爭中需要落實政策的幾個問題的處理情況和意見的報告〉的通知》（川委發【1979】83號），就有著重要的意義。四川省文聯大事記中，也專門提到，「中共四川省委於十月發出（79）83號文件：『批准省委宣傳部關於省文聯在57年反右派鬥爭中需要落實政策的幾個問題的處理情況和意見的報告』。為在57年反右運動中被錯誤批判的《星星》詩刊及所刊《草木篇》等詩歌及其作者流沙河等人，以及因所謂『四川文藝界反革命小集團』等問題被錯整的同志徹底平反。」〔註25〕這個文件出臺的具體過程，雖然我們難以考證，但毫無疑問是全國「平反」工作的推動。鑒於該文件對《星星》詩刊的平反有著重要的意義，而且也提供了《草木篇》批判、《星星》詩刊平反等歷史的諸多細節，我們這裡就全文抄錄如下：

編號0000323

中共四川省委文件

川委發【1979】83號

中共四川省委批轉
省委宣傳部《關於省文聯在五七年
反右鬥爭中需要落實政策的幾個問題的
處理情況和意見的報告》的通知

〔註24〕 何三畏整理：《「如果不寫這個，我後來還要當右派」——流沙河口述「草木篇詩案」》，《看歷史》，2010年，第6期。

〔註25〕 《四川省文藝大事記（1953～1992）》，《四川文聯文集（1953～2013）》，四川省文學藝術界聯合會編輯，2013年，第420頁。

各市、地、州委,各縣委,省級部門黨組(黨委):

　　省委同意省委宣傳部《關於省文聯在五七年反右鬥爭中需要落實政策的幾個問題的處理情況和意見的報告》。對一九五七年反右鬥爭中錯誤處理的《草木篇》、《星星》詩刊、「四川省文藝界反革命小集團」和「反動組織裴多菲俱樂部」的問題,均應按照黨的政策予以平反。省文聯和有關單位應按照省委宣傳部報告中所提的意見,認真落實,對有關材料和受牽連的家屬子女亦應按照黨的政策妥善處理。在文藝戰線上,要特別注意嚴格區分和正確處理兩類不同性質的矛盾。一定要堅持「百花齊放,百家爭鳴」的方正,堅持「三不」主義,允許各種意見之間相互爭論和批評。對文藝作品是非好壞,要提倡自由討論,絕不允許把文藝上不同意見的爭論,把人民內部的問題,當成敵我矛盾來處理。要在文藝界深入展開實踐是檢驗真理的唯一標準的討論,繼續解放思想,端正思想路線,增強團結,進一步調動文藝工作者的積極性,繁榮我省的文藝創作,為實現「四化」做出更大的貢獻。

中共四川省委

一九七九年九月十五日

關於省文聯在五七年反右派

鬥爭中需要落實政策的幾個問題

的處理情況和意見的報告

省委:

　　最近,我們根據省委的指示,對省文聯在一九五七年反右鬥爭中需要落實政策的幾個問題進行了檢查。現將有關問題的處理情況和意見報告如下:

　　(一)關於《星星》詩刊的問題。

　　一九五七年反右鬥爭中,在《星星》詩刊上發表了《草木篇》、《吻》、《風向針》、《傳聲筒》、《泥菩薩》等幾篇作品受到公開批判並被打成「毒草」,《星星》詩刊的四個編輯被劃為右派分子,《星星》詩刊一至八期被定為「為右派所把持」,他們「篡改了《星星》的政治方向」,「把《星星》詩刊作為他們反黨、反社會主義的陣地」。

　　中央〔1978〕55號文件下達後,省文聯臨時黨組對《星星》詩

刊一至八期上發表的作品進行了檢查認為絕大多數是好的和比較好的，沒有發現「毒草」，一至八期的稿件，除第一期外，都是經過當時文聯黨組的負責同志審查過的，把《星星》詩刊一至八期定為「為右派所把持」、「篡改了政治方向」、「作為反黨、反社會主義的陣地」的結論是錯誤的，決定給予改正，並在適當時期恢復《星星》詩刊。

據查，《星星》詩刊在一九五七年的反右鬥爭中並未停刊，他是在一九六〇年精簡調整刊物時停刊的。現在為了落實黨的政策，貫徹「二百」方針，繁榮詩歌創作，我們同文聯臨時黨組研究決定，《星星》詩刊可於今年十月一日復刊，復刊時擬在《四川日報》上發表消息，復刊後擬從總結貫徹「二百」方針的經驗教訓入手，由詩刊發幾篇文章，為詩刊及《草木篇》等作品平反澄清影響。

（二）關於《草木篇》問題。

《草木篇》是流沙河同志寫得一組散文詩，一九五七年一月發表在《星星》詩刊的創刊號上，在反右鬥爭中，被作為反黨、反社會主義的「大毒草」受到公開的批判。當時，一些贊成《草木篇》或不同意批判《草木篇》的人，也受到了批判，有的被劃為右派分子。批判《草木篇》的情況，《人民日報》、《文匯報》均作過報導，影響較大。

今年以來，省文聯臨時黨組曾對《草木篇》的問題專門召開會議進行了討論，意見雖有不同，但一致認為，《草木篇》不是反黨、反社會主義的「毒草」，當時把它作為「大毒草」進行批判，混淆了兩類不同性質的矛盾，是錯誤的，把對《草木篇》的態度作為劃右派的依據也是錯的，都應當加以糾正和澄清。今年五月，省文聯臨時黨組的負責同志已在全省落實文藝界知識分子政策的座談會上為《草木篇》宣布平反，並通知各地；凡因贊成《草木篇》或不同意批判《草木篇》而劃為右派分子的，應一律改正。據現在瞭解，凡因《草木篇》問題被劃為右派的，絕大多數已經改正。其中應該改正尚未改正的，有關單位應迅速給予改正。

（三）關於《星星》詩刊四個編輯被劃為右派分子的問題。

編輯流沙河（《草木篇》作者），一九五七年十二月被劃為右派

分子，受到撤銷公職、留機關監督勞動的處分，文化大革命被送回原籍金堂縣城廂鎮監督勞動，一九七八年已摘掉右派分子帽子，安排在金堂縣文化館工作。根據省文聯臨時黨組最近覆查的意見，決定對流沙河的右派問題給予改正，並調流沙河回文聯機關工作。

編輯部主任白航（即燕白），一九五八年一月劃為右派分子，一九六一年摘掉右派分子帽子，今年三月已改正。但在改正意見中，留有「在《星星》詩刊的編輯工作中和組織原則上犯有錯誤」的尾巴。在這次覆查中，大家認為，應當取消這個尾巴。

編輯白峽，一九五八年二月被劃為右派分子，一九六一年九月摘掉右派分子帽子，已於今年四月改正。

執行編輯石天河，在反右鬥爭中被劃為右派分子，一九五七年十二月因極右和歷史反革命問題被逮捕，判刑十五年，一九七二年刑滿留雷馬屏農場就業。省文聯臨時黨組對石天河的問題也進行了覆查，覆查意見正送法院審核中。

（四）關於「四川省文藝界反革命小集團」和反動組織「裴多菲俱樂部」的問題。

在反右鬥爭中，省文聯整風領導小組曾根據省公安廳的意見，作出了《四川省文藝界反革命小集團的結論》。在這一結論中，有二十四人被列為「反革命小集團」的成員，其中當時在省文聯機關工作的有八人，在各地和其他單位工作的而有十六人。經過覆查，省文聯臨時黨組認為，在這二十四人中，雖有個別反革命分子，但並未形成「以推翻黨的領導、推翻社會主義制度為目的的反革命集團」，已於今年五月二十二日作出了《關於撤銷一九五七年原四川省文聯整風領導小組所作的〈四川省文藝界反革命小集團的結論〉的決定》。《決定》指出：原結論「定性不當，決定予以撤銷」；「鑒於原『集團』成員中各人的情況不同，建議由所在工作單位進行覆查，根據黨的政策，作出正確的結論」。這一《決定》已通知了關係人所在的單位。根據《決定》省文聯臨時黨組對原在省文聯機關工作的八人逐個進行了覆查，已作改正處理的五人，因犯有其他罪行正在服役和在服刑中死亡暫不改正的各一人，因其他問題尚未改正的一人。原列為「集團」成員的十六人，由於他們分散各地，現在決定

由省委宣傳部、省公安局、省文聯共同組成一個小組，負責檢查、落實。

這次檢查發現，在《四川省文藝界反革命小集團的結論》中，還有一個「裴多菲俱樂部」，被定為「極其反動的組織」。被列入「裴多菲俱樂部」的成員共九人，其中屬於「四川省文藝界反革命小集團」成員六人，不屬於「四川省文藝界反革命小集團」成員三人，當時在省文聯機關工作的四人，在其他單位工作的五人。現在查明，這個所謂「極其反動的組織」，「裴多菲俱樂部」是不存在的，應屬於撤銷原結論，並通知關係人所在單位。

上述這幾個問題，在省內外都有著較大的影響，我們所提出處理意見，請省委審查，並批轉省級機關和各市、地、州、縣委。

中共四川省委宣傳部

一九七九年八月二十九日

中共四川省委辦公廳一九七九年九月十四日印

（共印 12，290 份）

對於這份文件，我們就不再詳述。根據這份文件，我們首先看到，在四川文藝界的反右鬥爭中，起著重要作用的是「四川文聯整風領導小組」。回到四川文藝界右派問題的歷史，我們看到在 1957 年的四川省文學藝術工作者代表大會之後，四川省文聯在四川省委的指導下，成立了四川省文聯整風領導小組，開始了四川文藝界的反右鬥爭工作。由於「《星星》詩刊的問題」、「《草木篇》的問題」和「《星星》編輯部成員的問題」，在四川省文學藝術工作者代表大會上就已經處理，所以四川省文聯整風領導小組主要是處理「四川省文藝界反革命小集團」和「裴多菲俱樂部」的問題，並且還要解決四川省公安廳形成的《四川省文藝界反革命小集團的結論》的意見。可見，四川文藝界的反右工作，主要是四川省文聯整風領導小組推動的。這個文件的主體部分是《關於省文聯在五七年反右鬥爭中需要落實政策的幾個問題的處理情況和意見的報告》，這一部分是由省委宣傳部完成的。儘管是由省委宣傳部完成的，但整個文件的主要基調，是四川省委確定的。正如文件抬頭所說，「對一九五七年反右鬥爭中錯誤處理的《草木篇》、《星星》詩刊、『四川省文藝界反革命小集團』和『反動組織裴多菲俱樂部』的問題，均應按照黨的政策予以平反。」

所以這個文件，必須經過四川省委書記杜心源，或者繼任者趙紫陽的同意。
在四川文藝界的平反工作中，具體落實平反工作的是四川省文聯臨時黨組。我
們看到，文件的主體部分圍繞這四個問題而展開，不僅簡單回顧了這些問題的
具體歷史，而且也提出了具體的處理意見。那麼，在平反的過程中，此時的省
委宣傳部部長安法孝、分管文藝的副部長馬識途，以及四川省文聯臨時黨組成
員李少言、沙汀、黎本初、李友欣、李累、雁翼、陳之光都參與到了其中。

　　當然，對於這份文件，如何起草？如何討論修改？我們都難以一一還原
歷史。正如我們前面看到，整個時代政治形勢的推動，「平反」成為歷史的大
趨勢。所以，此時誰參與和起草了通知等這些問題，都已經不重要了。當然，
《星星》詩刊平反工作完成的同時，也就啟動了《星星》詩刊的復刊工作。
1983 年，于競祁在《四川日報》上發表了《詩人流沙河重返詩壇 滿懷激情歌
頌新時代》一文提到，「1980 年春重返詩壇的流沙河，用他那發自心底的深
情，寫出了一首首新時代的頌歌。他的詩集——《流沙河詩集》今天獲第一
屆（1979～1982）全國優秀新詩（詩集）獎一等獎。詩人今年 52 歲，有 22 個
春秋是在當做『批判』對象中度過的。在他回到詩壇後的第一個作品《歸來》
的結尾，他寫出了從那時以來的心情：太陽照我，舊夢都隨朝霧散，事業催
我，光陰一定要追還！」〔註 26〕這不僅表明流沙河重返詩壇，四川文藝界，
乃至《星星》詩刊，都一掃反右鬥爭的陰霾，預示著一個新時代的來臨。

　　3.《星星》詩刊復刊

　　《星星》詩刊的復刊是與《星星》詩刊的平反工作結合在一起的，為《星
星》詩刊平反，就為《星星》詩刊的復刊鋪平了道路。而《星星》的復刊，也
就是為《星星》平反的一個重要表現。

　　《星星》詩刊的復刊，可以說得到了多方面的幫助。我們知道，《星星》
詩刊的復刊過程，實際上也是對四川文藝界右派集團的平反工作，所以參與
單位和部門也是相當多的。首先，《星星》詩刊的復刊，必須得到四川省委及
相關領導的支持。流沙河曾說，「到 1979 年底，當時的四川省委主要領導親
自批示：必須把人家調回來，第二，必須給星星詩刊平反，復刊。」〔註 27〕

〔註 26〕于競祁：《詩人流沙河重返詩壇 滿懷激情歌頌新時代》，《四川日報》，1983 年
　　　　3 月 25 日。
〔註 27〕何三畏整理：《「如果不寫這個，我後來還要當右派」——流沙河口述「草木
　　　　篇詩案」》，《看歷史》，2010 年，第 6 期。

同樣，白航在《星星》詩刊復刊稿約中，也重點提到了這一點，「烏雲散盡，
星河燦爛，《星星》詩刊在九億人民慶祝建國三十週年之際，在向『四化』進
軍的戰鼓聲中，在中共四川省委的親切關懷下，終於復刊了。」〔註28〕關於
這段歷史，我們前面已有提及。除了四川省委的支持之外，白航還提到了胡
耀邦對《星星》復刊的關注。他說，「粉碎『四人幫』後，黨中央於 1978 年
底召開了十一屆三中全會，撥亂反正，平反冤假錯案，文藝界的春天來到了。
《星星》詩刊的錯案，才有機會能夠得到平反。1979 年初《詩刊》社在北京
召開了一次全國的詩人座談會，雁翼、孫靜軒、梁上泉等四川詩人也參加了。
座談會號召大家解放思想振奮精神，創作出不愧於時代的不朽詩篇。會上有
人提出《星星》冤案及復刊的問題，恰逢胡耀邦同志來到座談會看望大家，
聽到這話後，他插話說：『惺惺惜惺惺惺啊！』，這句意味深長的話，也許對《星
星》詩刊後來得到平反，大有幫助吧！」〔註29〕當然，胡耀邦的支持，應該
說更多的是一種鼓勵，而非實際意義的支持。

　　《星星》詩刊能復刊，另外一個原因是《詩刊》的復刊以及詩刊社的支
持。《詩刊》復刊是經過毛澤東批示同意的。1975 年毛澤東同鄧小平談話時就
提到，「樣板戲太少，而且稍微有點差錯就挨批。百花齊放都沒有了。別人不
能提意見，不好。」「怕寫文章，怕寫戲。沒有小說，沒有詩歌。」〔註30〕1975
年 7 月 14 日毛澤東又一次指出「黨的文藝政策應該調整一下，一年、兩年、
三年，逐步逐步擴大文藝節目。缺少詩歌，缺少小說，缺少散文，缺少文藝評
論。」〔註31〕另外，在 1975 年 7 月 25 日對電影《創業》的批示中，毛澤東
表示了對缺少「百花齊放」的文藝作品的現狀的不滿，並明確提出要「調整
黨內的文藝政策」，由此「在當時的形勢和語境中，所謂調整，也就意味著適
度或有限的『寬鬆』、『開放』策略，這理所當然地影響到了全國文藝領域的
重新布局，如一些重要刊物的復刊便提上了議事日程，其後很快演成『一時
之盛』。」〔註32〕因此，在毛澤東對《創業》的編劇張天民的來信批示前後，

〔註28〕《〈星星〉詩刊復刊稿約》，《四川日報》，1979 年 9 月 11 日。
〔註29〕姜紅偉、白航：《著名詩歌編輯家白航訪談錄》，《星星》（詩歌理論半月刊），
　　　　2009 年，第 4 期。
〔註30〕《黨的文藝政策應當調整》，《毛澤東文藝論集》，北京：中央文獻出版社，2002
　　　　年，第 231～232 頁。
〔註31〕毛澤東：《關於文藝工作的談話和批語》，《建國以來毛澤東文稿》，第 13 冊，
　　　　北京：中央文獻出版社，1998 年，第 446 頁。
〔註32〕吳俊：《〈人民文學〉的創刊和復刊》，《南方文壇》，2004 年，第 6 期。

還對文藝界人士的幾封來信作了批示。其中包括對張春橋轉報的謝草光希望
《詩刊》復刊的寫給《紅旗》雜誌社的信做出「同意」的批示。〔註33〕1976
年1月1日《詩刊》正式復刊了，毫無疑問，《詩刊》復刊對中國當代新詩的
發展有著重要的意義，「《詩刊》作為公開出版的詩歌報刊的『頭羊』，在新格
局的形成和演變中發揮了舉足輕重的作用，在理論和批評方面甚至扮演了弄
潮的角色。」〔註34〕由此，《詩刊》的復刊對《星星》詩刊的復刊有著重要的
影響。正如在《詩刊》復刊的時候，姚文元就有批示，「兩年前《詩刊》準備
復刊，姚文元批示曰：『我們不怕出草木篇！』」〔註35〕可以說，正是《詩刊》
復刊，也就積極推進了《星星》詩刊的復刊。在1987年《星星》創刊30週
年之際，白航以「本刊評論員」為名發表的《〈星星〉三十歲》就說，「特別對
老大哥《詩刊》社的同仁們，在《星星》的平反和復刊過程中所作的努力，永
遠使我們銘記。」〔註36〕比如，《詩刊》社的嚴辰、李季，均對《星星》詩刊
的復刊給予過支持與幫助。白航提到，「《詩刊》主編嚴辰恩師給我寫信，讓
我把1957年《星星》被處理的情況簡要寫成材料寄給他，後來，《詩刊》發
了內部簡報分送給有關單位和高層，得到了重視。」〔註37〕同樣，在雁翼回
憶中，提到了《詩刊》李季的大力支持，「最難忘的是他關心《星星》復刊的
事。為此，他找我談了兩次。當他知道四川省委領導支持《星星》復刊，他是
多麼高興呀！他談到了培養詩歌隊伍和理論建設問題，……他是既關心又憂
慮的，要《星星》多抓這方面的工作。去年十二月我到北京要求他寫文章支
持《星星》，希望他寫點創作回憶錄、創作隨筆之類的文章。他一口答應了，
『再忙我也要寫。培養隊伍，這是百年大計的事。』」〔註38〕可以說，《詩刊》
的復刊，以及詩刊社同仁支持，才讓《星星》詩刊的復刊有了良好的基礎。

　　當然，《星星》的復刊，除了有著摘帽、平反等政治因素的推動，以及相

〔註33〕毛澤東：《關於文藝工作的一組批語》，《建國以來毛澤東文稿》，第13冊，北
　　　　京：中央文獻出版社，1998年，第453～454頁。

〔註34〕唐曉渡：《人與事：我所親歷的八十年代〈詩刊〉（之一）》，《星星》（詩歌理
　　　　論半月刊），2008年，第3期。

〔註35〕流沙河：《鋸齒嚙痕錄》，《鋸齒嚙痕錄》，北京：三聯書店，1988年，第290
　　　　頁。

〔註36〕本刊評論員：《〈星星〉三十歲》，《星星》，1987年，第1期。

〔註37〕姜紅偉、白航：《著名詩歌編輯家白航訪談錄》，《星星》（詩歌理論半月刊），
　　　　2009年，第4期。

〔註38〕雁翼：《哀憶無了期》，《星星》，1980年，第4期。

關單位和部門的支持之外，更有著四川文藝界自身發展的原因。《星星》詩刊的復刊，另外一個重要的基礎就是四川省文聯機關刊物《四川文藝》的復刊，「1973 年初春，《四川文藝》創刊號正式發行。作家們越來越活躍，連川劇作家也寫小說稿送來了。想到劉政委講的刊物封面用美術體字不雅，要請名家書寫刊名，我們便給郭沫若寫信求字。那時郭老的日子並不好過，還是在中國科學院的信箋上揮寫了《四川文藝》字樣寄來，從此刊物封面又恢復為郭老的書法精品了。不久，省委決定組建四川省文藝創作委員會。由李亞群同志任主任，領導刊物編輯部。亞公和馬識途、戈壁舟等同志商議後，決定把編輯部搬回省文聯，由李友欣、李累主持刊物工作。一批老編輯重新上馬，全川作家更加活躍了。」〔註39〕有了《四川文藝》這個平臺，詩歌才有了發展的空間。1976 年 1 月 2 日，成都地區詩歌界文藝界人士舉行座談會，暢談學習《毛主席給陳毅同志談詩的一封信》的體會。大家情緒熱烈，各抒己見，座談會開得生動活潑。參加座談會的詩歌界、文藝界的人士，就有沙汀、艾蕪、張秀熟、楊明照、屈守元、冉友僑、雷履平、劉開揚、李友欣、李累、雁翼、傅仇、唐正序等四十餘人。這不僅是一次討論，其實也是四川詩歌發展的一次推進會，「座談會上發言的同志一致認為，毛主席給陳毅同志談詩的這封信，是對詩歌工作者、文藝工作者的殷切期望和鼓勵、鞭策，大家一定要按照毛主席指示的方向、道路，踏踏實實地邊學習邊前進，為新體詩歌的形成——將革命的政治內容和盡可能完美的藝術形式結合起來，努力創作實踐。一個萬紫千紅、百花盛開的社會主義的文藝春天已經到來！」〔註40〕

而在《星星》詩刊的復刊過程中，省文聯臨時黨組是具體的執行者，也做出了非常重要的貢獻。「中共四川省文學藝術界聯合會臨時黨組根據中共四川省委的指示，決定《星星》詩刊從今年十月起復刊。」〔註41〕在省文聯臨時黨組中，白航就曾回憶說，「《星星》復刊的前後，葉石、雁翼同志為復刊曾作了許多工作。」〔註42〕關於葉石，其生平如下，「葉石（1913～1998），筆名：煤黑子，六郎，一萍。漢族，山西汾陽人。1926 年起先後就讀於河汾中

〔註39〕陳之光：《方生未死的歲月——記〈四川文學〉的一段史蹟》，《四川文學》，
　　　　2005 年，第 5 期。
〔註40〕《沿著毛主席指引的道路前進 迎接文藝界百花爭豔的春天》，《四川日報》，
　　　　1978 年 1 月 6 日。
〔註41〕《復刊詞》，《星星》，1979 年，總第 47 期。
〔註42〕白航：《感受改革開放的體溫》，《流金歲月》，《晚霞月刊》，2008 年，第 2 期。

學、銘義中學（今山西省汾陽中學）、北平中國大學附中、北平師範學校及山西教育學院中文系。1936 年 12 月參加革命，翌年赴延安，1938 年入黨，1940 年在『魯藝』文學系學習。歷任陝甘寧邊區抗戰劇團主任、晉綏七月劇社社長、晉綏文化服務團團長，晉綏文聯文學部副部長，中共晉綏分局宣傳部科長、成都市軍管會新聞處處長，中共成都市委常委宣傳部部長、副部長。領導組建省、市、廣播電臺及成都晚報。曾被錯劃右派，復出後任四川省文聯副主席、黨組副書記，省劇協主席、省作協副主席、省作協分黨組書記。」〔註43〕但他在《星星》詩刊復刊過程中的具體工作，僅有白航提及，其他的相關歷史我們卻不得而知。這其中，詩人雁翼對《星星》的復刊工作，也有著直接的推動作用。在中國文學藝術工作者第四次代表大會上，雁翼為《星星》的復刊積極呼籲，「十一月五日上午，繼續大會發言，大會由丁玲主持。……雁翼作了『讓星星更明亮吧』為題的發言，他著重談了詩歌月刊《星星》的命運問題。他首先談了《星星》這個刊物的身世，介紹了《星星》的升起、沉沒而又重新升起的痛苦經歷，並著重談了去年以來籌備復刊過程中所遇到的重重阻力。他說，雖然趙紫陽同志支持復刊，四川人民出版社伸出了支持的手，但復刊工作總是被某些人以種種理由加以阻撓和抵制。雁翼說，雖然《星星》頭上的烏雲被掃除，但他前面的道路並不平坦，甚至還有重遭沉沒的可能。」〔註44〕從前面的論述來看，雁翼不僅爭取《詩刊》主編李季的支持，而且還在文代會上積極呼籲，他可以說是《星星》詩刊復刊過程中出力較多的詩人之一。

經過多方努力，《星星》詩刊組終於建起了臨時編輯部，開始了復刊後《星星》詩刊的編輯工作。在相關的研究中，曾提到過「星星復刊編輯委員會」，「1979 年，詩人迎來三件大事：一是娶得成都某印刷廠工人李平女士，二是參加《星星》復刊編輯委員會，三是當選為四川省作家協會副主席。」〔註45〕但對於「星星復刊編輯委員會」的具體情況我們並沒有查閱到相關的史料，不過星星臨時編輯部的雁翼、白航、陳犀、孫靜軒，也應該也屬於《星星》復刊委員會的成員，「1979 年 10 月，《星星》詩刊由省委宣傳部批准復刊，臨時

〔註43〕杜學文、楊占平主編：《世界反法西斯戰爭中的山西抗戰文學（上）》，太原：北嶽文藝出版社，2015 年，第 366 頁。

〔註44〕《作協第三次會員代表大會繼續舉行》，《中國文學藝術工作者第四次代表大會 簡報》，1979 年，第 83 期。

〔註45〕胡亮：《孫靜軒》，《詩探索》，2013，第 1 輯。

編輯部由雁翼、白航、陳犀、孫靜軒、藍疆、曾參明、牟康華（代管美術）組成，由文聯臨時黨組成員葉石同志領導。不久，流沙河同志落實政策歸來，又重操舊業，再作馮婦，零落已久的星星，又在藍色的天空閃現。」〔註46〕很快，臨時編輯部就轉為正式編輯部，「現在，《星星》編輯部的正式成員有白航（副主編）、陳犀（副主編）、流沙河、藍疆、曾參明、鄢家發、雷貞恕（美術編輯）等七人。由於編輯人手不足，曾先後聘請了臨時業餘編輯，來我部幫忙和互相學習。大家切磋詩藝，同室看稿，同桌吃飯，爭論有口，直爽無心，不過是為了辦好刊物，發現新人而已。我們短暫的友誼，卻是十分深長的。」〔註47〕值得注意的是，在白航的回憶中，正式編輯部中卻少了雁翼、孫靜軒的名字。此後，根據《中國〈星星〉五十年詩選 附錄》中的《編輯部工作人員名單》，星星編輯部的成員為：白航（1979～1988，編審 主編）、陳犀（1979～1986，編審 副主編）、流沙河（1979～1986，編審 編輯）、游藜（1979～1986 編審、編輯）、藍疆（1979～1992 副編審、編輯部主任）、曾參明（1979～1990 副編審，編輯）、雁翼（1979～1980 參加復刊工作）、鄢家發（1980 編審 編務室主任）、牟康華（1979～1981 美術編輯）、雷貞恕（1981～1984 美術編輯）、甘庭儉（1984～2003 美術編輯）。新星星編輯部正式成立後，《星星》詩刊便進入到了復刊程序。此後，更有一批新人的加入，進一步擴大《星星》詩刊的影響，「先後來編輯部工作的有游藜、熊遠柱、楊世運、任正平、傅吉石、駱耕野、馮駿、藍幽、伍權民、傅天琳、陳賢格、余以建、郭本華、袁永慶、劉永嘉等。」〔註48〕「編輯部的組成除我外，還有陳犀（和我共同負責與審稿）、藍疆、曾參明、鄢家發、甘庭儉（美編），後來又加進了葉延濱、孫建軍、王志傑、魏志遠等，還有幾十位先後幫忙的其他編輯。」〔註49〕另外，據《編輯部工作人員名單》中「協助《星星》編輯工作人員名單」統計，此後參與到《星星》詩刊，協助《星星》編輯工作的人員還有：李野、苗波、何潔、胡笳、熊遠柱、陰戈明、王德成、楊汝綱、陳爾泰、賀星寒、

〔註46〕辛心：《我們的名字是星星——〈星星〉創刊史話》，《星星》，1982 年，第 4 期。

〔註47〕辛心：《我們的名字是星星——〈星星〉創刊史話》，《星星》，1982 年，第 4 期。

〔註48〕辛心：《我們的名字是星星——〈星星〉創刊史話》，《星星》，1982 年，第 4 期。

〔註49〕白航：《感受改革開放的體溫》，《晚霞月刊》，2008 年，第 2 期。

楊世運、余以建、廖亦武、駱耕野、傅天琳、李鋼、古傑、傅吉石、郭本華、任正平、藍幽、劉允嘉、鍾文、袁永慶、李永庚、陪貴、柴與言、楊然、周倫佑、羅亨長、吉狄馬加、馮駿、張加百、藍啟發、呂文秀、典子、魯稚、楊永清、王一兵、唐宋元、伍權民等等，這使得《星星》詩刊在八十年代，獲得了更為廣闊的發展空間。

　　《星星》詩刊的復刊，不僅是詩歌界的一件大事，也是文化界的一件大事，詩人吳丈蜀就專門為此寫詩一首，《江城子——賀成都〈星星〉詩刊復刊》：「十年妖霧塞蒼冥，滿川冰，百花零，藝圃荒蕪，詞苑寂無聲。萬馬齊暗誰作孽，人切齒，恨難平裏！驅魔重見一天晴，碧空澄，耀長庚。淺紫柔紅，爭豔錦官城。新穎題材高格調。歌四化，頌長征。」〔註50〕

二、新的《星星》詩刊

　　八十年代文學，是中國當代文學的一個黃金時期。八十年代的四川文學，以及整個中國文學的發展，都是隨著社會政治的變化而發展的。1979年中國文學藝術工作者第四次代表大會，確立了「文藝民主」、「創作方法多樣化」的文藝政策。文藝的性質和方向從「為工農兵服務，為階級鬥爭服務」，變成了「為人民服務，為社會主義服務」。〔註51〕通過政治、政策的引領，預示著一場文學新潮的到來。眾所周知，八十年代是學術和文學爆發和繁榮的時代，乃形成了「解放了的哲學，活躍的文學，繁榮的經濟學」這樣的說法。「中國文化書院」編委會、《走向未來》叢書、《文化：中國與世界》叢書、外國文藝叢書、二十世紀外國文學叢書……重磅推出了一系列的文化與文學書籍，引領了中國文學的縱深發展。這其中，以現代主義文學和文學的發展，尤為迅速。海德格爾的《存在與時間》、薩特的《存在與虛無》……等著作，成為這個時代流行標誌。馬爾克斯、博爾赫斯、迪倫馬特、卡夫卡的、福克納、卡爾維諾……深刻地影響著中國當代文學的發展。在這樣的背景之下，復刊後的《星星》詩刊，與時代思潮同步，表現出與五六十年代完全不同的一種全新面貌。

　　1. 辦刊方針

　　進入到新時期，《星星》詩刊確定了新的辦刊方針，這主要體現在《星星》

〔註50〕吳丈蜀：《回春詩詞抄》，北京：中國文聯出版公司，1988年，第15頁。
〔註51〕見《中國文學藝術工作者第四次代表大會文集》，成都：四川人民出版社，1980年。

詩刊的「復刊稿約」和「復刊詞」中。當然，在確定新的方針的時候，《星星》詩刊還是顯得膽戰心驚，有著如履薄冰的感覺。如在「復刊詞」前，就有這對「草木篇事件」的回顧：「《星星》詩刊於一九五七年一月創刊，在一九六〇年精簡調整刊物時停刊。她在『雙百』方針的春風化雨中誕生，也經歷過階級鬥陣的疾風暴雨。在一九五七年反右派鬥爭中，《星星》詩刊由於刊登了《草木篇》等作品，受到了批判。黨的十一屆三中全會以後，省文聯臨時黨組根據中央和省委有段落實黨的政策、妥善處理遺留問題的指示，對《星星》詩刊上發表的作品進行了認真的覆查，認為這些作品都不是毒草，不存在刊物為右派把持和反黨範社會主義的問題。當時對《星星》詩刊和《草木篇》所定的性質，混淆了兩類不同性質的矛盾，是錯誤的，已經報請省委批准，予以平反、糾正。我們衷心感謝，堅決擁護。」〔註52〕雖然我們看到，《星星》詩刊的問題已經得到了平反和糾正，但對於重新復刊的《星星》，無疑是一個重大的教訓。

復刊後《星星》詩刊的辦刊方針，主要體現在《星星》詩刊的「復刊稿約」中。1979 年 9 月 11 日《四川日報》發布了《〈星星〉詩刊復刊稿約》，這也是反右鬥爭後《四川日報》第一次發布有關《星星》詩刊的消息。復刊後《星星》詩刊的「稿約」全文如下：

> 烏雲散盡，星河燦爛，《星星》詩刊在九億人民慶祝建國三十週年之際，在向「四化」進軍的戰鼓聲中，在中共四川省委的親切關懷下，終於復刊了。
>
> 《星星》詩刊是社會主義詩人們揮戈上陣的戰場，是團結省內外專業和業餘詩作者的陣地；它將堅決貫徹黨的十一屆三中全會精神，充分發揚社會主義民主和藝術民主；堅決貫徹黨的「雙百」方針，發表各種不同流派、不同風格、不同形式、不同題材的詩歌作品及畫稿，讓它們彙集成燦爛的星群，而放射出五顏六色的光輝，引人向上，為「四化」而謳歌，為「四化」而戰鬥！
>
> 詩就是詩，是形象的化身，它不是赤裸裸的標語口號和政治宣言，讓詩味充溢於作品的字裏行間：凡政論詩、抒情詩、哲理詩、敘事詩、愛情詩、詠物詩、兒童詩、風景詩、民歌、翻譯詩；詩人介紹、詩人通信、國畫、油畫、民歌、版畫、素描等以及詩人畫家

〔註52〕《復刊詞》，《星星》，1979 年，總第 47 期。

論詩論畫、新詩話、作品的探討（著重在藝術方面）、刊物的封面設
計等皆所歡迎。

　　詩責自負，稿件刊用時一般不改。

　　除長詩外，一律不退稿，兩月後如未接到採用通知，即可自行
處理。

　　稿寄成都市布後街二號《星星》詩刊社。

一九七九年九月〔註53〕

　　在這份「復刊稿約」中，第一段是交代《星星》復刊的基本情況，並特別
表明《星星》的復刊是得到了四川省委的關懷，也由此鮮明地表明了自己的
「官刊」身份。由此，在第二段談復刊後《星星》詩刊的指導思想，就必須完
全按照「官刊」的模式來要求自己。這裡，就突出了「為社會主義服務」和
「為四化服務」的主要思想，這兩大思想也就成為《星星》復刊後辦刊的指
南。當然，在此過程中，《星星》詩刊也有所保留，同時舉起了「藝術民主」
與「雙百方針」的大旗。在以後《星星》的發展歷史過程中，我們又看到，《星
星》所舉起的「藝術民主」和「雙百方針」，也僅僅是一種理想追求而已。進
而在第三段中，這份復刊稿約明確提出「詩就是詩」，進一步彰顯詩是「形象
的化身」，要追求「詩味」。此時在《星星》的指導思想就體現出一種回到「詩
本身」的「純藝術」追求。由於在創刊初期，《星星》詩刊發表的「諷刺詩」
和「愛情詩」成為了批判的重點，復刊後的《星星》就兼容並包，一切詩歌作
品兼收。另外《星星》詩刊不僅刊登詩歌作品，也涉及到其他題材，這使得
《星星》詩刊成為了一個文本豐富的期刊。總之，從「復刊稿約」，《星星》詩
刊在凸顯「官刊」的身份基礎上，雖然嚮往「藝術民主」和「雙百方針」，但
實際上，更多地體現在對「詩本身」的追求和藝術形式的多樣性的追求中。
可以說，「回歸藝術本身」這是《星星》復刊時的一個非常重要的概念。緊接
著，1979 年 9 月 22 日，《四川日報》發布了《星星復刊號 1979（總第 47 期）
要目》，就比較鮮明地體現了「復刊稿約」中的辦刊方針。第一，重點設置了
「獻給祖國的歌」這一欄目，刊登了多篇相關的詩歌作品。第二，強調藝術
形式的多樣。除了詩歌作品之外，還有翻譯詩、評論、水粉畫、國畫、油畫、
漫畫和雕塑等藝術作品。

　　另外，值得注意的是，發表在《星星》復刊號上的「復刊詞」，更為完整，

〔註53〕《〈星星〉詩刊復刊稿約》，《四川日報》，1979 年 9 月 11 日。

是《星星》辦刊方針的另一種表達。在這份「復刊詞」的前面，主要回顧了《星星》復刊的背景和對《星星》詩刊批判的歷史，然後再呈現出具體的辦刊方針。

復刊詞

　　粉碎了「四人幫」，社會主義祖國的百花園裏，姹紫嫣紅繁花似錦。為了進一步貫徹「百花齊放，百家爭鳴」的方針，讓詩歌之花爭奇吐豔，開遍巴山蜀水，激勵人民為實現「四化」而鬥爭，中共四川省文學藝術界聯合會臨時黨組根據省委的指示，決定《星星》詩刊從今年十月起復刊。闊別詩壇十多年的《星星》，在全國各族人民熱烈歡迎建國三十週年的時候，又和親愛的讀者見面了。

　　《星星》詩刊於一九五七年一月創刊，在一九六〇年精簡調整刊物時停刊。她在「雙百」方針的春風化雨中誕生，也經歷過階級鬥爭的疾風暴雨。在一九五七年反右派鬥爭中，《星星》詩刊由於刊登了《草木篇》等作品，受到了批判。黨的十一屆三中全會以後，省文聯臨時黨組根據中央和省委關於落實黨的政策、妥善處理遺留問題的指示，對《星星》詩刊及其發表的作品進行了認真的覆查，認為這些作品都不是毒草，不存在刊物為右派把持何反黨反社會主義的問題。當時對《星星》詩刊和《草木篇》所定的性質，混淆了兩類不同性質的矛盾，是錯誤的，已報省委批准，決定予以平反糾正。我們衷心感謝，堅決擁護。

　　復刊後的《星星》詩刊，將在黨的十一屆三中全會和全國第五屆人大二次會議精神指引下，為「四個現代化」而縱情高歌，誓作「四個現代化」的促進派。她將放聲歌頌領導我們前進的偉大的中國共產黨，歌頌偉大的社會主義祖國和我們的人民，歌頌老一輩無產階級革命家。同時，她將無情揭露和批判林彪、「四人幫」極左路線及其嚴重罪行。她將抨擊一切阻礙「四個現代化」的邪惡的、陳舊的、腐朽落後的、僵化的舊事物，舊思想。

　　《星星》詩刊，將堅決貫徹「雙百」方針，讓各種流派、風格和形式詩和畫同展風姿，各現異彩，而比美爭妍。

　　《星星》詩刊將力求繼承民族民間詩歌的優秀傳統，但也必須打開門窗，吸取優秀外國詩歌的營養，而更重要的，應是創造和探

索的詩歌藝術，為開一代新詩風而做出努力。

　　《星星》詩刊殷切希望四川和全國的詩人、畫家給予熱情的支
持，也歡迎年青一代的詩作者給《星星》輸送新的養料。讓我們不
同年齡、不同藝術風格、不同工作崗位的詩作者更加密切地團結起
來，在新長征中，奮勇前進！

星星詩刊編輯部

一九七九年九月〔註 54〕

　　在「復刊詞」中，首先是對《星星》復刊的歷史陳述。這在 1979 年 9 月
22 日的《四川日報》中，也有同樣的報導：「為了貫徹『百花齊放，百家爭鳴』
的方針，繁榮詩歌創作，中共四川省文學藝術界聯合會臨時黨組根據省委的
指示，決定《星星》詩刊從今年十月起復刊。《星星》詩刊於一九五七年一月
創刊，在一九六〇年精簡調整刊物時停刊。在一九五七年反右派鬥爭中，《星
星》詩刊由於刊登了《草木篇》等作品，同這些作品一起受到了批判。《草木
篇》等被批判為『反黨反社會主義的大毒草』，詩刊被批判為『為右派所把持』，
『篡改了政治方向』。黨的三中全會以後，省文聯臨時黨組根據中央和省委關
於落實黨的政策、妥善處理遺留問題的指示，對《星星》詩刊及其發表的作
品進行了認真的覆查，認為《草木篇》等不是反黨反社會主義的毒草，《星星》
詩刊也不存在為右派把持、篡改政治方向的問題，當時的批判混淆了兩類不
同性質的矛盾，是錯誤的，已報省委批准，決定予以平反糾正。」〔註 55〕在
《四川日報》和《星星》復刊號上同時刊登相同的文字，表明《星星》詩刊仍
然沒有擺脫厚重的歷史包袱。具體而言，復刊後《星星》的辦刊方針為，促進
詩歌現代化、貫徹雙百方針、中西合璧、團結詩歌作者。進而，在編輯方針方
面，「復刊詞」重點突出的是為「四個現代化」服務，而積極推進社會的現代
化建設的方針。雖然也提到了「社會主義」，但此時《星星》詩刊辦刊的主線
是「四個現代化」。同樣，在《四川日報》報導中，也重點提到「四個現代化」
的問題，「《星星》詩刊的復刊，為繁榮詩歌創作開闢了一個重要園地，符合
廣大詩歌作者和讀者的願望。在黨的領導下，它將遵循黨的十一屆三中全會
和五屆人大二次會議的精神，堅決貫徹『雙百』方針，團結、鼓舞、激勵廣大
詩歌作者，進一步解放思想，努力創作，熱情歌頌黨、歌頌社會主義、歌頌人

〔註 54〕　《復刊詞》，《星星》，1979 年，總第 47 期。

〔註 55〕　《為繁榮詩歌創作〈星星〉詩刊復刊》，《四川日報》，1979 年 9 月 22 日。

民，深刻揭露和批判林彪、『四人幫』的極左路線和一切腐朽落後的意識形態，更好地為實現四個現代化作出貢獻。」〔註 56〕在為「四化」服務的基礎上，同時也就提到了「雙百」、「打開門窗」、「年青一代」等表述。對於復刊後《星星》的辦刊方針，「復刊詞」與「復刊稿約」有著一些差異。我們前面提到，在「復刊稿約」中，更關注的是「詩的形象性」和體裁的多樣性。而在「復刊詞」中，則突出的是「各種流派、風格和形式」，同時也提到了「民族民間傳統」和「外國詩歌營養」等。但總的來看，與《四川日報》的「復刊稿約」不同的是，此時《星星》的具體方針則完全沒有提到「詩就是詩」這個核心概念。這應該經過了省文聯的討論之後，才取消這樣具有「純藝術追求」的表達。相反，《星星》詩刊卻在復刊詞中增加了另外一種詩學野心，「開一代新詩風」。當然，這應該是《星星》詩刊對復刊所體現出來的一種強烈的自信。此後，作為主編的白航，在《詩刊》發表了《〈星星〉詩刊復刊》一文，再次重申了新時期《星星》的辦刊方針。「復刊後的《星星》，將堅決貫徹黨的『雙百』方針，發表各種不同流派、不同風格、不同形式、不同題材的詩歌作品及畫稿，活潑短小的評論和爭鳴文章，讓它們彙集成燦爛的星群，放射出五光十色的光輝。復刊後的《星星》，將力求繼承民族詩歌的優秀傳統，同時也將打開門窗，吸取外國的優秀詩歌營養。而更重要的，應是現實的創造和探索，為開一代新詩風而作出努力。《星星》復刊號發表了四川省內外各地作者的詩作、詩評和畫稿。《星星》歡迎全國的作者和讀者給以熱情的支持與批評。」〔註 57〕同樣，這裡也沒有談「詩就是詩」的藝術理念，而增加了「開一代新詩風」的表述。由此可以說，發表在《星星》上的復刊詞，應該是白航辦刊理念的體現。

　　由此，復刊後的《星星》詩刊獲得了詩歌界、評論界的一致好評。這種好評，不僅體現對《星星》「詩學」的高度讚揚之外，也對星星編輯部的工作態度也有高度的肯定，這是非常難得的。「《星星》詩刊復刊來，辦得生動活潑，風姿多彩，深得一些讀者的歡迎。它的特點是：（1）十分注意培養年輕的詩作者，闢有《新星》和《詩壇新一代》等專欄，發表和推薦了不少年輕詩作者的詩，它有一個不成文的選稿標準，就是：在詩歌面前人人平等。（2）它注意詩歌的藝術特色和質量，提出『詩，必須是詩』的主張。它贊成詩的含蓄和

〔註 56〕《為繁榮詩歌創作〈星星〉詩刊復刊》，《四川日報》，1979 年 9 月 22 日。
〔註 57〕燕白：《〈星星〉詩刊復刊》，《詩刊》，1979 年，第 10 期。

－1068－

詩的美。（3）它貫徹百花齊放、百家爭鳴的政策，它闢有《短歌長吟》、《獻給祖國的歌》、《愛的琴弦》、《大朋友唱給小朋友的歌》、《名山・大川・小溪》、《玫瑰的刺》等專欄。每期還有《詩歌欣賞》、《詩人通訊》、《詩人談詩》、《詩人逸事》等，文章都短小有趣，讀之有味。在詩歌理論上它提倡爭鳴，但主張說理，允許反批評和反反批評。《星星》詩刊為四化而謳歌，為四化而戰鬥，堅持四項基本原則，鼓勵創作引人向上的詩作。」〔註58〕從這個評論中，作者絮飛為我們呈現了新時期《星星》詩刊「培養年輕的詩作者」、「詩必須是詩」以及貫徹雙百方針的三大特徵。總體上，這與《星星》復刊的辦刊方針是一致的。我們發現，雖然在《星星》詩刊復刊號被取消的「詩，就是詩」的觀點，已經深入人心，被廣泛接受，甚至成為了復刊後《星星》的重要特點之一。另外，《詩刊》也刊登了《閱讀〈星星〉詩刊》的文章，展現了《星星》的新面貌和新方針：「《星星》詩刊在新的一年裏，振奮精神，革新面貌用淳厚的民族詩情，澆灌祖國精神文明之花，促物質文明之果。一九八四年，除堅持原有受讀者歡迎的欄目外，將注意對具體詩作的點評，為了提高讀者的閱讀能力，將闢『新詩欣賞』欄，約請著名詩評家與有實踐經驗的詩人寫稿。為了活躍詩壇，將加強爭鳴與探討氣內容和形式，思想性和藝術性高度完美的統一，是《星星》詩刊所追求的；詩緣情，詩就是詩，是《星星》詩刊所讚賞的；編風正派是《星星》詩刊所遵循的；詩要有時代特色，是《星星》詩刊所期望的。《星星》詩刊遵守四項基本原則，認真貫徹『二為』、『雙百』方針，詩作多樣、生動、活潑、清新而富有詩味，常讀它，能提高你的高尚情操，鼓勵你的寫詩熱情，增進詩友之間的友誼，陶冶熱愛生活的性靈。謝謝你的宣傳、訂閱。《星星》詩刊杜」〔註59〕總之，新時期的《星星》，不僅有明確的定位與發展，而且始終站立在當代詩壇的前沿，成為新時期詩歌發展一個重要的平臺。

2. 辦刊實踐

對於新時期的《星星》，作為主編的白航就非常自信，在一次訪談中他說，「它在中國詩歌界，是僅次於《詩刊》的一本重要詩刊。一些詩人認為上了《詩刊》還必須能在《星星》上露面，才算得是一個全面的中國詩人。《詩刊》標誌著全國性，《星星》標誌著詩藝性；《詩刊》多為名家，《星星》多為新秀；

〔註58〕絮飛：《四川升起的星星》，《詩探索》，1981年，第3期。
〔註59〕《請閱讀〈星星〉詩刊》，《詩刊》，1983年，第11期。

《詩刊》莊重，《星星》雋永活潑……」〔註60〕從這裡，我們看到了《星星》詩刊的辦刊方針「詩藝性」、「新秀」「雋永活潑」，也看到了《星星》詩刊在中國當代詩壇極為獨特的一面。

而白航所提到的《星星》詩刊的「詩藝性」「新秀」以及「雋永活潑」等特點，在發現詩壇「新星」這一方面，得到了全面體現。我們知道，辦「娃娃班」培養青年詩人，是《星星》詩刊創刊時的一個重要方針，也是新時期以來《星星》詩刊的重要成績。「以廣大青年為主要對象，希望能夠成為青年，特別是青年詩歌愛好者的知心朋友，成為培養青年、培育詩壇佳花的園地和沃壤。」〔註61〕作為主編的白航，也專門提到了《星星》在發現詩壇「新星」上的責任與成就，「詩人是培養不出來的，只能說發現了一個有才能的寫作人，然後，多發表他的好詩，把他推向詩壇，便算盡到責任了。如朦朧詩人顧城，在1980《星星》詩刊首頁發了他的短詩六首，內中的《一代人》,『黑夜給了我黑色的眼睛／我卻用它尋找光明』成了朦朧詩的經典作品，為許多人熟知。還有舒婷的《神女峰》，重慶女詩人傅天琳的《汗水》及她後來的詩集，都獲得了全國的詩歌獎。還有李鋼的詩集《白玫瑰》，最初的詩作，都是發在《星星》詩刊上的。還有彝族詩人吉狄馬加，也是在《星星》發現和推出來的，他的詩歌不但得了獎，後來，還當了中國作協的書記處書記，他曾在《星星》詩刊作過業餘編輯。此外，全國許多知名詩人如楊牧、葉延濱、王爾碑，以及現在的《星星》詩刊主編梁平皆受《星星》星光之惠，而揚名詩壇。」〔註62〕發現詩壇「新星」，成為80年代以來《星星》詩刊的一個重要向度。在相關的研究和論述中，也專門提到了《星星》詩刊對「年輕詩人」的培養與推薦這一特色。「《星星》從復刊至今對於年輕人的支持與引導是化了大量力氣的。不少新人的處女作是在《星星》上發表的，不少年輕詩人是以《星星》為臺階走上詩壇的。在復刊號上登載的公劉的《新的課題》，是全國詩界第一次對年輕人的詩作進行推薦和分析。《星星》發表年輕人的所謂『朦朧詩』，但也發表年輕人的清新秀美的詩。一個刊物只有具備大智大勇的襟懷與卓具

〔註60〕 姜紅偉、白航：《著名詩歌編輯家白航訪談錄》，《星星》（詩歌理論半月刊），2009 年，第 4 期。

〔註61〕 《中國人民大學語文系部分師生座談〈星星〉復刊號》，《星星》，1980 年，第 2 期。

〔註62〕 姜紅偉、白航：《著名詩歌編輯家白航訪談錄》，《星星》（詩歌理論半月刊），2009 年，第 4 期。

眼識的遠見，才能為文學事業作出應有的貢獻。」〔註63〕同樣，絮飛也說，
「十分注意培養年輕的詩作者，闢有《新星》和《詩壇新一代》等專欄，發表
和推薦了不少年輕詩作者的詩，它有一個不成文的選稿標準，就是：在詩歌
面前人人平等。」〔註64〕可以說，發現詩壇「新星」，發表和推薦年輕作者的
詩，是一種在「在詩歌面前人人平等」的體現，也正是《星星》詩刊「雋永活
潑」的一種表徵。

　　亟力發表和推薦朦朧詩，是新時期《星星》詩刊發現詩壇「新星」的一
個代表性事件。可以說，是《星星》詩刊引發了持久的「朦朧詩論爭」。在
姚家華編選的《朦朧詩論爭集》中，我們看到，《星星》是朦朧詩發生與發展
的開端和重要平臺。該文集所收錄「朦朧詩論爭」的第一篇文章，便是公劉
發表在《星星》復刊號上的文章《新的課題——從顧城同志的幾首詩談起》
〔註65〕。該文寫於 1979 年 3 月 14 日的北京，在文中，公劉提出，「坦白地
說，我對他們的某些詩作中的思想感情以及表達思想感情的方式也不勝駭異。
但是，無論如何，我們必須努力去理解他們，理解得越多越好。這是一個新
的課題。青年同志對我們詩歌創作現狀的不滿意見，也必須引起我們足夠的
重視。」〔註66〕有論者在提到這段歷史說，「1979 年 3 月中旬，右派平反之
後被安排在安徽省文聯工作的著名詩人公劉讀到顧城發表於《蒲公英》上的
詩歌，認為是新生事物，值得重視，激動之下，提筆寫了《新的課題——從顧
城同志的幾首詩談起》一文。公劉在文章中熱情地肯定了顧城的作品的優點，
認為，人們應該有承認年青的一代探索的勇氣，也要有指出他們的不足的勇
氣，要關注他們的創作，不能讓他們自生自滅。公劉的文章完成後，在『地
下』廣為流傳，幾經波折，才發表在當年 10 月出版的《星星》復刊號上，隨
後被 1980 年《文藝報》一月號轉載，並加了編者按。4 個月後，謝冕在《光
明日報》發表《在新的崛起面前》，由此掀起了全國範圍內的『朦朧詩大討
論』。」〔註67〕其中提到的公劉文章在地下廣為流傳，特別是「幾經波折」才

〔註63〕帛聲：《閃爍的〈星星〉》，《詩探索》，1981 年，第 2 期。
〔註64〕絮飛：《四川升起的星星》，《詩探索》，1981 年，第 3 期。
〔註65〕姚家華：《朦朧詩論爭集》，北京：學苑出版社，1989 年，第 1～8 頁。
〔註66〕公劉：《新的課題——從顧城同志的幾首詩談起》，《星星》，1979 年，總第 47
　　　期。
〔註67〕劉春：《生如蟻，美如神 我的顧城與海子》，南京：譯林出版社，2013 年，第
　　　31 頁。

得以在《星星》上的發表，這一具體過程我們不得而知，但也從這裡確實也讓我們看到了《星星》的先鋒精神。

在公劉文章的基礎上推出顧城等詩壇「新星」，《星星》詩刊是不遺餘力的。1980 年 3 月，《星星》在「新星」專欄頭版刊發了顧城的《抒情詩十首》，包括《一代人》、《攝》、《沙漠》、《忘卻》、《星月的來由》、《回春》、《春景二則》、《山影》、《石壁》、《別》，其中最為著名的就是《一代人》。6 月，《星星》繼發表顧城的《抒情詩十首》。而《詩刊》則要等到 1980 年第 10 期上推出「青春詩會」專欄，才發表的顧城《小詩六首》。當然，顧城只是《星星》詩刊所發現的眾多詩壇「新星」中的一位。如 1980 年 8 月，《星星》便開闢了「詩壇新一代」專欄，刊發了 24 位年輕詩人的近 50 篇作品。傅天琳的代表作品《蘋果園之歌》，楊煉的《我，以土地的名義》，舒婷的《落葉》等詩歌便位列其中。對此，左人評價說，「『詩壇新一代』的作者們，不因襲不守舊，探索著新的表現手法，把自己的認識、感受、意欲、思想化為形象，含蓄的表現出來，使詩的意境深沉而蘊藉。」〔註 68〕在八十年代，《星星》持續發表朦朧詩，是其中一個表現。如《星星》就開設過「朦朧有人愛」專欄，刊載了趙毅衡、顧城、謝燁等的詩歌。當然，朦朧詩也只是《星星》詩刊推出的一部分「新星」而已。1986 年 11 月專刊《中國詩歌社團詩選專號》上，在「變異的風」為專欄刊載了周倫佑、劉濤、邵春光、李瑤、姚成、小君等「第三代人的」作品。編輯小記中說，「中國究竟有多少詩歌社團，誰也說不清楚。估計是三百至五百個之間吧。他們是新詩創作和閱讀的基本群眾和力量，又一批有抱負有才華的年輕詩人，終將會從他們當中脫穎出來而嶄露頭角。信不信由你了。」「他們多數還是民間詩人的範疇，顯影在他們自辦的刊物和自己出錢印刷的詩集上，我以為這沒有什麼不好，我們的憲法不是規定公民有言論、出版、集會、結社的自由嗎？而這些年輕人們，對社會主義的祖國，也都是很可信賴的。從他們的宣言中，您便可以得到證明。」〔註 69〕在八十年代，《星星》詩刊在推出詩壇「新星」方面，是下了大工夫的。

同時，《星星》詩刊也著力於「朦朧詩」的理論建構。張志國在博士論文《〈今天〉與朦朧詩的發生》提出，在「以藝術民主推介『新星』的『詩壇新

〔註 68〕左人：《詩歌，期待著新一代》，《星星》，1980 年，第 10 期。
〔註 69〕一編：《中國詩歌社團專號編輯小記》，《星星》，1986 年，第 11 期。

一代』」一節中，便全面肯定了《星星》是推介朦朧詩的重要刊物。〔註70〕在這幾年中，《星星》詩刊還集中推出了一批「朦朧詩論爭」的文章，如：

田奇：《清醒的一代》，《星星》，1980 年，第 4 期。

建之：《顧城〈遠和近〉及其他》，《星星》，1980 年，第 5 期。

沙鷗：《詩歌寄語──關於方晴、顧城、郭欣的詩》，《星星》，1980 年，第 6 期。

李華章：《對新詩的呼聲》，《星星》，1980 年，第 7 期。

辛心：《新詩五議》，《星星》，1980 年，第 11 期。

鍾忍：《在爭鳴中探求新詩的道路》，《星星》，1980 年，第 11 期。

吳思敬：《說「朦朧」》，《星星》，1981 年，第 1 期。

丁永淮：《朦朧詩的過去與未來》，《星星》，1981 年，第 1 期。

曾鐸：《漫談新詩的發展方向》，《星星》，1981 年，第 1 期。

黃雨：《新詩向何處探索》，《星星》，1981 年，第 1 期。

陳瑞統：《朦朧及其他》，《星星》，1981 年，第 4 期。

楊大矛：《學詩小議──關於所謂「朦朧詩」》，《星星》，1981 年，第 4 期。

駱耕野：《覺醒者》，《星星》，1981 年，第 4 期。

竹亦青：《詩的朦朧與「朦朧詩」》，《星星》，1981 年，第 6 期。

謝冕：《面對一個新的世界──一批青年詩人作品讀後》，《星星》，1981 年，第 9 期。

顧城：《關於〈小詩六首〉的通信》，《星星》，1981 年，第 10 期。

辛心：《話說今日詩壇》，《星星》，1982 年，第 6 期。

劉湛秋：《我對當前詩歌的看法》，《星星》，1983 年，第 3 期。

李鋼：《從深海中尋》，《星星》，1983 年，第 5 期。

阿紅：《我這樣看朦朧詩》，《星星》，1983 年，第 5 期。

尹安貴：《我讀〈雙桅船〉所想到的》，《星星》，1983 年，第 7 期。

〔註70〕張志國：《〈今天〉與朦朧詩的發生》（博士論文），廣州：暨南大學，2009 年，第 160 頁。

竹亦青：《我們與「崛起」論者的分歧》，《星星》，1983 年，第 12 期。

馬立鞭：《詩與現實主義是根本對立的嗎？——評徐敬亞同志的一個錯誤觀點》，《星星》，1984 年，第 2 期。

曹紀祖：《新詩的危機與解脫——向詩歌界甩一塊石頭》，《星星》，1985 年，第 1 期。

晏明：《簡談當前新詩創作的問題》，《星星》，1985 年，第 1 期。

羅洛：《答〈星星〉詩刊編輯部門》，《星星》，1985 年，第 2 期。

雁翼：《答〈星星〉詩刊問》，《星星》，1985 年，第 2 期。

吳嘉：《「假大空」與「假小空」》，《星星》，1985 年，第 2 期。

胡昭：《我的看法》，《星星》，1985 年，第 2 期。

陳紫丁：《當前新詩創作的主要問題是什麼？》，《星星》，1985 年，第 4 期。

鍾文：《新年話新詩，吉兆》，《星星》，1985 年，第 4 期。

羅良德：《新詩創作藝術探微五題》，《星星》，1985 年，第 7 期。

我們看到，《星星》詩刊首先開展了對顧城詩歌的評論。其中建之就充分肯定了顧城的《遠和近》等詩歌作品，認為「往往在當時不被人理解，不為權威人士承認的作品，愈到後來愈顯示出自己的光彩和生命力」〔註71〕而在《令人氣悶的「朦朧」》發表後，《星星》便發表了吳思敬的《說「朦朧」》一文為「朦朧詩辯護」。吳思敬認為，「正由於在依稀隱約中看得不甚真切，觀者便可充分發揮創造性的聯想，用自己心目中的理想為美人去不足，因此覺得對方更為風姿綽約、光彩照人。」〔註72〕此後，《星星》詩刊也發表了大量的支持文章。謝冕曾在《星星》詩刊上說，「他們有著大致相同的經歷和遭遇⋯⋯許多青年詩人摒棄了對於生活的外在摹寫，而走向內在世界的深刻。他們認為心靈曾是詩的禁區，而那裡，恰恰同樣是一個寬廣而深邃的海。」〔註73〕特別值得注意的是，《星星》詩刊主編白航，直接參與到朦朧詩論爭中。在 1980 年《星星》第 10 期就著重推出白航化名的辛心的評論文章《新詩五議》，在

〔註71〕建之：《顧城〈遠和近〉及其他》，《星星》，1980 年，第 5 期。

〔註72〕吳思敬：《說「朦朧」》，《星星》，1981 年，第 1 期。

〔註73〕謝冕：《面對一個新的世界——一批青年詩人作品讀後》，《星星》，1981 年，第 9 期。

第 11 期有《新詩五議（續）》。面對這一新詩潮，白航明確地說，「我是贊成的，而且是百分之百贊成的。」而且還對對創刊不久的《今天》第八期詩作給予了詳細點評。當然，在此過程中，《星星》詩刊也並非一邊倒，也隨著形勢的變化而變化。比如在發表吳思敬的文章的同時，也發表了與吳思敬意見不同的丁永淮文章《朦朧的過去與未來》。另外一個典型就是竹亦青，他的態度實際上也是《星星》詩刊態度的一種體現。此前竹亦青在《星星》上發表了支持朦朧詩的文章《詩的朦朧與「朦朧詩」》，此後由於形勢的，他又發表了批判性的文章《我們與「崛起」論者的分歧》。1983 年重慶詩歌研討會，這樣一次以批判「朦朧詩」和「三個崛起」為主題的專題會議，《星星》詩刊也必須介入其中，發表了竹亦青的《我們與「崛起」論者的分歧》，提出「社會主義新時期的詩歌到底要去表現時代和人民還是去表現自我……我們與崛起論著存在著根本的分歧。」〔註 74〕很快，《星星》詩刊也在編後語中，表明了自己的態度，「在清除污染的戰鬥聲中編完了這一期。清除精神污染是為了保證我們的文藝沿著為人民服務、為社會主義服務的方向正確前進……」〔註 75〕儘管如此，也並沒有從根基上改變《星星》詩刊發掘詩壇「新星」的主要方向。

　　《星星》詩刊還以評獎的方式，推出朦朧詩及朦朧詩人。此前，1982 年《星星》公布了自 1979 年 10 月復刊以來至 1981 年 12 月的「星星詩歌創作獎」獲獎篇目，包括傅天琳、李加建、周綱、楊牧、顧城、竹亦清、公劉等 28 位詩人和詩評家的作品獲獎。在這次評獎，《星星》詩刊對朦朧詩，以及青年詩人，就給予了非常多的關注。不僅有一批青年詩人，另外獲獎的兩篇評論竹亦青的《詩的朦朧與「朦朧詩」》、公劉的《新的課題》，都與朦朧詩有關。而在 1983 年的重慶詩歌研討會後，1986 年《星星》詩刊卻進一步舉辦的「我最喜愛的 10 位當代中青年詩人」評選活動，掀起了一場熱潮。白航回憶說，「評獎活動起因是由於《星星》詩刊的讀者和作者大都是中、青年詩人。為了瞭解這個層面上人們對詩歌的愛好和追求，以便把刊物辦得更好，推動詩歌的向前發展和影響，而才舉辦了這次評獎活動。當然也與紀念《星星》創刊三十年有關，結果是全憑票數多少而決定名次的，獎金是每人 300 元。他（她）們是：1. 舒婷；2. 北島；3. 傅天琳；4. 楊牧；5. 顧城；6. 李鋼；7.

〔註 74〕竹亦青：《我們與「崛起」論者的分歧》，《星星》，1983 年，第 12 期。
〔註 75〕《編後語》，《星星》，1984 年，第 1 期。

楊煉；8. 葉延濱；9. 江河；10. 葉文福。」〔註76〕此後北島、舒婷、顧城、江河、楊煉入選朦朧詩的重要文獻《五人詩選》，與《星星》詩刊的這次評選有一定關係。此後，《星星》詩刊舉行了一周的「中國・星星詩歌節」，更將這次活動推向了一個高峰，「時間在 1986 年及 1987 年左右。此時，《星星》詩刊在成都舉行了一周的『中國・星星詩歌節』活動，內容是要求群眾投票評選出的『我最喜愛的 10 位當代中青年詩人』，來成都接受獎金和舉行記者招待會、詩歌講座，以及一場盛大的詩歌朗誦會和與群眾見面會等。並由電視臺錄為文藝活動影片，由中央臺播放（後因種種原因拍好的片子『流產』了）。這次活動搞得意想不到的轟轟烈烈，把青年群眾愛詩的火熱感情推向了高潮！應該說，這次活動是新詩高潮的最突出的顯示。」〔註77〕參加了活動的北島，也回憶了這次詩歌節的盛況，「八四年秋天，《星星》詩刊在成都舉辦『星星詩歌節』。我領教了四川人的瘋狂。詩歌節還沒開始，兩千張票一搶而光。開幕那天，有工人糾察隊維持秩序。沒票的照樣破窗而入，秩序打亂。聽眾衝上舞臺，要求簽名，鋼筆戳在詩人身上，生疼。我和顧城夫婦躲進更衣室，關燈，縮在桌子下。腳步咚咚，人潮沖來湧去。有人推門問，『顧城北島他們呢？』我們一指，『從後門溜了。』……寫政治諷刺詩的葉文福，受到民族英雄式的歡迎。他用革命讀法吼叫時，有人高呼『葉文福萬歲！』我琢磨，他若一聲召喚，聽眾絕對會跟他上街，衝鋒陷陣。回到旅館，幾個姑娘圍著他團團轉，捶背按摩。」〔註78〕《詩林》也描述了這次活動，「在《星星》詩刊創刊三十週年前夕，《星星》詩刊社在成都於 12 月 6 日至 12 月 9 日舉辦大型『中國・星星詩歌節』，詩歌節期間舉辦了成都地區座談會講座，詩歌朗誦會，與工廠文藝愛好者的聯歡會，有六千多人參加了這一空前的詩歌節活動。……被廣大讀者評為『最受讀者喜愛的當代中青年詩人』的十名詩人，舒婷、北島、顧城、葉文福、傅天琳、李鋼、葉延濱等聚會成都與廣大讀者見面，並舉辦了三場講學活動，場場都有近兩千人參加，數百名沒有買到講座票的年輕人湧滿過道，表現了廣大群眾對詩的熱愛。……為了支持這次活動，

〔註76〕姜紅偉、白航：《著名詩歌編輯家白航訪談錄》，《星星》（詩歌理論半月刊），
　　　　2009 年，第 4 期。
〔註77〕姜紅偉、白航：《著名詩歌編輯家白航訪談錄》，《星星》（詩歌理論半月刊），
　　　　2009 年，第 4 期。
〔註78〕北島：《朗誦記》，《明報月刊》，1998 年，第 8 期。

成都工程機械廠等在蓉的一些企業，把支持詩歌節當作抓好精神文明建設的分內之事。廣播電臺和電視臺現場製作節目，將通過廣播電視向全國播送，把這群眾性的詩歌熱浪推向一個高潮。」〔註79〕可見，《星星》詩刊的這次活動，有著全國性的重大影響。此後，《星星》還在 1988 年和 1989 年舉辦了兩屆新詩大獎賽，繼續踐行著他們「展示佳作，推出新人」〔註80〕理念。星星編輯部就提出，「著名詩人不一定每時每刻都能寫出力作，而尚不知名的詩人，當他們破土欲出時，往往蘊含著一股強大的衝刺力。」〔註81〕

　　直到當下，《星星》開展的眾多比較有價值的詩歌活動，推出詩壇「新星」。其中「中國‧星星年度詩人、詩評家獎」與「中國‧星星大學生詩歌夏令營」，具有比較重要的意義。「中國‧星星年度詩人、詩評家獎」活動，由星星詩刊社與四川師範大學文理學院聯合舉辦的評選活動，從 2006 年開始每年評選一次，旨在推出中國詩壇有較成就的詩人及詩評家。為發掘文學新人繁榮校園文學，從 2007 年舉辦每年一屆的「大學生詩歌夏令營」活動。來自各個高校、各種專業的年輕詩人們，在詩歌朗誦會、講座、大學生詩歌論壇以及參觀活動中，進行溝通和交流。這不僅為當代年輕一代詩人的成長奠定了一個良好的基礎，而且為中國詩歌的未來造就了一批優秀詩人。2011 年開始出版「蜀籟詩叢」，更包含了《星星》詩刊宏大的詩學野心。該詩叢在四川詩人隊伍裏，每年以專著形式推出三位有實力、有潛質的詩人，至今已推出了龔學敏的《紫禁城》、李龍炳的《李龍炳的詩》、熊焱的《愛無盡》、蔣雪峰的《從此以後》、魯娟的《好時光》、凸凹的《桃果上的樹》、楊通的《雪花飄在雪花裏》、羌人六的《太陽神鳥》、曾蒙的《世界突然安靜》、楊獻平的《瞄準》、干海兵的《遠足：短歌或 74 個瞬間》、瘦西鴻的《靈魂密碼》、李自國的《行走森林》、敬丹櫻的《櫻桃小鎮》等個人詩集，為四川詩歌搭建一個重要舞臺。正如梁平所說，「從《蜀籟》開始，這裡重新集合起來的四川詩歌力量，將以整體、持續的方式呈現在當代中國詩壇。」作為體制內的詩歌刊物，《星星》詩刊也緊跟著時代主旋律的步伐，參與編選了一系列具有時代特徵的詩集。當然，《星星》詩刊也策劃了獨特的詩歌選題，呈現出他們的詩學追求。

　　在發掘詩壇「新星」的同時，《星星》詩刊也對成熟詩人推崇有加。如在

〔註79〕　《訊》，《詩林》，1987 年，第 1 期。
〔註80〕　《「中國‧星星」新詩創作朗誦電視大獎賽啟事》，《星星》，1988 年，第 1 期。
〔註81〕　《「中國‧星星」杯新詩創作大賽專刊編選記》，《星星》，1988 年，第 6 期。

復刊號上，就有艾青白樺的《有人這麼抱怨》、雁翼的《雷雨中的讚歌》、邵燕祥的《祖國，我們醒著》、公劉的《唉！大森林》、蔡其矯的《詩》等作品。實際上，發掘詩壇「新星」與推崇成熟詩人，對《星星》詩刊來說是一體的。如詩人林希，其成長經歷就與《星星》有著密切關係，「那是 1957 年初，我整理了一組在工廠生活時寫下的短詩，寄給剛剛創刊的《星星》。……《星星》詩刊的廣告，竟登出了我的那篇習作題目，使我感動得不能自己。」此後，他還繼續得到復刊後《星星》詩刊的關注，「《星星》詩刊的白航同志到天津，經友人聯繫沒我們見了面。那時我還在工廠，我請了半天假，和其他幾位同志一起會見了白航同志。屋裏很多人，我們只能偶而談上幾句，但在那誠摯的目光交流中，我們感受著彼此的心的熱度。」〔註82〕從這裡我們看到，《星星》詩刊見證了當代詩人的成長歷程，也可以說《星星》詩刊見證了中國當代新詩的發展。

三、「中國第二詩刊」

自 80 年代以來，《星星》詩刊自身也是隨著時代而不斷變化的，參與了眾多當代詩歌大事，其自身的發展也是相當值得注意和研究的。由於涉及到的內容的豐富，我們這裡不擬詳細展開。但總的來看，復刊後的《星星》詩刊，除了前面所談到的全力發掘詩壇「新星之外」，還有著這樣一些值得注意的地方。

正如洪子誠所言，復刊後的《星星》在一定程度上延續出初期《星星》的辦刊方針，保持著一定的異端色彩。白航就提到，「詩歌傾向上，我們決不保守，但也拒絕太激進，取中間偏前的編輯立場和態度。由於以上編輯的方針取向，就團結了大批有才能、有棱角、有特色的中、青年詩人，願意給我們投稿。刊物因此就辦的活潑、有生氣和雅俗共賞，得到了全國讀者的認可，成為詩歌期刊的一個名牌。不管別人怎麼說，我是這樣認為的。」〔註83〕雖然白航所言的是「中間偏前」立場，但實際上也是《星星》詩刊前衛、先鋒色彩的一種體現。而這種「中間偏前」的立場，鮮明的體現就是對於詩壇「新星」的發掘與推薦。如對朦朧詩、第三代詩等先鋒詩歌，《星星》詩刊都是給

〔註82〕林希：《星光，溫暖的星光》，《星星》，1983 年，第 1 期。
〔註83〕姜紅偉、白航：《著名詩歌編輯家白航訪談錄》，《星星》（詩歌理論半月刊），2009 年，第 4 期。

予了重要支持的。進而，復刊後的《星星》，在「中間偏前」的立場上，堅持「詩，必須是詩」藝術追求。正如有評論者所說，「在幾個新產生的詩歌刊物中，四川的《星星》詩刊尤為突出地表現了當今詩界為探求新路而勃發的生機與活力。」〔註84〕由此，我們看到，儘管《星星》詩刊有著「中間偏前」的立場，但「詩，就是詩」的藝術追求，又讓《星星》詩刊在當代詩歌發展中具有了重要的地位。

另外，也是非常值得注意的是，有些評論者還高度肯定了星星編輯部的工作態度，這是《星星》詩刊被廣泛認可的一個重要原因，「《星星》詩刊剛復刊時，『稿約』中有一條：『詩責自負，稿件刊用時一般不改。』當然我不是主張一切報刊的編拜對來稿都不作修改、潤色。這方面的工作還是需要的。作者最感頭痛的，是那種『想當然』地、主觀地改稿，甚至改錯了也不負責任的作風。《星星》詩刊的這一『稿約』，反映了他們對作者勞動的尊重，給人耳目一新之感。時於稿件的處理，不少報刊都規定『一般不退稿』；也有發出慎重聲明：『一律不退稿』的。有的刊物，還把『如果兩月內未採用，可自行處理』延長為『三月』。在這一點上，《星星》詩刊又獨樹一幟：『反其道而行之』。前段時間，她把稿件處理規定的時間由『三個月』改為『兩個月』，最近又縮短為『一個月』。而每天編輯部要收到稿件三百件以上，編輯部的人手也並不比過去多。重要的是他們有一顆為作者著想的心，編輯工作才越干越出色。《星星》詩刊在處理稿件上的另一特色是，真正做到了『對稿件的一視同仁』。一些作者紛紛投書，表揚她是『不靠關係靠質量』，這也是難能可貴的。辦文藝刊物，就是要通過文藝手段，用共產主義思想影響、教育廣大讀者，為讀者服好務。而要為讀者服好務，絕不是只靠幾個編輯人員所能辦到的，必須依靠廣大作者，因而也要為作者服好務。人們稱讚編輯同志是『無名英雄』，就是因為他們具有『為他人作嫁衣裳』的高尚精神。我們希望所有報刊的編輯同志，都要為作者著想，把編輯工作做得更好！這方面，《星星》的新氣象確實是令人欣喜的。」〔註85〕

總之，我們看到，在80年代以來的中國詩壇上，《星星》佔據著中國詩歌的重要地位，「《星星》詩刊不僅僅屬於四川，它也屬於全中國。……它復刊後，也受到了臺灣和香港文學界的關注，做了不少報導。因此，它在中國

〔註84〕帛聲：《閃爍的〈星星〉》，《詩探索》，1981年，第2期。
〔註85〕范國華：《〈星星〉的新氣象》，《文譚》，1983年，第5期。

詩歌界，是僅次於《詩刊》的一本重要詩刊。一些詩人認為上了《詩刊》還必須能在《星星》上露面，才算得是一個全面的中國詩人。」〔註86〕由此可以說，《星星》詩刊是《詩刊》之後當代新詩的「中國第二詩刊」。當然，面臨著新的時代、新的生活、新的心靈、新的語言，《星星》詩刊如何超越初期的輝煌，又如何能超越地域、時代的侷限，成就出另外一個輝煌時期，成為一個有著標誌性詩學價值和時代意義的刊物，這也激勵著一代一代的編輯們不斷地探索。

〔註86〕姜紅偉、白航：《著名詩歌編輯家白航訪談錄》，《星星》（詩歌理論半月刊），2009 年，第 4 期。

參考文獻

一、檔案

1. 《四川省文聯（1952～1965）》，四川省檔案館，建川 127。

二、文件

1. 《「草木篇」批判集》（會議參考文件之七），四川省文聯編印，1957 年。

2. 《四川省文藝界大鳴大放大爭集》（會議參考文件之八），四川省文聯編印，1957 年。

3. 《四川文藝界右派集團反動材料》（會議參考文件之九），四川省文聯編印，1957 年。

4. 《是香花還是毒草？》（會議參考文件之十），四川省文聯編印，1957 年。

5. 《四川省文學藝術工作者代表會議簡報》，1957 年，第 1～40 號。

6. 《中共四川省委批轉省委宣傳部〈關於省文聯在五七年反右鬥爭中需要落實政策的幾個問題的處理情況和意見的報告〉的通知》（川委發〔1979〕83 號），中共四川省委辦公廳，1979 年 9 月 14 日印。

三、報紙

1. 《成都日報》
2. 《重慶日報》
3. 《川西日報》
4. 《川北日報》

5.《川南日報》

6.《人民日報》

7.《人民川大》

8.《四川日報》

9.《文藝報》

10.《文匯報》

11.《西康日報》

12.《中國青年報》

13.《自貢日報》

四、期刊

1.《草地》

2.《草地文藝通訊》

3.《釜溪》

4.《紅岩》

5.《蜜蜂》

6.《人民文學》

7.《詩刊》

8.《四川文藝》

9.《文藝學習》

10.《文藝月報》

11.《星星》

12.《西南文藝》

五、著作

A

1. 艾蕪：《病中隨想錄》，上海：上海書店，1996 年。

2. 安旗：《論抒人民之情：抒情詩論集》，上海：新文藝出版社，1958 年。

3. 安旗：《論詩與民歌》，北京：作家出版社，1959 年。

4. 安旗：《論敘事詩》，北京：作家出版社，1962 年。

5. 安旗：《新詩民族化群眾化問題初探》，成都：四川人民出版社，1963 年。

6. 安旗：《毛澤東詩詞十首淺釋》，成都：四川人民出版社，1964 年。

7.《安旗部分作品彙編（二）》，四川省文聯文化革命小組印，1966 年 9 月。

8. 安旗：《李白縱橫探》，西安：陝西人民出版社，1981 年。

9. 安旗：《李白傳》，北京：文化藝術出版社，1984 年。

B

1. 白航（燕白）：《簡論李白與杜甫》，成都：四川人民出版社，1981 年。

2. 白航：《白航詩選》，香港：現代出版社，1993 年。

3. 白航：《藍色幽默》，成都：成都出版社，1994 年。

4. 白航：《詩歌創作漫談》，伊犁：伊犁人民出版社，1999 年。

5. 白航：《往事——白航回憶錄》，成都：四川美術出版社，2018 年。

6. 白庚勝、向雲駒主編：《中國民間文藝家大辭典》，北京：中國文聯出版
   社，2004 年。

7. 白峽等：《春天的蓓蕾》，成都：四川人民出版社，1957 年。

8. 白峽：《兩地情》，玉壘詩社，1993 年。

9. 薄一波：《若干重大決策與事件回顧（下冊）》，北京：中共中央黨校出版
   社，1993 年。

C

1. 曹葆華：《蘇聯文學藝術問題》，北京：人民文學出版社，2000 年。

2. 曹順慶、熊蘭主編：《走向新世紀——四川大學校慶 110 週年文學與新聞
   學院紀念文集》，成都：四川大學出版社，2006 年。

3. 曹學佺：《蜀中名勝記》，北京：中華書局，1985 年。

4. 陳晉：《文人毛澤東》，上海：上海人民出版社，1997 年。

5. 陳晉撰稿：《詩人毛澤東——大型電視文獻藝術片〈獨領風騷——詩人毛
   澤東〉解說詞》，中共江蘇省委黨史工作辦公室編，北京：當代中國出版
   社，2006 年。

6. 陳朝紅：《高纓評傳》，成都：四川文藝出版社，2002 年。

7. 陳利明：《從紅小鬼到總書記：胡耀邦》，北京：人民日報出版社，2014
   年。

8. 陳修良：《陳修良文集》，上海：上海社會科學院出版社，1999 年。

9. 《晨歌》，四川省文學藝術工作者聯合會編，成都：四川人民出版社，1956年。

10. 車輻：《車輻叙舊》，成都：四川科學技術出版社，2006年。

11. 王洪華、郭汝魁主編：《重慶文化藝術志》，重慶市文化局編，重慶：西南師範大學出版社，2001年。

12. 《重慶作家辭典》，第1輯，重慶市作家協會編，內部印刷，2009年。

13. 黃濟人、傅德岷主編：《重慶散文大觀》，重慶：重慶出版社，1999年。

14. 《重慶市志 第10卷 教育志，文化志，文藝志，廣播電視志，檔案志，文物志，報業志》，重慶市地方志編纂委員會編著，重慶：西南師範大學出版社，2005年。

15. 《成都市志 總志》，成都市地方志編纂委員會編纂，成都：成都時代出版社，2009年。

16. 《成都市東城區志》，錦江區地方志編纂委員會編纂，成都：成都出版社，1995年。

17. 崔西璐：《中國當代文學研究概論》，天津：天津教育出版社，1990年。

18. 儲一天：《蝸居文集》，香港：天馬出版有限公司，2003年。

19. 《川北區志1950.1～1952.9》，《川北區志》編纂委員編，北京：方志出版社，2015年。

20. 《川北文藝創作選（新文化教育叢書之十七）》，川北行署文教廳編，1950年。

D

1. 《達縣志》，四川省達縣志編纂委員會編纂，成都：四川辭書出版社，1994年。

2. 《當代四川大事輯要》，《當代四川》叢書編輯部，成都：四川人民出版社，1991年。

3. 《當代四川要事實錄》，第2輯，成都：四川人民出版社，2008年。

4. 鄧儀中：《周克芹傳》，重慶：重慶出版社，1996年。

5. 鄧小平：《關於整風運動的報告（一九五七年九月二十三日在中國共產黨第八屆中央委員會第三次擴大的全體會議上）》，北京：人民日報出版社，1957年。

E

1.《二十世紀中國詩人辭典》，北京：作家出版社，2006 年。

F

1. 范泉主編：《中國現代文學社團流派辭典》，上海：上海書店，1993 年。

2. 范琰：《翻江倒海的人們》，上海：上海文化出版社，1956 年。

3. 傅仇：《種籽·歌曲·路》，上海：新文藝出版社，1958 年。

4. 傅雷：《傅雷家書》，北京：三聯書店，1994 年。

G

1. 高昌：《公木傳》，廣州：廣東人民出版社，2008 年。

2. 高希白等：《蜀光校史》，蜀光中學校編，成都：四川人民出版社，2004 年。

3. 冀自德主編：《中共四川地方史專題紀事 社會主義時期》，中共四川省委黨史研究室組織編寫，成都：四川人民出版社，1991 年。

4. 谷輔林主編：《愛情新詩鑒賞辭典》，西安：陝西師範大學出版社，1990 年。

5. 郭沫若：《郭沫若全集 文學編》，第 1 卷，北京：人民文學出版社，1982 年。

6. 郭小川：《郭小川 1957 年日記》，鄭州：河南人民出版社，2000 年。

7. 郭曉惠等編：《檢討書：詩人郭小川在政治運動中的另類文字》，北京：中國工人出版社，2001 年。

8. 關紀新主編：《滿族現代文學家藝術家傳略》，瀋陽：遼寧人民出版社，1987 年。

9. 廣州群眾藝術館編：《廣州群眾創作歌曲集 1》，廣州：廣州群眾藝術館出版社，1960 年。

H

1. 河滿子主編：《中國當代文學作品精選（1949～1999）雜文卷》，北京：十月文藝出版社，1999 年。

2.《河北文藝界的一場大辯論》，石家莊：河北人民出版社，1958 年。

3. 洪子誠、劉登翰：《中國當代新詩史》（修訂版），北京：北京大學出版社，2005 年。

4. 胡風選編：《我是初來的》（七月詩叢第一集），桂林：南天出版社，1942 年。

5. 胡風：《胡風評論集（下）》，北京：人民文學出版社，1985 年。

6. 胡風：《胡風全集》，第 9 卷，武漢：湖北人民出版社，1999 年。

7. 海夢主編：《中國當代詩人傳略》，第 4 集，成都：四川文藝出版社，1993年。

8. 胡平：《禪機：1957 年苦難的祭壇》，廣州：廣東旅遊出版社，2004 年。

9. 胡平、曉山編：《中國文壇檔案實錄》，北京：群眾出版社，1998 年。

10. 胡小宣主編：《中國當代著名編輯記者傳集 第 2 部》，成都：成都科技大學出版社，1994 年。

11. 黃邦君、鄒建軍編著：《中國新詩大辭典》，長春：時代文藝出版社，1988年。

12. 黃秋耘：《風雨年華（增訂本）》，北京：人民文學出版社，1988 年。

13. 黃勝泉主編：《中國音樂家辭典》，北京：人民出版社，2006 年。

J

1. 《建國以來重要文獻選編》，第 10 冊，中共中央文獻研究室編，北京：中央文獻出版社，1994 年。

2. 《江蘇省志 第 80 卷：報業志》，江蘇省地方志編纂委員會編，南京：江蘇古籍出版社，1999 年，江濤等主編：《中國專家大辭典》，第九卷，北京：中國人事出版社，2000 年。

3. 蔣往、庹純雙主編：《中國文藝家傳集（第一部）‧文學卷》，重慶：西南師範大學出版社，1993 年。

L

1. 《樂山市志（上）》，樂山市地方志編纂委員會編纂，成都：巴蜀書社，2001年。

2. 黎之：《文壇風雲錄》，鄭州：河南人民出版社，1999 年。

3. 黎之：《文壇風雲錄（增訂本）》，北京：人民文學出版社，2015 年。

4. 李累：《王華立的道路》，成都：四川人民出版社，1956 年。

5. 李累、之光：《從水牢裏活出來的人們——大邑縣地主莊園陳列館調查記》，成都：四川人民出版社，1961 年。

6. 李亞群：《李亞群詩詞選》，成都：四川人民出版社，1980 年。

7. 李友欣：《履冰文存》，北京：中國文聯出版社，2004 年。

8. 李白堅：《中國出版文化概說》，南寧：廣西教育出版社，1999 年。

9. 李新宇：《中國當代詩歌藝術演變史》，杭州：浙江大學出版社，2000 年。

10. 李劼人：《李劼人全集》，第 8～10 卷，成都：四川文藝出版社，2011 年。

11. 《李劼人研究：2007》，成都：巴蜀書社，2008 年。

12. 李鐵雁等編著：《歌唱我們的生產隊》，成都：四川人民出版社，1964 年。

13. 李學明：《哲學家楊超》，成都：四川人民出版，2000 年。

14. 李維漢：《回憶與研究（下）》，北京：中央黨史資料出版社，1985 年。

15. 李遠強、黃光新：《斑斕歲月——四川省川劇院 40 年史》，成都：巴蜀書社，2000 年。

16. 李生露主編：《沙汀年譜》，成都：四川人民出版社，1997 年。

17. 李曙光：《中國當代文學講座》，中國當代文學研究會編，1982 年。

18. 李紹明等主編，《20 世紀四川全紀錄（1900～2000）》，成都：四川人民出版社，2004 年。

19. 廉正祥：《流浪文豪 艾蕪傳記》，成都：四川文藝出版社，1988 年。

20. 梁平主編：《中國〈星星〉五十年詩選（1959～2007）》（三卷），《星星》詩刊雜誌社，2007 年。

21. 流沙河：《窗》，北京：中國青年出版社，1956 年。

22. 流沙河：《農村夜曲》，重慶：重慶人民出版社，1956 年。

23. 流沙河：《告別火星》，北京：作家出版社，1957 年。

24. 流沙河：《流沙河詩集》，上海：上海文藝出版社，1981 年。

25. 流沙河編著：《臺灣詩人十二家》，重慶：重慶出版社，1983 年。

26. 流沙河：《寫詩十二課》，成都：四川文藝出版社，1985 年。

27. 流沙河：《隔海說詩》，北京：三聯書店，1985 年。

28. 流沙河：《鋸齒齧痕錄》，北京：三聯書店，1988 年。

29. 流沙河：《流沙河詩話》，成都：四川文藝出版社，1995 年。

30. 流沙河：《南窗笑笑錄》，北京：群眾出版社，1995 年。

31. 流沙河：《老成都 芙蓉秋夢》，南京：江蘇美術出版社，2004 年。

32. 流沙河：《晚窗偷得讀書燈》，北京：新星出版社，2015 年。

33. 劉傑峰、葉凱編：《詩人的自白》，哈爾濱：黑龍江人民出版社，1988 年。

34. 劉春：《生如蟻，美如神 我的顧城與海子》，南京：譯林出版社，2013 年。

35. 劉若琴編：《歌濃如酒人淡如菊：綠原研究紀念集》，北京：人民文學出版社，2010 年。

36. 劉濤：《百年漢詩形式理論的探求：20 世紀現代格律詩學研究》，北京：人民出版社，2013 年。

37. 魯迅：《魯迅全集》，第 4 卷，北京：人民文學出版社，2005 年。

38. 路聞捷主編：《中國戲劇家大辭典》，北京：中國戲劇出版社，2003 年。

39. 羅泅、湛盧編：《四川歌謠選》，重慶：重慶市人民出版社，1955 年。

40. 呂進主編：《20 世紀重慶新詩發展史》，重慶：重慶出版社，2004 年。

M

1. 《馬克思恩格斯列寧斯大林論文藝》，北京：人民文學出版社，1959 年。

2. 毛澤東：《毛澤東詩詞》，北京：人民文學出版社，1963 年。

3. 毛澤東：《毛澤東詩詞三十七首》，北京：文物出版社，1963 年。

4. 毛澤東：《毛譯東選集》，第 3 卷，北京：人民出版社，1991 年。

5. 毛澤東：《毛澤東選集》，第 5 卷，北京：人民出版社，1977 年。

6. 毛澤東：《建國以來毛澤東文稿》，第 6 冊，北京：中央文獻出版社，1992 年。

7. 毛澤東：《毛澤東文集》，第 7 卷，北京：人民出版社，1999 年。

8. 毛澤東：《毛澤東文藝論集》，中共中央文獻研究室編，北京：中央文獻出版社，2002 年。

9. 明朗：《不廢江河萬古流：明朗詩文選》，成都：四川文藝出版社，2007 年。

10. 毋燕：《陝西藍皮書·陝西文化發展報告（2013）》，北京：社會科學文獻出版社，2013 年。

N

1. 納拉納拉楊·達斯：《中國的反右運動》，欣文、唐明譯，西安：華嶽文藝出版社，1989 年。

2. 《南部縣志》，四川省南部縣志編纂委員會編纂，成都：四川人民出版社，1994 年。

3. 《南京報業志》，南京市地方志編纂委員會編，上海：學林出版社，2001 年。

4.《南京大學共產黨人》，華彬清、錢樹柏主編，南京：南京大學出版社，2002 年。

5.《難以忘卻的懷念：李亞群百年誕辰紀念文集》，成都：四川人民出版社，2007 年。

P

1.《批判文匯報的參考資料（二）》，中華全國新聞工作者協會研究部，中國人民大學新聞系合編，解放軍報社印，1957 年。

Q

1. 茜子、流沙河：《牛角灣》，成都：川西區文聯籌委會，1950 年。

2. 邱漾、陳謙編劇，敖學祺等作曲：《森林短笛》，成都：四川人民出版社，1954 年。

3. 邱原：《警惕》，成都：四川人民出版社，1956 年。

4. 丘原、陳謙：《夜過摩天嶺》，重慶：重慶人民出版社，1956 年。

5. 丘原整理：《草地情歌》，重慶：重慶人民出版社，1957 年。

R

1. 任楚材、王少華：《血和淚的回憶》，北京：中國青年出版社，1963 年。

2. 任孚先、武鷹主編：《中外文學評論家辭典》，長春：吉林教育出版社，1991 年。

3. 舟莊：《舟莊文集 文藝理論與文學評論卷》，成都：四川民族出版社，2004 年。

S

1. 沙汀：《沙汀文集》，第 9～10 卷，成都：四川文藝出版社，2017 年。

2. 石天河原著、嵇錫林繪圖：《無孽龍》，南京：江蘇人民出版社，1954 年。

3. 石天河：《少年石匠》，重慶：重慶出版社，1983 年。

4. 石天河：《文學的新潮》，重慶：重慶出版社，1986 年。

5. 石天河：《廣場詩學》，重慶：西南師範大學出版社，1993 年。

6. 石天河：《石天河文集》，共 4 卷，香港：天馬圖書有限公司，2002 年。

7. 石天河：《逝川憶語——〈星星〉詩禍親歷記》，香港：天馬出版有限公司，2010 年。

8.《詩的時代 詩的人民》，四川人民出版社編，成都：四川人民出版社，1958年。

9.《世紀學人自述》，第 5 卷，北京：十月文藝出版社，2000 年。

10.《蜀光人物》，蜀光中學校 蜀光中學自貢校友會編，成都：四川人民出版社，2007 年。

11. 舒蕪：《舒蕪口述自傳》，北京：中國社會科學出版社，2002 年。

12. 思基：《生活與創作論集》，武漢：長江文藝出版社，1958 年。

13.《四川日報四十年 1952～1992 報史》，四川日報編寫組。

14.《四川文聯四十年 1953～1993》，四川省文學藝術界聯合會編，1993 年。

15.《四川文聯文集（1953～2013）》，四川省文學藝術界聯合會編，2013 年。

16.《四川人才年鑒（1979～1994）》，劉茂才主編，成都：四川人民出版社，1998 年。

17.《四川十年詩選 1949～1959》，四川十年文學藝術選集編輯委員會編，成都：四川人民出版社，1960 年。

18.《四川十年文學論文選 1949～1959 年》，四川十年文學藝術選集編輯委員會編，成都：四川人民出版社，1960 年。

19.《四川十年雜文選 1949～1959 年》，四川十年文學藝術選集編輯委員會編，成都：四川人民出版社，1960 年。

20.《四川省志・出版志（上冊）》，四川省地方志編纂委員會編纂，成都：四川人民出版社，2001 年。

21.《四川省志・報業志》，四川省地方志編纂委員會編纂，成都：四川人民出版社，1996 年。

22.《四川省志・政務志（中冊）》，四川省地方志編纂委員會編，北京：方志出版社，2000 年。

23.《四川省志・文化藝術志》，四川省地方志編纂委員會編纂，成都：四川人民出版社，2000 年。

24.《四川省志 黨派團體志（上）》，四川省地方志編纂委員會編，成都：四川人民出版社，2001 年。

25.《四川省群眾文化志》，四川省群眾藝術館《四川省群眾文化志》編委會，1998 年。

26. 《四川民歌選》，第 1 輯，中共四川省委宣傳部編，成都：四川人民出版社，1958 年。

27. 《四川歌謠》，中共四川省委宣創部編，1959 年。

28. 碎石：《蟬翼集》，成都：四川人民出版社，1957 年。

T

1. 譚興國：《草木篇事件的前前後後》，內部自費印刷圖書，2013 年。

2. 唐大童：《歧路難回》（下），無版權頁。

3. 天鷹：《1958 年中國民歌運動》，上海：上海文藝出版社，1959 年。

4. 鐵流：《我所經歷的新中國 第一部〈翻天覆地〉》，無版權頁。

W

1. 王以平主編：《湖南當代作家大詞典》，長沙：湖南文藝出版社，2008 年。

2. 王發慶、吳立衡：《漫漫征途》，二野軍大四川省校史研究會編，成都：四川人民出版社，1991 年。

3. 王廣仁、周毓方編：《公木年譜》，長春：東北師範大學出版社，2004 年。

4. 文文：《我欣賞的作家》，北京：中國文聯出版社，2012 年。

5. 《文藝工作者為什麼要改造思想》，北京：人民文學出版社，1952 年。

6. 《文匯報史略（1949.6～1966.5）》，文匯報報史研究室編寫，上海：文匯出版社，1997 年。

7. 文藝報編輯部：《論革命的現實主義和革命的浪漫主義相結合》，北京：作家出版社，1958 年。

8. 韋君宜：《韋君宜文集》，第 4 卷，北京：人民文學出版社，2013 年。

9. 吳重陽、陶立璠編：《中國少數民族現代作家傳略》，西寧：青海人民出版社，1980 年。

10. 吳思敬主編：《中國詩歌通史·當代卷》，北京：人民文學出版社，2012 年。

11. 吳彩珍主編：《熱血春秋》，桂林：廣西師範大學出版社，2015 年。

12. 吳福輝：《沙汀傳》，北京：十月文藝出版社，1990 年。

13. 吳丈蜀：《回春詩詞抄》，北京：中國文聯出版公司，1988 年。

X

1. 《〈西行漫記〉和我》，中國史沫特萊·斯特朗·斯諾研究會編，北京：國際文化出版公司，1991 年。

2. 笑蜀：《劉文采真相》，西安：陝西師範大學出版社，1999 年。

3. 夏明宇、陳摯編著：《記憶文理：厚重而輕靈的文化烙印》，成都：西南交通大學出版社，2011 年。

4. 夏和順：《老報人的故事》，廣州：廣東花城出版社，2012 年。

5. 曉楓：《風水樹》，成都：四川人民出版社，1956 年。

6.《閒話中西》，天涯社區閒閒書話社區編，上海：上海人民出版社，2006 年。

7. 謝晃、李蠡主編：《中國文學之最》，北京：中國廣播電視出版社，2009 年。

8. 鮮于浩、田永秀：《留法勤工儉學運動中的四川青年》，成都：巴蜀書社，2006 年。

9. 蕭冬連、謝春濤、朱地、繼寧：《求索中國：文革前十年史》，北京：中共黨史出版社，2011 年。

10.《新聞憶舊》，滕久明主編，重慶市老新聞工作者協會編，重慶：重慶出版社，2000 年。

11.《新詩歌的發展問題》，第一集，《詩刊》編輯部編，北京：作家出版社，1959 年。

12.《新詩歌的發展問題》，第四集，《詩刊》編輯部編，北京：作家出版社，1961 年。

13. 徐迺翔主編：《中國現代文學辭典・詩歌卷》，南寧：廣西人民出版社，1990 年。

14. 徐列編：《中國人的一生：從搖籃到墳墓》，廣州：南方日報出版社，2001 年。

15. 徐鑄成：《親歷 1957》，武漢：湖北人民出版社，2003 年。

16. 徐鑄成：《徐鑄成自述：運動檔案彙編》，北京：三聯書店，2012 年。

17. 徐康鴻：《一個彝人的足跡》，成都：四川民族出版社，2003 年。

Y

1. 顏云：《平凡的一生》，香港：天馬圖書有限公司，2003 年。

2. 雁翼：《雁翼選集》，共 4 卷，成都：四川人民出版社，1997 年。

3. 雁翼：《囚徒手記》，安徽：花山文藝出版社，2000 年。

4. 《雁翼作品評論文集》，鄭欣欣等編，出版北京：知識產權出版社，2013年。

5. 閆純德主編：《中國文學家辭典 現代》，第 6 分冊，成都：四川人民出版社，1992 年。

6. 岩佐昌暲：《詩刊（1957～1964）總目錄著譯者名索引》，福岡：中國書店，1997 年。

7. 楊汝綱：《籬畔集》，重慶：重慶出版社，1986 年。

8. 楊汝綱：《灰色的花及其他》，香港：廣角鏡出版社有限公司，1995 年。

9. 楊牧主編：《中國·星星四十年詩選（1957～1997）》，重慶：重慶出版社，1997 年。

10. 姚文元：《在革命的烈火中》，北京：作家出版社，1958 年。

11. 姚家華：《朦朧詩論爭集》，北京：學苑出版社，1989 年。

12. 葉永烈：《反右始末》，西寧：青海人民出版社，1995 年。

13. 葉延濱選編：《星星抒情詩精選（1979～1989）》，成都：四川大學出版社，1990 年。

14. 《宜賓教育志》，宜賓市教育局編，重慶：西南師範大學出版社，2005 年。

15. 以群：《我們的文藝方向和創作方法》，上海：新文藝出版社，1958 年。

16. 於可訓：《當代詩學》，長沙：湖南人民出版社，2000 年。

17. 于質彬：《英雄戰鬥在河灘 唱詞》，成都：四川人民出版社，1958 年。

Z

1. 臧克家講解、周振甫注釋：《毛主席詩詞十八首講解》，北京：中國青年出版社，1957 年。

2. 臧克家主編：《中國抗日戰爭時期大後方文學書系 第 6 編 詩歌第 2 集》，重慶：重慶出版社，1989 年。

3. 趙銘彝：《涓流歸大海──趙銘彝文集》，北京：中國戲劇出版社，2004 年。

4. 張文勳：《心影履痕──張文勳的學術人生》，北京：北京大學出版社，2012 年。

5. 張菱：《我的祖父──詩人公木的風雨年輪》，北京：中國廣播電視出版社，2004 年。

6. 張效民：《艾蕪傳：流浪文豪之謎》，成都：四川民族出版社，1997 年。

7. 張良春主編：《追憶逝去的人格長城：「左聯」作家張澤厚紀念文集》，北京：作家出版社，2008 年。

8. 張默生：《異行傳》，重慶：重慶出版社，1987 年。

9. 張默生：《厚黑教主李宗吾傳》，北京：團結出版社，1995 年。

10. 張默生著、豐子愷繪：《武訓傳》，濟南：東方書社，1946 年。

11. 趙錫驊：《民盟史話 1941～1949》，北京：中國社會科學出版社，1992 年。

12. 中共成都市委宣傳部辦公室編，《右派言論選輯》，1957 年。

13. 中共四川省委宣傳部辦公室編，《四川省右派言論選輯》（10），1957 年。

14. 《中國共產黨四川省組織史資料（1949～1987）》，中共四川省委組織部等，成都：四川省人民出版社，1994 年。

15. 《中國共產黨四川歷史大事記（1950～1978）》，中共四川省委黨史研究室著，成都：四川人民出版社，2000 年。

16. 《中國共產黨成都歷史大事記（1919.5～2005.5）》，北京：中共黨史出版社，2005 年。

17. 《中華文化名人錄》，北京：中國青年出版社，1993 年。

18. 《中國出版人名詞典》，中國出版科學研究所、河北省新聞出版局編，北京：中國書籍出版社，1989 年。

19. 《中國出版人名詞典》，中國出版科學研究所、河北省新聞出版局編，北京：中國書籍出版社，1989 年。

20. 《中國文學家辭典 現代》，第一分冊，北京語言學院《中國文學家辭典》編委會編，成都：四川人民出版社，1979 年。

21. 《中國文學家辭典 現代》，第二分冊，北京語言學院《中國文學家辭典》編委會編，成都：四川人民出版社，1982 年。

22. 《中國文學家辭典 現代》，第三分冊，北京語言學院《中國文學家辭典》編委會，成都：四川文藝出版社，1985 年。

23. 《中國文學家辭典 現代》，第四分冊，北京語言學院《中國文學家辭典》編委會編，成都：四川文藝出版社，1985 年。

24. 《中國共產黨四川省成都市青白江區組織史資料 1950.1～1987.12》，中共四川省成都市青白江區委組織部、中共四川省成都市青白江區委黨史研

究室、四川省成都市青白江區檔案局編，成都：四川人民出版社，1991
年。

25. 《中國人民共和國 第一屆全國人民代表大會 第四次會議彙刊》，第一屆
全國人民代表大會第四次會議秘書處編，北京：人民出版社，1957 年。

26. 《中國作家大辭典》，中國作家協會創作聯絡部編，北京：中國社會出版
社，1993 年。

27. 《中國共產黨重慶歷史‧黔江區卷》，中共重慶市黔江區黨史研究室，重
慶：重慶出版社，2011 年。

28. 《中國文學藝術工作者第四次代表大會文集》，成都：四川人民出版社，
1980 年。

29. 《自貢市志》，自貢市地方志編纂委員會，北京：方志出版社，1997 年。

30. 《自貢市政協志》，自貢市政協辦公廳編纂，成都：四川科學技術出版社，
1993 年。

31. 周祿正：《巴蜀鬼才：我所知道的魏明倫》，北京：作家出版社，2006 年。

32. 周雲編著：《燦爛星空：自貢當代作家評傳》，銀川：寧夏人民出版社，
2014 年。

33. 鄭績：《浙江現代文壇點將錄》，北京：海豚出版社，2014 年。

34. 鄒雨林：《鄒雨林詩選》，北京：中國文聯出版社，1999 年。

六、文章

A

1. 艾青：《艾青「詩論」摘錄》，《星星》，1957 年，第 2 期。

2. 愛倫堡：《「談談作家們的工作」摘錄》，《星星》，1957 年，第 2 期。

3. 艾文會：《資產階級才能觀的反動實質》，《新港》，1959 年，第 12 期。

4. 安旗：《論抒人民之情——兼評丘爾康「抒情詩雜談」及其他》，《延河》，
1957 年，第 4 期。

5. 安旗：《略談詩歌的題材——兼斥流沙河關於題材問題的謬論》，《星星》，
1957 年，第 11 期。

6. 安旗：《詩送到工廠、農村、街頭去！——讀「星星」詩傳單》，《人民日
報》，1958 年 5 月 27 日。

7. 安旗：《關於詩的含蓄》，《詩刊》，1957 年，第 12 期。

8. 安旗：《第一等襟抱 第一等真詩——毛主席詞讀後記》，《文藝月報》，1958 年，第 5 期。

9. 安旗：《談幾首寫勞動的詩》，《星星》，1958 年，第 6 期。

10. 安旗：《略談革命浪漫主義與革命現實主義的結合》，《星星》，1958 年，第 8 期。

11. 安旗：《反右以後的「星星」》，《詩刊》，1958 年，第 11 期。

12. 安旗：《雁翼同志怎樣走上了歧路》，《紅岩》，1958 年，第 12 期。

13. 安旗：《在生活上更下一層樓，在思想上更上一層樓——再談革命現實主義與革命浪漫主義的結合》，《星星》，1959 年，第 1 期。

14. 安旗：《思想改造——為工農兵服務的關鍵問題：紀念〈在延安文藝座談會上的講話〉發表十八週年》，《星星》，1960 年，第 7 期。

15. 安旗：《跨出新的一步——略談雁翼的近作》，《四川文學》，1962 年，第 5 期。

16. 安旗：《關於詩歌創作問題的一封信》，《四川日報》，1963 年 2 月 21 日。

17. 安旗：《〈書法奇觀〉後記》，《西北大學學報》，1991 年，第 3 期。

18. 敖其智：《什麼「科學態度」？！》，《紅岩》，1957 年，第 9 期。

B

1. 巴人：《論人情》，《新港》，1957 年，第 1 期。

2. 柏伯爾：《從捕殺麻雀想到的》，《紅岩》，1957 年，第 7 期。

3. 柏伯爾：《想起林娜的美》，《紅岩》，1956 年，第 10 期。

4. 柏伯爾：《請重視獨創性》，《紅岩》，1957 年，第 6 期。

5. 柏伯爾：《「過於執」的幽靈》，《思想與生活》，重慶：重慶人民出版社，1957 年，第 15 輯。

6. 白堤：《關於情詩》，《紅岩》，1957 年，第 5 期。

7. 白非：《研究民歌 學習民歌——「四川民歌選」第一輯讀後記》，《四川日報》，1958 年 8 月 24 日。

8. 白航：《佃客朱老三》，《川北文藝創作選（新文化教育叢書之十七)》，川北行署文教廳編，1950 年。

9. 白航：《一次偶然的秘密任務》，《德陽日報》，1995 年 7 月 2 日。

10. 白航：《〈星星〉創刊 40 週年隨想》，《星星》，1997 年，第 1 期。

11. 白航：《神聖而苦澀的職業——編輯隨想》，《飛天》，2000 年，第 Z1 期。

12. 白航：《白鶴飛走了——憶白峽》，《四川文藝》，2005 年，第 2 期。

13. 白航：《我們的名字是「星星」》，《星星》，2006 年，第 7 期。

14. 白航：《感受改革開放的體溫》，《晚霞》，2008 年，第 2 期。

15. 白航、飾華：《連夜進軍廣元》，《晚霞》，2009 年，第 5 期。

16. 白航：《白航的詩》，《江南詩》，2014 年，第 1 期。

17. 白峽：《流沙河為我拍照……》，《星星》，1997 年，第 1 期。

18. 白峽：《我在〈星星〉工作的時候》，《星星》，1983 年，第 2 期。

19. 帛聲：《閃爍的〈星星〉》，《詩探索》，1981 年，第 2 期。

20. 本刊評論員：《〈星星〉三十歲》，《星星》，1987 年，第 1 期。

21. 本刊編輯部：《右派分子把持「星星」詩刊的罪惡活動》，《星星》，1957 年，第 9 期。

22. 北島：《朗誦記》，《明報月刊》，1998 年，第 8 期。

C

1. 蔡夢慰：《革命烈士詩抄·黑牢詩篇》，《星星》，1959 年，第 7 期。

2. 常蘇民：《石天河、流沙河、白航等右派分子把持「星星」的罪惡活動》，《四川日報》，1957 年 8 月 31 日。

3. 常蘇民：《向詩人倡議協作，讓詩篇插翅飛翔》，《星星》，1958 年，第 5 期。

4. 陳朝紅：《一部具有民族風格的新詩——談歌劇〈山歌傳〉的創作特色》，《星星》，1959 年，第 7 期。

5. 陳朝紅：《愛情、真實、思想——漫談〈青松翠竹〉》，《星星》，1959 年，第 9 期。

6. 陳朝紅：《巴人在推薦什麼》，《星星》，1960 年，第 8 期。

7. 陳仿微：《「佃客的話」和「佃客朱老三」讀後感》，《川北日報》，1951 年 3 月 19 日。

8. 陳犀整理：《關於「草木篇」及其批評的討論》，《草地》，1957 年，第 7 期。

9. 陳犀：《如此多情——讀石天河之流的黑信有感》，《四川日報》，1957 年 9 月 12 日。

10. 陳思苓：《漫談抒情的「情」》，《草地》，1957 年，第 2 期。

11. 陳思苓：《俞平伯的資產階級文藝思想的發展道路》，《西南文藝》，1955年，第 3 期。

12. 陳志憲：《我對新詩發展道路問題的一些看法》，《星星》，1959 年，第 5 期。

13. 陳志憲：《讀毛主席的沁園春詠雪》，《星星》，1959 年，第 10 期。

14. 陳宗偉：《柏伯爾的惡毒用心》，《紅岩》，1957 年，第 9 期。

15. 陳之光：《方生未死的歲月——記〈四川文學〉的一段史蹟》，《四川文學》，2005 年，第 5 期。

16. 陳洪府：《風雨相依的日子：憶自貢市文聯首屆副主席張宇高》，《自貢日報》，2005 年 11 月 7 日。

17. 陳鳴樹：《〈創作，需要才能〉的根本錯誤何在》，《新港》，1959 年，第 12 期。

18. 程在華：《「草木篇」的不良思想傾向——給流沙河同志》，《四川日報》，1957 年 1 月 26 日。

19. 弛若岩、漁業：《瀘州市文藝界集會 紀念魯迅逝世十五週年》，《川南日報》，1951 年 10 月 24 日。

20. 儲一天：《不要怕算舊賬》，《四川日報》，1957 年 5 月 18 日。

21. 川西農民報編輯室：《關於刊載「牛角灣」的自我批評》，《川西日報》，1951 年 8 月 11 日。

22. 春虹：《關於〈蟬翼集〉及其批評》，《星星》，1960 年，第 1 期。

23. 春生：《百花齊放與死鼠亂拋》，《四川日報》，1957 年 1 月 14 日。

24. 崔鋒：《孺子篇》，《四川日報》，1957 年 7 月 4 日。

25. 崔鋒：《生活與創作——學習〈文藝戰線上的一場大辯論〉的體會》，《草地》，1958 年，第 5 期。

D

1. 戴龍雲：《談革命現實主義與革命浪漫主義的結合——四川大學中文系「當前文藝問題」講稿》，《星星》，1959 年，第 5 期。

2. 戴龍雲：《學習毛主席的文藝思想》，《星星》，1960 年，第 2 期。

3. 鄧均吾：《讓我們從新學起》，《星星》，1960 年，第 3 期。

4. 鄧敏萍：《化腐朽為神奇》，《星星》，1960 年，第 5 期。

5. 丁工：《好好學習民歌——讀〈挖堰塘〉》，《星星》，1958 年，第 5 期。

6. 丁工：《浪漫主義不是空口說大話》，《星星》，1958 年，第 7 期。

7. 丁工：《真情實感——答讀者問》，《星星》，1959 年，第 3 期。

8. 丁工：《怎樣對待詩的技巧問題——答讀者問之二》，《星星》，1959 年，第 4 期。

9. 丁工：《從一首新民歌說起——答讀者問之五》，《星星》，1960 年，第 7 期。

10. 丁工：《好好學習毛澤東文藝思想——答讀者問之四》，《星星》，1960 年，第 2 期。

11. 丁工：《〈犀牛山〉》，《星星》，1959 年，第 7 期。

12. 丁力：《不平凡的吱拉瑪朝〉》，《星星》1959 年，第 10 期。

13. 丁力：《學詩斷想》，《星星》，1960 年，第 1 期。

14. 丁季達：《回憶胡耀邦主任兩件事》，《樂至文史資料選輯》，中國人民政治協商會議四川省樂至縣委員會文史資料研究組，1986 年，第 9 輯。

15. 冬昕：《駁「詩無達詁」論》，《草地》，1957 年，第 7 期。

16. 冬昕：《誰看？誰聽？》，《星星》，1958 年，第 4 期。

17. 冬昕：《新民歌是共產主義詩歌的萌芽》，《星星》，1958 年，第 9 期。

18. 冬昕、盧煉：《典型是歷史的具體的——從〈達吉和她的父親〉的討論中想到的》，《四川日報》，1961 年 10 月 18 日。

19. 冬昕：《誰看？誰聽？》，《星星》，1958 年，第 4 期。

20. 冬昕：《新民歌是共產主義詩歌的萌芽》，《星星》，1958 年，第 9 期。

21. 冬昕：《同右派分子作堅決鬥爭！》，《四川日報》，1957 年 6 月 25 日。

22. 冬昕：《新民歌是共產主義詩歌的萌芽》，《星星》，1958 年，第 9 期。

23. 冬昕：《〈四川歌謠〉讀後小記》，《星星》，1960 年，第 1 期。

24. 董善堂、王子章、董群標：《更高地舉起人民公社的旗幟勝利挺進——歌劇〈尼龍谷的春天〉觀後感》，《星星》，1960 年，第 8 期。

25. 杜若汀：《論氣候》，《紅岩》，1957 年，第 9 期。

26. 杜波：《關於新詩發展問題的辯論——記中文系師生的一次學術討論》，《人民川大》，四川大學校刊室編，1959 年 4 月 23 日，第 340 期。

27. 段可情：《別有用心的人》，《星星》，1957 年，第 8 期。

28. 段可情：《談毒草》，《草地》，1957 年，第 8 期。

29. 段可情：《反右派鬥爭使我受到深刻的社會主義教育》，《四川日報》，1957年8月31日。

F

1. 范風、于良施：《有關部門應當重視黃色書記泛濫的嚴重情況》，《文藝學習》，1955年，第1期。

2. 范華銀：《中國神話學大師袁珂》，《新都文史》，中國人民政治協商會議成都市新都區委員會文史資料委員會編，2002年，第18輯。

3. 范國華：《駁所謂「厄運」》，《紅岩》，1957年，第9期。

4. 范國華：《〈星星〉的新氣象》，《文譚》，1983年，第5期。

5. 范琰：《流沙河談〈草木篇〉》，《文匯報》，1957年5月16日。

6. 方勉：《流沙河的又一支毒箭》，《草地》，1957年，第8期。

7. 方村：《骨頭的硬與軟》，《成都日報》，1957年7月17日。

8. 房子固：《讓百花競豔，各吐芬芳——華忱之教授談「百花齊放、百家爭鳴」》，《四川日報》，1957年4月30日。

9. 拂風：《對流沙河「評俞平伯對紅樓夢的曲解」的一些意見》，《四川日報》，1954年12月28日。

10. 傅仇：《這是什麼感情？》，《四川日報》，1957年1月17日。

11. 傅仇：《詩歌的光輝道路——讀了毛主席「關於詩的一封信」後》，《四川日報》，1957年2月26日。

12. 傅仇：《不可摧毀的銅牆鐵壁》，《四川日報》，1957年8月5日。

13. 傅仇：《勞動人民是天才的詩歌評論家》，《星星》，1958年，第8期。

14. 傅世悌：《對〈我對詩歌下放的補充意見〉的意見》，《星星》，1958年，第10期。

15. 傅吳、凌佐義：《試談〈紅雲岩〉的浪漫主義表現手法》，《星星》，1960年，第3期。

16. 傅英：《讀彝族民間長詩〈媽媽的女兒〉》，《星星》，1960年，第2期。

G

1. 甘棠惠：《關於一個問題提法的商榷》，《星星》，1959年，第3期。

2. 高深：《從對「吻」和「草木篇」的批評想到的》，《蜜蜂》，1957年，第7期。

3. 高天：《以排山倒海之勢宣傳貫徹總路線 大規模地宣傳總路線 省市文藝界連夜創作排練宣傳節目 川劇京劇演員到街頭工廠農村演出》，《四川日報》，1958 年 6 月 5 日。

4. 高進賢、古遠清：《如此「經歷過來的」——從姚文元對〈草木篇〉的態度看他的反革命兩面派嘴臉》，《詩刊》，1977 年，第 7 期。

5. 戈壁舟：《戈壁舟文學自傳》，《新文學史料》，1987 年，第 1 期。

6. 弓也：《舊事重提》，《四川日報》，1957 年 6 月 25 日。

7. 龔昶：《論張默生的幾個論點的反動實質》，《草地》，1957 年，第 8 期。

8. 公木：《懷友二首》，《星星》，1957 年，第 7 期。

9. 公劉：《新的課題——從顧城同志的幾首詩談起》，《星星》，1979 年，總第 47 期。

10. 古遠清：《安旗的詩論——〈當代詩論五十家〉之一》，《黃石教師進修校學報》，1986 年，第 1 期。

11. 谷甌：《自由詩和外國詩及其他——漫談發展詩歌的另一條路徑》，《星星》，1959 年，第 4 期。

12. 關捷：《流沙河：流著成吉思汗血液的詩人》，《中國民族報》，2012 年 9 月 14 日。

13. 郭小蕙整理：《郭小川日記（1957 年 上）》，《新文學史料》，1999 年，第 2 期。

14. 郭沫若：《郭沫若同志給本刊編輯部的信》，《星星》，1958 年，第 10 期。

15. 郭沫若：《浪漫主義和現實主義》，《紅旗》，1958 年，第 3 期。

16. 郭劍敏：《當代文學學科視域下的文學期刊及其史料價值》，《福建論壇》，2011 年，第 8 期。

H

1. 韓風、雪梅：《我們歡迎詩歌下放》，《星星》，1958 年，第 7 期。

2. 韓郁：《詩歌下放的真正涵義是什麼》，《星星》，1958 年，第 8 期。

3. 韓郁：《把新詩交給勞動人民》，《星星》，1959 年，第 2 期。

4. 何三畏整理：《「如果不寫這個，我後來還要當右派」——流沙河口述「草木篇詩案」》，《看歷史》，2010 年，第 6 期。

5. 何小蓉：《「草木篇」抒發了個人主義之情》，《四川日報》，1957 年 2 月 9 日。

6. 何小蓉：《反右三題》，《紅岩》，1957 年第 9 期。

7. 何其芳：《再談詩歌形式問題》，《文學評論》，1959 年，第 2 期。

8. 何牧：《石天河——胡風的孤臣孽子——對右派分子石天河一篇進攻黨的文章的揭露和批判》，《紅岩》，1957 年，第 10 期。

9. 何牧：《「大膽」和「盲目」》，《紅岩》，1957 年，第 6 期。

10. 何倫武：《為「放」和「鳴」創造條件與環境 川劇演員競華、黃佩蓮談「百花齊放」》，《四川日報》，1957 年 4 月 30 日。

11. 何劍熏：《「社會主義現實主義者」不應該「首先具有工人階級的立場和共產主義的世界觀」麼》，《西南文藝》，1955 年，第 4 期。

12. 何青：《文匯報向中小城市放火的一個惡劣例子 張宇高向文匯報記者范琰的談話用意惡毒》，《文匯報》，1957 年 7 月 22 日。

13. 賀越明：《孫大雨右派問題改正的波摺》，《炎黃春秋》，2014 年，第 3 期。

14. 洪鐘：《「星星」的詩及其偏向》，《紅岩》，1957 年，第 3 期。

15. 洪鐘：《斥「多媽媽」論》，《四川日報》，1957 年 3 月 2 日。

16. 洪鐘：《關於「牛角灣」》，《川西日報》，1951 年 7 月 8 日。

17. 洪鐘：《是「堅強」？還是臨近危險的邊緣？》，《四川日報》，1957 年 1 月 30 日。

18. 洪鐘：《逆流與群醜——在文學戰線上我們和右派的基本分歧》，《紅岩》，1957 年第 9 期。

19. 洪鐘：《雁翼的詩》，《紅岩》，1957 年，第 4 期。

20. 紅百靈：《讓多種風格的詩去受檢驗》，《星星》，1958 年，第 8 期。

21. 紅百靈：《我對詩歌下放的補充意見》，《星星》，1958 年，第 9 期。

22. 侯爵良：《「詩的唯一任務，就在於發展人的本質」嗎？——駁巴人的一個論點》，《星星》，1960 年，第 9 期。

23. 胡亮：《孫靜軒》，《詩探索》，2013 年，第 1 輯。

24. 胡尚元、蔡靈芝：《流沙河與〈草木篇〉冤案》，《文史精華》，2005 年，第 1 期。

25. 胡金元：《留得冰心如日月，藝術江河萬古流——憶已故注明書法家篆刻家楊允中先生》，《家庭與生活報》，1989 年 3 月 14 日。

26. 胡子淵：《右派分子石天河的路》，《四川日報》，1957 年 8 月 3 日。

27. 胡子淵：《省文聯機關工作人員向右派分子追擊 揭露流沙河石天河狼狽為奸的黑幕 文藝界右派的哼哈二將篡改「星星」詩刊的政治方向，率領著黑幫嘍囉，處心積慮地向黨進攻》，《四川日報》，1957 年 8 月 3 日。

28. 胡也、宋禾：《歪曲了勞動人民思想感情的作品——評茜子的朗誦詩「好姻緣」》，《川西日報》，1951 年 12 月 20 日。

29. 華偉：《20 世紀中國省制問題的回顧與展望（中）》，《中國方域（行政區劃與地名）》，1998 年，第 5 期。

30. 華忱之：《川大中文系幾位教師應該正視自己的文藝思想問題》，《四川日報》，1957 年 11 月 28 日。

31. 華夫：《〈創作，需要才能〉辯》，《文藝報》，1959 年 11 月 11 日，第 21 期。

32. 黃里：《因詩歌而閃亮的〈星星〉》，《四川日報》，2013 年 2 月 22 日。

33. 黃澤榮（曉楓）：《是我措辭不當》，《成都日報》，1957 年 1 月 19 日。

34. 黃鹿鳴：《「草木篇」書後》，《草地》，1957 年，第 2 期。

35. 黃伊：《篳路藍縷 創業維艱——中國青年出版社早期文學讀物出版活動的回憶》，《編輯之友》，1986 年，第 4 期。

36. 黃益庸：《人民需要什麼樣的情詩？——駁王峙的「與沙鷗談情詩」》，《黑龍江日報》，1957 年 12 月 28 日。

37. 黃開發：《「小問題」中的「大問題」——對 1960 年一次文學批判的歷史回顧》，《魯迅研究月刊》，2005 年，第 2 期。

I

1. 艾然：《必須展開文藝批評》，《川西日報》，1952 年 1 月 6 日。

J

1. 江君：《崇實》，《人民日報》，1957 年 1 月 20 日。

2. 姜紅偉、白航：《著名詩歌編輯家白航訪談錄》，《星星》（詩歌理論半月刊），2009 年，第 4 期。

3. 蔣維：《為「草木篇」作者造像》，《人民日報》，1957 年 9 月 3 日。

4. 蔣維：《讀〈在一個社裏〉》，《西南文藝》，1956 年，第 2 期。

5. 蔣登科整理：《鄒絳簡歷》，《中外詩歌研究》，1996 年，第 1～2 合期。

6. 箭鳴：《略談大躍進中的情歌》，《星星》，1959 年，第 9 期。

7. 建之：《顧城〈遠和近〉及其他》，《星星》，1980 年，第 5 期。

8. 金川：《從「墳場」和「解凍」想到的》，《四川日報》，1957 年 1 月 15 日。

9. 金繡龍：《「何必曰利？」》，《人民日報》，1956 年 7 月 23 日。

10. 金繡龍：《如此「科學」觀》，《人民日報》，1956 年 8 月 24 日。

11. 金繡龍：《「毒菌」新釋》，《文藝報》，1957 年 7 月 28 日，第 17 期。

12. 金戈：《要正確估價「五四」以來的新詩——與愚公等三位同志商榷》，《星星》，1959 年，第 4 期。

13. 金戈：《學習和繼承詩歌理論遺產——讀〈中國歷代詩歌評論選集〉箚記》，《星星》，1959 年，第 11 期。

14. 景宗富：《讀「詩要下放」後》，《星星》，1958 年，第 4 期。

K

1. 柯崗、曾克：《讀了「星星」創刊號》，《四川日報》，1957 年 1 月 24 日。

2. 柯崗：《還是為誰服務的問題——關於學習民歌及對雁翼同志創作傾向的意見》，《紅岩》，1958 年，第 9 期。

3. 柯林：《在春寒與春暖之間——記中國史教研組的第一次討論》，《人民川大》，四川大學校刊編輯室編，1957 年 5 月 18 日，第 212 期。

4. 括蒼山人：《八十二歲老詩人流沙河訪談錄》，《雜文月刊》，2013 年，第 8 期。

L

1. 藍英年：《日丹諾夫報告的背後》，《隨筆》，1996 年，第 5 期。

2. 藍庭彬：《並非膽小——談流沙河的詩「膽小的少女」》，《成都日報》，1956 年 11 月 8 日。

3. 藍疆整理：《對〈星空〉的意見》，《星星》，1960 年，第 6 期。

4. 老彭：《談四川新民歌的幽默風格》，《星星》，1960 年，第 5 期。

5. 黎之：《回憶與思考——從「知識分子會議」到「宣傳工作會議」》，《新文學史料》，1994 年，第 4 期。

6. 黎之：《反對詩歌創作的不良傾向及反動逆流》，《詩刊》，1957 年，第 9 期。

7. 黎澍：《毛澤東和「百家爭鳴」》，《書林》，1989 年，第 1 期。

8. 黎本初：《我看了〈星星〉》，《四川日報》，1957 年 1 月 24 日。

9. 黎本初：《是反對教條主義還是復活胡風思想？——斥右派分子石天河、流沙河等的反動文藝理論》，《四川日報》，1957 年 9 月 14 日。

10. 黎本初：《論詩歌下放和詩的出路》，《星星》，1958 年，第 9 期。

11. 黎本初：《談「自由詩和外國詩及其他」》，《星星》，1959 年，第 5 期。

12. 李累：《我們的文學創作——在四川省文學創作會議上的報告》，《草地》，1957 年，第 1 期。

13. 李累：《和文藝界談談交朋友》，《當代文壇》，1987 年，第 6 期。

14. 李累、燕霞：《對「戲劇搖籃」——江安的一段回憶》，《江安文史資料》，中國人民政治協商會議四川省江安縣委員會文史資料研究委員會編，1994 年，總第 7 輯。

15. 李永震：《楊汝絅是右派分子》，《草地》，1957 年，第 12 期。

16. 李士寰：《學詩偶得》，《星星》，1957 年，第 3 期。

17. 李鐵雁：《「毒菌」在哪裏？》，《成都日報》，1957 年 2 月 6 日。

18. 李昌隲：《一首宣揚色情的詩——談「吻」和體泰同志對它的評論》，《人民川大》，四川大學校刊編輯室編，1957 年 2 月 16 日，第 204 期。

19. 李中璞：《右派分子石天河在峨眉山進行的反共活動》，《四川日報》，1957 年 7 月 22 日。

20. 李笑海、楊重銘：《讀「請你簽名」後的意見》，《西南文藝》，1955 年，第 6 期。

21. 李加建：《試談抒情詩的幾個問題》，《釜溪》，自貢市文聯編，1957 年。

22. 李劼人、沙汀：《文匯報利用對「草木篇」作者的批評點了一把火》，《人民日報》，1957 年 7 月 9 日。

23. 李劼人：《我要堅決改正錯誤》，《人民日報》，1958 年 2 月 14 日。

24. 李劼人：《在省人代會預備會議成都小組會議上的一些檢查》，《四川日報》，1957 年 8 月 24 日。

25. 李亞群：《我對詩歌道路問題的意見》，《四川日報》，1958 年 11 月 9 日。

26. 李亞群：《我對詩歌下放問題的意見》，《星星》，1958 年，第 11 期。

27. 李奇：《質問「蜜蜂」編輯部》，《河北日報》，1957 年 7 月 23 日。

28. 李吉山：《歡迎「詩傳單」和「街頭詩畫」》，《四川日報》，1958 年 6 月 27 日。

29. 李宗濤：《不要低估了成績》，《星星》，1960 年，第 5 期。

30. 里予：《右派分子黃澤榮梁正心邱乾昆妄圖篡改成都日報的政治方向》，《四川日報》，1957 年 8 月 17 日。

31. 梁凡整理：《省文聯〈四川文藝界〉原編輯部主任李伍丁》，《成都商報》，2009 年 11 月 20 日。

32. 梁仲華：《變色龍經歷之一瞥》，《人民日報》，1977 年 1 月 19 日。

33. 廖代謙：《東風得意勝西風——歡呼第三個人造衛星》，《星星》1958 年，第 6 期，封底。

34. 廖代謙：《詩歌如何才能下放》，《星星》，1958 年，第 5 期。

35. 流沙河、茜子：《關於「牛角灣」的初步自我檢討》，《川西日報》，1951 年 7 月 8 日。

36. 林浩：《國民黨如何造就職業特務——記國民黨軍統貴州息烽特訓班》，《中國檔案報》，2014 年 07 月 24 日。

37. 林如稷：《張默生——老右派分子——據在川大全校批判張默生大會上的發言記錄整理》，《草地》，1957 年第 8 期。

38. 林采：《詩歌應該和工農群眾結合——關於街頭詩的一些意見》，《星星》，1958 年，第 3 期。

39. 林采：《紀念「在延安文化座談會上的講話」發表十八週年在毛澤東文藝思想的旗幟下更大更好地躍進》，《四川日報》，1960 年 5 月 19 日。

40. 林希：《星光，溫暖的星光》，《星星》，1983 年，第 1 期。

41. 賃常彬：《〈暗礁〉是一組什麼詩》，《草地》，1957 年，第 8 期。

42. 賃常彬：《詩要下放》，《星星》，1958 年，第 2 期。

43. 流沙河：《試評「歡送」》，《川西日報》，1951 年 8 月 11 日。

44. 流沙河：《關於〈紅樓夢〉的兩個問題——評俞平伯對〈紅樓夢〉的曲解》，《四川日報》，1954 年 12 月 2 日。

45. 流沙河：《回答拂風同志》，《四川日報》，1955 年 1 月 11 日。

46. 流沙河：《假面具遮蓋不住他的真面目》，《四川日報》，1955 年 3 月 4 日。

47. 流沙河：《胡風歪曲現實主義》，《四川日報》，1955 年 3 月 29 日。

48. 流沙河：《胡風誣謗我們的文藝戰線》，《四川群眾》，1955 年，第 5 期。

49. 流沙河：《膽小的少女》，《成都日報》，1956 年 10 月 25 日。

50. 流沙河：《詩是詩》，《成都日報》，1956 年 12 月 13 日。

51. 流沙河：《我是一個失敗者》，《南都週刊》，2011 年，第 33 期。

52. 流沙河：《我的「七夕」》，《青年一代》，1983 年第 2 期。

53. 劉成才：《石天河與一九五七年〈星星〉詩案研究》，《揚子江評論》，2010 年，第 1 期。

54. 劉揚深：《到西南去》，《貴州青運史資料》，1988 年，第 3 期。

55. 劉君惠：《我們需要原則》，《草地》，1957 年，第 7 期。

56. 劉大威：《讀沙汀同志的發言有感》，《四川日報》，1957 年 5 月 31 日。

57. 劉思久：《批判流沙河反動的詩歌理論》，《草地》，1957 年，第 11 期。

58. 劉成鈞：《駁劉思久的謬論》，《草地》，1958 年，第 1 期。

59. 劉冰：《去掉「爭鳴」中的清規戒律》，《成都日報》，1957 年 6 月 11 日。

60. 劉樂揚：《憶西南日報》，《新聞研究資料叢刊》，中國社會科學院新聞研究所《新聞研究資料》編輯室編輯，1981 年，第 5 輯。

61. 劉金：《「神經過敏」與「鼻子傷風」——讀〈從「草木篇」談起〉》，《文藝月報》，1957 年，第 9 期。

62. 劉振邦：《白鴿飛往哪裏「飛」？》，《星星》，1957 年，第 12 期。

63. 劉樹木：《歌中有歌》，《星星》，1959 年，第 3 期。

64. 劉開揚：《關於新詩創作問題》，《星星》，1959 年，第 1 期。

65. 劉開揚：《讀毛主席的詞〈清平樂〉（會昌）》，《星星》，1958 年，第 10 期。

66. 劉學勤、馬季華、田克勤、朱家欣：《〈布穀鳥又叫了〉是個什麼樣的戲？》，《文藝報》，1958 年，第 22 期。

67. 劉九如：《油海戰歌》，《星星》，1959 年，第 4 期。

68. 羅泅：《評色情詩「吻」》，《紅岩》，1957 年，第 3 期。

69. 羅蓀：《毒草辨》，《文匯報》，1957 年，第 6 期。

70. 羅鬈漁：《「毛主席詩詞十八首講解」評介》，《詩刊》，1958 年，第 2 期。

71. 呂武塘：《聽了沙汀同志的報告以後》，《四川日報》，1957 年 11 月 18 日。

72. 洛軍：《羅有年要什麼樣的自由？》，《四川日報》，1957 年 9 月 12 日。

M

1. 馬健民：《洪承疇與曾國藩》，《四川日報》，1957 年 5 月 24 日。

2. 馬吉星：《第二十塊石碑就要豎立起來》，《星星》，1958 年，第 9 期。

3. 馬鐵水：《我鼓掌歡迎》，《星星》，1958 年，第 6 期。

4. 芒果：《這樣的磚砌不得社會主義花圃》，《四川日報》，1957 年 1 月 26 日。

5. 毛澤東：《關於正確處理人民內部矛盾的問題》，《人民日報》，1957 年 6 月 19 日。

6. 毛翰：《詩禍餘生石天河》，《詩探索》，2004 年，第 1 期。

7. 毛翰：《我生如隕石磊落到人間──記詩人石天河》，《理論與創作》，1992 年，第 3 期。

8. 毛瀚：《永遠的少年石匠──試評石天河先生的詩》，《重慶評論》，2014 年，第 4 期。

9. 茅盾：《從創作和才能的關係說起》，《人民文學》，1959 年，第 12 期。

10. 孟凡：《由對「草木篇」和「吻」的批評想到的》，《文藝學習》，1957 年，第 4 期。

11. 明紅：《流沙河紀事》，《文史天地》，2004 年，第 11 期。

12. 明朗：《「整風反右」》，《當代四川要事實錄》，成都：四川人民出版社，2008 年，第 2 輯。

13. 明峨：《斥「仙人掌」》，《紅岩》，1957 年，第 9 期。

14. 明峨：《評「評『給省團委的一封信』」》，《紅岩》，1957 年，第 7 期。

15. 繆鉞：《和舊我決裂 向真理投降──談談我在交心運動中的體會》，《人民川大》，四川大學校刊編輯室編，1957 年 5 月 25 日，第 276 期。

16. 繆鉞：《由〈武訓傳〉「武訓精神」的討論與批評聯繫到自己的思想改造與學術革命的問題》，《工商導報‧學林》，1951 年 4 月 15 日，第 8 期。

17. 繆鉞：《參加〈紅樓夢研究〉討論的一些體會》，《四川日報》，1954 年 12 月 28 日。繆鉞：《參加〈紅樓夢研究〉討論的一些體會》，《人民川大》，四川大學校刊編輯室編，1954 年 12 月 29 日，第 145 期。

18. 繆鉞：《創作新詩應向民歌學習》，《草地》，1958 年，第 6 期。

19. 繆鉞:《新詩怎樣在民歌和古典詩詞歌曲的基礎上發展》,《星星》,1959
    年,第 1 期。

20. 繆鉞:《學習毛澤東文藝思想,做好中國古典文學研究工作》,《星星》,
    1960 年,第 2 期。

21. 繆鉞:《辛棄疾詞淺釋》,《星星》,1959 年,第 7 期。

22. 默之:《從「詩無達詁」想到的》,《草地》,1957 年,第 8 期。

23. 默之:《為詩歌「下放」進一言》,《星星》,1958 年,第 4 期。

N

1. 倪芽:《好詩要發得又多又快——讀「星星」4 月號工農作者寫的詩有感》,
   《四川日報》,1958 年 4 月 1 日。

2. 聶索:《漫談詩歌的語言》,《星星》,1960 年,第 4 期。

O

1. 歐陽《「抒人民之情」的我見——與沙鷗同志討論愛情詩的感情問題》,
   《處女地》,1957 年,第 4 期。

P

1. 潘述羊:《對「批評家的批評家」的剖析》,《草地》,1957 年,第 8 期。

2. 彭家金:《一點意見》,《星星》,1958 年,第 7 期。

3. 彭家金:《對詩人雁翼的意見》,《星星》,1958 年,第 12 期。

4. 彭久松:《川江沸騰了起來——〈川江大合唱〉讀後》,《星星》,1959 年,
   第 6 期。

Q

1. 啟明:《談毒草》,《人民日報》,1957 年 4 月 25 日。

2. 企霞:《關於文藝批評》,《文藝報》,1951 年,第 10 期。

3. 錢中湧:《憶吾師楊春霆先生》,《涪城文史資料選》,中國人民政治協商
   會議四川省綿陽市涪城區委員會學習和文史資料委員會編,1998 年,第
   6 輯。

4. 錢光培:《大家都來譜民歌,大家都來唱民歌!》,《四川日報》,1958 年
   9 月 7 日。

5. 茜子:《堅決肅清我的小資產階級思想意識——我的初步檢討》,《川西日
   報》,1952 年 2 月 14 日。

6. 邱漾：《檢查我對文藝批評的態度》，《川西日報》，1952 年 2 月 28 日。

7. 秋耘（黃秋耘）：《刺在哪裏？》，《文藝學習》，1957 年，第 6 期。

8. 秋牛：《用自己的話來說》，《星星》，1958 年，第 12 期。

9. 群夫：《大力鋤草，防止傷蘭》，《星星》，1957 年，第 11 期。

R

1. 任楚材：《關於「流沙河談草木篇」真相》，《中國青年報》，1957 年 6 月 20 日。

2. 任鈞：《蘇聯詩人和民歌》，《星星》，1958 年，第 11 期。

3. 若亞：《「天堂」、「自由」、「喪家犬」》，《四川日報》，1957 年 11 月 19 日。

S

1. 沙鷗：《「草木篇」批判》，《詩刊》，1957 年，第 8 期。

2. 沙鷗：《談寫愛情的詩中存在的問題》，《處女地》，1957 年，第 4 期。

3. 沙鷗：《看人們之間的新的關係——學習新民歌通信之四》，《星星》，1958 年，第 10 期。

4. 沙鷗：《目的（「怎樣寫詩」的第一封信）》，《星星》，1959 年，第 2 期。

5. 沙鷗：《取材（「怎樣寫詩」的第二封信）》，《星星》，1959 年，第 3 期。

6. 沙汀：《從批評說到改造》，《川西日報》，1950 年 4 月 10 日。

7. 沙汀：《現在還放得不夠，要繼續的放——作家沙汀談「百花齊放」》，《四川日報》，1957 年 5 月 1 日。

8. 沙汀：《整頓文藝思想，改進領導工作，更好地為社會主義事業服務——在四川省文學藝術工作者代表會議上的報告（摘要）》，《四川日報》，1957 年 11 月 13 日。

9. 沙汀：《迎接國慶祝賀群眾創作的大豐收》，《四川日報》，1958 年 10 月 1 日。

10. 沙裏金：《我不同意雁翼同志的看法》，《星星》，1958 年，第 7 期。

11. 山莓：《也談「草木篇」和「吻」》，《四川日報》，1957 年 2 月 9 日。

12. 山莓：《愛情與色情》，《草地》，1957 年，第 3 期。

13. 山莓：《斥「藝術超階級論」者》，《草地》，1957 年，第 9 期。

14. 山莓：《公木支持了什麼——「懷友二首」讀後》，《星星》，1957 年，第 10 期。

15. 山莓：《流沙河的「個性」》，《星星》，1958 年，第 1 期。

16. 山莓：《喜讀〈新蜀風〉》，《星星》，1959 年，第 10 期。

17. 山童：《我對詩歌的要求》，《星星》，1958 年，第 6 期。

18. 邵燕祥：《致雁翼──評雁翼的詩集〈大巴山的早晨〉等》，《文藝報》，1956 年，第 17 期。

19. 沈志華：《一九五七年整風運動是如何開始的》，《中共黨史研究》，2008 年，第 5 期。

20. 沈澄：《〈草木篇〉事件是一堂生動的政治課》，《文藝學習》，1957 年，第 8 期。

21. 沉重：《艾青是資產階級的百靈鳥》，《星星》，1958 年，第 6 期。

22. 沈耘：《向農民學詩》，《星星》，1958 年，第 7 期。

23. 施幼貽：《不准資產階級思想在文藝領域內復辟》，《草地》，1957 年，第 8 期。

24. 施幼貽：《黑色的歪詩》，《星星》，1957 年，第 10 期。

25. 施幼貽：《不准資產階級思想在文藝領域內復辟》，《草地》，1957 年，第 8 期。

26. 施蟄存：《才與德》，《文匯報》，1956 年 6 月 5 日。

27. 石天河：《批判胡風反馬克思主義的文藝思想》，《四川日報》，1955 年 4 月 8 日。

28. 石天河：《請您簽名》，《西南文藝》，1955 年，第 4 期。

29. 石天河：《作家的世界觀與作品的思想性》，《文藝報》，1956 年 12 月 30 日，第 24 期。

30. 石天河：《形象思維與邏輯思維》，《草地》，1957 年，第 2 期。

31. 石天河：《悼胡風》，《詩刊》，1986 年，第 2 期。

32. 石天河：《回首何堪說逝川──從反胡風到〈星星〉詩禍》，《新文學史料》，2002 年，第 4 期。

33. 石天河：《我對新詩發展問題的看法》，《新詩界》，第 3 卷，李青松主編，北京：新世界出版社，2003 年。

34. 石天河：《戰鬥者前進（朗誦詩）》，《文藝宣傳材料》，自貢市文聯編印，1954 年 9 月 25 日。

35. 石尋：《大膽放手貫徹「百花齊放、百家爭鳴」的方針　教條主義的批評給人以很大束縛——作家段可情談「百花齊放」》，《四川日報》，1957 年 4 月 29 日。

36. 石尋：《現在還放得不夠，要繼續的放——作家沙汀談「百花齊放」》，《四川日報》，1957 年 5 月 1 日。

37. 石尋：《四川地區「放」和「鳴」有何障礙　省文聯邀請部分文藝工作者座談》，《四川日報》，1957 年 5 月 15 日。

38. 石倫：《必須嚴格按照共產主義的方向培養青年文藝工作者——省文代會側記之一》，《四川日報》，1957 年 11 月 14 日。

39. 石火：《大珠小珠落玉盤——讀「四川民歌選」以後所想到的》，《四川日報》，1958 年 7 月 13 日。

40. 石火紅：《漫談〈讓多種風格的詩去受檢驗〉》，《星星》，1958 年，第 9 期。

41. 石榕：《讀〈學詩斷想〉及其他——給〈星星〉編輯部的一封信》，《星星》，1960 年，第 4 期。

42. 史維安：《忠實的繼承》，《四川日報》，1957 年 7 月 25 日。

43. 史維安：《省文聯舉辦反浪費展覽會》，《四川日報》，1958 年 2 月 25 日。

44. 史希：《堅決執行「放」的方針　省委宣傳工作會議高等學校小組討論側記》，《四川日報》，1957 年 4 月 30 日。

45. 樹鑫：《四川文藝界反擊以石天河為首的反黨小集團》，《文藝報》，1957 年 8 月 18 日，第 20 號。

46. 叔敏：《騎士的沒落》，《草地》，1957 年，第 8 期。

47. 舒文：《我對〈蟬翼集〉的意見》，《星星》，1959 年，第 12 期。

48. 舒占才：《大學生戀歌》，《星星》，1957 年，第 1 期。

49. 舒占才：《闖過死亡關》，《群言》，1993 年，第 11 期。

50. 舒黑芷：《川中道上》，《詩刊》，1959 年，第 6 期。

51. 孫靜軒：《石天河的反共叫囂》，《四川日報》，1957 年 7 月 25 日。

52. 孫靜軒：《駁「紅岩」七月號的一株毒草》，《四川日報》，1957 年 8 月 8 日。

53. 孫文石：《把各種不同意見發表出來》，《四川日報》，1957 年 6 月 10 日。

54. 孫文石:《民盟四川省委常委孫文石等揭露章伯鈞等人一些反黨的幕後活動》,《新華社新聞稿》,1957 年 6 月 21 日,第 2566 期。

55. 孫殿偉:《從「草木篇」問題的報導談起》,《文匯報》,1957 年 6 月 26 日。

56. 孫曜冬:《詩要寫得口語化》,《星星》,1958 年,第 5 期。

57. 思苓:《略談抒情詩──讀「星星」詩刊「吻」篇有感而作》,《人民川大》,四川大學校刊編輯室編,1957 年 1 月 28 日,第 203 期。

58. 斯人:《楊如網事略》,《富順文史資料選輯》,中國人民政治協商會議四川省富順縣委員會文史資料委員會編,1997 年,第 11 輯。

59. 宋禾:《「客觀」何在?──由文匯報的一條專電引起的疑問》,《四川日報》,1957 年 6 月 25 日。

60. 宋雲彬:《從一篇雜文談到諷刺》,《筆會》,1957 年 6 月 4 日。

61. 松筆:《談〈紅雲岩〉中饒小三及其他》,《星星》,1960 年,第 8 期。

62. 松勳:《戰士詩歌戰士愛──喜讀〈兵的歌〉》,《星星》,1960 年,第 8 期。

63. 碎石:《讓詩歌活在群眾的口頭上》,1958 年,第 4 期。

64. 碎石:《不要對民歌百般挑剔》,《星星》,1958 年,第 10 期。

T

1. 譚洛非、譚興國:《為捍衛無產階級思想陣地而鬥爭──兼評「吻」和「草木篇」》,《草地》,1957 年,第 3 期。

2. 譚洛非、譚興國:《發揚革命新詩運動的戰鬥傳統和革新精神──為紀念「五四」四十週年而作》,《星星》,1959 年,第 5 期。

3. 譚洛非:《認真學習毛澤東文藝思想,徹底批判修正主義──紀念〈在延安文藝座談會上的講話〉發表十八週年》,《星星》,1960 年,第 6 期。

4. 譚興國:《從一首新民歌談起》,《星星》,1960 年,第 2 期。

5. 唐冬昕:《同右派分子作堅決鬥爭!》,《四川日報》,1957 年 6 月 25 日。

6. 唐克之:《愛情不是勞動的附件──對沙鷗「談寫愛情的詩中存在的問題」一文的意見》,《處女地》,1957 年,第 4 期。

7. 唐弢:《「草木篇」新話》,《文藝月報》,1957 年,第 7 期。

8. 唐雪元:《余薇野:白蓮花似的戀人》,《青年作家》,2011 年,第 5 期。

9. 唐曉渡:《人與事:我所親歷的八十年代〈詩刊〉(之一)》,《星星》(詩歌理論半月刊),2008 年,第 3 期。

10. 唐祖美：《我在民建中學的學習和生活》，《江北區文史資料選輯》，政協重慶市江北區委員會文史資料委員會，1994 年，第 9 輯。

11. 陶曉卒：《剝皮》，《星星》，1957 年，第 10 期。

12. 體泰：《靈魂深處的聲音》，《四川日報》，1957 年 1 月 30 日。

13. 田海燕：《〈暗礁〉也是毒草——評流沙河的〈暗礁〉組詩》，《草地》，1957 年，第 8 期。

14. 田海燕：《四川有條「流沙河」》，《草地》，1957 年，第 9 期。

15. 田海燕、王延林、文效光：《初論金沙江近期通航問題》，《人民長江》，1958 年，第 6 期。

16. 田間：《關於「白楊」的詩——駁「草木篇」》，《街頭詩四首》，《文藝報》，1957 年 7 月 28 日，第 17 期。

17. 田間：《艾青，回過頭來吧》，《詩刊》，1957 年，第 9 期。

18. 田間輯：《哨崗——街頭詩一束》，《星星》，1958 年，第 3 期。

19. 田原：《在爭論中所想到的》，《草地》，1957 年，第 3 期。

20. 田原：《讀者建議展開文藝的批評》，《川西日報》，1951 年 6 月 24 日。

21. 田原：《矛頭是指向人民內部的缺點，還是指向人民？——駁「駁『抗辯』」》，《四川日報》，1957 年 2 月 12 日。

22. 田原：《所謂「追查政治歷史」之類》，《草地》，1957 年，第 8 期。

23. 田修攝：《體現全省人民的革命意志 推動反右派鬥爭繼續深入 省人代會第五次會議勝利閉幕 李大章省長受會議主席團的委託作了總結性的發言，會議批准各項報告，並作出了相應的決議》，《四川日報》，1957 年 9 月 1 日。

W

1. 汪峻：《略談群眾創作的詩歌》，《星星》，1959 年，第 6 期。

2. 汪峻：《讀高纓的新作〈三峽燈火〉》，《星星》，1960 年，第 4 期。

3. 王季洪：《百花齊放中的一棵莠草》，《四川日報》，1957 年 1 月 24 日。

4. 王季洪：《「草木篇」讀後》，《四川日報》，1957 年 2 月 6 日。

5. 王季洪：《學習百花齊放，敗家爭鳴後的感想》，《草地文藝通訊》，1956 年 7 月 5 日。

6. 王季洪：《教條主義和清規戒律》，《草地》，1957 年，第 6 期。

7. 王季洪:《「達話」在此》,《成都日報》,1957 年 7 月 16 日。

8. 王克華:《含義玄隱的黝黑胡同——談〈草木篇〉》,《成都日報》,1957 年 2 月 6 日。

9. 王克華:《徹底批判右派分子的反黨謬論》,《草地》,1957 年,第 12 期。

10. 王克華:《我對人性和人道主義的一些理解》,《社會科學參考資料》,1982 年,第 3、4 期。

11. 王曉嵐:《讀洪鐘同志的「關於牛角灣」後》,《川西日報》,1951 年 7 月 21 日。

12. 王琳:《傳統文化視野下的草木篇》,《西華師範大學學報(哲社版)》,2014 年,第 3 期。

13. 王霜:《四川省文藝界連日座談 對「草木篇」問題再度爭辯》,《文匯報》,1957 年 6 月 6 日。

14. 王吾:《流沙河的肥皂》,《成都日報》,1957 年 8 月 13 日。

15. 王吾:《鳥獸篇——擬流沙河也》,《成都日報》,197 年 10 月 8 日。

16. 王峙:《與沙鷗談情詩》,《黑龍江日報》,1957 年 6 月 23 日。

17. 王峙:《星星之戀》,《星星》,1983 年,第 7 期。

18. 王永華:《百萬幹部下放勞動始末》,《黨史縱覽》,2009 年,第 12 期。

19. 王亞平:《那不是詩歌創作的堅實基礎》,《星星》,1960 年,第 1 期。

20. 王映川:《奴隸解放的戰歌——讀敘事詩〈阿支嶺扎〉》,《星星》,1959 年,第 9 期。

21. 韋君宜:《憶〈文藝學習〉》,《文藝學習》,1986 年,第 1 期。

22. 文樸:《一個有位青年沉淪墮落的經過》,《文藝學習》,1955 年,第 1 期。

23. 文菲等:《革命的現實主義和革命的浪漫主義相結合問題座談記錄》,《處女地》,1958 年,第 8 期。

24. 閻連兵:《徹底清算沙汀等一夥黑幫把持〈四川文學〉進行反黨活動的罪行》,《四川日報》,1966 年 7 月 24 日。

25. 衛元理:《通訊 川大中文系討論詩歌發展道路問題》,《星星》,1959 年,第 5 期。

26. 渥丹:《揭露胡風分子何劍熏的罪惡面目》,《西南文藝》,1955 年,第 9 期。

27. 巫洪亮：《「十七年」文學媒介權力結構探微——以 1957 年「〈星星〉詩案」為例》，《揚子江評論》，2013 年，第 2 期。

28. 吳野：《要有勞動人民的思想感情——也談〈蟬翼集〉》，《星星》，1960 年，第 1 期。

29. 吳野：《一面晶瑩皎潔的鏡子——讀「四川歌謠」》，《四川日報》，1959 年 11 月 26 日。

30. 吳雁：《創作，需要才能》，《新港》，1959 年，第 8 期。

31. 吳宏口述，曹曉波整理：《我見證劉文采地主莊園變遷》，《羊城晚報》，2013 年 9 月 28 日。

32. 吳引祺：《目前兒歌創作中的幾個問題》，《星星》，1959 年，第 6 期。

33. 吳倩：《文藝刊物自我檢討的綜合報導》，《文藝報》，1950 年，第 2 卷第 10 期。

34. 吳俊：《〈人民文學〉的創刊和復刊》，《南方文壇》，2004 年，第 6 期。

35. 吳思敬：《說「朦朧」》，《星星》，1981 年，第 1 期。

36. 悟遲：《詩歌，不是詩人的專利品》，《星星》，1958 年，第 7 期。

X

1. 辛心：《我們的名字是星星——〈星星〉創刊史話》，《星星》，1982 年，第 4 期。

2. 辛揚：《詩人山莓》，《烽火少年——抗日戰爭中的一支兒童工作隊》，政協老河口市委員會等編，第 76～79 頁。

3. 曦波：《白楊的抗辯（續四章)》，《草地》，1957 年，第 8 期。

4. 希平：《我的一點看法》，《星星》，1959 年，第 6 期。

5. 西戎：《評「牛角灣」》，《川西日報》，1951 年 6 月 20 日。

6. 習榮泓：《勞動人民喜愛民歌》，《星星》，1958 年，第 12 期。

7. 席方蜀：《讀詩小記》，《四川日報》，1957 年 1 月 26 日。

8. 席方蜀：《王季洪射出的兩支毒箭》，《草地》，1957 年，第 9 期。

9. 席方蜀：《「小題大做」及其他》，《四川日報》，1957 年 2 月 16 日。

10. 席方蜀：《從右面來的批評——讀張默生先生的「蓄意已久的心頭話」》，《四川日報》，1957 年 6 月 28 日。

11. 席方蜀：《文藝下鄉好處多》，《四川日報》，1957 年 12 月 21 日。

12. 席方蜀:《民歌十好——讀中共四川省委宣傳部編的「四川民歌選」第一輯》,《四川日報》,1958 年 8 月 3 日。

13. 蕭崇素:《我們需要的愛情詩》,《四川日報》,1957 年 3 月 26 日。

14. 蕭崇素:《四川文化潛力與「百花齊放、百家爭鳴」方針》,《四川日報》,1957 年 5 月 10 日。

15. 蕭崇素:《這叫什麼「干預生活」?——抗議黃澤榮(曉楓)的反動小說》,《四川日報》,1957 年 7 月 12 日。

16. 蕭薇:《評「草木篇」》,《紅岩》,1957 年,第 3 期。

17. 蕭然:《衣缽真傳》,《四川日報》,1957 年 9 月 12 日。

18. 蕭蔓若:《為了社會主義》,《草地》,1957 年,第 7 期。

19. 蕭賽:《人活著為什麼:連載之二》,《綿竹文史資料選輯》,中國人民政治協商會議四川省綿竹市委員會學習文史資料委員會編,2002 年,第 21 輯。

20. 肖長溶:《「草木篇」究竟是一首什麼樣的詩》,《草地》,1957 年,第 7 期。

21. 蕭三:《談〈望星空〉》,《人民文學》,1960 年,第 1 期。

22. 肖翔:《用什麼思想教育人民——沙鷗詩集〈故鄉〉批判》,《星星》,1960 年,第 7 期。

23. 夏群:《從省政協第三次全體會議看政協處理人民內部矛盾的作用》,《四川日報》,1957 年 5 月 3 日。

24. 小木:《「毒蛇在手,壯士斷脆」——記繆鉞教授的交心檢查》,《人民川大》,四川大學校刊編輯室編,1958 年 5 月 25 日,第 276 期。

25. 小木:《斥流沙河的「個性論」》,《草地》,1957 年,第 10 期。

26. 小木:《批駁流沙河在愛情詩問題上的謬論》,《草地》,1958 年,第 5 期。

27. 小木:《讀〈西藏歌謠〉》,《星星》,1960 年,第 4 期。

28. 小曉:《我的看法》,《星星》,1958 年,第 10 期。

29. 向維汁:《對「牛角灣」的意見——川西文藝小叢書茜子、流沙河作》,《川西日報》,1951 年 6 月 18 日。

30. 謝冕:《面對一個新的世界——一批青年詩人作品讀後》,《星星》,1981 年,第 9 期。

31. 星環：《應不應該「一棍子打死」？》，《人民日報》，1957 年 8 月 21 日。

32. 徐穎：《「牛角灣」歪曲了現實——讀「牛角灣」有感》，《川西日報》，1951 年 7 月 7 日。

33. 徐行：《評散文詩「草木篇」》，《人民川大》，四川大學校刊編輯室編，1957 年 1 月 28 日，第 203 期。

34. 徐抒：《擲向流沙河》，《成都日報》，1957 年 8 月 17 日。

35. 徐逢五：《從殺父之仇看「草木篇」》，《文藝報》，1957 年 7 月 28 日，第 17 期。

36. 徐逢五：《文藝這條路》，《人民文學》，1957 年，第 4 期。

37. 徐慶全：《臧克家與〈詩刊〉初創》，《中華讀書報》，2005 年 5 月 27 日。

38. 徐遲：《慶祝〈詩刊〉二十五週年》，《詩刊》，1982 年，第 1 期。

39. 徐遲：《談郭小川的幾首詩》，《星星》，1959 年，第 8 期。

40. 絮飛：《四川升起的星星》，《詩探索》，1981 年，第 3 期。

Y

1. 言無罪：《一點希望——看流沙河同志的發言稿有感》，《成都日報》，1957 年 6 月 2 日。

2. 顏實甫：《顏實甫教授對張默生提出批評》，《四川日報》，1957 年 6 月 24 日。

3. 顏云：《集句悼王季洪》，《桂山詩薈》，中國人民政治協商會議四川省永川市委員會文史資料委員，1993 年，第 2 輯。

4. 雁翼：《給流沙河》，《四川日報》，1957 年 9 月 6 日。

5. 雁翼：《對詩歌下放的一點看法》、《星星》，1958 年，第 6 期。

6. 雁翼：《對新詩歌發展的幾點看法》，《紅岩》，1959 年，第 5 期。

7. 雁翼：《哀憶無了期》，《星星》，1980 年，第 4 期。

8. 雁序：《「紅岩」的「亂彈」》，《人民日報》，1957 年 8 月 3 日。

9. 燕白：《〈星星〉詩刊復刊》，《詩刊》，1979 年，第 10 期。

10. 晏明：《飄飄何所似 天地一沙鷗（中）——記老詩人、詩評家、編輯家沙鷗》，《新文學史料》，2001 年，第 3 期。

11. 姚虹：《「白楊」和「牛」》，《陝西日報》，1957 年 5 月 8 日。

12. 姚文元：《論詩歌創作中的一種傾向》，《文藝月報》，1957 年，第 2 期。

13. 姚文元：《批判巴人的「人性論」》，《文藝報》，1960 年，第 2 期。

14. 姚文元：《文藝上的修正主義表現在哪幾方面？》，《文藝月報》，1958 年，第 4 期。

15. 姚丹：《在「草木篇」的背後》，《人民日報》，1957 年 8 月 16 日。

16. 姚芒藻：《作家曹禺老舍臧克家——漫談「齊放」與「爭鳴」》，《文匯報》，1957 年 4 月 29 日。

17. 姚洪偉：《規約與訓導：政治化語境中的詩歌生產及形態——以 1957 年的〈星星〉詩刊為例》，《文藝爭鳴》，2017 年，第 6 期。

18. 姚洪偉：《「十七年」時期文學期刊的圖像敘事及其詩學價值——以〈詩刊〉和〈星星〉為中心》，《江西社會科學》，2017 年，第 5 期。

19. 耀嵐：《我讀了「牛角灣」的感想》，《川西日報》，1951 年 7 月 9 日。

20. 楊甦：《論「解凍」及其他》，《紅岩》，1957 年，第 3 期。

21. 楊汝枬：《詩人楊汝絅》，《高郵文史資料》，中國人民政治協商會議江蘇省高郵市委員會文史和學習委員會編，1999 年，第 16 輯。

22. 楊春霆：《談「牛角灣」及對作者的初步檢討的一點意見》，《川西日報》，1951 年 7 月 21 日。

23. 楊柳青：《「山歌傳」讀後》，《星星》，1959 年，第 3 期。

24. 楊賢緒、王晉川：《希望「草地」等刊物多登反映工人生活的作品》，《四川日報》，1958 年 5 月 3 日。

25. 楊蓓、邱乾昆：《菱案逢佳會，劼老話「放」「鳴」》，《成都日報》，1957 年 6 月 1 日。

26. 楊禾：《流沙河的詩注腳——〈告別火星〉簡釋》，《草地》，1957 年，第 9 期。

27. 楊禾：《「暗礁」原意——釋流沙河近作三首》，《紅岩》，1957 年，第 8 期。

28. 楊禾：《「情詩」錄評一則》，《紅岩》，1957 年，第 9 期。

29. 楊莆：《奇怪的邏輯》，《草地》，1957 年，第 9 期。

30. 楊子敏：《公木在「談詩歌創作」中宣揚了什麼？》，《文藝報》，1958 年第 17 期。

31. 楊雅都：《詩歌下放有感》《星星》，1958 年，第 5 期。

32. 仰之：《西大學人譜・文藝評論家和李白研究專家——安旗教授》，《西北大學學報》，1992 年，第 1 期。

33. 葉隆：《關於評介詩的意見》，《草地》，1957 年，第 7 期。

34. 葉文：《「草木篇」是一顆毒菌》，《四川日報》，1957 年 2 月 5 日。

35. 一串：《樹立嚴肅的創作態度》，《川西日報》，1951 年 10 月 24 日。

36. 一編：《中國詩歌社團專號編輯小記》，《星星》，1986 年，第 11 期。

37. 以群：《才能、群眾創作、潑冷水》，《人民日報》，1959 年 12 月 3 日。

38. 移山：《對〈那不是詩歌創作的堅實道路〉的異議》，《星星》，1960 年，第 4 期。

39. 移山：《唱絕前人啟後人——讀〈紅旗歌謠〉》，《星星》，1959 年，第 11 期。

40. 移山：《最新最美的詩，最新最美的畫——談新民歌中的風景詩》，《星星》，1959 年，第 8 期。

41. 毅克：《應該重視「好姻緣」的討論》，《川西日報》，1952 年 1 月 6 日。

42. 益庭：《我對詩歌下放的意見》，《星星》，1958 年，第 10 期。

43. 尹在勤：《具有特色的姊妹篇——讀〈川江行〉和〈涼山行〉》，《四川文學》，1962 年，第 1 期。

44. 尹在勤：《透視王亞平的「創作規律」》，《奔騰》，1960 年，第 4 期。

45. 尹一之：《王亞平反對的是什麼？——關於詩歌創作的道路問題的商榷》，《詩刊》，1960 年第 2 期。

46. 英群：《我們永遠懷念常蘇民老院長》，《音樂探索》，1993 年，第 1 期。

47. 英佳：《釜溪河上的一股反黨逆流——自貢市文藝界揭發以張宇高為首的反黨集團》，《草地》，1957 年，第 10 期。

48. 袁玉伯：《談「吻」》，《人民日報》，1957 年 1 月 23 日。

49. 袁珂：《胡風發售的不是萬應靈膏，是糖衣毒藥》，《重慶日報》，1955 年 5 月 12 日。

50. 袁珂：《「死鼠」和「磚頭」》，《四川日報》，1957 年 1 月 26 日。

51. 袁珂：《「愛情」和「立身」》，《四川日報》，1957 年 2 月 6 日。

52. 袁珂：《從張默生〈談西遊記〉到他的〈西遊記研究〉》，《草地》，1957 年，第 9 期。袁珂：《剽竊大師——張默生》，《紅岩》，1957 年，第 12 期。

53. 袁珂：《向民歌學習──讀〈四川民歌選〉第一輯有感》，《星星》，1958年，第8期。

54. 袁珂：《四川民歌的藝術特徵》，《星星》，1958年，第9期。

55. 袁珂：《〈送瘟神二首〉試解商榷》，《星星》，1959年，第1期。

56. 袁水拍：《成長發展中的社會主義的民族新詩歌》，《文藝報》，1959年10月26日。

57. 虞進生：《駁「抗辯」》，《四川日報》，1957年1月30日。

58. 余輔之：《草木篇，究竟宣揚些什麼》，《四川日報》，1957年1月27日。

59. 余薇野：《為什麼「吻」是一首壞詩》，《四川日報》，1957年2月5日。

60. 余斧：《錯誤的縮小和缺點的誇大──讀孟凡的「由對『草木篇』和『吻』的批評想到的」》，《紅岩》，1957年，第8期。

61. 余音：《詩·屬鬼·亡命徒──評流沙河的詩集：「告別火星」》，《紅岩》，1957年，第9期。

62. 余音：《重要的是改變詩風》，《星星》，1958年，第9期。

63. 余音：《民歌的形式》，《星星》，1958年，第12期。

64. 余音：《星空（長詩)》，《紅岩》，1958年，第1期。

65. 余音：《試談抒情詩的感情》，《紅岩》，1957年，第4期。

66. 余冀洲：《雁翼同志的看法是正確的》，《星星》，1958年，第8期。

67. 于明：《戴記「統一戰線」破產了》，《人民日報》，1957年8月30日。

68. 于庸：《希望川大中文系成為研究四川民歌的基地》，《四川日報》1958年6月8日。

69. 于競祁：《詩人流沙河重返詩壇 滿懷激情歌頌新時代》，《四川日報》，1983年3月25日。

70. 愚公：《詩歌下放是指什麼》，《星星》，1958年，第8期。

71. 愚公：《必須向民歌學習》，《星星》，1958年，第10期。

72. 愚公：《對「新詩的道路問題」一文的幾點淺見》，《星星》，1959年，第2期。

73. 愚公：《神奇·真實·浪漫》，《星星》，1960年，第5期。

74. 喻權域：《痛悼良師諍友程在華》，《新聞業務》，1983年，第6期。

75. 於可訓：《當代詩學》，長沙：湖南人民出版社，2000年，第113頁。

76. 曰白：《不是「死鼠」，是一塊磚頭》，《四川日報》，1957 年 1 月 24 日。

77. 曰白：《我愛青島》，《星星》，1957 年，第 3 期。

78. 曰白：《老虎口》，《星星》，1980 年，第 1 期。

Z

1. 臧克家：《在中國作協第二次理事擴大會議上的發言》，《文藝報》，1956年，第 5、6 合期。

2. 臧克家：《我們需要諷刺詩──毛主席：「諷刺是永遠需要的」》，《人民日報》，1957 年 5 月 21 日。

3. 湛盧：《這事情還沒有過多久》，《紅岩》，1957 年，第 9 期。

4. 張默生：《我對沙汀同志的抗辯》，《四川日報》，1957 年 5 月 30 日。

5. 張默生：《克服兩種傾向，大膽「鳴」「放」》，《成都日報》，1957 年 5 月14 日。

6. 張傑、苟超：《和詩歌相伴一生──訪詩人、原〈星星〉詩刊主編白航》，《詩江南》，2014 年，第 1 期。

7. 張先植：《回顧綿陽解放初期黨的宣傳教育工作》，《涪城文史資料選》中國人民政治協商會議 四川省綿陽市涪城區委員會 學習、文史資料委員會編，1994 年，第 2 輯。

8. 張海平、李華飛、葉一：《曲藝工作為什麼不被重視》，《四川日報》，1957年 6 月 7 日。

9. 張效民、陳慈：《段可情年譜簡輯》，《成都師專學報》，1987 年，第 2 期。

10. 張潭：《語言、文學的「厄運」》，《紅岩》，1957 年，第 7 期。

11. 張學新：《一場大是大非的論》，《新港》，1959 年，第 12 期。

12. 張樂山：《建立真正的無產階級世界觀》，《星星》，1960 年，第 2 期。

13. 張遜：《最新最美的文字──介紹「四川歌謠」》，《四川日報》，1959 年11 月 22 日。

14. 趙錫驊：《評「詩無達詁」之說》，《四川日報》，1957 年 6 月 24 日。

15. 正谷：《放呢，不放》，《紅岩》，1957 年，第 5 期。

16. 之子：《錦城春曉》，《文匯報》，1957 年 6 月 7 日。

17. 之光：《遙寄李累》，《當代文壇》，1995 年，第 6 期。

18. 志非：《熱誠地對待群眾創作──也談「創作，需要才能」》，《河北日報》，

1959 年 10 月 11 日。

19. 周恩來：《政府工作報告》，《人民日報》，1957 年 6 月 27 日。

20. 周天哲：《「無冕王」與地下火：回憶解放前南京新聞界地下鬥爭》，《南京黨史資料》，1988 年，第 20 輯。

21. 周天哲：《「無冕王」與地下火：回憶解放前南京新聞界地下鬥爭》，《南京黨史資料》，1988 年，第 20 輯。

22. 周煦良：《從「草木篇」談起》，《文藝月報》，1957 年第 6 期。

23. 周煦良：《兩種諷刺文學和另一種》，《文藝月報》，1957 年，第 8 期。

24. 周煦良：《翻譯工作者必須政治掛帥！》，《外語教學與翻譯》，1959 年，第 1 期。

25. 周揚：《新民歌開拓了詩歌的新道路》，《紅旗》，1958 年，第 1 期。

26. 周揚：《我國社會主義文學藝術的道路》，《人民日報》，1960 年 9 月 4 日。

27. 周生高：《從街頭詩想起》，《星星》，1958 年，第 6 期。

28. 周暉鍾：《讀白航等同志的作品後》，《川北日報》，1951 年 6 月 15 日。

29. 鍾樹梁：《學習新民歌，反對右傾思想——讀〈新蜀風〉的筆記》，《星星》，1959 年，第 11 期。

30. 竹紅：《談談〈女神〉》，《星星》，1959 年，第 7 期。

31. 竹亦青：《我們與「崛起」論者的分歧》，《星星》，1983 年，第 12 期。

32. 茉茇：《我嗅到了一種氣息》，《草地》，1957 年，第 8 期。

33. 朱樹鑫：《絕不允許右派分子篡奪文藝刊物》，《文藝報》，1957 年 9 月 22 日，第 24 號。

34. 曾克：《重慶文學界右派分子反的是什麼》，《紅岩》，1958 年，第 2 期。

35. 鄒絳：《讓詩歌真正為無產階級服務》，《星星》，1960 年，第 2 期。

36. 左泥：《鮮花重放二十春——〈重放的鮮花〉編輯雜憶》，《文學報》，1998 年 11 月 12 日。

37. 左人：《詩歌，期待著新一代》，《星星》，1980 年，第 10 期。

七、碩博論文

1. 謝小潔：《〈星星〉詩刊（1957 年第 1～8 期研究）》（碩士論文），成都：四川師範大學，2014 年。

2. 張潔：《介入與建構：1980 年代的〈星星〉詩刊研究》（碩士論文），南充：西華師範大學，2017 年。

3. 李明德：《當代中國文化語境中的文學期刊研究》（博士論文），蘭州：蘭州大學，2006 年。

4. 連敏：《〈詩刊〉（1957～1964）研究》（博士論文），北京：首都師範大學，2007 年。

5. 巫洪亮：《「十七年」詩歌研究》（博士論文），福州：福建師範大學，2011 年。

6. 張志國：《〈今天〉與朦朧詩的發生》（博士論文），廣州：暨南大學，2009 年。

推薦語

段從學

著作《〈星星〉詩刊（1957～1960）研究》內容豐富厚實，通過具體、紮實的史料梳理，填補了《星星》詩刊的研究空白，從一個側面推動和深化了學術界對中國當代詩歌的歷史演化與發展機制的認識，對廓清中國當代文化精神和知識分子的歷史境遇等問題，也有較為重要的參考價值和歷史價值。

第一、史料的搜集和使用，具有典範性意義。在通常的刊物、文集、回憶錄等史料之外，作者通過查閱報紙、檔案資料、走訪歷史當事人等形式，獲取了大量的第一手資料，窮盡並綜合運用了目前研究者所能掌握和使用的所有史料類型，充分展示了作者認真、嚴謹的學風，也為進一步的研究和借鑒提供了豐富的史料線索，也奠定了成果良好的學術品質。

第二、作者採取點面結合的方式，以《星星》詩刊自身的「歷史時間」為縱向線索，重大歷史事件為橫向節點，交錯展開論述和分析，對主要事件的來龍去脈、相關人物的歷史命運、刊物編輯方針的變化等，進行了深入、詳細的梳理，具有較強的系統性和全面性。

第三、論述視野開闊，問題意識突出。作者在立足於《星星》詩刊的同時，也注意到了同時期的《詩刊》、整個當代中國的社會文化氛圍和文藝政策的調整等更為宏大，也更為重要的歷史元素，或將其當作參照對象突出問題，或者將其作為歷史語境來解釋有關問題，較為靈活地透過《星星》詩刊本身接觸到了更大的歷史脈絡。

第四、具體論述中，作者把《星星》詩刊的人事變動、編輯方針、作品發表、讀者反應等多個環節聯繫起來，即小見大展開厚實、密集的「深度敘述」，建立了一個比較合理的分析框架，對如何處理期刊研究的「小對象」，具有較

好的參考意義。

綜合來看，成果資料豐富、框架合理，論述有深度，對學術界同仁的期刊研究在方法上有較大參考和借鑒意義，是一份較為優秀的著作。

特此推薦！

人間少了一顆星星，天上多了一顆星星
（代跋）

乙亥年冬，異於往年的寒潮如期而至，冰冷之感甚於過往。來自北極渦旋的強勢冷高壓，以及巍峨雄壯的貢嘎山和俊秀的西嶺雪山，準備了充足的千秋雪，用他們潔白而晶瑩剔透的目光俯視著這片西蜀之地，凍結了飛揚的塵埃，冰封了落定的生命。11 月 23 日下午 3 時 45 分，天府之國的一顆璀璨的星星，詩人、學者流沙河在成都去世，遽然離去！但是，他排卻開千萬人嘈雜而擁擠的靈魂，從乾冷的人間蒸騰而上，衝破冰封的大地，傲然遨遊於浩瀚的宇宙洪荒之中。在幽暗、柔軟而空虛蒼穹之中，這顆天上的星星，繼續射出微弱而乾硬的光。

確實，在這樣一個嚴重時刻，我卻無法擁有三星堆青銅面具那堅挺的縱目和張揚的耳朵，讓我猛然驚醒並迅速扒開掩蓋在歷史持久的肉體上的濃霧，去獲得通天徹悟，去重新洞達歷史的真實與存在，去張揚生命的尊嚴與個性。因為直到現在，我似乎都還無法直視照片上的這個瘦削的老人，在內心一直都有著複雜而纏繞的情感。我的國家社科基金項目是「《星星》詩刊」研究，在研究過程中幾乎收集和翻閱了與五六十年代《星星》有關的所有檔案、報刊、文件和相關著作，當然也就幾乎全面閱讀了與流沙河相關的文獻資料，因此可以說非常熟悉流沙河的個人歷史。在那段歷史中，不管他是負重前行或者說飄然溜過，我們都對那段複雜的歷史有著難以釋懷的、不可跨越之沉痛。

不過，回到流沙河先生個人及其生命歷程，卻又是如此的活潑，且並充滿了人生的各種迷人體驗和激情，是人間的一顆星。換言之，即使是僅僅只

面對先生的讀書與寫作，作為一個身居象牙塔之中，並自負為寫作者、讀書人、研究者的我，也不時有被打開永恆空間之感，且不斷有著一種全新的生命境遇。

稱流沙河是人間的一顆星星，一個重要的原因是他參與《星星》詩刊的創辦，並在初期《星星》詩刊的歷史中，做出了極為重要之貢獻。在《星星》詩刊的創建之初，就新詩刊如何辦出自己的個性和特色，沙河明確地提出了「多發諷刺詩和情詩」的主張，為這個詩刊的發展奠定了的一個重要方向。進而，還在初期《星星》詩刊中還專門設有「情詩」和「諷刺詩」專欄，讓這一詩刊具有了超越時代的詩學視野，呈現出多元化的「異端」色彩。此時地處西蜀的《星星》，可以說具有了容納百家的氣度，並推出了一批培養青年詩人，最終成為與北京的《詩刊》並列的新中國創刊最早的「專門的詩刊」。在這一點上，流沙河可以說是功不可沒的。他不僅是《星星》詩刊的一個重要的星星，他更是推動當代詩歌發展中的一顆閃亮的星星，成為了一段令人驚異的傳奇。

流沙河先生可以說具有非凡的才華，他的寫作時時給人以驚喜，釋放出星星一樣的獨特光芒。他以高中五期學歷跳考四川大學農業化學系，並以該系第一名的優良成績被錄取。進而，他很快他就進入了自己的創作職業生涯。由於他在《川西日報》副刊上發表過演唱作品和短篇小說而引起了作家西戎的注意，調到《川西農民報》副刊任編輯，並獲得了他的編輯身份。流沙河是一個寫作的多面手，他早期發表的作品就有短篇小說、詩、譯詩、雜文等類型，且頗有個性。據流沙河自述，他的處女作就是短篇小說《折扣》。隨後，中國青年出版社就出版了他的短篇小說集《窗》，並獲得了一致好評。周振甫評論《讀「窗」》說，「前四篇是 1953 年寫的，最後一篇是 1956 年寫的。從這裡，我們可以看到作者三年多以來的創作是有發展的。這種發展表現在：生活比較深入了，描寫比較細緻了，從追求情節因而游離生活進到通過情節來發展人物性格了，作品主題比較突出了。」而最值得關注，但並沒有得到更多關注的流沙河與茜子合寫的中篇小說《牛角灣》，被川西文聯籌備委員會作為川西文藝小叢書編輯出版。雖然該小說是以通俗小說的面目出現，但作品對一些問題的揭露，其大膽和深刻程度，可以說完全超越了《草木篇》。可以說，他的小說才華，是超過了他的詩歌才華的。此後，流沙河則以一個詩人的形象，出現在文壇上。1956 年由重慶人民出版社出版了流沙河的第一本

詩集《農村夜曲》，既有雄壯的時代之歌，也有深情的生活之歌，集中體現了他早期詩歌創作的主題和特色。即使在 1957 年開展了對《草木篇》展開批判之後以，作家出版社也還出版了他的新詩集《告別火星》。而流沙河在《星星》創刊號上發表的《草木篇》，既是一種探討革命者人格問題的勸喻詩，也是見證並聚合當代歷史發展的一面重要鏡子，照出了一代人的精神與靈魂。

　　流沙河先生轉向詩歌評論，轉向古代哲學、古典文學、古文字的研究，其成就已是世所公認。在另外一方面，也可以說，流沙河的學者身份是遠遠高於詩人身份的。他的觀點和方法，或許是可以商榷的。但非常值得一提的是，他並非一個書齋中學者，而完全承擔了一個文化傳播者、甚至說傳道者的重要角色。他在成都圖書館等地開展了系列講座，講莊子、將周易、講《詩經》、講漢魏六朝詩歌、講唐詩、講古文字，讓大眾直面傳統、正視歷史，啟迪大眾感受詩意、熱愛生命、追求真理，可謂至始至終。在 82 歲高齡之時，在為西華大學師生的公益講座中，以「西」、「華」、「大」、「學」、「王」、「東」等字為例，引經據典，從甲骨文、繁體字再到簡化字，詳細講解了各字的語義及書寫形態演變，向學子們展示了先人的智慧，以及漢字背後所蘊藏的深刻文化內涵。他的場場公益講座，可以說是獨一無二的「詩性之旅」，對於所有的聽眾來說，都有著當頭棒喝的醍醐灌頂之效。他的講座，並不是餐後的茶點，而是一個整體的、系統的、完整的「文化盛宴」。與此同時，他更像一個點火者，讓我們不管是面對一個字，還是一個詞，都需要我們窮其畢生之精神去鍛造。講壇上的他，就是一個星，在被他汩汩流淌而出的語言之光的浸潤下，我們必須重新面對，我們必須重新思考，我們必須重新閱讀，我們必須重新寫作，甚至我們必須重新開始。

　　是的，人間少了一顆星星。

　　蓉城之中，這顆星星如無邊的銀杏已經完成了金黃的天責，在異常刺眼的燦爛色彩之中，肥厚而粗糙的葉子靜靜地沉睡在黑油油的大地上，舒展著輕盈命運的起承轉合。

　　是的，天上多了一顆星星。

　　在穹頂之上，這顆星星的光芒依然具有鋒利的穿透力。正是這樣一個持續閃耀著的天上之星，還依然如沸騰的陽光一樣，不斷地向我們的歷史和未來發出神秘的信息，並一點一點地滲透到我們的性格和命運之中，然後如咚咚咚的鑼鼓聲一樣，使勁地撞擊著我們脆弱的存在。